나 그리고 그들

나 그리고 그들

Mình và họ

응웬 빈 프엉 장편소설 | 하재홍 옮김

아시아

폭력의 가시울타리에 갇힌 개인의 혼란

『나 그리고 그들』이 한국독자와 만나게 되어 정말 기쁩니다. 한국은 저의 첫 해외여행지였습니다. 가을 단풍이 참 아름다운 나라. 볼거리, 먹을거리도 풍성하고, 여러 가지로 흥미로웠던 나라로 저는 기억하고 있습니다.

『나 그리고 그들』은 오랜 시간 직간접 체험과 취재를 바탕으로 숙성시키다 3년에 걸쳐 쓴 작품입니다. 책을 출간한 후에는 깨끗이 잊고자 노력했습니다. 다른 작품을 쓰기 위해서 그랬던 것도 있고, 두려움에서 한동안 벗어나고 싶었기 때문이기도 했습니다.

그러다 작품이 번역된다는 소식을 듣고 다시금 이 작품을 떠올리는 시간을 가져봅니다.

저는 작품을 통해서 공동체가 강제하는 개인의 삶에 대해, 공동체를 위한 개인의 선택과 그 결과에 대해 말하고 싶었습니다. 보이지 않는 무언가가 만들어 놓은 폭력적인 상황 앞에서 개인은 그저 황망할 따름입니다. 그로 인한 혼란은 해결의 실마리조차 잘 보이지 않습니다. 따져보면 인간이라는 존재 자체가 태초부터 지금까지 폭력적인 상황으로부터 벗어난 적이 없습니다. 왜냐하면 인간 그 스스로가 모든 폭력의 근원이기 때문입니다.

작품 속 주인공은 폭력적인 상황 속에서 죽었지만, 이 세상을 영원히 떠나기 전까지 여전히 괴로워했고, 자신의 주변인물들에 대해 안타까워했습니다. 처음에 주인공은 분노에 서려 '나'와 '그들'을 찾아나섰고, 구분 지으려 애썼습니다. 그런데, 점점 그 구분이 혼란스럽고 모호하게 느껴집니다.

저는 그렇게 구분 지으려는 심리와 태도가 과연 환영할 만한 것인지, 지양해야 할 것인지 확실하게 한쪽으로 단정 짓지는 못합니다. 개인과 마찬가지로 국가나 민족이 자국, 자민족의 우월성을 강조하며 다른 국가, 다른 민족을 경시할 때, 어느 선까지 환영하고, 어느 선까지 지양해야 할지 더욱더 단정 짓기 어렵습니다.

하지만 저는 이것만은 분명히 알고 있습니다. 구분 짓기 위해 던지는 질문과 상호비교에는 불확실한 요소들이 상당히 많이 잠재되어 있다는 것을. 얼핏 논리정연해 보이는 이데올로기에도 허점이 많고, 이론과 실제는 다를 때가 많고, 인터넷의 선동은 과몰입, 과포장인 경우가 많으며, 거리의 구호는 허상일 때가 많다는 것입니다. 그리고 평범한 개인이 그 아우성 속에서 제대로 중심을 잡기란 대단히 어렵다는 것입니다.

문학 작품이 질문을 던질 때 반드시 답을 마지막에 달아야 하는 것은 아닙니다. 답은 다른 작품에 있을 수도 있고, 심지어 영원히 답이 없을 수도 있습니다. 작가가 회의적인 생각을 품었을 때, 그 생각 자체는 옳을 때가 많습니다. 반면에 확실한 결정을 내려버리면 오히려 많은 것을 위험에 빠뜨릴 수 있습니다. 잘못된 선택이 부르는 화가 크기 때문입니다. 저는 항상 모호한 세계에 의지합니다. 왜냐하면 그것이 무한대로 다양한 스펙트럼을 보여줄 수 있기 때문입니다.

책에 관심을 가져준 이대환, 방현석 소설가, 책을 출간해준 아시아 출판사에 감사드립니다. 그리고 많은 시간과 공력을 들여 제 작품을 번역해준 하재홍 번역가에게 감사드립니다. 제 작품을 읽는 한국 독자들이 부디 자신을 둘러싼 폭력의 가시울타리를 어떻게 헤쳐 나올지 답을 찾아내기 바랍니다.

2023년 10월 하노이에서

응웬 빈 프엉

서사와 서정의 경계에 줄을 놓고
곡예를 벌이는 천재 작가

바오 닌 (소설가, 『전쟁의 슬픔』의 저자)

응웬 빈 프엉 작가는 소설 쓰는 시인, 시 쓰는 소설가입니다.

그의 시는 고정관념의 벽을 허무는 망치 같고, 소설은 고정관념의
미로 사이를 천방지축 뛰어다니는 망아지 같습니다.

그는 서사와 서정의 경계에 줄을 놓고 곡예를 벌이는 천재 작가입
니다.

"신기하고, 재미있고, 다 좋은데, 근데 너무 어려워. 독자가 많을
것 같지 않아."

매번 그의 작품을 읽은 후, 그에게 해준 말이었습니다.

"좀 쉽게 써봐, 일반 독자들이 바로바로 이해할 수 있게 잘 풀어서
써봐."

그러면, 응웬 빈 프엉 작가는 그 어떤 해명이나 반박도 없이 그저
웃기만 했습니다. 저 역시도 그런 조언이 참 어리석은 조언이라고

생각하고 있었습니다. 그게 뜻대로 쉽게 바뀌는 게 아니니까요.

그런데 제가 했던 말을 염두하고 있었던 것일까요.

출간 전 『나 그리고 그들』 원고 검토를 부탁받았을 때, 처음 몇 장을 읽다 보니 이번 작품은 예전 작품들과 좀 다르다는 생각이 들어 바로 덮었습니다. 그리고 다른 작가들에게 보여주고 싶어, 그에게 전화했더니 혼자만 읽고 바로 의견을 달라고 했습니다.

다시 제대로 읽기 위해 바쁜 일을 일주일간 마무리한 후, 마음의 준비를 하고 책을 읽었습니다. 첫 번째 줄을 읽은 다음 두 번째 줄을 읽고, 세 번째, 네 번째 줄을 읽으면서 한 쪽을 다 읽을 때까지 눈을 뗄 수 없었습니다. 그다음 쪽도 마찬가지, 그다음 쪽, 그다음 쪽도 눈을 뗄 수 없었습니다. 소설이 완벽하게 저를 제어하여, 그 속에 빠지게 만들었습니다. 읽기에 매우 난해한 소설임에도 불구하고, 밤을 꼬박 새워 읽도록 했습니다.

작가의 신비로운 감흥이 제게 스며들어, 독자의 신비로운 감흥이 되었습니다. 평생 독서하면서 두세 번 올까 하는 특별한 감정상태입니다. 제 개인적으로는 그 첫 번째가 가르시아 마르케스의 『백 년의 고독』을 읽고 났을 때였습니다.

그 효과로 생각이 각성되어, 새롭게 사고할 수 있었고, 제 자신에 대해, 저의 글쓰기 방식에 대해 다시금 질문을 던지게 되었습니다.

베트남 문학 안에서는 응웬 민 쩌우(Nguyễn Minh Châu)의 산문과 응웬 후이 티엡(Nguyễn Huy Thiệp)의 단편에서 그런 감흥을 느낀 적이 있었습니다.

장편소설로는『나 그리고 그들』이 그런 감흥을 준 첫 작품입니다.

2009년 초, 저는 한 문예지에 베트남 문학을 전망하는 글을 쓰면서 곧 나라에 걸맞은, 역사와 문화, 민족, 베트남어에 걸맞은 소설이 나올 것이라고 썼습니다. 누구나 다양한 기준이 있지만, 다들 베트남하면 떠오르는 대표적 소설이 아직 나오지 않았다는 게 공통된 의견이었습니다.

그러면서 그 이후로 제가 염두해둔 작가들의 새 작품을 읽었는데, 재미있고, 감동적이긴 했지만, 제 성에 차지는 않았습니다.

그리고 마침내『나 그리고 그들』을 읽고 나서야 저의 전망이자 소망이 이루어졌다는 사실에 뿌듯했습니다. 게다가 작품 수준이 저의 소망 이상이었습니다. 너무 걸작이라 행복했고, 한편으로는 제 자신에게 서운하고 그에게 질투가 날 정도였습니다. 또한 첫 독자라는 영광을 안겨준 그에게 감사한 마음이었습니다.

한국은 국토분단이 야기한 증오와 분열의 상처가 아직 곳곳에 많이 남아 있습니다. 한국독자들이 이 책을 베트남의 아픈 역사를 이해하는 디딤돌로, 나아가 증오와 분열의 상처를 치유하는 화두로 삼을 수도 있겠다고 생각해봅니다.

차례

일러두기

1. 이 책은 장편소설 『나 그리고 그들』(Mình và họ)을 우리말로 옮긴 것이다.
2. 인명과 지명은 현지 발음에 최대한 가깝게 표기하였다.
3. 본문 각주는 원문에는 없던 것으로 모두 옮긴이의 주이다.

나
그리고
그들

응웬 빈 프엉 장편소설 | 하재홍 옮김

아시아

차가 조심스럽게 내려가고 있다. 해는 산등성이를 따라 천천히 떨어졌다. 차갑게 굳었던 얼굴들도 숨을 내쉬며 풀어졌다. 깜박거리던 짱의 눈빛이 생기를 잃었다. 깜짝 놀랄 만큼 아름다웠던 비행 후 모든 것이 느려졌다. 그때는 내가 수많은 나무와 바위 위를 날아갈 것이라고 상상하지 못했다. 또한 모든 것이 이렇게 가벼워질 줄 몰랐다. 나는 형이 지극히 주관적인 판단 실수로, 분명한 결정을 내리지 못해 그들에게 잡힌 줄 알았다. 나는 형, 그리고 어머니의 잘못을 반복하고 싶지 않았다. 절대 잡히지 마라. 형은 그 말을 펜으로 굵게 써놓았다.

조금 전, 나는 정계비 가까이 서서, 형이 어디로 어떻게 끌려갔을지 상상했다.

형은 중대장을 들쳐메고 2층 계단 모양의 바위 왼쪽을 돌아갈 수도 있었고, 비스듬한 오솔길을 따라 위로 올라갈 수도 있었다. 그러나 어느 쪽으로 가든, 형은 그들이 매복하고 있다는 것을 알지 못했다. 그런 생각이 들자 몸서리가 쳐졌다. 몸서리친 이유가 무서움 때문인지 아니면 다른 이유 때문인지 분명하지 않았다. 친구놈이 인상 쓰면서 고개를 숙이고, 바지에 달라붙은 도깨비 풀을 떼어냈다. 담배를 입에 문 채였다. 담배 연기가 이리저리 흩날렸다. 연기를 따라가다보니 머리 위로 이상한 구름이 보였다. 오색구름에서 눈부신 햇살이 쏟아졌는데, 물고기를 잡으러 내려오는 대나무 통발 같았다. 역광이라 구름을 찍을 수 없었다. 이번 여정에서 본 가장 고독한 구름이었다. 손에 들고 있던 카메라는 무용지물이 되었다. 그 안에 수많은 구름 사진이 있었는데도 말이다. 짱에게 알리려 했지만, 그녀가 현[1] 청년단 비서[2]의 이야기에 열중하고 있어, 그만두었다. 나는 구름이 거의 움직이지 않고, 한곳에 계속 머물러 있어 불안했다. 가슴이 조금 답답했다. 아마 높은 고도 때문이리라. 운전기사가 차를 앞으로 몰았다가 다시 뒤로 물렀다. 때때로 타이어에 문제가 생긴 것은 아닌지 발로 차보았다.

---

[1] 한국의 '군'에 해당하는 행정단위이다.

[2] 호치민 청년 공산단 비서. 호치민 청년 공산단은 1931년 3월 26일 호치민이 창립한 인도차이나 청년 공산단을 모태로 각급 행정단위마다 구성되어 있다. 줄여서 청년단이라 부른다. 이들은 당과 행정기관 활동을 지원한다. 비서는 청년단 대표책임자의 직책명이다.

아까 청년단 비서가 말한 두 번째 갈래 길은 없었다. 정계비 양쪽으로 곧게 자란 나무들은 밀림 안쪽의 모습을 겉으로는 전혀 드러내지 않았다. 나는 마치 커다란 거울 앞에 서 있는 것 같았다. 이곳과 저곳을 구분할 수 없었다.

— 차가 올라오는데요.

운전기사가 귀를 기울이더니 큰 소리로 말했다. 친구놈이 말했다.

— 어젯밤 임업청 직원들이 온다는 말을 들었어. 아마 그들 차일 거야.

운전기사는 실눈을 뜨고 아래쪽을 살펴보면서 기다렸다. 구불구불한 도로는 눈에서 사라졌다가 가끔 몇 군데가 다시 보였다.

— 저기요.

운전기사가 고개 아래쪽을 가리키는데 나는 볼 수 없었다. 단지 엔진 소리만 들렸다. 청년단 비서가 짱을 가장자리로 끌어당기며, 과장된 손짓을 했다.

— 임업청 차가 아닌데요?

운전기사가 눈을 찡그리며 말했다. 안간힘을 쓰며 올라온 차는, 크고 작은 돌이 가득한 도로에서 자갈들을 바깥으로 튕겨냈다. 구름이 가라앉기 시작했다.

— 다른 성[3]의 찬데?

---

3 한국의 '도'에 해당하는 행정단위이다.

친구놈은 기지개를 켜면서 하품을 하며 말했다.

— 그럼 그렇지, 운전이 너무 서툴더라니.

검은색 승합차였다. 잠깐씩 운전하는 사람의 모습이 보일 뿐, 차 안에 몇 명이 앉아 있는지 분명하지 않았다.

— 어디서 오는 차지?

어느 순간 내 곁에 온 짱이 옷을 끌어당기며 물었다. 나는 고개를 저었다.

— 분명 우리처럼 애국자들일 거야.

친구놈이 싱겁게 웃으며 말했다. 그러고는 주위를 둘러보다 적당한 돌 위에 앉았다. 차는 덜컹거리며 우리 쪽으로 다가왔다. 어느 성의 번호판인지 알 수 없었다. 단지 민간인 차라는 건 알 수 있었다. 차에서 세 명이 거의 동시에 내렸다. 그들은 종종걸음으로 다가왔다. 얼굴은 모두 화가 난 듯 냉랭한 표정이었다. 청년단 비서가 재빨리 호탕하게 물었다.

— 어디서 오신 분들이죠?

그들은 아무 대답 없이 세 방향으로 흩어졌다. 순간 짱이 창백한 얼굴이 되어 주위를 살폈다. 친구놈은 무언가 이상한 느낌이 들어 벌떡 일어섰다.

— 너 이름이 짱 맞지?

약간 살찐 사람이 물으며 가까이 다가왔다. 순간 나는 깨달았다. 짱이 아직 반응하지 못했을 때, 그가 짱의 손을 잡아당겼다. 짱이 손을 빼려고 발버둥 쳤다. 청년단 비서가 깜짝 놀라 뒤로 물러서다 넘어졌다. 친구놈이 우물우물 말을 더듬었다.

— 지금 무슨 짓…… 짓을 하는 겁…… 겁니까?

운전기사가 조심스럽게 몸을 숙여 무기로 쓸 만한 돌을 들었지만, 셋 중 가장 덩치가 작은 사람이 낮은 목소리로 말했다.

— 공안이요.

총열이 햇빛을 받아 눈부시게 반짝였다. 덩치 큰 사람이 나를 흘끗 보고, 친구놈을 흘끗 보고, 운전기사를 흘끗 보더니 결정을 내린 듯 친구놈 쪽으로 다가섰다. 그리고 힘 있는 목소리로 물었다.

— 당신이 히에우 맞지?

친구놈이 놀란 표정으로 고개를 흔들었다. 나는 덩치 큰 이의 손에 들린 수갑을 보고 속으로 생각했다. 정말 기가 막히는군. 그리고 몸을 돌려 뛰기 시작했다.

— 멈춰.

등 뒤에서 천둥소리 같은 고함이 터졌다. 정확히 기억할 수는 없지만 대여섯 발자국 정도 떼었을 때, 발아래로 나무들이 보였다. 또 다른 수많은 나무들이 기울어진 모습으로 눈앞에 길게 펼쳐졌다.

— 멈추지 않으면 쏜다.

나는 눈을 감고 아래로 날아갔다. 시끄러운 바람 소리가 나를 감싸며 희한한 소리를 만들었다. 혼란스럽고 거친 소리가 들렸다. 그리고 그 거친 소리는 이내 사라졌다. 짱인지 항인지 확실하지 않지만 누군가의 목소리가 등 뒤로 메아리쳤다.

　—안 돼, 히에우.

　수천만의 잎사귀와 나뭇가지들이 출렁거렸다. 처음에는 단단하더니, 그다음 모든 것이 부드러워졌다. 시간이 흐른 후 나는 그 깊고 먼 곳과 관련된 어떤 이름도 정확히 부를 수 없었다.

　햇빛이 나를 들어 올렸다. 햇빛은 새하얗고, 가볍고, 편안했으며 모든 낯섦을 지웠다. 얼마 후 내 몸은 햇빛과 하나가 되었다.

　지금 나는 여전히 땅과 바짝 붙어 앉아 있다. 같은 여정, 같은 자리에 있다. 다른 차라 해도 무슨 상관이랴. 차는 그저 차일 뿐이다. 친구놈이 최근에 받은 랜드 크루저를 자랑했을 때 나는 그렇게 생각했다.

　산악지역에서 사람들은 랜드 크루저를 선호했다. 차체가 높고, 엔진이 튼튼하기 때문이다. 운전기사가 성 당위원회 비서[4]의 차를 물려 받은 지 얼마 되지 않아, 이제 겨우 만 킬로미터 정도 탔기에, 아직 좋다고 덧붙여 말했다.

　—편집부는 전에 어떤 차를 탔어?

　내가 물었다. 친구놈은 어깨를 으쓱하며, 입을 삐죽거렸다.

4　당 조직 최고 책임자의 직책명이다.

— 구식 라다였어. 엔진이 노망든 것처럼 툴툴거렸지. 출장 갈 때마다 소름이 끼쳤어.

너무도 부드러운 차였다. 고개를 오를 때도 평지를 지나는 듯했다. 울퉁불퉁한 길도 아무렇지 않은 듯 달렸다. 그저 잠시 멈추는 듯한 느낌이 들었을 뿐, 다른 차처럼 큰 충격을 주지 않았다. 라다는 성 인민위원회[5]에 반납했다. 인민위원회[6]는 그 차를 다른 작은 기관에 줄 것이다. 내게는 어떤 차나 다 마찬가지다. 엔진이 꺼지거나 브레이크 고장만 아니라면 괜찮다. 차는 단지 차일 뿐이다.

산악지역의 나무들은 달랐다. 몸통에 번쩍거리는 이끼가 한 꺼풀 덮여 있고, 가지는 비틀어져, 제멋대로 자라 있다. 특이하게 밑동은 오히려 평이하고 가지런하며 날씬했다. 다른 지역의 나무들처럼 올록볼록 튀어나오지 않았다. 바위을 뚫고 나온 뿌리가 바위에 꽉 달라붙어 있었다. 그래서 나무의 모든 생명력과 정기는 윗부분에 천연덕스럽게 팽창해 있었다. 나는 이 지역 나무 속에 무엇이 들어 있는지 궁금했다. 무심코 그런 생각을 큰 소리로 말하자 놈뿐만 아니라 운전기사도 놀라서 돌아보았다. 나는 물끄러미 짱을 쳐다보았다. 그녀는 못 들은 척했다. 눈은 앞을 바라보고 있고, 얼굴은 불그스름하게 물들어 있었다.

---

5 한국의 '도청'에 해당한다.
6 한국의 시청, 구청, 도청, 군청, 행정복지센터에 해당하는 명칭이다.

— 저 안에는 소[7] 한 마리가 들어 있지.

놈은 쿡쿡 웃으며 말했다. 운전기사는 짐짓 엄숙하게 헛기침을 했다.

— 따 번에 가면 알 수 있을 거예요.

그러기를 바랐다. 짱이 내게 물어본 적이 있다. 정사를 마치고 내가 그녀의 음부를 유심히 보고 있을 때였다.

— 뭘 보는 거야?

나는 솔직하게 대답했다.

— 안에 뭐가 들어 있는지 보는 거야.

짱은 눈을 크게 뜨고 물었다.

— 정말이야?

— 그래, 정말이야.

나는 다시 말했다. 목소리는 약간 쉬어 있었다. 그녀는 일어서서 벗은 몸으로 내 얼굴 앞에서 한 바퀴 돌았다. 침대가 심하게 출렁거렸다.

— 자!

그리고 웅크리고 앉아서, 자극적으로 다리를 벌렸다. 문을 열어보니 그 안에 원시 세계가 희미하게 그러나 황량하게 보였다.

— 뭐가 보여?

7　베트남에서 멍청함을 상징하는 동물이다. '소처럼 멍청하다'는 말이 있다. 작품 속 대화에서는 '멍청한 소리 하지 말라'는 뜻으로 쓰였다.

짱이 눈썹을 치켜세우며 도도하게 물었다. 나는 새끼손가락으로 그녀의 가슴을 긁었다. 그때가 목요일이었다. 이틀 후 토요일에 나는 바다에 갔다.

차창 밖으로 바라보는 산은 마치 바다 같다. 굽이치고, 푸른 파문이 일렁이고, 어딘가로 흘러넘치듯 아주 멀게 느껴졌다.

짱에게 바다를 보여주고 싶어 토요일에 꾸앙 닌에 함께 놀러 가려고 했다. 그녀가 못 간다고 했다. 그래서 나는 번 리를 불렀다. 우리는 급행차를 잡아탔다. 도착하니 점심때가 되었다. 방을 잡고 늘어지게 누웠다. 번 리가 정사를 원했지만 나는 피곤했다. 오후에 배를 빌려서 한 바퀴 돌았다. 저녁에 그녀와 정사를 치르고 눈을 잠깐 감았는데 아침이었다. 나는 해변에서 여자들을 감상하며 어슬렁거렸다. 그날 해변의 여자들은 모두 짱이나 번 리보다 예뻤다. 나는 그 생각을 말했다. 번 리가 대답했다.

— 오빠는 개자식이야.

나는 반박했다.

— 개자식은 그런 생각을 겉으로 드러내지 않아.

그녀가 주변을 둘러보더니, 아무도 자신에게 신경 쓰지 않는 것을 알고는 내 꼬맹이를 세게 내리쳤다.

— 어쨌거나 내가 오빠 거시기를 싹둑 잘라버릴 날이 있을 거야.

나는 입을 헤벌리고 웃었다. 그런 일은 절대 일어나지 않을 것이다. 번 리는 인생에서 정사를 가장 사랑하기 때문이다. 갑자기 그녀가 물었다.

— 짱이 우리 여기 놀러 온 거 알아요?

나는 어깨를 움츠렸다.

— 잘 모르겠는데. 알면 어때서?

— 나는 걔가 몰랐으면 좋겠어요.

내가 말했다.

— 그럼 짱은 아마 모를 거야.

번 리가 못 믿겠다는 표정을 지었다. 나 역시 판단하기 어려웠다. 짱은 무엇이든 필요한 것은 다 알고 있었다. 그녀는 특별한 재주가 있었다. 그 어떤 재주보다도 특별한 재주다. 짱은 신비로운 능력이 있다. 짱은 모든 것을 꿰뚫어 보고 있는 듯했다. 번 리가 진열장의 은팔찌를 뚫어지게 쳐다보고 있을 때 나는 신문팔이 소년을 불러 인민공안신문을 샀다. 토요일, 지루한 기사, 연애사 몇 건, 비열하게 누군가의 사생활을 들춰낸 것뿐이었다. 다만 신생아를 지앙 보 호숫가 쓰레기통에 버린 기사가 주의를 끌었다. 어떻게 방금 낳은 자기 아이를 쓰레기통에 버릴 수 있는지 이해할 수 없었다. 바다에서 세찬 바람이 불어왔다. 신문이 부풀어 오르더니 사정없이 펄럭였다. 나는 짜증이 나서 신문을 둥글게 말아 쓰레기통에 던져버렸다. 그리고 문득 신생아도 저렇게 쓰레기통에 버려졌겠다 싶었다.

오후 내내 우리는 방에 누워 있었다. 나는 정말 잠을 자고 싶었지만 아무리 해도 눈을 붙일 수 없었다. 손으로 눈을 가렸다. 누군가 내 앞에 허리를 꼿꼿이 세우고 서서 내 얼굴로 오줌을 싸는 것이 보였기 때문이다. 번 리가 옆에서 꼼지락거렸다. 가슴을 비비고 내 몸 위로 다리를 올려놓다가 짜증이 났는지 갑자기 일어나 화장실로 갔다. 번 리가 잠에 취했을 때 나는 바깥으로 나가고 싶었다. 반바지를 벗어 그녀의 얼굴에 덮어놓고, 화장실에 갔다. 나는 몸의 긴장을 풀고 기다렸다. 화장실에 있는 시간은 그 어디 있는 것보다 유익한 시간이다. 한 번에 몇 가지 일을 할 수 있기 때문이다. 몸의 긴장을 풀고 앉아, 생각하고, 관찰하고, 공기 분자가 안팎으로 오가는 소리를 주의 깊게 들을 수 있다.

문틈에서 머뭇거리던 바퀴벌레가 더듬이를 이리저리 돌리며 길을 찾았다. 몸체가 드러났다. 아름다웠다. 전신이 화려한 갈색이었다. 바퀴벌레는 시야를 가지고 있지 않아 특별하다. 녀석들은 눈을 사용할 필요가 없을 정도로 자신감이 있다. 늙은 바퀴벌레가 거꾸로 기어가다가, 거울을 향해 나아갔다. 녀석은 다리를 신중하고 예민하게 움직였다. 갑자기 녀석이 움직이지 않았다. 어디선가 집도마뱀이 꿈틀꿈틀 기어오더니, 녀석과 거리가 세 뼘 정도 되었을 때 멈춰 섰다. 바퀴벌레는 더듬이로 바닥을 살금살금 조용히 매만졌다. 도마뱀이 꼬리를 꿈틀거렸다. 사보째[8] 열매 씨앗처럼 얇은 바퀴벌레의 껍질이

---

8 감 맛이 나는 열대 과일. 영문 이름은 사포딜라다.

반짝였다. 도마뱀은 도마뱀이다. 바퀴벌레는 죽을 수밖에 없다. 도마뱀 앞에서 다른 것을 상상할 수 없다. 두 녀석의 심장이 벌렁벌렁 뛸 때, 변이 나오기 시작했다. 나는 편안하게 몰입했다. 그러곤 일어섰다. 물을 내리려다가 변의 모습이 궁금해 살펴보았다. 일반적인 상태다. 모양도 좋고 길었으며 건강한 색이었다. 투언 형은 변이 건강의 척도라고 말했다. 좔좔 흘러내려 가는 물소리에 번 리가 몸을 뒤척이다가 몽롱한 얼굴로 반바지를 치웠다.

나는 당장 하노이에 돌아가야겠다고 마음먹었다.

번 리가 반발했다. 내가 말했다.

— 너는 있고 싶으면 더 있어. 나는 가는 길이 멀잖아.

그녀가 뾰로통해졌다.

— 나는 아직 집에도 안 들렀어요.

나는 그녀를 막지 않았다. 들르고 싶으면 들르면 돼, 나는 이미 싫증 났어. 이 도시는 너무 재미없어. 하마터면 이 도시 얼굴에 오줌이나 갈기고 싶어라고 말할 뻔했다.

— 짱한테 가고 싶은 거죠?

무례한 말에 나는 화가 치밀었다.

— 다음에 또 그렇게 주둥이를 놀리면 주먹으로 네 얼굴을 날릴 거야. 알아들었어? 제대로 알아들었냐구? 이런 개 같은.

결국 나는 번 리가 집에 들를 수 있게 기다렸다. 그녀는 한 시간쯤 지나 돌아왔다. 내가 물었다.

─ 왜 그렇게 빨리 갔다 와?

그녀는 나를 너무 오래 기다리게 하는 게 무서워서 그랬다고 했다. 거짓말이었다. 그녀의 가족은 집에 없었다. 부모는 광부로 일하고, 오빠는 알콜 중독으로 누구든 만나면 손을 벌렸다. 그래서 그녀는 집에 서너 시간씩 머물지 않았다.

─ 아니면 우리 하룻밤 더 있다 가요. 친구가 있는데, 오랫동안 못 만났어요. 오늘 밤 걔하고 노는 건 어때요?

번 리가 무미건조하게 말했다. 나는 바지 주머니에 전화기를 구겨 넣으며 말했다.

─ 나는 씨팔 이 도시 얼굴에 오줌이나 갈기고 싶어.

내가 왜 이런 말을 하는지 이해할 수 없었다. 오래 참고 참았는데, 결국 마지막에 이 말을 토하듯 하고 말았다. 그녀는 고향을 모욕하는 말을 듣자 시무룩해졌다. 나는 고향을 자랑하는 사람들이 질색이다. 향우회 모임도 끔찍하게 싫다. 우리 앞으로 오는 버스가 보였다. 내가 먼저 잡아타고, 번 리가 뒤따라 탔다. 하지만 나는 그녀가 탔는지 안 탔는지 전혀 알고 싶지 않았다. 솔직한 마음으로는 그녀가 이 차를 놓치고 부모 집에 머물기를 바랐다. 어쨌든 가족이 있는 집이 가장 편한 곳 아닌가. 하지만 그녀는 여전히 좀 더 좋은 곳을 찾고 있는 듯했다. 나는 들끓는 사람들 속에 서 있었다. 진한 땀 냄새를 견뎌야 했다. 버스는 미친 물소처럼 돌진했다. 앞선 차들을 단숨에 추월했다. 나는 다른 사람 겨드랑이를 보았다. 나무들과 집, 획획 지나가는 사람들과 차들을 보았다. 이 뜀박질은 조만간 분명히 사고로 이어지리라. 그렇게 생각했다. 하이 즈엉에 이르렀을 때 결국은 같은 방향으로 가던 오토바이와 충돌했다. 급하게 브레이크 밟는 소리가 들리고, 메마른 폭발음에 이어 타는 냄새가 코를 찔렀다. 차 앞부분에 밀려 오토바이가 넘어졌다. 차에서 내렸을 때, 웨이브 알파 오토바이는 쓰러져 있었다. 뒷부분이 조금 찌그러졌을 뿐, 모터는 여전히 소리가 나고, 뒷바퀴도 아득하게 돌고 있었다.

— 저기 저기.

누군가 소리 질렀다. 차에서 수십 미터 떨어진 곳에서 흐릿하게 아른대는 무언가가 보였다. 번 리가 내 손을 잡아당겼다. 나는 오히려 그녀의 손을 잡아 질질 끌고 가서 현장을 보여주었다. 여자였다. 머리가 겨드랑이까지 꺾여 있고, 얼굴과 입술이 창백했다. 기괴한 자세로 누워 있었다. 손발이 꺾이고, 어떤 뼈마디도 원래 형태로 남아 있는 게 없는 것 같았다. 단지 머리카락만 생기가 남아 있어, 바람이 불 때마다 죽은 이의 얼굴을 매만지고 출렁거렸다. 번 리는 길가로 달려가 토했다.

우리는 다른 차로 갈아타고, 저녁 여섯 시쯤 하노이에 도착했다.

나는 투언 형을 식당으로 불렀다. 각각 맥주 석 잔을 마시고, 밥을 시켰다. 나는 그저 나물과 밥만 먹었다. 형은 내가 좋아하는 육포를 먹지 않는 걸 보고 의아해했다. 식사를 마친 후, 오늘 고기를 안 먹는 이유는 오후에 교통사고를 목격했기 때문이라고 말했다. 형이 놀란 듯하더니, 비 쑤옌[9] 지역의 전쟁에 대한 러시아어 자료를 몇 개 찾았다고 화제를 돌렸다. 언젠가 번역해주겠다고 했다. 나는 엉겁결에 투언 형에게 그곳에 같이 놀러 가자고 말했다. 형은 고개를 저었다. 형은 국경지역에 대해 전혀 흥미가 없었다. 아주 여러 번 형이 말했다. 가능하다면 사람들이 힘을 모아 세상을 덜 까다롭게 만들고, 함께 평온하게 지냈으면 좋겠어.

— 국경지역은 어디나 위험해. 제기랄, 될 수 있으면 피해야지.

오토바이를 끌고 나갈 때, 투언 형이 안장을 열고 가방에서 두꺼운 책을 꺼내 내게 건네며 말했다. 나는 늘 그렇듯 고개를 끄덕였다.

도로는 언제나 숨이 막힐 정도로, 오토바이로 득실거렸다. 짙은 휘발유 냄새 속에서 나는 문득 향수 냄새를 맡았다. 그다음 지독한 방귀 냄새를 맡았다. 어떻게 이리저리 끼어들고 흘러가다, 마침내 집으로 돌아왔다. 아침에 일어났을 때, 년 아저씨가 눈을 찡그리며 말했다.

— 어젯밤, 자네. 문 잠그는 걸 깜빡했지.

지금, 나는 이렇게 높고 가파르고 한적한 길에서 아무 냄새도 맡을 수 없다.

---

9 비 쑤옌(Vị Xuyên). 중국 국경에 인접해 있는 베트남측 지역 명칭이다. 국경전쟁 당시 고지대에 위치한 중국군은 진입이 용이했던 반면, 저지대에 위치한 베트남군은 진입이 어려웠다. 때문에 전쟁 피해를 가장 많이 당한 지역이었다.

'9월 18일.

점심.

네가 날 우습게 생각할 수는 있어. 하지만 네가 부탁한 거니까 그냥 계속 쓰는 거야. 오늘 아침, 총을 받았을 때, 오싹했어. 진짜 오싹하더라구. 얼음장 같은 총을 보고, 정말 환장하는 줄 알았어. 저걸로 어디를 쏠까?

오후.

충격적인 사람은 취사병이야. 아주 끔찍한 구식 군바리였어. 제기랄, 그 녀석은 빼로통한 얼굴에, 불그스름한 코, 그런데 항상 궁시렁거리는 거야.'

형은 분대에서 처음 밥 먹던 날 발길질을 당했다. 밥솥 옆에 앉아 열심히 먹고 있었는데, 갑자기 늑골을 강타당했다. 취사병이 언제부터인가 서 있었지만, 아무도 알아차리지 못했다. 신병들 속에서 '어, 어' 소리가 났다. 형은 벌떡 일어서며 물었다.

— 제가 무슨 짓을 했다고, 때리는 겁니까?

취사병이 얼굴에 주먹을 한 번 더 날려 형을 쓰러뜨렸다. 빈이 국자를 집어 취사병을 때리려 할 때, 취사병이 욕을 했다.

— 니미럴 새끼들, 여기 쌀 한 톨은 피 한 방울이야. 이 새끼들아 왜 그렇게 낭비가 심해?

욕을 듣고, 주위를 다시 둘러보니 밥알이 조금 바닥에 떨어져 있었다. 빈이 반발했다.

—그런 거면 친절하게 말해줘야죠. 다음에 또 그러면 우리도 가만있지 않을 거예요.

취사병 역시 오만한 표정을 지었다.

—다음에 또 밥알이 떨어져 있으면 더 이상 안 봐줄 거야.

'만약 우리가 취사병과 싸웠다면, 녀석은 분명 총알을 맞았을 거야. 다행히 우리 중 아무도 총을 쏴본 적이 없어서 녀석한테 쏠 생각을 아예 못했지.'

무전기 사내가 기침을 했다. 기침 소리는 숨이 답답해서가 아니라 감기에 걸린 것이라고 나는 생각했다. 그는 고지대 기후에 아직 익숙하지 않은 사람이다. 특히 오후에서 저녁으로 넘어갈 때의 기온은 겪어보지 않았을 것이다. 나 역시 차갑고 으스스하다고 느낀다. 점점 더 기온이 내려갈 것이다.

—옷이 너무 얇아 보여. 더 두꺼운 것 없어?

내가 물었지만, 짱은 무언가를 생각하느라 듣지 못했다. 갑자기 대답이 필요 없다는 생각이 들었다. 그녀의 외투는 배낭에 있고, 그 배낭은 현 인민위원회 게스트하우스에 있다는 것이 떠올랐기 때문이다. 짱과 게스트하우스에 배낭을 가지러 갔을 때, 그들은 못 본 것처럼 시치미를 뗐다. 그들이 회피하는 이유는 그저 귀찮아서라는 생각이 들었다. 친구놈이 어머니 집으로 보내줄 방법을 찾기만 바랄 뿐이다.

바퀴 구르는 소리를 들으니, 길이 점점 미끄러워지고 있다는 것을 알 수 있었다. 영혼들이 언제부터인가 와서 바깥에 흐릿하게 머물러 있었다. 그들은 나 때문에 왔다. 정확히는 나를 맞이하러 왔다.

그런데 나는 아직 백룡[10]을 보지 못했다.

산에 가까워질수록, 차창 밖이 어둑어둑했다. 친구놈의 얼굴이 옅은 빛과 어우러져 귀신처럼 흐릿하게 보였다. 하마터면 놈에게 그동안 어떻게 지냈는지 물어볼 뻔했다. 다행히 말이 튀어나오기 전에 그 말을 주워 삼켰다. 그런 질문은 지난 몇 년 동안 나와 놈 사이의 비밀 공간이 드러나게 만드는 것이다. 내가 보기에, 놈의 가장 큰 변화는 결혼을 했고, 일곱 살 된 딸이 있다는 것이다. 그냥 그것뿐이다. 쓸데없는 생각들을 배회하다 문득 세 녀석을 한꺼번에 만났던 게 떠올랐다.

그날 밤 짱은 내게 문자를 보냈다. 식당에 와서, 하이 퐁에서 올라온 꾸익 일행을 만나라고 했다. 내가 갔을 때, 그들은 벌써 한 시간 정도 앉아 있었다. 꾸익과 히엡은 아는 얼굴이었다. 나머지 한 녀석은 낯설었다. 짱이 얼굴에 주근깨가 가득한 녀석을 가리키며 투이라고 했다. 앙상한 체형에, 길쭉한 얼굴이 차가워 보여, 왠지 나는 소

---

10 베트남 옛이야기 속, 사람이 죽었을 때 영혼을 맞이하기 위해 나타나는 신비한 구름이다.

름이 끼쳤다. 투이 녀석이 나를 똑바로 쳐다보며 물었다.

― 제가 무서운가요?

나는 대답했다.

― 나는 누구나 다 무서워하지요. 댁만 무서운 건 아니에요.

녀석이 웃었다. 순한 미소가 녀석의 얼굴과 전혀 어울리지 않았다.

― 농담을 재밌게 하시네.

꾸익이 말했다.

― 저분은 책을 너무 많이 읽어 생각이 복잡해. 착하다고 생각하면 안 돼.

히엡 녀석은 사과를 보듯 먹잇감으로 나를 쳐다보았고, 나는 잔을 들고 있는 그의 손을 보았다. 가냘프고, 푸르스름하고, 힘줄이 많이 도드라져 있었다. 손가락은 길고 부드럽게 보였다. 아름다운 손인데, 나중에 거기서 불길이 솟을 것이다. 술자리를 마치자 짱이 우리를 이끌고 가라오케에 갔다. 짱은 아가씨들이 있는 곳에 친구들을 데려가는 것을 좋아했다. 도도하게 앉아 친구들이 술집 아가씨들과 장난치며 노는 모습을 지켜봤다. 모두 꾸익의 택시에 탔다. 나는 오토바이를 타고 택시 뒤를 따랐다. 택시 뒷유리를 통해 짱이 투이와 히엡의 어깨에 팔을 두르고 있는 모습이 보였다. 가끔 셋의 머리가 뒤로 젖혀지고, 길 양쪽 가로등이 마귀처럼 그들의 모습을 비췄다. 시큼털털한 이 거리에서 술은 나를 알싸한 기분으로 만들고, 짱을 택시에서 출렁이게 했다. 문득 나는 이 시간이 영원히 지속된다면 짱의 안에 무엇이 있는지 알 수 있을 것 같았다. 그녀는 노래하고, 우리는 마음껏 아가씨들의 몸을 더듬고 주물렀다. 자리를 끝내고 세 녀석은 모텔로 들어가고, 나는 그녀를 데려다주었다. 그녀 집에 도착했을 때, 나는 함께 들어가고 싶어했지만 그녀가 동의하지 않았다.

나는 그날 밤 형을 보았다. 절룩거리는 형의 모습은 여러 해가 지났어도 여전히 그대로였다. 힘없고, 갈기갈기 찢어진 모습이다. 이번에는 거미줄에 걸려 있다. 형은 나를 바라보았다. 눈동자는 빠르게 흔들렸고, 입은 봉황 주둥이처럼 오만하게 튀어나왔다. 그 입에서 소름 끼치는 웃음이 한없이 터져 나왔다. 소리를 내지 않으면 얼마나 좋을까. 나는 형의 웃음소리가 무서웠다. 형은 다행히 말없이 그저 비틀거리며 내게 다가오려고 했다. 거미줄이 흔들리며 반짝였다. 나는 코를 찡긋거리며 형의 냄새를 맡으려 했다. 단지 싱거운 수증기 냄새뿐이었다. 형이 나를 어지럽게 만들지 않기를 속으로 빌었다. 이제 그만 가. 내가 화요일에 다시 올게. 형이 고개를 끄덕이고 돌아섰다. 침묵 속에서 이내 혼란이 찾아왔다.

화요일 아침 일찍, 고향에 갔다. 늘 그랬듯이 차는 포 옌을 지나갔다. 나는 여전히 항 부부의 오토바이 수리점을 찾는 데 열중했다. 그날 그 가게에는 아무도 없었고, 바람 빠진 타이어 몇 개가 대나무 기둥에 매달려 있었다.

어머니는 모든 것을 준비해놓았다. 린 선에서 일꾼을 구했다. 그들은 새벽 세 시에 오기로 약속되어 있었다. 큰아버지가 나를 큰아버지 집으로 건너오라고 불렀다. 골목에 들어서기도 전에 끌질하는 소리가 들렸다. 큰아버지는 한숨 돌리고 나서 결혼에 대해 물었다. 나는 겸연쩍게 웃었다. 그러자 큰아버지가 잔소리를 늘어놓았다.

— 서른이 넘었는데, 적은 나이가 아니지. 네 어머니가 며느리와 손주를 볼 수 있게 결혼해라. 이렇게 혼자 사는 모습은 내가 보기에도 질리는구나.

큰어머니가 옷더미를 안고 지나가다 끼어들었다.

— 항하고 란, 걔네들이 한 꼴을 보고도 또 뭘 바래요?

— 이 노망난 여편네, 주둥이 닥쳐.

큰아버지는 큰어머니에게 욕을 했다. 나는 끌질하는 일꾼들을 보러 갔다. 크고 작은 다양한 종류의 조각상이 있었다. 완성된 것도 있고, 아직 완성되지 않은 것도 있었다. 얼룩덜룩 노란 잭프루트 나무로 만든 조각상 수십 개가 있었다. 대부분의 조각상 표면에 벌레 먹은 흔적이 보였지만, 옻칠을 하고 나면 매끄럽고, 완전한 모습이 되었다. 조각상들이 사람으로 변해 한꺼번에 거리로 쏟아져 나가면 재밌겠다는 생각이 들었다.

저녁밥을 먹고 나자 어머니는 일찍 일어나려면 지금 자라고 말했다. 하지만 열에 들떠 가슴이 욱신거리고 벌렁거리는 상태로는 잠들지 못할 것 같았다. 한밤중 마을에는 불빛이 아른거리고 바람이 살

랑거렸다. 손님 없는 카페에서 흘러나오는 노란 불빛과 텅 빈 도로
가 지루해 보였다. 나는 혼자 걸으며, 형이 요양소에서 나온 첫날 밤
을 떠올렸다. 우리는 팔짱을 끼고 이 거리를 어슬렁거렸다. 그날 밤
반딧불이 정말 많았다.

　짱이 전화로 잡담을 한참 늘어놓다가 내 목소리가 무심하다고 탓
했다. 너무 피곤해서 그런 거냐고 물었다. 나는 아니라고 말했다. 이
제 더는 고향을 떠나고 싶지 않은 느낌이 든다고 말했다. 그녀는 내
가 감정이 너무 풍부하기 때문이라고 했다. 잠시 침묵하더니 그녀는
나를 사랑한다고 말했다. 내가 감정이 풍부한 게 사랑하는 이유라고
했다. 나는 휴대폰을 귀에 대고 주위를 둘러보았다. 슬프고 허전한
불빛뿐이었다.

　ㅡ나도 널 정말 원해.

　나는 솔직하게 말했다.

　ㅡ나도 마찬가지야.

　그녀는 말을 하자마자 갑자기 전화를 끊었다.

　ㅡ네가 그때 갑자기 전화를 끊었던 거 기억나?

　나는 평소에 묻지 못했던 것들을 짱에게 거침없이 물었다. 하
지만 지금 그녀는 대답하지도, 나를 바라보지도 않고, 무전기 사
내의 어깨너머로 앞만 바라보고 있다. 마치 앞쪽에서 대답이 나
올 것처럼 자세를 취하고 있었다. 나는 안다. 올라올 때와 마찬가

지로 지금 그저 뱀 같은 굽이길을 이리저리 돌고 있다는 것을. 그 때와 다른 점은 바퀴가 바닥에 고인 물을 튕겨내고 있는데, 자세히 들여다보지 않으면 그것을 알 수 없다는 것이다. 영혼들은 결코 대답하지 않을 것이다. 너무 춥기 때문이다.

짱에게 그때 왜 갑자기 전화를 끊었는지 물으려다 머뭇거렸다. 친구놈에게 묻지 않았듯, 그녀에게도 물으면 안 된다.

새벽 두 시 반에 혼자 마을을 돌아다녔다. 텅 빈 거리에는 집들이 질서 없이 아무렇게나 늘어서 있었다. 어디선가 속삭이는 소리가 들리는 듯하더니 길모퉁이에서 검은 물체들이 갑자기 튀어나와 깜짝 놀랐다. 몇몇 물체들이 희미하게 보일 듯 말듯 비틀거리며 내게 다가왔다. 나는 온몸에 소름이 돋았다. 자세히 보니 남자 셋이었다. 그들도 가까이 다가오며 의아한 듯 천천히 걸어왔다. 내가 먼저 물었다.

— 묘를 이장하러 오신 분들 맞지요?

셋이 동시에 대답했다.

— 맞아요.

나는 그들과 함께 집으로 돌아왔다. 세 시에 묘를 파기 시작했다. 낡은 관 뚜껑을 열고 횃불을 비추었을 때, 한 사람이 깜짝 놀라 소리질렀다.

— 아이고, 아직 멀쩡하네.

내려다보니 가슴 부분이 움푹 들어간 게 보였다. 형의 몸 전체가 커다란 고치처럼 흰 비단으로 싸여 있었다. 나는 형의 시신이 잿빛 뼛가루만 남아 있을 줄 알았다. 그런데 아니었다. 어머니와 큰아버지가 일꾼들과 한참 동안 의논했다. 그러고는 나를 불렀다. 큰아버지는 무덤을 그냥 다시 덮자고 했다. 어머니는 나를 바라보며 기다렸다. 어머니 얼굴에 횃불이 비쳐 어둡고 이상한 줄무늬가 생겼다. 나는 묘를 계속 파내기로 마음을 정했다. 내가 너무 단호해 큰아버지도 더 이상 반대하지 않았다. 나는 뚜렷하고 분명한 지휘자가 되었다. 일꾼들은 무덤을 내려다보며, 잡동사니를 걷어낸 후 거의 원 상태로 시신을 들어올려야 한다고 말했다. 나는 상황을 이해했다.

— 아저씨들 머뭇거리지 말고, 조심스럽게 잘 다루어주세요. 품삯 더 드릴게요.

일꾼들은 형의 두개골을 먼저 들어 올린 다음, 몸을 위로 올렸다. 그들은 모두 각자의 역할에 집중했다. 어깨 부위를 잡고, 팔을 떼어 낸 다음 길게 늘어놓고 다시 뼈를 뽑았다. 아직도 남아 있는 붉은 살 점이 마치 제대로 삶지 않은 족발처럼 보였다. 어머니는 고개를 수그리고 주저앉았다. 바람에 일렁이는 횃불에 어머니 모습도 아른아른 흔들렸다. 큰아버지가 탄식을 토했다.

— 아이고 불쌍한 녀석, 죽은 지가 언젠데 아직도 고통이 가시지 않았네.

다리뼈에는 살이 많아서 깨끗이 긁어내야 했다. 뼈에서 살을 긁어

내는 소리는 쥐가 발바닥을 갉아 먹는 소리처럼 들렸다. 한 시간 넘게 작업하고 나서야 뼈가 깨끗해졌다. 뼈들을 작은 관 안에 넣었다. 형의 살점에서 푸른 빛이 났다. 일꾼들은 뼈를 제외한 나머지 것들을 구덩이에 털어 넣고 흙으로 덮었다. 그러고는 관을 어깨에 걸쳐 메고 앞장서 걸었다. 나는 참담한 심정으로 맨 끝에서 따라갔다. 앞에 가는 일꾼들의 모습이 옅은 어둠에 희미하게 뒤틀려 일렁거렸다. 만약 집으로 향하지 않고 정신없이 간다면 그들은 형을 어디로 데려갈까?

다음 날 하노이로 돌아가는 차에서 옆에 삐쩍 마른 사람이 앉았다. 젊은 사람이 이마가 꺼림칙하게 빛이 났다. 형의 이마와 똑같았다. 줄곧 아무 말도 하지 않았지만 옆사람이 계속 신경 쓰였다. 터미널에 도착할 즈음 그가 허연 이빨을 드러내며 웃는데, 순간 쭈뼛했다.

나는 작은아버지에게 형의 몸이 삭지 않았다는 것을 숨기고, 그저 일이 순조롭게 잘 처리되었다고 말했다. 작은아버지는 귀신을 믿지 않지만 작은어머니는 미신에 푹 빠져 있었다. 만약 무덤을 파헤친 걸 알면 큰일 날 일이라고 생각할 것이다. 작은아버지가 의아한 듯 중얼거렸다.

— 그런데 왜 네 작은엄마가 그렇게 속을 끓이고 있는지 모르겠네.

그때 나는 작은어머니에게 신기가 있다는 걸 느꼈다. 아마도 이장으로 인한 나쁜 기운이 목요일자 인민공안신문 보도와 어떤 연관성이 있다고 생각하는 듯했다. 하지만 이장에 대해 미리 이야기한다고 작은어머니가 신문보도를 막을 수 있을까? 저 호기심 많은 신문을 막을 방법이 있을까?

누가 저 밖의 끈질기게 달라붙은 영혼들의 마중행렬을 물리칠 수 있을까?

나는 양쪽에 끼어 있다. 바깥쪽 영혼들은 대단한 끈기 외에 아무것도 갖고 있지 않고, 안쪽 사람들은 총과 수갑의 힘을 가지고 있다.

창문을 스르륵 내리고, 무전기 사내가 얼굴을 바깥쪽으로 향해 침을 뱉었다. 다시 스르륵 소리가 울렸다. 차는 계속해서 아래로 내려갔지만, 위로 올라갈 때만큼 편하게 가지 못했다. 친구놈이 분명하게 말했었다. 운전이 너무 서툴러.

백룡이 지금 오고 있다. 나는 그렇게 느꼈다. 고요한 허공 속에 새하얗게 넘실거리면서.

마치 짱을 흘낏 보았을 때, 그녀의 갑작스런 방문을 떠올렸던 것처럼……

미리 알리지도 않고, 노크도 없이 짱이 문을 벌컥 열고 들어와서 침대에 털썩 주저앉았다.

— 방금 찌엔 영감을 만나고 왔어.

나는 짱을 바라보았지만, 환락의 흔적은 남아 있지 않았다. 머리는 깔끔하고, 눈화장도 여전하고, 입술은 옅은 보라색 립스틱으로 덮여 있었다. 그녀는 나의 침묵을 의식하지 않고 말했다.

—그 영감이 내일 두 주 동안 독일에 가.

나는 독일에서 두 주 동안이나 살 수 있는 사람의 모습이 상상되지 않았다. 아직 가보지는 못했지만, 그 나라 이름을 듣는 것만으로도 피로와 긴장감이 몰려왔다. 매우 엄격한 나라 아니던가.

—문 좀 닫아, 좀 잘게.

그녀는 말하자마자 드러누웠다. 나는 문을 닫고, 빗장을 건 다음, 앉아서 그녀를 바라보았다. 완전히 잠들어 있었다. 그녀의 깡마른 얼굴 윤곽선들이 풀어지기 시작했다. 시계를 보니 오후 다섯 시 이십 분이었다. 나는 찌엔 영감을 만난 적이 없다. 짱이 농담인지 진담인지 아버지가 만약 지금 살아 있다면 찌엔 영감보다 열 살 아래라고 했다. 나는 그녀보다 열두 살이 많다. 하지만 나는 아직 젊다. 그리고 내가 정말 이해되지 않는 것은 그녀가 왜 집에 가지 않고, 더럽고 냄새나는 내 집에 굳이 찾아와서 자냐는 것이다.

짱은 마치 엄마 옆에서 잠든 아기처럼 입을 벌리고, 쩝쩝거렸다. 누군가 그녀에게 먹을 것을 주나 보다. 숟가락마다 신중하고 끈기 있게 주고 있나 보다. 나는 침대 주위를 배회하다가 투언 형이 빌려준 책을 읽었다. 미국 주재 소련 대사관 직원의 회고록이었다. 그는 미국의 여러 대통령을 겪었다. 재미있을 것 같았다. 다만 책이 너무 두꺼웠다. 몇 장 훑어보았는데 무척 흥미로웠다. 정치가의 회고록은 항상 재미있고 매력적이다. 책에서 많은 비밀이 드러난다. 짱은 몸을 들썩이며 신음하다 다시 몸을 움츠리고 깊이 잠들었다. 나는 책을 내려놓고 그녀가 움츠린 채 자는 모습을 바라보았다. 만약 지금 그대로 그녀가 수족관에 잠겨 있다면 아주 매력적으로 보일 거라는 생각이 들었다. 지극히 아름다운 침몰이다. 복도를 지나던 사람들이 시끄럽게 떠들었다. 년 아저씨는 법대생들이 복도에 옷을 널어 말리는 것을 금지했다. 하 띤 지역 말투를 쓰는 론은 아저씨에게 잡혔다 풀려난 후 서너 시간 동안 킥킥거리며 떠들었다. 나는 책을 계속 읽었다. 1967년에 소련과 미국 사이에 원자폭탄 전쟁이 일어날 뻔했다. 역사가 발걸음을 잘못 디딜 뻔했다. 짱이 언제 깼는지 실눈으로 나를 바라보다 다시 눈을 감았다. 하지만 잠들지 못하고 어딘가를 아득하게 배회하는 것 같았다.

— 할 말이 있어. 오빠가 알아야 해.

나는 책장 귀퉁이를 접어서 옆으로 치웠다.

— 심각한 일이야?

그녀는 여전히 누운 채, 게으른 자세로, 몸을 늘어뜨렸다. 한 손을 브래지어 속으로 넣어 가슴을 긁었다.

— 번 리가 찌엔 영감을 파헤치고 있어.

밑도 끝도 없는 말이었다. 그녀는 목을 긁었다. 가늘고 푸른 힘줄이 귀엽게 보였다. 마치 넝쿨 같았다.

—아니 걔가 그 사람을 어떻게 알아?

나는 놀랐다. 짱은 비밀이 필요한 관계에 대해서는 그 비밀을 지켜주는 사람이기 때문이었다.

—네가 소개해준 거야?

물어보면서도 나는 그녀가 찌엔 영감 같은 줄무늬 농어[11]를 번 리에게 소개했다는 것을 믿을 수 없었다. 그녀는 아무렇지 않은 듯 고개를 끄덕였다. 나는 두 손을 역도 선수처럼 오므려 바닥을 내리쳤다. 어깨뼈에서 우두둑 소리가 났다. 그녀는 진지하게 내 눈을 똑바로 보았다. 나는 호수 바닥에 떨어진 칼날이 떠올랐다. 칼날이 빛을 튕겨내고 있었다.

—그건 범죄야.

짱이 몸을 벌떡 일으키며 날카롭게 말했다. 그러고는 날 밀어서 방금까지 자신이 누워 있던 자리에 눕혔다. 고향에 다녀온 피곤함이 밀려왔다. 형의 몸에 쳐 있던 거미줄이 갑자기 내게 쏟아졌다.

—오빠는 그년한테 무슨 짓을 했어?

그녀가 다리로 내 옆구리를 밀며 물었다. 그 말은 질문이 아니라 심문이었다.

—아무 짓도 안 했다고 했는데, 왜 또 물어.

나는 태평하게 말을 되받았다. 그러고는 짱의 발을 잡고 세게 주

---

11 줄무늬 농어는 크고 살찐 물고기로 권력과 돈을 가진 사람을 상징한다.

물렀다. 내 꼬맹이가 벌떡 일어섰다.

　— 그년이랑 나랑 어떤 차이가 있는데?

　짱이 숨을 헐떡거리며 물었다. 나는 대답하기 싫어 마른세수를 했다. 그녀의 입 냄새를 맡기 싫어서이기도 했다. 정사를 나누면서 나는 아무 말도 하지 않으려 했지만, 그녀는 반대였다. 짱이 던진 질문은 번 리의 운명이 이미 결정됐음을 의미했다.

　아홉 시에 저녁을 먹으러 나갔다. 짱은 나를 퀸이라는 해산물 전문 식당에 데려갔다. 음식이 나오기를 기다리는 동안 그녀는 꾸익에게 전화해 주말 약속을 잡았다. 종업원이 바닷가재 두 마리를 보여주었다. 접시 위의 바닷가재가 우아하고 도도하게 보였다. 그녀가 아니면, 이런 종류의 해산물을 먹을 일이 없을 것이다.

　— 내일 아침 나랑 같이 밥 먹어.

　헤어질 때 그녀는 내게 다가와 재빠르게 귀를 핥고는 말했다.

　— 그래, 어디 한번 보고. 무슨 일 있으면 내가 전화할게.

　나는 그녀의 도도한, 빨간색 스쿠터 안장을 두드리며 농담을 했다.

　— 짱, 너는 꼭 말을 끄는 탄 종[12] 같아. 각성이 정말 빨라.

　짱은 어깨를 으쓱하고 입을 삐죽이며 칫 소리를 한 번 내더니, 화려한 거리의 불빛을 향해 날쌔고 거침없이 질주했다. 나는 집까지

12　베트남 설화 주인공의 이름이다. 외적이 쳐들어왔을 때 한 어린아이가 동네 사람들이 차려준 음식을 먹고 갑자기 몸집이 커져 전쟁터로 나가 적을 물리친다는 이야기다.

걸어가 양치한 후 막 자려고 했다. 그때 투언 형이 전화했다. 우리 회사 사무실을 빌리고 싶다고 했다. 지난번에 형에게 우리 회사가 개인 통신 회사와 임대 계약을 파기해 사무실이 비어 있다고 말했었다. 사실은 계약을 파기한 것이 아니라, 우리 측이 계약을 취소한 것이다. 이유는 그 회사 여사장이 우울증으로 자살했기 때문이다. 그나마 다행인 것이 여사장이 자살한 곳이 사무실이 아니라 집이었다는 것이다. 만약 그렇지 않았다면 혼란스러운 일이 생겼을 것이다. 사장이 죽자 직원들은 해산되었다. 남은 재산은 낡은 컴퓨터 몇 대와 서류 더미에 불과했다. 이해하기 어려운 일이었다. 공안이 와서 남아 있는 물품과 서류를 압수해갔다. 우리 회사는 반년 치 임대료를 손해 보았다. 만약 투언 형이 사무실을 임대한다면 시기가 적절할 거라고 말했었다. 형의 회사는 사업을 잘하는 것으로 정평이 나 있었다. 내일 경영실 홍 실장을 만난 뒤 다시 알려주겠다고 했다.

　나는 책을 들어 접어 둔 곳부터 누워서 읽으려고 했지만, 너무 두껍고 무거워 일어나 앉아야 했다. 다리를 꼬고 앉아 읽었다. 정치인들은 어린애처럼 화를 내고 잘 토라졌다. 나는 예전에 그들이 로봇인 줄 알았다. 책속의 내용들이 내게로 스며들었다. 큰 덩치의 브레즈네프[13]는 뾰족한 눈썹을 찡그리며 겨드랑이에 사냥총을

13　브레즈네프(1906~1982). 소련 정치가. 1964년부터 1982년까지 소련 공산당 서기장을 역임했다. 1970년대 미국 닉슨 대통령과 함께 데탕트(긴장 완화) 시대를 이끌었다.

끼고 우거진 열대 숲으로 들어갔다. 그는 덤불 뒤에 숨어 있는 나를 발견하고 걸음을 멈췄다. 총을 들어 올린 채 흥미로운 표정으로 눈썹을 치켜세우며 물었다. ―너, 지금 나를 암살하려고 했지. 나는 진심으로 대답했다. ―아니오, 저는 그저 당신을 훔쳐봤을 뿐입니다. 저는 당신을 존경합니다. ―무엇 때문에 날 존경하는데? ―왜냐면 당신은 위엄이 있고 권위가 있으니까요. 브레즈네프는 씩 웃으며 말했다. ―그런데, 너한테는 그럴 권한이 없어. 말을 마치자 그는 고개를 돌리면서 총구에 뺨을 대고는 왼쪽 눈의 가장자리를 찡그렸다. 나는 당황했다. 젠장, 내가 왜 바보처럼 저 노인네의 사냥감이 되었을까. 나는 도망치려 했지만 미끄러운 이끼 때문에 조금도 움직일 수 없었다. 다행인 것은 브레즈네프 역시 움직이지 못한다는 것이었다. 나는 이 상황이 잘못되었다는 것을 알아차리고 마음을 진정시켰다. 나는 아직 소련에 발을 들여놓은 적이 없다. 이것은 단지 꿈에 불과하다. 꿈속에서 브레즈네프는 한 명이었지만, 열 명이 된다 해도 내게 아무 짓도 할 수 없다. 하지만 맴도는 생각은 이 움직일 수 없는 추격전을 아침까지 계속할 것이고, 심지어 짱과 바닷가재를 먹을 퀸 식당에도 머무를 것이다. 그러고는 브레즈네프와 나는 서로 길을 잃어버릴 것이다. 더 정확히는, 두 사람이 함께 그 어떤 혼돈 속으로 사라질 것이다.

꼬불꼬불 도는 길이다. 모든 것이 헤드라이트 불빛을 따라 나타났다가 사라졌다. 일그러진 불빛이 길 양쪽에 희미하게 달라붙었다 떨어졌다. 안개가 점점 더 짙어졌다. 안개가 차 안으로 밀려들 때마다 핸들의 모양도 일그러졌다. 나는 입술을 핥으며, 산속의 정결한 습기를 만끽했다. 짱이 내게 몸을 바짝 붙였다. 그녀 옆에는 덩치 큰 이가 앉아 있었다. 나는 차가 기울어질 때마다 그 남자의 허벅지가 짱의 허벅지에 닿는 게 못마땅했다. 갑자기 빨간 불빛이 번쩍이자 무전기 사내가 버튼을 눌렀다. 나는 그의 얼굴을 보지 못했지만, 그의 침묵은 저편에서 들려오는 소리에 그가 집중하고 있다는 것을 의미했다.

—네…… 네, 이쪽은 다 끝났습니다. 네, 약간 일이 꼬이긴 했지만, 큰 문제는 없습니다. 됐습니다. 나중에 구체적으로 보고 드리겠습니다. 네, 그렇게 한 녀석이 죽었습니다.

연료표시등 옆, 자동차 선반에 놓인 무전기가 덜그덕 소리를 냈다.

—아직 살 시장 입구의 일은 진척이 없다네.

무전기 사내가 모두에게 말했다. 짱이 약간 움찔했지만 곧 몸을 움츠리며 말없이 앉아 있었다.

맞은편에서 달려오는 차의 헤드라이트가 차 안에 있는 모든 사람을 비췄다. 순간 차는 사라지고 나하고 짱, 그리고 영혼들이 함께 수십 킬로미터 높이의 하얀 바다에 떠다니는 느낌이 들었다. 두 대의 차가 서로 부딪치는 소리가 들리더니 어둠이 다시 그들을 감싸고, 헤드라이트가 희미한 빛을 뿌렸다. 보이지는 않았지만 끊임없이 나타나는 산을 통해 첩첩산중임을 알 수 있었다. 그리고 가끔 앞쪽에서 불빛이 쏟아져 들어왔다. 뒤돌아보니 어둑한 곳이 화물차의 붉은 불빛으로 얼룩졌다. 낮이라면 이곳은 푸르고 아름답게 보일 것이다. 아름다운 곳이지만 가난을 벗어나지 못했다. 늘 살육의 소용돌이에 휘말렸기 때문이다.

나는 다시 영혼들을 바라보았다. 영혼들은 창밖에서 굼뜨고 느긋하지만 결연한 자세를 유지했다.

놈은 운전기사에게 우스갯소리를 하고 있지만, 실제로는 짱이 듣기를 바라고 있었다. 놈은 소수민족[14]에 관한 이야기 창고였다. 아주 신비하면서도 자세하고 뜻밖의 내용이 많았다. 나는 놈의 이야기 방식이 너무 익숙했다. 그런데 이번에는 새로운 이야기였다.

─그 영감은 좌회전 좌회전 하며 부산스럽게 핸들을 오른쪽으로 돌렸어.

놈이 손동작을 하면서 웃으며 말했다. 그래서 놈의 목소리는 찢어지는 것 같았다. 짱은 입을 벌리고 미소지었다.

---

14 베트남은 54개 다민족국가다. 소수민족들은 사고나 도덕관념이 샤머니즘 체계 속에 있어서, 유교, 불교, 기독교적 잣대로는 이해하기 어렵고, 신비로운 측면이 많다. 이들은 국가 개념이 거의 없어서 행정관청의 요구도 잘 받아들이지 않는다. 베트남 정부도 중대범죄행위가 아닌 이상, 이들의 생활방식을 존중해주고 있다.

만약 어머니가 감옥에 가지 않았다면, 형은 분명 항과 결혼하기 어려웠을 것이다. 형이 항을 좋아한다는 것을 알았을 때 첫 번째로 큰아버지가 반대했다. 큰아버지는 항처럼 살결이 하얗고, 긴 머리에, 눈이 촉촉하고, 둥근 체형을 가진 여자는 정에 쉽게 끌리는 종자라 아내로는 적당하지 않다고 말했다. 아버지도 처음에 반대했다. 형이 이듬해 대학입학시험에 집중하기를 바랐다. 하지만 방[15]에서 계속 징집 영장이 날아오자 생각을 바꿔 결혼에 동의했다. 형은 항보다 세 살 많았다. 그 시점에 항은 하노이에서 어떤 운전사와 사랑에 빠졌다가 헤어진 상태였다. 반년 정도 사랑을 나누다, 운전사에게 아내와 두 자녀가 있는 걸 알고 난 후 헤어졌다. 아버지가 결혼에 동의하자 항의 가족도 즉시 동의했다.

약혼식을 마친 후, 바로 결혼식을 치르고, 형 부부는 집에서 독립했다. 항이 신혼집에 가져간 것은 옷가지 몇 벌, 금팔찌 한 쌍, 반짇고리, 생선 뼈로 만든 예쁜 부채가 전부였다. 나는 결혼식 다음 날 형이 완전히 다른 사람이 되었다고 느꼈다. 얼굴에서 싫증과 곤혹스러움이 가득 묻어났다.

— 어젯밤에 그 동물이 형을 물었어?

형은 어리둥절했다.

— 무슨 동물?

---

15 한국의 '동'에 해당하는 행정단위이다.

나는 당황하여, 새끼손가락으로 귓구멍을 후벼팠다.

— 작은아버지가 그러는데 어젯밤에 형은 어쨌건 항이 가진 동물한테 물렸을 거라고 했어.

형은 재빨리 말뜻을 이해하고, 곧바로 말했다.

— 작은아버지 말이 맞아. 동물이 있어. 이렇게 날 물었으니까.

형은 팔뚝의 알통을 내밀며 물린 자국을 보여주었다.

— 하지만 내가 처치할 수 있어. 아무튼…… 됐어. 더 이상 얘길 말아야지. 언젠가 너도 결혼하면 알게 될 거야. 좀 이따 작은아버지한테 내가 물렸다고 말해줘, 알았지?

형의 알통에 물린 자국이 사람 이빨 자국 같다니까 작은아버지는 바보처럼 중얼거렸다.

— 진짜 이빨이 있지는 않을 텐데.

그러더니 작은아버지가 내 귀에 대고 속닥거리며 꼬드겼다. 점심때 나는 항의 동물이 형을 어떻게 무는지 궁금해 형의 집 담벼락을 서성였다. 안을 들여다보니 형과 항은 옷을 하나도 걸치지 않은 채 그저 나란히 누워 있었다. 집에 돌아가려 할 때 큰아버지에게 붙들렸다. 나는 무서워서 작은아버지 이야기를 했다. 큰아버지는 얼굴이 굳어지더니 집으로 달려가 작은아버지의 멱살을 잡고 별이 보일 정도로 따귀를 올려붙이고, 발로 옆구리를 걷어찼다. 작은아버지는 살려달라며 도망쳤다. 큰아버지가 고함을 질렀다.

— 당장 돌아오지 않으면 내가 죽여버릴 거야.

작은아버지는 무서워서 큰아버지에게 되돌아갔다. 큰아버지는 울퉁불퉁한 장작을 집고, 작은아버지를 엎드리게 했다. 그러고는 물었다.

— 네가 사람 새끼야 개새끼야. 조카를 꼬드겨 그런 짓을 하게 해?

작은아버지가 대답했다.

— 개야.

큰아버지가 소리 질렀다.

— 무슨 짓을 하고 싶어서 조카한테 그런 걸 시켰어?

— 아무 짓도 아냐.

큰아버지는 장작을 내리쳤다. 작은아버지가 비명을 질렀다. 나는 온몸이 떨려 숨도 제대로 쉴 수 없었다. 큰아버지는 작은아버지가 왜 나를 꼬드겨 그런 짓을 하게 했는지 계속 캐물었다. 작은아버지가 결국 자백했다.

— 나도 잘 몰라. 그냥 한번 해본 소리야. 내가 어떻게 그 동물한테 진짜 이빨이 있는지 알았겠어.

깜짝 놀란 큰아버지는 장작을 마당으로 던져버렸다. 장작이 잘린 지렁이처럼 꿈틀꿈틀 바닥에서 여러 번 튕겼다.

— 뭐? 너 그럼 예전에 란하고 아무 짓도 안 해본 거야?

큰아버지가 어이없어하며 물었다. 작은아버지가 이마를 바닥에 쾅쾅 찧었다. 그게 화가 났다는 의미인지 수긍한다는 의미인지 알 수 없었다. 돈을 엄청 썼는데 아직도 작은아버지는 여자들이 갖고 있는 동물의 코빼기도 못 봤다. 그러니 어찌 작은아버지의 그 미련

한 생각을 탓할 수 있겠는가. 작은아버지의 아내는 결혼 첫날밤 아무 흔적도 남기지 않고 도망쳐버렸다.

큰아버지는 마치 한 방 맞은 것처럼, 오후 내내 담배를 피우며 술을 마셨다. 그 후로 말 수가 부쩍 줄어들었다.

찐 아저씨가 초대했을 때 큰아버지가 거절했던 기억이 난다. 어쩔 수 없이 아버지가 큰아버지를 대신해 갔다. 아버지는 나를 데리고 아저씨 집에 갔다. 우리를 보자 아저씨는 들어오라 반색을 했다. 아버지가 물었다.

— 할 말이 있으시다고 들었어요.

따듯한 얼굴의 찐 아저씨는 긴장한 표정으로 말을 대충 얼버무렸다.

— 아무것도 아니에요. 타이 족 마을에 갔었는데 거기서 선물로 맛있는 차를 조금 받아왔어요. 사돈도 한번 마셔보라고 부른 거예요.

아버지는 두 손을 모으고, 차를 내리는 아저씨를 바라보았다. 딸이 작은아버지를 버리고 도망간 뒤, 아저씨는 큰아버지와 아버지 보는 것을 삼갔다. 저절로 그때 생각이 떠올라 만남이 내키지 않았다. 무언가가 가로막고 있어 서로 무슨 말을 꺼내야 할지 몰랐다. 내 생각에 아저씨는 무슨 일이 있어 우리를 부른 것이지 차나 즐기자고 한 것은 아니었다. 하지만 아저씨가 잔에 차를 넣고, 물을 따르고, 꿀을 타고, 향을 우려내는 모습에서 아저씨가 말한 게 진실이라 느껴지기도 했다. 차를 두 잔째 마시면서, 아저씨는 고개를 숙이며 말했다.

— 얼마 전에 란 소식을 들었어요. 녀석이 지금 라이 쩌우에 있다는군요.

아버지는 할 말을 잃고 잠시 가만히 있었다. 그리고 목소리를 떨지 않으려고 애썼다.

— 그놈하고 아직 같이 있는 거죠?

찐 아저씨가 고개를 저었다.

— 아마 헤어진 것 같아요……. 사돈 쪽 생각은 어때요?

아저씨가 떨리는 목소리로 물었다. 힘없는 목소리였다. 아버지는 손에 꽉 쥐고 있는 찻잔을 바라보았다. 바람이 마당에서 나뭇잎들을 흐트러뜨리고 사라졌다.

— 생각이 어떠냐는 게 무슨 말씀이세요?

한동안 침묵이 흐른 후 아버지는 차가운 목소리로 되물었다. 아저씨는 애원하듯 말했다.

— 내 뜻은 사돈 쪽이 알아서 처리하라고…….

아버지는 상대를 들이받으려는 물소처럼 얼굴을 찡그렸다.

— 뭐가 더 남은 게 있다고 처리하고 말고 해요. 제 동생은 그 애의 허리띠도 만져보지 못했어요……. 젠장. 저 이만 가볼게요.

아버지의 목소리는 끓는 물을 땅바닥에 쏟아붓는 듯했다. 그리고 무거운 발걸음으로 그 집을 빠져나왔다. 나는 급히 아버지를 뒤쫓았다. 문득 뒤돌아보니 찐 아저씨가 바닥에 주저앉아 눈을 질끈 감고 있었다.

아버지는 집에 들어서자마자 술을 꺼내, 다리를 꼬고 앉아 혼자 마셨다. 술 반병에 얼굴이 어린 바나나 속처럼 창백해졌다. 갑자기 벌떡 일어나더니 마당으로 나갔다. 나는 입을 벌리고 아버지를 바라보았다. 아버지는 눈을 감은 채 비틀거렸다. 그리고 회오리처럼 변했다. 회오리 속에서 천둥 번개가 치면서 주먹질과 발길질이 뿜어 나왔다. 그러고는 숨을 크게 몰아쉬더니 제자리로 돌아와 다시 술을 따랐다. 천천히 입에 술을 털어 넣고 고개를 숙이며 삼켰다.

저녁에 형 부부가 놀러 왔을 때, 작은아버지도 집에 있었다. 나는 항을 몰래 쳐다보다가 작은아버지 얼굴을 봤다. 작은아버지는 어쩔 줄 몰라 하는 모습이었다. 형은 아버지가 술을 많이 마시는지 내게 물었다. 나는 술병을 위로 들어 올리며 검지로 병마개를 따는 시늉을 했다. 그리고 넌지시 말했다.

— 무술도 하고 춤도 추셔.

작은아버지는 이쑤시개로 이를 쑤시다가, 메기를 때려잡듯 발바닥으로 땅을 쳤다.

— 허풍떨지 마. 네 아빠가 무술을 한다면 나는 머리로 땅을 팔 수 있어. 내가 개새끼지.

형은 항의 허벅지에 손을 얹고 딱 잘라 말했다.

— 그래, 아버지는 술병 두 개 위에 올라서서 춤을 출 수 있지. 전혀 비틀거리지 않고 말이야.

작은아버지는 형의 손이 항의 허벅지에 얹혀 있는 것을 보고 멍해졌다. 그러고는 힘겹게 침을 꿀꺽 삼켰다. 형은 전혀 신경 쓰지 않고 항의 허벅지를 꼭꼭 주물렀다. 항은 형의 손을 떼 내려는 듯 다리를 오므렸다. 작은아버지는 얼굴이 빨개져 마당으로 눈길을 돌렸다. 아버지는 천둥 치듯 코를 골았다. 길게 이어진 코골이 소리에 집이 오르락내리락 들썩거렸다. 집이 좁아터질 것 같았다. 또한 그 소리에서 생기가 느껴지기도 했다. 길에서 도둑을 쫓는 듯 소란스러운 소리가 들렸다. 형이 급히 밖으로 뛰어나갔다. 나는 칼을 들고 형의 뒤를 따라갔다. 사람들이 길에 모였지만 도둑이 어느 방향으로 갔는지 아무도 몰랐다. 형이 내게 집에 들어가라고 소리 지르는 바람에 나는 재빨리 집으로 달려갔다. 그런데 집에 들어서자 작은아버지가 항의 허벅지 사이에서 무언가 찾고 있는 게 보였다. 항은 온몸을 늘어뜨린 채 고개를 젖히고 있었다. 작은아버지는 나를 발견하자 급히 항의 두 손을 잡아당겨 항이 방금 넘어진 듯한 자세를 만들었다. 항은 빨개진 얼굴로 나를 보고는 밖으로 뛰어나갔다. 작은아버지가 말했다.

— 아무한테도 주둥이 놀리지 마. 나중에 내가 어떻게든 은혜를 갚을게.

작은아버지는 아예 가출해 버렸다.

몇 달이 지나 작은아버지는 듬직하게 나타났다. 하얀 셔츠를 회색 바지에 집어넣고, 가르마를 탄 머리에, 손목에는 번쩍거리는 금시계를 차고 있었다. 작은아버지는 마을 입구에서 집까지 오면서 누구에게도 인사하지 않았다. 고개를 치켜들고, 경멸스러운 시선으로, 낯선 고관대작처럼 교만하게 걸었다. 또한 아무도 작은아버지가 그동안 어디 있었는지, 무엇을 했는지 묻지 않았다. 아버지와 큰아버지조차 묻고 싶어 하지 않았다. 오로지 항만 어리석고 순진한 얼굴로 마치 풍을 맞은 사람처럼, 본래 붉은 뺨이 석회처럼 변했다. 작은아버지는 아침에 왔다가 오후에 하노이로 돌아갔다.

나는 작은아버지가 어떻게 회사 조직부장의 딸과 결혼할 수 있었는지 알 수 없었다. 얼마 후 작은아버지는 경제부장 자리에 올랐다. 장인이 퇴직하기 전에 작은아버지에게 부사장 자리를 만들어주었다. 지금 작은아버지는 사장 자리에 앉아 있다.

나는 작은아버지의 놀라운 재주를 알지 못했지만, 형은 작은아버지의 주소를 알아냈다.

나는 짱에게 그 이야기를 들려준 적이 없고, 들려줄 생각도 없었다. 심지어 현 인민위원회 게스트하우스의 축축하고 냄새나는 침대에 둘이 나란히 뒹굴며 온갖 이야기를 다 할 때도 그 이야기는 하지 않았다. 누가 그런 허무맹랑한 이야기를 듣고 싶어 하겠는가.

—사실, 네 전화를 받고 잠에서 깼을 때, 모든 것이 싹 바뀔 거라고는 생각하지 못했어. 네가 어딘가에 가고 싶다고, 거길 나랑 같이 가겠다고 했던 거 기억나? 그때 내가 너한테 지금 어디에

갈 거냐고 물었잖아?

짱의 머리가 조금씩 흔들렸다. 그녀의 머리카락이 내 어깨에 닿았다. 일부는 옆에 앉은 덩치 큰 이의 어깨에 닿았다. 내가 그녀에게 그렇게 물었지만, 나는 내가 가야 할 곳이 어디인지 이미 알고 있었다. 투언 형에게 같이 가자고 했을 때, 형이 거절했던 장소였다. 그녀는 내가 가고 싶은 곳에 가자고 했다. 여행이라 생각하자고 했다. 그래서 곧바로 택시를 불러 터미널로 갔다. 새벽 4시에 출발하는 차가 기다리고 있었다.

나는 차에 앉아 짱에게 물었었다. 번 리가 집을 찾았을까 아니면 빈 들판의 흔적을 따라 여전히 헤매고 있을까. 그녀가 어깨를 으쓱하며 말했다.

—그년 그냥 냅둬.

짱은 단호한 표정으로 번 리에 대해 언급하지 말라고, 절대로 하지 말라고 요구했다. 나는 말없이 칠이 벗겨져 얼룩덜룩한 터미널 기둥만 바라보았다.

얼마나 많은 이야기를 했는지 모르지만, 여전히 놈은 자신의 이야기에 열을 내고 있었다. 놈은 은근히 소수민족의 말투를 흉내 냈다.

— 하노이 사는 똥지(동지)? 나도 하노이에 살아요. 하노이 똥지는 어느 지역에 살아요?

짱이 웃음을 터뜨렸다. 나는 이 이야기를 8년 동안 들어왔다.

산은 여전히 이 산 저 산이 비슷했다. 아직 '하늘이 돌로 변했다'는 그곳의 흔적을 찾지 못했다. 여기 오기 전에 나는 짱에게 그곳에 대해 여러 번 떠벌렸다.

'오늘 밤은 정말 운 나쁜 얘기야.

아마 월요일인 것 같은데.

지난번에 내가 말했던 취사병 녀석 기억나? 내가 총알을 한 방 먹이려 했던 그 녀석 말이야. 그런 일이 벌어지지 않아서 다행이지. 만약 그랬다면 또 크게 후회할 뻔했어. 취사병 녀석은 우리가 처음에 생각했던 만큼 나쁜 녀석은 아니었어. 친해지고 나서 들었는데, 녀석의 형도 여기서 전사했다고 하더라구.'

그해 강 탭 지역의 방어 대대가 갑자기 총기를 보급받고 전선에 배치되었다. 행군길에 습격을 받는데, 총이 너무 새것으로, 기름도 다 닦아내지 못한 상태라 적에게 대항하지 못했다. 대부분 전사하고, 겨우 몇 명만 산에서 굴러 떨어지듯 도망쳐 운 좋게 살아남았다.

'취사병 녀석이 이야기하면서 울더군. 원래 빨갛던 코가 점점 더 빨개져서 홍시처럼 되었어. 이상하게 보였어. 처음에 녀석이 하는 이야기를 들었을 때는 녀석의 형이 동작이 굼떠 총에 맞은 거라고 생각했어. 만약 우리처럼 날렵했다면 살아남지 않았겠냐구. 그런데 나중에 생각이 달라졌어. 늦고 빠른 게 무언가를 해결할 수 있는 게 아니었으니까. 그 누군가가 군인의 목숨을 결정하는 거였어. 그렇게 생각하니까, 계속 그런 생각이 드니까, 네가 제대로 이해할 수 있게 내가 기록을 해야겠더라구. 그렇게 무서워할 일은 아니야.'

예전부터 형은 아무것도 무서워하지 않았다. 나는 그걸 당연하게 생각했다. 나는 형의 웃음소리만 들어도 무서웠다. 외삼촌을 찾아간 후의 웃음이 그랬다.

외삼촌 집은 시장 바로 뒤에 있었다. 앞쪽에는 꾸어이 짜 산이 있는데, 크기가 다른 집게발 모양의 두 봉우리가 있었다. 2층집으로, 날 일(日)자 모양의 베란다가 있고, 난간에는 빨간 도자기 조각들이 붙여져 있었다. 처음 만났지만, 외삼촌은 전혀 낯설지 않았다. 외삼촌의 모습은 형이 만나고 와서 이야기했던 것과 똑같았다. 머리 모양이 기이했다. 윗부분은 기르고, 아래는 하얗게 밀어버려서, 머리카락이 마치 부추 같았다. 창백한 얼굴이 머리카락과 잘 어울렸다. 그 창백한 얼굴이 술 때문이라는 걸 나중에야 알았다. 취하지 않는 날이 없었다. 취하면 외숙모를 끌고 와 욕을 하고, 그다음엔 자녀들을 욕하고, 마지막에 동네 사람들을 욕했다. 단지 왼쪽 집만 욕을 먹지 않았다. 그 집은 외삼촌이 예전에 사랑했던 여인의 집이었기 때문이다. 둘이 언제부터 사랑하는 사이였는지 아무도 기억하지 못하지만 서로 사랑했다는 것, 결혼으로 이어지지 못했다는 것, 이웃으로 산다는 것만 사람들이 알고 있었다. 외숙모는 마을의 현 단위 은행의 부사장이었다. 은행이 집과 가까워, 몇십 걸음만 걸으면 되는 곳에 있었다. 외숙모는 착하고, 화합할 줄 알고, 인내할 줄 알았다. 외삼촌이 취해 심한 욕을 할 때, 단 한 번도 반박하거나 큰소리를 낸 적이 없었다. 침묵하면서 마치 꾸어이 짜 산이 자신의 집에 욕을 하는 것이지 자신에게 욕하는 건 아니라고 생각했다. 내가 물어보았을 때, 외삼촌이 세상을 그렇게 살아온 걸 어떻게 탓하겠냐고 했다. 어쨌거나 외삼촌은 은행 직원들 앞에서만큼은 욕을 한 적이 없었다. 그리고 여전히 한 곳은 모든 것을 용서할 수 있었다. 옆집 여자는 외삼촌이 큰소리로 욕을 할 때 의도적으로 문을 닫거나 두 살배기 아이를 데리고 동네 멀리 맑은 냇가에서 놀다 들어왔다.

짱이 선물을 꺼내 외삼촌 부부에게 주었다. 외삼촌이 투덜거렸다.

―쓸데없이 뭐 이런 걸……. 너는 이놈 부인이야 아니면 애인이야?

마치 딸에게 묻듯이, 외삼촌은 직설적으로 물었다. 짱이 웃었다.

나는 오랜만에 반찬이 많은 밥을 먹었다. 소박한 반찬들이지만 다 맛있었다. 어쩌면 피곤하고 배가 고파서 그렇게 느꼈는지도 모른다. 긴 시간 동안 차를 타고 오면서 나는 단지 반미[16]와 옥수수만 먹었을 뿐이다. 짱도 길거리 음식이 꺼림칙해 제대로 먹지 못했다. 저녁이 되자 외삼촌이 계속 들락거렸다. 뱃살이 빠지기 시작했다는 것을 자랑이라도 하듯 윗옷을 가슴까지 들췄다. 외숙모가 작은 소리로 말했다.

---

16 베트남 바게트빵이다.

60

— 조카가 술을 마실 건지.

말을 채 마치기도 전에 외삼촌은 나를 오라고 손짓한 다음, 탁자 밑에서 술을 꺼냈다. 그러고는 잔에 따르고 말했다.

— 입만 조금 축이자구.

내가 외숙모를 쳐다보았지만, 외숙모는 아무 내색도 하지 않았다. 마치 물잔을 보고 있는 듯했다. 나는 다짐을 받았다.

— 오늘 외삼촌은 취하시면 안 돼요.

외삼촌이 고개 들고 나를 보더니, 분명 욕을 할 것 같았는데, 귀만 긁적거렸다.

— 그래, 안 취할 거야.

나는 외삼촌을 베란다로 데리고 나가 술을 마셨다. 상쾌한 바람이 불었다. 고지대의 술은 독하지 않았다.

— 아이들은 주말에 집에 오나요?

나는 두 아이의 존재를 잊고 있었다. 둘 다 마을에서 일했다. 외숙모 목소리가 들렸다.

— 너무 게을러. 내가 한 달 가까이 아팠는데, 한 녀석도 안부를 물으러 오지 않았어.

외삼촌이 눈썹을 치켜세웠다.

— 물어본다고 병이 낫는 것도 아니잖아. 그냥 살짝 위안이 되는 정도지.

외삼촌의 말은 부드럽고 유머가 있었다. 항상 그랬다. 즐겁게 지

내려고 노력했다.

　― 그들이 왔을 때, 외삼촌은 어디에 있었어요?

내가 이야기를 이어갔다. 외삼촌은 입을 꾹 다물었다.

　― 여기지, 어디 있었겠어. 정말 왜 바보 같은 질문을 하고 그래.

　― 그들이 여기까지 왔단 말이죠?

외삼촌은 술을 따르며 의심스러운 눈으로 나를 바라보았다. 나는 외삼촌이 자리를 끝낼까 두려워 급히 건배하고 다 마셨다. 외삼촌이 그 모습을 좋아하며 술을 다시 따랐다.

　― 그들이 한 집도 남겨놓지 않고 다 부셨어.

외삼촌은 산을 올려다보며 말했다. 그때부터 날씨가 어두워지기 시작했고, 뾰족한 두 봉우리도 흐릿해졌다. 사실, 2월의 전투[17]는 사람들이 생각하는 것만큼 예상치 못한 것이 아니었다. 이 마을은 두 주 전에 소식을 들었다. 산속 동굴 깊이 쌀을 옮기고, 총과 탄약도 준비했다. 작전을 세우고 그저 기다리고 있었다. 열흘 이상 기다리는 것이 가장 힘든 시간이라고 외삼촌은 말했다. 더 이상 뱃속에 즐

17　1979년 2월 17일부터 3월 16일까지 한달 동안 벌어진 베트남-중국 간의 국경전쟁을 뜻한다. 1978년 12월 베트남이 캄보디아를 침략하여 친중국 정권인 크메르루즈를 무너뜨렸다. 1979년 1월 캄보디아에 친베트남 정권이 수립되자, 중국은 이를 응징하고자 1979년 2월 베트남을 침략한다. 중국의 목표는 베트남의 주력군을 캄보디아에서 철수시켜 다시 친중국 정권을 세우는 것이었다. 중국은 하노이를 점령하면 베트남 주력군이 철수할 것이라고 생각했다. 하지만 베트남은 주력군 없이도, 국경수비대와 민병대의 힘만으로 중국군을 막아냈다. 결국 하노이 진입이 불가능하다는 것을 깨달은 중국군은 한달 만에 철군한다. 하지만 중국은 그 이후로도 1989년, 베트남군이 캄보디아에서 철수할 때까지 여러 차례 국경을 침략했다.

거움도 분노도 들어차지 않기 때문이다. 그저 기다리고 기다리는 것
뿐이다. 민병대가 고개에서 뛰어 내려올 때마다 급히 총을 들었지
만, 곧 아니라는 수신호를 받았다. 17일 점심에 그들이 밀려들어 왔
다. 그때 민병대는 두 편으로 나뉘어, 반은 아이들과 노인들을 데리
고 계곡에 들어가 숨고, 나머지 반은 언덕 위에서 대기했다. 이틀 동
안 전투를 치른 후 언덕을 포기하고, 마을까지 버린 후 산으로 도망
쳤다. 그들이 쫓아와 뒤에서 총을 쏘았다. 외삼촌과 같이 뛰어가던
젊은 민병대원 두 명이 총에 맞아 죽었다.

　─너무 바보 같았어. 뛸려면 계속 뛰어야지. 최대한 빠르게 말이야.

　외삼촌의 목소리가 슬펐다.

　─그렇게 일러두었건만 두 놈이 뛰면서 뒤를 돌아봤지. 그래서
둘 다 총에 맞아 죽은 거야.

　외삼촌은 한 사람이 겨우 숨을 수 있는 바위로 뛰어든 다음, 나뭇
잎으로 가렸다. 수류탄의 안전핀을 뽑은 채 기다리면서 만약 발각되
면 터뜨리려고 생각했다. 외삼촌은 오가는 그들의 발자국이 어느 순
간 다른 곳으로 가는 소리를 들었다. 그래서 탈출할 수 있었다. 그날
밤 외삼촌은 민병대와 함께 그들을 공격했다. 닥치는 대로 총격전을
벌인 후 다시 산으로 피신했다. 그들은 감히 쫓아오지 못하고 박격
포를 쏘아댔다. 그들은 마을에 일주일 동안 머물렀다. 우리 주력군
이 퇴로를 막아놓아 그들은 마을에서 나갈 길을 찾고 있었다. 밤마
다 우리가 공격했기에, 그들은 집안에서 잠을 자지 않고 침낭을 가

지고 밖에서 잤다. 우리가 예측하기 힘든 곳이었다. 팔 일째 되는 날 그들은 철수할 수 있었다. 그들은 철수 전에 모든 것을 박살 냈다. 집에 불을 지르지 않고, 기둥 중간을 자른 다음 트럭으로 들이받아 무너뜨렸다.

— 그놈들은 정말 미치광이 대마왕이야.

외삼촌은 말했다.

— 제기랄 불을 질렀으면 치우기나 쉽지. 힘도 덜 들고 말이야. 놈들이 그렇게 부숴 놓아서 치우는 게 너무 힘들었어. 자 한잔 해.

술잔이 부딪쳐 술이 바깥으로 흘러넘쳤다. 나는 짱과 외숙모가 나누는 대화를 들으려고 귀를 기울였지만 말소리가 너무 작아 간간히 소곤대는 소리만 들을 수 있었다.

외삼촌은 건배를 하다 술이 떨어진 걸 발견하고는, 내 귀에 대고 다른 술을 가져오라고 속삭였다. 조금 망설여졌지만, 마시지 않으면 잠들 수 없을 것 같았다. 편하게 자기 위해 더 마시기로 했다. 외삼촌은 산을 가리키며, 하마터면 저기서 죽을 뻔했다고 했다. 무장한 그들과 마주쳤던 곳이다. 그때 외삼촌과 그들의 거리는 열댓 걸음밖에 되지 않았다. 그리고 양쪽 다 총을 겨누고 있었다. 상대편은 가벼운 권총을 들고 있었고, 외삼촌은 두 손에 K44를 들고 있었다. 둘 다 방아쇠를 당겼는데, 상대의 총알은 발사되지 않았고, 외삼촌의 총알은 날아가 상대의 왼쪽 어깨에 박혔다. 외삼촌은 어찌나 당황했던지 총알이 상대를 맞춘 것만 확인하고는 총을 던져버리고 도망쳤다. 나는 천천히 말했다.

　― 그해 그들의 무기는 우리 무기보다 뒤떨어져 있었어요.

　외삼촌이 믿을 수 없다는 눈빛을 보여, 나는 이어서 말했다.

　― 1975년 이후의 우리 군대는 세계에서 가장 강력한 군대이자 전투를 잘하는 군대였어요.

　― 헛소리.

　외삼촌은 코웃음을 쳤다. 나는 목에 힘을 주었다.

　― 진짜예요, 헛소리가 아니에요. 외삼촌 한번 상상해 보세요. 그때 우리나라는 미국과 소련의 무기가 넘쳐났어요.

　― 그래, 그건 이치에 맞네.

　외삼촌이 동의하자 나는 더욱 흥분했다. 나는 천하제일의 정치, 군사분석가처럼 장황하게 설명을 늘어놓았다. 나는 말했다. 이 전쟁은 영웅의 얼굴에 침을 뱉는 거나 마찬가지다. 수십 년 피를 흘려 명성을 얻었는데, 몇 주 만에 그들이 그 명성을 빼앗아갔다. 외삼촌은 설명을 듣다가 실눈을 뜨기도 하고, 무심코 '어이없네'라는 말을 내뱉기도 했다. 외삼촌은 적개심도 없고 뒤끝도 없이 말했다. 이 전쟁은, 때때로 충돌하고 그러고는 이내 잊어버리고 슬플 때는 서로 불러서 술을 마시는 가까운 이웃 간의 다툼과 다르지 않다. 나는 애늙은이처럼 반박했다.

　― 외삼촌, 이웃간의 다툼이라니 무슨 말도 안 되는 소리예요? 모두 다 산적들인데.

— 산적이라면 그저께 죽은, 마을 끝에 살던 센 전 노인이 생각나네. 그 노인도 한때는 산적이었지.

여기는, 산적들의 명성이 커서 듣기만 해도 두려울 정도였다. 오래전부터 미신처럼 들었다. 그 산적이라는 소리는 사람들을 끔찍하게 끌어들이는 힘이 있다. 산도 숲도 아니고, 산적이라는 그 소리가 그렇다. 실제로 그 산적은 정규군 출범 직후에 바로 생겼다. 그들은 한계가 있는 부대였다. 규모가 크지도 않고, 그렇다고 산발적으로 흩어진 서너 명도 아니었다. 산적들은 근근이 적당한 규모를 유지하면서 실체로 존재했다. 산적들은 경이로운 이야기는 물론 의협적인 이야기까지 지어냈다. 혁명활동의 싹이 트던 쭈 반 떤[18] 시대에는 혁명군과 산적이 지역에서 서로 충돌했다. 서로 총칼을 들고 피 값을 치를 때도 있었지만 나중에는 화해했다. 산적들이 화해했던 간단한 이유는 비엣 민[19]이 자신들과 한배를 타고 있었기 때문이다. 쭈 조센 두목이 쭈 반 떤을 만나서 바보 같은 말을 했다. 너희들은 가난 때문에 혁명을 하는구나. 우리들은 가난 때문에 도적질을 하는데. 그렇다면 서로 같은 것이지. 지금 우리가 너희들을 도와 서양놈들을 물리치면, 나중에 너희가 혁명에 성공했을 때 우리 은혜를 기억하고

18 쭈 반 떤(Chu Văn Tấn : 1910~1984). 타이 응웬 성 소수민족 눙 족 출신으로 항불 독립운동에 참여했고, 1945년 9월 베트남 정부가 수립되었을 때 초대 국방부 장관을 맡았다.

19 베트남 민족 독립 동맹의 줄임말. 프랑스, 일본에 대항한 모든 독립운동 조직의 연맹체를 일컫는다. 1941년 5월 19일 호치민이 창설했다. 한국 언론에서 월맹이라 칭했었다.

도와주길 바란다. 그 말을 듣고 쭈 반 떤은 너희와 우리는 다르다고 말했다. 하지만 어떻게 다른지 쭈 반 떤과 그의 동지들은 설명하지 못했다. 지방 정권을 장악했을 때 쭈 반 떤은 비로소 혁명군과 산적의 차이를 설명할 근거를 갖게 되었다. 당시의 전투는 어디에도 비교할 수 없을 만큼 잔인했다. 죽기 아니면 살기였다. 산적들이 거의 모든 국경지대를 통치한 적이 있다. 동 찌에우부터, 응언 선, 박 선, 검 강까지, 그리고 떠이 꼰 린 산맥까지 점령했다. 산적 떼의 유일한 계승자였던 리 즈엉 따이는 스스로 안남[20] 왕이라 칭하고, 부대를 이끌고 타이 응웬 거리에서 내란을 일으켰다. 홍산 기슭에 수감되는 순간까지 그는 사람들이 감히 왕을 감옥에 가두었다고 생각했다. 왕이 되고자 하는 그의 꿈이 너무 깊어, 세상에는 그가 죽기 전에 실제 황금똥을 누었다는 소문이 돌았다. 산적 무리는 각각의 개성을 가지고 있었다. 그 개성은 두목의 개성이었다. 라오 까이의 호앙 아 뜨엉은 상대의 귀를 자르는 것을 좋아했지만 결코 죽이지는 않았다. 박 꾸앙의 꺼 짱 무리의 두목 짜오 산 푸는 소수민족끼리 서로 죽이는 것을 좋아해서, '따이 족을 죽이면 논을 얻고, 낀 족을 죽이면 소금을 얻고, 호아 족을 죽이면 은을 얻으리라.'는 슬로건을 만들었다. 이에 답하려고, 모임을 만든 남 즈엉 호아 무리는 계속해서 자오 족

---

20   중국 당나라가 679년에 안남도호부를 설치하면서 베트남을 안남이라 지칭했다. 그로부터 다른 나라에도 베트남이 안남이라 알려졌는데, 베트남 사람들조차 20세기 중반까지 공식국호와 별개로 스스로 안남이라 지칭하는 경우가 많았다.

을 공격하고, 학살을 저질렀다. 총과 갈고리 칼로 참혹한 전투를 오랫동안 계속했지만 북부지역 첩첩산중을 벗어나지는 못했다.

이야기에 푹 빠져서, 외삼촌은 내가 듣건 말건 센 전 노인이 산적 부대라고 욕을 퍼부었다. 외삼촌은 딱 잘라 말했다. 그 노인이 산적들에게 외삼촌네 돼지를 잡아 마당에 돼지머리를 꽂아놓으라고 했다는 것이다. 외삼촌이 그 노인과 술을 마시고 있을 때, 산적들이 몰려와 돼지를 잡고 마당 한가운데 돼지머리를 꽂았다. 외삼촌은 그 모습이 너무 무서워 잠을 잘 수가 없었다. 산적들에게 그렇게 하라고 시킨 놈이 센 전, 그놈이라는 것이다.

— 그놈이 죽지 않았다면 내가 죽여버렸을 거야.

외삼촌은 그렇게 말했지만, 목소리에서 살기는 전혀 느껴지지 않았다.

외숙모가 짱과 함께 천천히 밖으로 나왔다. 외삼촌이 외숙모에게 술을 권했다. 일 때문에 아주 오랜만에 조카가 집에 놀러왔는데, 다시 또 올지 모르겠다고 했다. 외삼촌이 무심코 던진 말에 나는 문득 형을 떠올렸다. 외삼촌을 만나고 돌아온 후 형은 말수가 줄고, 방황하며, 침울하게 지냈다. 한번은 점심에, 앉아서 발톱을 갈아 먹더니 갑자기 웃었다. 그 웃음소리에 소름이 돋았다.

나는 외숙모에 다가가 물었다.

— 형이 여기 왔을 때, 어디 갔었어요?

외숙모가 대답했다.

─ 아니, 그냥 얌전하게 있었어. 덩치도 커서 이 마을 사람들 모두가 좋아했어.

나는 짱을 돌아보며 말했다.

─ 형이 여기 왔다 간 뒤로 병이 심해졌어요.

외삼촌은 그 말에 눈썹을 치켜올리고, 눈을 사납게 부릅떴다.

─ 그러니까 그 말 뜻은 네 형이 우리집에 왔다 갔기 때문에 미쳤다는 거야?

나는 고개를 저었다. 외숙모가 손사래를 치며 말했다.

─ 그런 뜻으로 한 말이 아닌데, 왜 그렇게 생각하세요.

외삼촌은 목을 길게 빼고 나와 짱을 바라보았다.

─ 아니야, 정말 그렇게 생각하고 있어. 이 적막한 소수민족 마을에 사람을 미치게 하는 마술이 있다고 생각하고 있다니까.

나는 외숙모를 바라보며 도움을 청했다. 외숙모는 일어서서 외삼촌 손을 잡으며 말했다.

─ 됐어요. 좀 쉬게 놔두세요. 먼 길 오느라 지친 사람들이에요.

외삼촌이 술주정을 했다.

─ 지친 놈은 그럼 가서 쉬어. 나는 더 마실 거야. 저놈은 정말 그렇게 생각한다니까. 젠장.

침상에 누운 지 얼마 안 되어, 형이 와서 '응우 넌 사원에 친구가 하나 있는데, 내일 거기 가서 내 안부 좀 전해줘.'라고 했다. 친구 이름을 물으니, 형은 그냥 가보면 안다고 했다. 거기서 만나게 되는 사람이 형의 친구라고 했다. 나는 내일 갈 거고, 지금은 자야 한다고 말했다. 형이 삐져서 '너는 왜 잠밖에 모르냐. 늘 잠만 자냐. 많이 자면 짐승이 된다.'고 말했다. 나는 이야기를 끝내기 위해 '그래. 알았어. 맞아.'라고 대답했다. 그러면서 머릿속에서 '형은 이미 짐승이 되었다'는 생각이 들었다. 형은 눈망울을 사납게 굴리고, 이빨을 드러내며 나에게 예의 없다고 말했다. 나는 신이야, 신이라구. 기억나? 형은 씩씩거리며 구름을 잡아서 내 얼굴에 내리쳤다. 부드러운 구름이 얼굴에 닿기 전에 나는 그 구름이 아름답다고 느꼈다. 사진으로 못 찍는 것이 안타까웠다.

아침에 외삼촌은 나를 외할아버지 산소에 데리고 갔다. 짱도 가고 싶어 했지만 외삼촌이 산에 오르는 게 힘들다고 말해 그녀는 집에 남을 수밖에 없었다. 집을 나서자, 외삼촌이 귀에 대고 속삭였다.

— 외지인에다 여자라, 산에 데려가는 게 내키지 않아 그랬어.

길은 마을 끝에 있는 실개천을 건너서 꽤 높은 산을 기어올라야 했다. 그다음 돌무더기 지대를 돌아서 다시 계곡으로 내려가야 했다. 그 계곡에 마을 묘지가 있었다. 계곡이라 하지만 고도는 마을보다 훨씬 높았다. 묘지가 정돈되지 않아 자세히 보지 않으면 그냥 언덕배기로 보였다. 3월이 되면 가족들이 올라와 벌초하고 묘지 주위를 단장했다.

— 이게 외할아버지 산소야.

외삼촌은 이끼와 버섯이 가득한 산기슭으로 나를 끌고 갔다. 늙은 버섯들이 낮게 자리 잡은 모양이 꼭 물소가 늪지대에 쭈그리고 앉아 있는 듯했다.

— 외할머니 산소는 어디 있어요?

나는 궁금했다. 외삼촌은 고개를 양쪽으로 가볍게 흔들었다. 나는 무심한 듯 쭈그리고 앉아 버섯에 집중하는 척했다. 이 버섯 밑 땅속에 외할아버지가 있다. 하지만 나는 한 번도 외할아버지를 본 적이 없다. 어머니는 외할아버지 이야기를 거의 하지 않았다. 어머니는 단지 외삼촌에 대한 이야기만 했다.

— 네 형도 여기 왔었다.

외삼촌이 말하며 노랗게 시든 풀밭으로 발걸음을 옮겼다. 나는 갑자기 어젯밤 꿈이 생각나 급히 말했다.

— 이따 응우 년 사원에 잠깐 데려다주세요.

외삼촌은 깜짝 놀랐다.

— 네가 응우 년 사원을 알아? 우리 마누라가 이야기해줬어?

나는 대충 고개를 끄덕였다. 왼쪽에서 씩씩거리는 소리가 들리더니, 흰 물소가 멍한 눈으로 나를 보고 있었다. 외삼촌은 넋 나간 표정이더니 담배에 불을 붙여서 내게 건넸다.

— 향불 대신 이렇게 하는 거야.

나는 담배를 어디에 꽂아야 할지 몰랐다. 외삼촌은 돌멩이 두 개를 집어 산소 꼭대기에 올려놓고 그사이에 담배를 꽂았다. 사방 첩첩산중 돌산 사이로 희미하고 가느다란 연기가 피어올랐다. 외삼촌은 주저앉아 다리를 펴고, 두 손을 뒤로해 땅을 짚고, 고개를 젖히고 하늘을 올려다보았다.

— 네 어머니가 너희들한테 외할아버지 이야기를 자주 해줬냐?

외삼촌이 흐릿한 아침 하늘을 보면서 물었다. 나는 모호하게 대답했다.

— 기억이 안 나요……. 별로 못 들은 거 같아요.

— 외할아버지도 산적이었다.

나는 산소를 살아 있는 사람을 쳐다보듯 바라보았다. 외할아버지는 산악지역 사람이 아니다. 프랑스군 포로로 3년 이상 잡혀 있었다. 풀려난 후 여기저기 떠돌았다. 외할아버지가 어느 해 어느 날 죽었는지 지금은 외삼촌도 기억하지 못했다. 몇십 년이 지났는데, 외할머니가 외할아버지를 묻을 때 바나나 한 다발을 함께 묻는 것을 보고 외삼촌은 더 이상 그날을 기억하고 싶지 않았다.

외할아버지는 두목이었다. 처음 여덟 명이던 무리가 점점 늘어나 나중에는 백 명 남짓 되었다. 할아버지는 밧 다이 군[21]과 해방선전대[22]를 상대로 싸운 적이 있다. 그래서 외할아버지는 자다가 살해당했다. 시신은 산등성이 나뭇가지에 거꾸로 매달리고, 머리는 사라졌

---

21 중국 인민해방군 초창기의 군대를 베트남에서 지칭한 말이다.

22 베트남 최초의 현대식 군대로 현재 베트남 군대의 근간이다. 1944년 12월 22일에 창설되었다. 호치민 주석의 오른 팔인 보 응웬 지압(Võ Nguyên Giáp:1911~2013)이 총사령관을 맡았다.

다. 외할아버지의 죽음을 두고 수많은 소문이 돌았다. 개인 원한으로 살해를 당했다는 소문도 있었고, 프랑스군이 죽여서 장대에 머리를 매달았다는 소문도 있었다. 또 할아버지가 꾸어이 선 지역에서 가장 아름다운 여자를 겁탈했는데, 그 여자가 자살풀을 먹고 죽어서, 남편이 복수했다는 소문도 있었다. 외할머니는 어머니와 외삼촌을 데리고 산을 몇 개 넘어 꾸어이 선 지역에 찾아가 그 남편에게 외할아버지 머리를 어디에 숨겼는지 물어보고 다녔다고 했다. 하지만 그는 자신은 결코 외할아버지를 죽이지 않았고, 따라서 머리가 어디 있는지 모른다고 했다. 사실은 외할아버지를 죽여 복수하고 싶었는데, 외할아버지 은신처를 도저히 알아낼 수 없어 실행하지 못했다고 했다. 그래서 외할머니는 외할아버지 시신에 바나나 다발을 얹어서 매장할 수밖에 없었다. 그 후, 우리 어머니는 친척이 데려가 키웠다. 친척은 어머니의 이모로, 서른이 넘도록 결혼을 못 했다. 어머니가 열다섯 살이 되었을 때, 이모는 화재로 죽었다. 그리고 외삼촌은 외할머니와 단둘이 여느 집처럼 평범하게 살았다. 어느 날 오후에 외할머니가 외삼촌에게 옛 친구한테 놀러 갔다 오겠다고 했다. 외할머니는 다음날도, 그 다음날도 돌아오지 않았다. 외삼촌이 찾아나섰는데 물가에 곱게 접어놓은 옷가지를 발견했다. 은팔찌와 은귀고리도 옷 위에 있고, 다만 사람만 사라지고 없었다.

외삼촌은 하늘을 보고 누워, 팔다리를 축 늘어뜨리며 말했다.

— 히에우야, 인생 참 지랄맞지.

나는 대답했다.

— 지랄도 정도껏이면 좋겠어요.

외삼촌은 벌떡 일어나, 담배에 불을 붙이고, 몇 번 빨더니, 멀리 던져버렸다.

— 너만 좋다면, 내가 산적에 대해 많이 알고 있는 사람을 만나게 해줄게. 실컷 들어봐. 노인네가 나랑 친해. 지금 여기 올라왔으니까 내가 알려줄게.

외삼촌은 나를 이끌고 산등성이에 올랐다. 왼쪽으로 한 바퀴 돌고, 오른쪽으로 한 바퀴 돈 다음 비로소, 바깥으로 돌출된 바위에 다다랐다. 바위에서 내려다보니 읍내로 이어지는 독특한 길이 보였다. 외삼촌은 돌멩이 하나를 집어 길을 향해 세게 던졌다.

— 나하고 그 노인네하고 중국놈들을 막고 있었지. 단지 나하고 그 노인네 둘뿐이었어. 이틀 동안, 어떤 놈도 이 길을 못 지나갔어.

외삼촌은 순하게 웃었다. 안개가 사그라들고 햇빛이 쏟아졌다. 여기서 길은 죽음에 이르는 길이 되었다. 전쟁이 터지자, 외삼촌은 민병대 부사령관인 노인과 함께, 적을 막고자 식량과 탄약을 실어날랐다. 그들은 이틀 낮과 밤을, 자리를 지키며 얼마나 많은 총탄을 쏘았는지 모른다. 외삼촌은 슬플 때마다 술을 가지고 올라와 혼자 마신다고 했다.

— 이 동네에서 나만 슬픔이 뭔지 알아. 엿같은 일이지.

외삼촌의 목소리가 격앙됐다. 고요한 본성이 이제 요동을 치는 듯했다.

　노인은 올해 일흔이었다. 헝클어진 머리가 보리수 뿌리에 달라붙은 이슬처럼 하얬다. 노인은 고목으로 만든, 지름 2미터쯤 되는 평상 위에 웅크리고 앉아 있었다. 외삼촌을 보고도 일어나려고 하지 않았다. 단지 어깨를 귓불까지 들어 올리는 것으로 인사를 대신했다.

　외삼촌이 물었다.

　— 아이고, 술이 떨어졌어요?

　— 아직 남았어.

　그는 흐릿하게 속삭이듯 말했다. 반짝이는 두 눈이 주름진 얼굴과 전혀 어울리지 않았다.

　— 이 아이는 방금 산에 올라온 제 조카예요.

　외삼촌이 소개했다. 노인은 고개를 끄덕이며 느린 동작으로 평상에서 일어나더니, 안으로 들어가 지저분한 병을 꺼내려고 몸을 수그렸다. 술병이었다. 나는 집을 살펴보았다. 어두웠고, 가구라고는 아무것도 없었다. 그나마 값나가 보이는 건 나무판에 엉성하게 걸린 커다란 사슴뿔이었다. 제단[23] 역시 엉성하기는 마찬가지였다. 사슴뿔 아래에 장총이 걸려 있었는데, 시커먼 총열이 희미하게 반짝였다. 소박한 나무 탁자 위에는 뾰족한 칼 한 자루와 장작불에 시커멓게 그을린 알루미늄 주전자가 있었고, 금이 간 그릇이 쟁반에 쓰러

23　베트남은 종교와 상관없이 거의 모든 집에 조상을 모시는 제단이 있다.

진 채 놓여 있었다. 외삼촌이 평상에 털썩 앉아 양반다리를 했다. 그리고 나에게도 올라오라고 했다. 나는 주저했다. 아침부터 마시면 곤란할 것 같았다. 노인이 내 생각을 읽은 것처럼 말했다.

— 마실 수 있을 만큼만 마셔.

나는 형식적으로 입만 대었다가 잔을 내려놓았다. 두 사람은 잔을 부딪치고 입속에 술을 털어 넣었다. 내가 산적 이야기를 듣고 싶어 한다고 외삼촌이 말하자 노인은 손을 내저었다.

— 전부 다 사람 죽이는 이야기뿐인데, 뭐가 재밌다고 들어.

나 역시 듣고 싶지 않았다. 왜 그런지는 알 수 없었다. 노인의 이야기가 재미없을 거라는 선입견 때문일지도 모른다. 재미있고 없고는 말하는 사람이 결정한다. 나는 노인의 둔한 표현력을 믿지 않았다. 햇살이 집 안으로 들어와, 벽과 바닥에서 어지럽게 춤췄다. 내가 사슴뿔을 골똘히 쳐다보자, 노인이 말했다.

— 무게가 거의 120킬로는 나갈 거야.

— 사슴이 그렇다는 거지.

외삼촌이 확실하게 말했다. 나는 지금까지 본 사슴뿔 중에서 가장 큰 것이라고 감탄했다. 노인은 흥에 겨운 듯 둔한 정신이 깨어나기 시작했다. 나의 찬사 때문일 수도 있고, 몸속으로 들어간 술 때문일 수도 있었다. 나는 노인의 이야기가 처음부터 얼마나 열정적이고 뜨거웠던지 다 기억하지 못한다. 그는 이야기에 취해 있었지만, 맥락이 없었다. 모든 것이 뒤엉켜 있어, 연결하기 어려웠다. 노인은 북서

쪽과 북동쪽의 경계가 근거지인 미에우 족 산적 두목 쩌우 꾸앙 로를 죽인 사람이었다. 그는 임무를 받고 쩌우 꾸앙 로를 죽일 수 있는 모든 방법을 강구했다. 쩌우 꾸앙 로는 무술을 잘하고, 양손으로 총을 쏠 수 있었고, 기질이 흉악하고 잔인했다. 그 야생의 미에우 족 두목을 놓고 어떻게 처치할지 말할 때, 모든 산적 떼들이 망설였다.

— 누가 쩌우 꾸앙 로의 머리를 가져갔을까?

외삼촌이 고개를 끄덕이며, 유쾌하고 도발적으로 물었다. 노인은 명치를 매만지더니 가슴을 두드렸다.

— 누가 또 여기에 들어왔군.

나는 노인의 떨고 있는 주름진 손을 똑바로 바라보며, 저 손이 예전에는 사람 머리를 자를 만큼 얼마나 강력했던가 떠올리려 애썼다. 히엡 녀석의 작고 가냘프고 창백한 손이 떠올랐다. 노인은 한 달 내내 쩌우 꾸앙 로를 쫓아다녔다. 여자를 데리고 가서 유인한 후에야 경호원으로부터 그를 떼어낼 수 있었다.

노인과 쩌우 꾸앙 로는 탄약이 떨어질 때까지 협곡에서 격렬하게 싸운 후, 칼을 뽑아 들고 서로에게 돌진했다. 그는 쩌우 꾸앙 로에게 갈비뼈를 찔렸고, 그 흉터가 지금 남아 있다. 하지만 그 댓가로 쩌우 꾸앙 로를 쓰러뜨리고, 머리카락을 움켜쥘 수 있었다. 그는 머리 아래 두 번째 목뼈를 겨냥하고 칼을 힘껏 내리쳤다. 머리가 순식간에 떨어졌다. 머리 절단 사건은 산적 세계를 뒤흔들었고, 그들 간의 수십 년 전투를 가라앉혔다.

— 아이고.

노인은 기분 좋게 입맛을 다셨다.

— 몸이 계속 격렬하게 버둥대더군.

외삼촌이 쐐기를 박았다.

— 그놈은 여전히 천박한 욕을 하고 있었겠죠. 그렇죠?

— 그래, 욕을 했지.

노인은 잔을 재빨리 비웠다. 쩌우 꾸앙 로의 머리를 자를 때도 그렇게 재빨랐을 것이라고 상상했다.

— 내가 놈의 머리를 자루에 넣었는데, 놈의 주둥이는 여전히 욕을 뱉더라고.

전쟁으로 폐허가 되었을 때, 한 여성이 폭탄에 맞아 머리가 잘렸고, 의사가 그녀의 머리를 연구실로 가져왔는데, 한밤중에 갑자기 머리카락이 피범벅이된 그녀의 머리가 '아들아' 하면서 소리를 질렀다는 이야기를 들은 적이 있다. 내가 투언 형에게 이런 상황에 대해 물었더니, 투언 형은 실제로 일어날 수 있는 일이라고 했다. 갑자기 잘리면 머리는 여전히 살아 있다고 설명했다. 마치 밑동 잘린 나무가 며칠 동안 잎이 여전히 푸른 것처럼.

투언 형은 내가 납득할 수 있게 조조를 노려보는 관운장의 머리 이야기까지 끌어들였다.

— 어떻게 욕을 했나요?

궁금해서 다시 물었다.

— 기억은 안 나지만, 놈이 나한테 욕한 것만은 알아.

　노인은 그렇게 말했지만 목소리는 어딘가 사실과 다른 듯했다. 욕이 너무 끔찍하고, 너무 가혹하고, 너무 지독했기에 다시 언급하고 싶지 않은 거라고 생각했다.

　노인은 쩌우 꾸앙 로의 머리를 상부에 가져갔는데, 거기서 비로소 그자가 초콜릿이라는 별명을 가진 사람이라는 것을 알았다. 어째서 프랑스인들이 쩌우 꾸앙 로에게 그런 별명을 붙였는지 이해할 수 없었지만, 아마도 그가 낯선 서양인들처럼 큰 키에, 갈색 머리, 파란 눈이었고, 초콜릿에 중독된 사람이었기 때문일 것이다.

　— 끔찍하군.

　외삼촌은 천진하게 웃으며 잔을 내 잔과 노인의 잔에 부딪치고 함께 마시자고 눈짓했다. 나는 잔을 들어 단숨에 마셨다. 햇빛이 사납게 춤을 춰 사슴뿔도 덩달아 출렁이는 것 같았다. 어디선가 으르렁거리는 소리도 들리는 것 같았다. 처량하고, 애절하고, 기력을 다 소진시킬 만큼 떨리는 소리였다. 노인이 혹시 밖에 동물을 가둬둔 게 아닐까? 내가 귀 기울이는 모습을 보고 노인이 담담하게 벽에 걸린 사슴뿔을 가리켰다.

　— 저거야. 매일 저렇게 울어. 저게 쩌우 꾸앙 로처럼, 계속 나한테 욕을 해.

　사슴뿔이 번쩍이고, 붉은 피가 주룩주룩 흘러내렸다. 눈을 비비고 다시 보니 단지 햇빛만 일렁거릴 뿐이었다. 다시 보니 여전히 피처럼 보였다. 술이 과하게 끓어 올라 눈두덩은 쥐구멍처럼 뜨거웠고, 관자놀이가 욱신거렸다. 나는 평상에 엉덩이를 붙이고 앉아 더 이상 원망 소리를 듣지 않고, 머릿속에서 윙윙거리는 소리만 들었다. 노인의 말이 내 귓가에 맴돌았다. 사람들은 쩌우 꾸앙 로의 잔당을 소탕하기 위해 동굴 여기저기를 봉쇄하고, 동맹군의 화염방사기로 동굴 안에 불을 뿜었다.

— 결국 산적들의 몸에 불이 붙어, 밖으로 뛰쳐나와 떼굴떼굴 구르는 데 정말 끔찍했어.

눈구멍에서 뜨거운 김이 불이 되어 솟아오르고, 깜박이는 불덩어리가 사그라들더니, 넓게 퍼져나갔다. 번 리는 아무 비명도 지르지 못하고, 몸을 꿈틀꿈틀 버둥거렸다. 단지 불이 침묵 속에서 분노의 소리를 내뿜으며, 타오르고, 곤두박질치고, 기우뚱거리고, 다시 일어서는 춤을 추고 있었다.

그때 나는 돌아서면서 감히 어떤 말도 하지 못했다. 소리를 내면 불이 내 몸을 덮칠까 봐두려웠기 때문이다.

—이 아이는 도대체 뭔데 이렇게 잔인하지?

그때 나는 어둠 속에서 희미한 들판을 바라보며 속으로 네게 물었어. 내가 스스로 그렇게 물었지, 분명히 그렇게.

너를 아이라고 해서 미안해.

나는 놈의 우스운 이야기를 대충 흘려 들으면서 짱에게 속으로 그렇게 속삭였던 것을 기억한다.

　돌아오는 길에 외삼촌에게 노인이 왜 그렇게 홀로 떨어져 사는지 물었다. 외삼촌은 노인이 어린 나이에 고아가 되어 산적을 따라다녔고, 그다음 비엣 민을 따라다녔다고 했다. 지금까지 노인은 여자를 한 명도 알지 못했다. 어렵거나 힘든 일이 생기면 정부가 그를 도왔다. 그는 주저하지 않았고, 따지고 계산하지 않았다. 할 수 있는 일에도 그렇고, 망치는 일에도 그렇게, 항상 온화한 모습이었다. 이 마을 사람들에게 그의 공이 매우 컸다. 만약 노인이 없었다면 그때 그들이 계곡 안으로 들어왔을 것이다. 그는 아무렇지 않은 듯 전투를 하고, 총을 쏘면 단 한 발도 빗나가지 않았다. 그들이 너무 초조해서 앞으로 돌진하자, 그는 위험을 무릅쓰고 절벽에서 몸을 날려 자신을 완전히 드러내고, 수류탄을 아래로 던졌다. 노인은 겁에 질린 민병대의 허벅지에 총을 쏴서 다리를 부러뜨린 후, 총을 던지고 계곡 안으로 다시 들어갔다. 그 민병대는 외삼촌네 왼쪽 집에 사는 여자의 남편이었다.

　돌아왔을 때 짱이 조심스럽게 나를 구석으로 끌고 가, 속삭였다.

　— 꾸익이 나한테 전화했어.

　나는 조금 두려웠다.

　— 무슨 일 있어?

　— 있어. 당장 공안신문을 구해서 읽으라고 했어.

— 이렇게 황량한 곳 어디서 신문을 구해? 간단하게 그놈한테 직접 물어보지 그랬어?

나는 날카롭게 꾸짖었다. 그녀는 차갑게 내 눈을 들여다보았다.

— 나한테 화내지 마.

나는 목소리를 누그러뜨리며 말했다.

— 놈이 내가 어디 있는지 알아?

그녀가 고개를 저었다.

— 냐짱에 있다고 했어.

나는 한숨을 쉬었다. 기쁘지도 않고, 걱정스럽지도 않고, 정확히는 불쾌한 느낌이었다. 만약 과거는 없고, 지금만 있다면 얼마나 좋을까. 산적 이야기들이 지금 아무런 손익도 없는 것처럼.

외삼촌이 사원에 가는 것을 좋아하지 않아, 외삼촌이 외숙모에게 나를 응우 년[24] 사원에 데려가도록 부탁했다. 나는 짱에게 같이 가자고 했다. 사원은 마을 깊숙한 모퉁이, 마을의 왼쪽에 있었다. 사원 입구에서 꾸어이 짜 산이 똑바로 보였다. 응우 년이라는 이름에 여러 가지 해석이 있다. 어떤 이들은 리 왕조 시대[25] 따이 족의 반란을 진압한 영웅들의 사원이라 했다. 또 어떤 이들은 마을을 지키다 숨

---

24 한자 五人의 베트남어 발음이다.

25 리 왕조 시대(1009~1225). 국호는 다이 비엣(Đại Việt, 大越)이었다. 1010년에 처음으로 하노이를 수도로 삼았으며, 과거제를 실시하고, 국자감을 세웠다. 베트남 봉건왕조 시대의 중흥기로 일컬어진다. 리 왕조 멸망 시기 마지막 후손이 고려에 정착해 화산 이씨의 시조가 되었다.

진 다섯 명의 민족 영웅 사원이라고 했는데 언제인지 아는 이는 거의 없었다. 외삼촌은 다섯 명의 산적을 기리는 사원이라고 딱 잘라 말했다. 나는 외삼촌 말이 일리가 있다고 생각했다. 사원은 부대가 징발해 창고로 썼기에, 마을로 들어올 때 그들은 지뢰를 설치해 마구잡이로 파괴해버렸다. 짱은 사원의 마당을 돌아다니다 살며시 문밖으로 나가 기다렸다. 사원에 들어섰을 때 곰팡이 냄새, 들짐승 냄새가 사방에서 났다. 내가 거미줄이 가득 쳐진 부서지고 지저분한 벽 속을 뒤지는 걸 보고, 외숙모는 궁금해 했지만 함부로 묻지 않았다. 외숙모는 이 마을에서 가장 진중한 여성으로, 언제나 순종하고, 인내했다. 형의 '친구'가 있다는 어떤 흔적도 없어, 나는 조용히 밖으로 나왔다. 사원 옆에는 용의 눈 우물이 있었다. 땅에 대각선으로 박혀 있는 바위에서 솟아오르는 물로 절대 마르지 않았다. 온 마을이 용의 눈 덕분에 살았다. 북동부 지역이 가장 가물던 계절에도 용의 눈은 여전히 찰랑찰랑 가득 차, 시원한 샘물을 마음껏 마실 수 있었다. 이 마을 어디나 우물을 파면 물고기가 헤엄치는 것을 볼 수 있었다. 이것은 마을 아래에 커다란 호수가 있다는 것을 의미한다. 외숙모는 나와 짱에게 그렇게 설명하고는 침착하게 말했다.

— 언제 땅이 꺼질지도 몰라.

어느 날 갑자기 온 마을이 사라지고 하롱베이 같이 높은 봉우리들 사이에 드넓은 수면만 남는 것을 상상하자 나는 가슴이 조마조마했다. 짱이 고개 숙여 얼굴에 물을 끼얹었다. 그녀의 손에서 수정같이 빛나는 물방울들이 흘러 떨어졌다. 그녀가 나를 올려다보며 웃었다. 그녀의 얼굴이 종유석에서 방금 떼어낸 것처럼 들떠 있었다.

— 정말 시원하네.

짱은 아이처럼 낭랑한 목소리로 외쳤다. 외숙모가 말했다.

— 예전에 이 마을 아가씨들은 이 우물로 세수해 아름다운 것으로 유명했지. 이제 관청에서 아무도 못 쓰게 해.

나는 용의 눈을 여러 곳에서 보았다. 어머니를 따라 린 선에 갔을 때도 봤는데, 그다지 크지 않고 단지 반 아름 정도였지만, 그 깊이 때문에 항상 어둠을 품고 있었다.

용의 눈 우물은 누구도 다다를 수 없는 저쪽 끝의 또 다른 세계로 이끄는 길과 같았다. 돌아오는 길에 나는 애타게 '누구를 만나게 되면 그가 바로 내 친구'라는 형의 말을 계속 생각했다. 나는 아무도 만나지 못했고, 동물조차 보지 못했다.

날씨가 바뀌기 시작했고, 햇볕이 누그러지고 점점 흐려졌다. 구름이 산등성이 뒤에서 몰려들었다. 외숙모는 발걸음을 재촉하면서 중얼거렸다.

— 비가 또 오네.

세 사람이 문지방에 발을 디디자마자 비가 내렸다. 수많은 빗방울이 쏟아져 내려와 산등성이를 지우고, 이어서 마을 전체를 지워버렸다.

고지대에 내리는 비는 마치 거대한 신이 소리 지르며 춤추는 것 같았다. 짱은 휴대폰을 들고 이리저리 돌리면서 신호를 찾은 다음,

아래로 내려 문자를 작성하고 나서, 문자를 보내려고 다시 들어 올려 신호를 찾았다. 두 손으로 문을 받치고 서서 밖을 내다보고 있는 나를 보고, 외삼촌이 다가와 빗소리보다 크게 소리 질렀다.

— 거기서 뭘 봤어?

나는 고개를 저으며 소리 질렀다.

— 아니요.

— 응우 년 사원에 대해 묻는 건데?

— 알아요, 아무것도 없었어요. 냄새만 지독했어요.

— 어이없군.

외삼촌은 웃으며, 재빠르게 커다란 물동이 두 개를 들고 나가 물을 받았다. 시계를 보니 두 시 이십오 분이었다. 두 시 이십오 분, 소리가 들리도록 자신 있게 중얼거렸다, 외삼촌이 듣는 게 두렵지 않았기 때문이다. 단지 한 차례 빗줄기로, 현재의 두 시 이십오 분은 즉각 혼미한 시대로 돌아갔다. 분명 혼미한 비는 이 정도 범위일 것이다. 외삼촌은 물이 가득 찬 물동이를 들고 안으로 뛰어 들어왔다. 두 마리 구렁이가 먹이를 칭칭 감듯이 두 손을 말아 올렸다. 외삼촌은 나보다 혼미한 시대에 더 잘 어울린다. 나는 단지 심약한 여행객이고, 그저 서서 풍경을 바라볼 뿐이고, 외삼촌은 이 황야, 어두운 세계의 주인이다. 외삼촌은 바쁘고 열정적이고, 나는 외롭다. 따지고 보면 나는 아무것도 아니다. 이리저리 떠다니면서, 나 자신을 따라다니는 건지, 짱을 따라다니는 건지 아니면 두려움을 따라다니는 건지 전혀 알 수가 없었다. 나는 짱 옆에 앉았다. 공허함을 털어내려 그녀를 안고 싶었지만 두려웠다. 그리고 갑자기 따 번이라는 이름이 머릿속에서 메아리쳤다. 때문에 애가 탄 나는 그녀에게 여기가 지루하지 않은지 물었고, 만약 지루해졌다면 다른 곳으로 가자고 했다. 이웃 성에 신문기자로 일하는 친구놈이 있다. 학교 다닐 때 친구놈은 하루종일 그 지역 이야기를 했다. 원래 고향이 룩 응안인데도 말이다. 지금 그놈이 있는 곳으로 가야 할 것 같다. 짱에게 열변을 토했다. 그 성의 고원지역은 사람의 그림자 하나 없이, 아름답고, 몽환적이고, 아주 대단하다. 그 지역은 하루종일 걸어도 그저 바위만 있고, 광활하고, 온갖 모양의 바위가 겹겹이 있다. 그곳의 바위는 인간의 의지를 완전히 짓밟아 버린다. 심지어 가장 거만하고, 병들고, 기이한 자들까지 예외 없다. 그 고원은 몇백 년 후에 하늘로 솟아올라 바위가 될 것이다. 사실은 친구놈이 학창시절에 들려준 이야기들을 짱에게 다시 상기시켰을 뿐이다.

　— 찌엔 영감이 돌아왔어.

　짱은 휴대폰을 주머니에 넣고, 나를 올려다보면서 말했다. 그녀는 내가 방금 무슨 말을 했는지 모르고 있었다. 나는 조용히 다른 곳으로 고개를 돌렸다. 그녀는 그런 내 태도에 신경 쓰지 않았다. 그녀는 지금 어떤 계산에 몰두하며, 무언가를 생각하고 있었다. 밖에는 여전히 주룩주룩 빗소리가 세상을 이끌다, 때때로 혼미한 시대를 그냥 지나쳐버리기도 했다. 외삼촌은 찰랑찰랑 넘치는 물동이 두 개를 들고 쿵쿵거리며 걸어왔다. 갑자기 우렁찬 소리가 나고, 소리 후에 얼얼한 파도가 밀려왔다. 집이 뒤로 밀리면서 흔들렸다. 외삼촌은 물동이를 내려놓고 달려나가 위를 올려다보았다. 나와 짱도 밖으로 뛰쳐나갔다. 아무것도 보이지 않고, 단지 새하얀 장막이 현관 앞을 가로막고 있을 뿐, 비의 장막 뒤에서 계속 소리가 났다. 외삼촌은 이마를 찌푸리고 밖을 응시하다, 천천히 안으로 들어왔다.

─산사태야. 최근 몇 년 동안 폭우가 내릴 때마다 그랬어.

머릿속으로 갑자기 마을 아래에 있다는 호수가 떠올랐다. 마을이 무너지는 상상을 했었는데, 이제 그 상상이 나를 두려움에 떨게 했다. 외숙모는 아궁이에 장작을 넣고 있었다. 아무것도 외숙모를 놀라게 만들지 않았다. 짱이 계단을 더듬어 올라갔다. 그녀는 피곤해 보였다. 비가 그쳐 밖을 내다보니 집 앞의 산이 원래대로 있었다. 중년 두 명이 재빠르게 뛰어 들어왔다. 나는 놀라서 도망치려고 했다. 마을의 교사 둘이 놀러 온 것이었다. 한 사람은 뚜언이고, 다른 사람은 판이었다. 둘 다 창백한 얼굴에, 술 냄새가 진동하고, 비틀거릴 정도로 얼큰히 취해 있었다. 하지만 그들의 정신은 멀쩡했다. 뚜언이 외삼촌에게 왼쪽 산기슭에 산사태가 났다고 했다. 외삼촌은 말없이 손을 씻었다.

─오늘은 쉴 거야. 조카가 놀러 왔거든.

판이 말했다.

─그럼 걔도 같이 마시면 되잖아? 이놈인가? 어디 살아?

나는 대답했다.

— 저는 하노이에 살아요.

나는 시비 걸듯 '저'²⁶라는 말을 강조했다. 판은 움찔했다가 이내 아무렇지 않은 듯 내 어깨를 쳤다.

— 너도 앉아 우리랑 같이 마시자. 우리는 이분을 정말 존경해. 이 분이 없었다면 우리는 오래전에 이 동네를 떠났을 거야.

외숙모가 말했다.

— 우리 지금 다 곧 나가봐야 해요.

뚜언이 말했다.

— 아이고, 형수님. 몇 잔 마시면 더 빨리 가실 수 있어요.

외삼촌은 술병을 꺼내 세 잔에 가득 따르고 단호하게 말했다.

— 한 잔만 하는 거야.

판이 무슨 말을 하려는데, 외삼촌이 눈을 부라렸다.

— 네가 시비를 걸면, 더 못 마시게 할 거야.

판과 뚜언은 풀이 죽은 채 외삼촌과 함께 술잔을 비웠다.

---

26   직역하면 '동생'이라는 단어다. 베트남의 호칭은 아버지(어머니)-자식, 할아버지(할머니)-손자, 형(오빠)-동생, 누나(언니)-동생, 삼촌(고모,이모)-조카 등 상대방과의 관계에 따라 결정된다. 사회 관계에서도 초면에 삼촌-조카뻘인지, 형-동생뻘인지 구분을 해야만 그로부터 호칭이 결정된다. 작품 속에서 손님들은 나를 조카뻘로 본 반면에, 나는 동생뻘임을 강조한 것이다. '너'를 뜻하는 2인칭 호칭은 아주 친숙한 관계이거나, 화가 났을 때만 사용한다. 또한 상대가 동생뻘인 경우에도 상당기간 동안 'Anh(형, 오빠)', 'Chị(누나, 언니)'로 호칭하고, 그 경우는 자신을 'Tôi(나)'로 지칭한다. 그리고 할아버지뻘에게도 상황에 따라 'Anh(형, 오빠)'으로 불러주면 좋아한다.

외삼촌은 술을 마신 후 입가를 닦고 잔을 거둔 다음, 술병을 탁자 아래에 내려놓았다. 외삼촌이 내게 말했다.

— 이들은 교원이야. 여기는 선생, 여기는…….

외삼촌은 말을 더듬으며 판에게 물었다.

— 너는 어떤 직책을 맡고 있지?

뚜언이 대신 말했다.

— 행정 업무.

외삼촌은 웃었다.

— 그 긴 이름을 누가 기억하겠어?

그들은 들어왔을 때만큼이나 재빠르게 서로 부축하며 밖으로 나갔다.

— 선생은 무슨 놈의 선생, 하루종일 취해가지고.

외삼촌은 이 마을 몇몇 낀 족[27] 선생들의 잘못에 대해 말했다. 몇몇 놈들은 선생이라는 호칭만 갖고 있지, 이제까지 책 한 권 읽지 않은 놈들이라고 했다. 입으로는 성인군자처럼 말하지만, 사는 것은 전혀 아니다. 학생 집에 가서 술 달라고 조르는 것은 아주 사소한 일이다. 때때로 온 동네가 소란스럽게 싸움질하고 서로 욕설을 퍼붓는다. 다행이라면 아직 학생을 겁탈하는 일은 일어나지 않았다는 것이다.

---

27   54개 민족 중 인구의 86%를 차지하는 민족이 낀(Kinh) 족이다. 비엣 족이라고 부르기도 하며, 베트남 역사의 핵심 세력이다.

외숙모가 말을 끊었다.

—과장도 좀 적당히 하세요. 그들은 선생이에요. 어디 설마 그렇게까지 하겠어요?

외삼촌은 침을 뱉고, 바지를 무릎 위로 걷어 올리고 더듬더듬 길가로 나갔다.

비가 내린 후 산은 반짝이는 돛이 되었다. 하늘이 푸르고 얇아서 가볍게 한번 톡 치면 수십만 조각으로 부서질 것 같았다. 나는 눈을 감고 부서진 하늘을 상상했지만 대신 한 무리 산적 떼가 나타났다. 모두 뿔로 만든 번뜩이는 칼자루를 옆구리에 차고, 어깨 뒤로는 검은 총구가 솟아 있었다. 그것은 얼마 전 인민공안신문에 공개된 사진과 같았다. 그 사진은 G.C.M.A.[28] 기록보관소에서 가져온 것이다. 나는 이번 여행이 끝나면 쩌우 꾸앙 로의 모습이 어떤지 사진을 찾아봐야겠다고 마음먹었다. 똑같이 냉담한 얼굴에, 똑같이 앙상한 체격인 산적 떼는, 모두 허름하고 야생적인 느낌이 들었다.

나는 짱을 찾기 위해 계단을 올라갔다. 그녀는 비스듬히 기대고 누워, 찌엔 영감과 죽을 끓이기[29] 위해 휴대폰을 귀에 대고 있었다. 내가 올라온 것을 보고, 그녀는 고개를 들어올리며 조용히 하라고

---

28 프랑스어 'Groupement de Commandó Mixtes Aeroprtes'의 줄임말. 1949~1954년 베트남 프랑스 전쟁 당시, 프랑스군 총사령관 직속 지휘를 받는 부대로, 주요 임무는 비엣민(Việt Minh, 월맹)이 통제하는 지역에 침투하여 소수민족(토, 타이, 눙, 몽, 므엉) 마을을 거점으로 후방 교란을 일으키는 것이었다.

29 오래도록 시끄럽게 떠드는 것을 뜻한다.

신호했다. 나는 이 대화에 관심이 없었다. 내게 찌엔 영감은 아무 가치가 없었다.

　—분명 지금도 너는 모를 거야. 네가 내게 누구한테 문자를 보냈냐고 물었을 때 내가 왜 그렇게 화를 냈는지 말이야. 알고 싶니?

　짱은 두 손은 배에 모으고, 어깨를 움츠린 채, 맞은 편 등받이를 무심하게 바라보았다.

　—네가 원하지 않아도 나는 말할 거야. 그때 네가 비스듬히 기대고 누워서 찌엔 영감과 통화하는 모습을 보고 갑자기 허전한 마음이 들었어. 한 사람이 떠올랐지. 그는 네게 존재하지 않는 사람이지. 내가 아직 말한 적이 없으니까. 나는 내가 아는 모든 사람에 대해 네게 이야기해주었지만, 그 사람에 대해서는 언급한 적이 결코 없지. 단 한 번도 말이야. 나도 왜 그랬는지 모르겠어.

　나는 문득 투 누나가 오랫동안 어떤 문자도 보내지 않았다는 것이 생각났다. 사무실에 처음 들어갔을 때, 나는 누나에게 아무 관심이 없었다. 그녀는 정말 예쁘고, 다리가 길고, 큰 키에, 날씬했는데도 말이다. 그녀가 나보다 두 살이 많았기에 아무 감정이 없었다.

　그 둘이라는 숫자는 올빼미[30]가 그녀의 이력서를 보고 알려준 바

30　남의 개인사에 관심이 많고, 또 그것을 여기저기 전파하고 다니는 사람을 뜻한다.

에 따른 것이고, 나중에 친해졌을 때 그녀는 비밀을 드러냈다. 하나는, 나보다 네 살 더 많다는 것이고, 다른 하나는, 도이 껀 거리에 있는 집 말고도, 황 꺼우 거리에 세를 준 4층 건물이 있다는 것이다.

올빼미는 그녀 이력이 평탄하지 않다고 말했다. 직장을 버리고 3년간 외국에서 일했다. 그녀는 원래 해고됐어야 하는데 부서에 친구가 있어 다시 예전 자리로 돌아올 수 있었다. 친구는 그녀의 남편이되었다. 결혼한 지 5년이 지났을 때, 남편은 외국회사에서 일하게되었는데, 월급이 4, 5천 달러나 되었다. 그녀의 가장 큰 고통은 아이가 없는 것이었다. 원인이 남편에게 있는지 그녀에게 있는지 쉽게밝힐 수 없는 비밀이었다. 그녀는 그것에 대해 거의 이야기하지 않았다. 그녀는 슬픈 얼굴로, 내가 일하는 곳에 내려와서 놀다 간 적이있었다. 잠깐 앉아 있더니, 내 쪽으로 몸을 기울이며, 허전함 때문에두려웠던 적이 있는지 물었다. 나는 혼자 살기 때문에 한밤중에 깨어나 허전함을 느끼는 것은 예사로운 일이라고 말했다. 그녀는 내게아내가 없기 때문이라고 했다.

— 하지만 나 같은 경우라면……

그녀는 잠시 말을 멈추더니 즉시 다른 주제로 넘어갔다. 그녀의눈이 젖어 있는 것을 흘끗 보았는데 그녀가 재빠르게 닦았다. 그녀는 그런 모습을 다시 보이지 않았다.

나는 도서관 업무를 처음 익히던 날의 인상을 아직도 간직하고 있다. 책이 많아서가 아니라 깨끗하고 향기로운 것이 사무실 도서관이라기보다는 개인 서재 같아서 놀랐다. 학창시절 나는 학교 도서관, 시립도서관, 국립도서관에 다닌 적이 있기에 장서량에 놀라지는 않았다. 나는 수십 년 되어 누렇게 바래고, 낡고 해진 책들 앞에 멍하니 서 있었다. 이전 사서는 이곳에서 24년 동안 근무하고 최근에 퇴직했다. 그는 체구가 작고, 태국 차에 중독되었고, 성자를 받들 듯 책을 떠받들었다. 퇴직하기 전, 노인은 한 달 동안 모든 책을 털고, 닦고, 찢어진 곳을 붙이고, 표지를 평평하게 펴고, 향수를 뿌렸다. 늙은 사서가 남기고 간 나무 책상과 의자는 모두 칠이 벗겨지고 닳아, 하얗게 바래 있었다.

처음 책을 빌리러 내려온 사람은 투 누나였다. 나는 그녀가 '빗속의 여명'이라는 책을 빌릴 때를 기억한다. 나는 그 책이 오래전에 나온 것인지 궁금했다. 그녀는 그 책을 다시 읽고 싶고, 파우스토프스키를 정말 사랑한다고 말했다. 나는 그녀를 위해 책을 찾았고, 세 권을 발견했다. 한 권은 오래전 것이고, 두 권은 새로 인쇄된 책이었다. 나는 그녀에게 새 책을 건네주며, 그녀를 약간 무시하는 감정을 가졌다. '빗속의 여명'을 좋아하는 사람은 확실히 싸구려 로맨틱 감정을 가진 사람이라고 생각했다. 그것을 확인하기 위해 나는 그녀의 대출 목록을 보고, 내 생각이 정확하다고 생각했다. 그녀는 감성적이고 아름다운 장르를 좋아했다. 도데, 푸시킨, 사강, 탁 람, 카이 흥 스타일을 좋아하고, 조금 더 애를 쓴다면 아이트마토프의 '상사병' 같은 수준일 것이다. 여기서 벗어난 책은 하나뿐이다. '황금의 땅'이라는 책이었다.

　점심에 짱을 못 만나면, 나는 투 누나와 점심을 먹고, 사무실에 와서 기절했다. 그녀는 내가 낮잠을 기절이라고 부르는 것을 좋아했다. 보통 그녀는 소파에 눕고, 나는 탁자에 누웠다. 등을 대고 누울 때면 누가 내 얼굴에 오줌을 누는 것 같은 느낌이 들어 손으로 눈을 가리고 있어야 했다. 그녀와 나는 곧바로 기절하지 않고, 한동안 수다를 떨며 누워 있었다. 한번은 그녀가 내게 그림에 대해 아는지 물었다. 나는 조금 안다고 말했다. 그녀에게 그림 그리는 것을 좋아하는 조카가 있는데, 그 아이가 그걸 계속하도록 해야 하는지 말아야 하는지 내 의견을 참고하고 싶다고 했다. 나는 식견이 있는 척하며 판결하듯 말했다.

　—그림은 예술에서 가장 기초적인 분야예요. 왜냐하면 그것은 환상을 만들지 않기 때문이죠.

　그녀가 깜짝 놀랐다.

　—그럼 히에우 생각에 가장 환상적인 건 뭐지?

　나는 교향악이라고 대답했다. 그녀가 말했다.

　—나는 왜 그런 종류의 음악에 알레르기가 있는지 모르겠어.

　나는 투명인간이 오줌을 다 쌌기 때문에 눈을 가리고 있던 손을 내렸다. 그리고 그녀가 누워 있는 것을 보았다. 다리를 곧게 펴고, 한 손은 목덜미 아래에, 다른 한 손은 배 위에 놓여 있었다. 이런 자세로 누워 있는 여자는 선정적으로 느껴진다. 내 꼬맹이가 벌떡 일어나 나가고 싶어 했다. 내가 선정적으로 느낀 건 그 녀석이 점점 뜨거워지고 있었기 때문이다.

— 히에우는 교향악에 대해 많이 알고 있는 것 같아.

그녀가 물었고, 내가 대답했다.

— 이해하지 못하기 때문에 환상적이라고 생각해요.

그것은 솔직한 대답이었지만 그녀는 믿지 않는 것 같았다. 그녀는 내가 농담하고 있다고 생각했고, 나도 그것을 해명하지 않았다. 해명하는 것은 시간이 걸리는 일이며, 앉아서 똥 싸는 시간과 반대되는 일이다. 투 누나가 말했다.

— 여기, 나를 훔쳐보는 현행범 히에우를 체포했어.

나는 깜짝 놀랐다.

— 어떻게 아셨어요?

— 반사된 걸 봤지.

나는 돌아누웠다. 그녀가 위로했다.

— 농담했을 뿐이야. 내가 알몸으로 있는 것도 아닌데, 뭐가 두렵겠어.

나는 고개를 끄덕였다.

— 알몸이면 정말 아름다울 거예요.

그녀가 벌떡 일어났다.

— 정말이야?

나는 대답했다.

— 정말이죠.

그리고 나는 이렇게 친근하고 자연스러운 태도에, 그녀가 지금 당장 알몸을 보여줄지도 모른다고 생각했다.

— 히에우의 알몸도 예쁠 거야.

누나는 그렇게 말하고 다시 누웠다. 나는 정말 놀랐다. 침묵. 그녀는 기절했다. 나는 아직 기절하지 않았지만 내 꼬맹이는 이미 기절해 있었다.

투 누나에게 사무실에 무슨 일이 있는지 문자를 보냈다. 삼사 분이 지나서 짧은 답이 왔다. '아무 일 없어. 언제 와?' 나는 지금쯤 그녀가 식사 준비를 하느라 바쁠 거라 예상했다. 하지만 나는 다시 문자를 보냈다. 그녀가 나랑 수다를 떨고 싶어 한다는 정당한 이유를 찾았기 때문이다. 그게 아니라면 왜 내게 언제 오냐고 물어보겠는가. 물어본다는 건 문자를 계속하고 싶다는 뜻이다. '아직 모르겠어요.' 나는 답했다. '어떤 여자 하나 잡았어?' 그녀가 물었다. 나는 문자를 작성하면서 세심하게 주의를 기울였다. 이 농담 같은 질문은 쓴맛이 났다. '곧.' 그녀가 잘못 이해하더라도, 나는 짧게 답하기로 마음먹었다. '즐겁게 놀아.' 그녀는 즉각 답을 보냈다. 수다가 끝났다는 걸 의미했다. 나는 익숙하고 시끄러운 도시의 어둠 속으로 점점 멀어지는 그녀를 바라보듯이 휴대폰을 바라보았다. 짱 또한 찌엔 영감과 죽 끓이기를 마쳤다.

— 어떤 년한테 문자 하는 거야?

짱은 농담 반 진담 반으로 물었다.

— 번 리한테 했어.

떨떠름하게 대답하고 나서 깜짝 놀랐다. 그녀는 얼굴이 창백해지고, 눈썹을 찌푸렸다.

— 어이없네.

나는 그 혹독한 말에 화가 나, 곧바로 호전적인 목소리로 바꾸었다.

— 나는 너한테 문자나 전화를 누구랑 했는지 물은 적이 없는데, 너는 왜 계속 나한테 뭔가를 캐내려고 해?

그녀는 화가 난 채 아래층으로 내려가 버렸다. 다른 곳이었다면 커다란 말싸움이 벌어졌을 것이라 생각했다. 참을 수 없어 번 리에게 전화를 걸었는데, 아무런 응답이 없었다. 아마도 번 리가 아직 내게 화가 나 있는 듯했다. 식사하는 동안 우리는 아무 말도 하지 않았다. 외삼촌은 신경 쓰지 않고, 외숙모는 그 이상한 분위기를 알아차린 것 같았다. 외숙모가 계속 질문했다. 내게 질문을 한 후에는 짱한테 질문했다. 외삼촌이 말을 끊어야 할 정도였다.

— 쟤들 밥 좀 먹게 그만 내버려 둬. 주둥이가 무슨 찌르레기 같아. 끔찍하다구.

외숙모는 그저 가볍게 콧김을 뿜었다.

밤에는 달이 있다. 오후에 질풍같이 쏟아진 비는 달의 대관식을 위해 길을 청소해주었다. 달빛이 마을로 쏟아져 내려, 산줄기를 은빛으로 물들였다. 외삼촌은 문앞에 있는 산비탈 옆으로 항아리 주둥이 모양의 커다란 광채를 바라보다 입을 크게 벌리고 하품을 했다. 그러고는 외숙모에게 시켰다.

— 전기 꺼서 애들 좀 즐겁게 해줘.

전등을 모두 끄자, 부드러운 황금빛이 집안으로 퍼졌다. 공간은 활활 타오르고, 밝아졌지만 극도로 외로웠다. 폭포처럼 쏟아지는 달빛 속에서 붉게 아른거리는 전등이 마치 익어가고 있는 열매처럼 마을 곳곳에 흩어져 있었다. 모든 것이 흐릿하게 둥둥 떠다녔다. 삼거리에 모여 있는 젊은이들의 흥얼거림마저 오르락내리락하며 떠돌았다. 내가 소리쳤다.

— 외삼촌, 술 없이는 시간이 너무 아까운데요.

대답이 없어 돌아보니, 외삼촌은 이웃집을 향해 바위같이 서서 아무 말이 없었다. 오늘 아침 외삼촌은 이 마을에서 자신만이 유일하게 슬픔을 아는 사람이라고 했다. 외삼촌은 이웃집을 뚫어지게 바라보았고, 외숙모는 귀신이 있는 듯 꾸어이 짜를 뚫어지게 바라보았다. 그리고 나는 부상자 두 명이 서로 부축하고 있는 듯한 산을 바라보았다. 그들이 어디로 가는지는 알 수 없었다. 용의 눈 우물에서 물이 첨벙거리는 소리가 멀리서부터 울려 퍼져 머릿속까지 들려왔다.

— 나랑 같이 가자.

외삼촌은 내 팔꿈치를 꽉 잡고 끌고 갔다. 시장 끝 길은 울퉁불퉁했고, 가축 똥 냄새가 진동했다. 아주 오래된 집이었는데, 무너져가는 모양과 구부러진 기와지붕 때문에 마을에서 멀리 떨어진 산기슭

아래 있다는 것을 알 수 있었다.

사람들이 거기서 술을 마시고 있었는데, 모두 여덟 명이었다. 고개를 끄덕이는 동그란 형체, 달빛에 반쪽만 비친, 흔들거리는 부스스한 머리, 그리고 모든 것이 울퉁불퉁해졌다. 그들은 79년과 84년에 총을 들었던 마을 퇴역군인들이었다. 여덟 명 중 두 명은 특공대, 한 명은 정찰병, 한 명은 운전병이었고 나머지는 보병이었다. 외삼촌까지 넣으면 보병은 다섯 명이었다. 외삼촌과 내가 들어서자, 모두가 올려다보았다.

— 왜 죽었다고 했지?

한 사람이 불안정한 목소리로 물으며, 내게 손을 내밀어 악수를 청했다. 외삼촌이 바로 잡았다.

— 얘는 동생이고, 죽은 사람은 얘 형이야.

— 그래?

그는 악수한 김에 나를 끌어당겨 옆에 앉혔다. 그들은 술을 마시면서 수군수군 이야기를 나눴다. 그들의 이야기는 현재에서 과거로, 다시 현재로, 그리고 저편으로 건너뛰었다. 그들은 서로 이야기가 겹치지 않고, 다른 사람 말을 존중하며 경청했다. 이것이 산사람들의 특성 때문인지, 말수가 적어서 그런 건지 이해할 수 없었다. 정찰병은 저편에서 물건을 떼어 오늘 오후에 돌아왔다고 말했다. 순조롭게 소형 발전기 3개를 가져왔다고 했다. 만약 제때 순찰대 발 옆 풀숲에 숨지 못했다면 국경 수비대에 잡힐 뻔했다고 했다. 그는 웃었다. 착하고 순진해 보였다.

— 그놈이 욕하는 걸 들으면 화가 나.

외삼촌이 물었다.

— 누가 욕했는데.

정찰병이 말했다.

— 경비초소 부초소장 호아 녀석 같았어.

— 그 녀석은 경박해.

국경 수비대를 피하는 것은 숨바꼭질 놀이와 같았고, 전혀 심각하지도 않았다. 욕설 이야기를 하는 김에, 특공대원은 79년 2월에 탱크 여섯 대를 탈취한 것을 이야기했다. 그는 살금살금 조종실로 올라가, 덮개를 열고 안전핀을 제거한 수류탄 한 개를 그 안에 던져 넣었다. 정치국원이 폭발음을 듣고 도망쳤는데, 그 모습에 너무 화가 나서 욕을 했다. 니에미 씨팔.

— 아깝네.

외삼촌 옆에 앉아 있던 깡마른 사람이 탄식했다.

— 그때 탱크를 팔았으면 돈을 많이 받았을 텐데.

— 탱크가 무슨 소용이야. 그저 수만 톤의 고철일 뿐인데.

정찰병은 불안정한 목소리로 말했다. 소형 발전기를 팔아 보았기에 그는 팔일 탱크의 정확한 가치를 평가할 수 있었다.

갑자기 어두워지고 모든 것이 어둠 속으로 깊이 가라앉았다. 큰 구름이 달을 가렸다. 달이 있든 없든 상관없다는 듯 술자리는 계속

되었다. 눅눅하고 탁한 어둠 속에서 나는 초조함을 느꼈다. 정찰대원은 그들이 있는 곳에 대해 감탄하며, 더 깊이 들어갈수록 그들이 정말 잘 보인다면서, 도로가 서로 얽혀 있고, 수많은 고층건물이 하늘까지 솟아 있어, 방향 잡기 어렵다고 했다. 나는 정찰대원을 꼼꼼히 관찰하면서, 그들의 땅으로 넘어갈 때 형이 길을 잃게 만든 정찰병과 그가 어떤 유사한 점이 있는지 애써 상상해 보았다. 적어도 두 가지 큰 차이가 있는 것 같았다. 한 명은 남 딘 사람으로, 따 번에서 가슴에 총알 두 발을 맞은 사람이고, 한 명은 지역 주민으로, 아직 살아 있고 때때로 물건을 떼기 위해 예전에 일하던 방식으로 그들에게 침입한다는 것이다.

돌아가는 길은 흐릿했고, 희미한 안개 속에서 짙고 검은 산이 굶주린 귀신처럼 떠돌았다. 외삼촌과 나는 멀리 떨어져 걸었다.

짱은 자고 있었다. 외숙모는 방금 모기장을 쳤다. 나는 뒤척였다. 형이 돌아와 형의 친구를 찾지 못한 것에 대해 꾸짖을까 봐 두려웠다. 그러나 형은 꿈속으로 오지 않았고, 물이 졸졸 흐르는 소리만 들렸다.

이웃 성으로 가는 차를 잡기 전에 외삼촌의 말에 귀를 기울였다.

— 제가 어떻게 외삼촌을 찾았는지 아세요?

— 산적의 방식으로.

외삼촌은 대답하며 윙크했다.

— 그렇지?

나는 형이 항의 집을 산적의 방식으로 찾았다고 생각했다.

눈앞이 트여 있고 넓어 보였다. 언제부터인지 나도 모르는 사이에 모두 침묵에 빠져 있었다. 놈의 입이 아팠을 수도 있고, 유머 창고가 바닥났을 수도 있다. 침묵은 일시적일 뿐이었다. 나는 이번 여행의 주된 주제가 아직 시작되지 않았다는 것을 알고 있었다.

차가 잠시 아래로 푹 꺼졌다가 다시 올라왔다. 아마도 구덩이가 닭장만 한 게 아니라 코끼리 우리만 했으리라. 차 안에 있던 사람들이 투덜거렸다. 짱은 여전히 차갑게 침묵하고 있었다. 바깥쪽의 영혼들도 마찬가지였다. 헤드라이트가 길 건너 구덩이로 떨어졌다가 갑자기 나타난 절벽 모퉁이에 부딪힌 후 되돌아왔다. 무전기는 여전히 누군가 금속에 모래를 문지르는 것처럼 지직거렸다. 나는 방광이 곧 터질 것 같은 느낌이 들었다.

—과연 몇 시에 도착할까?

오후에 나와 친구놈을 헷갈렸던 사람이 물었다. 운전사는 눈을 부릅뜨고 앞을 주시했고, 차가 축대 가까이 붙어 갈 수 있도록 핸들을 반쯤 돌린 후 대답했다.

—아무리 빨라도 네 시간 이상 걸릴 거야.

오줌으로 방광이 팽창해 아래쪽에 날카로운 통증이 일었다. 차가 급회전하거나 구덩이에 빠질 때마다 오줌이 조금씩 새어 나왔다. 나는 오줌을 눌 수 있게 차를 세워달라고 요청하고 싶었지만 부끄러워서 말하지 못했다. 그들 때문이 아니라 땅 때문이었다. 나는 그들 중 한 명이 오줌을 누기 위해 차를 세우기를 바라면서 눈을 감은 채 참으려고 노력했다.

　—오줌 좀 누게 해줘.

　나는 굉장히 자제했지만 입에서 말이 튀어나왔다. 아무도 대답하지 않았다. 나는 계속해서 신음을 토했다.

　—오줌이 너무 마려.

　여전한 침묵 속에서, 무전기가 지직거리는 소리와 차가 덜컹거리는 소리만 났다. 무전기를 들고 있는 사람이 나를 동정하듯 말했다.

　—어디든 편한 곳에 차를 잠깐 세워줘.

　차가 갑자기 멈춰 섰다. 이 길에서는 차를 언제든 세울 수 있다. 두 사람이 차 문을 열고 더듬거리며 내렸다. 나는 정신없이 그들을 뒤쫓아가 축대 쪽에 가까이 붙어 내 꼬맹이의 목을 잡았다. 영혼들은 내게 바짝 붙을 기회가 있었고, 나를 끌고 갈 수도 있었지만 내가 아직 가고 싶어하지 않는다는 것을 알았을 때, 영혼들은 알아서 먼저 멀리 가버렸다. 오줌이 너무 많아 요도를 마찰할 정도여서 고통과 쾌감이 동시에 느껴졌다. 나는 지금처럼 오줌이 꽉 찬 적이 없었다. 가슴에서부터 숨을 모아서 몸 안의 오줌을 바깥으로 모두 쏟아내고 싶었지만, 끝이 없었다. 두 사람의 오줌발 소리를 들으면서 부러웠다. 나는 문득 내 얼굴에 곧바로 오줌을 갈겨대는 투명인간이 떠올랐다. 그자는 지금 어딘가 멀리서 누군가의 얼굴에 오줌을 갈겨대고 있을 것이다. 그자는 오줌을 눌 때면 몸 안의 물을 모두 바깥으로 날려 보냈다. 나는 편안해졌다. 자리로 돌아왔을 때 하늘 아래 짙고 선명한 산등성이를 볼 수 있었다.

차가 다시 내리막길을 내려갔다. 차바퀴가 굴러가는 것이 아니라, 차가 매끈한 철길을 따라 구불구불 미끄러지는 것 같았다.

—피곤하지?

나는 물었다. 짱은 무심하게 고개를 옆으로 젖혔다. 운전사는 휘파람을 불었고, 희미하게 또는 분명하게 배회하는 바람 소리가 차 안의 긴장된 분위기를 누그러트렸다. 또 누군가의 전화벨이 울렸다. 경쾌하고 바람기 가득한 리듬으로 울렸다. 나를 벼랑에서 가로막을 뻔한 바로 그 사람의 것이었다.

—아, 그래? 걔 좀 잘 보살펴줘. 나는 내일이나 돼야 집에 갈 수 있을 것 같아.

그는 말을 마치고 전화를 끊었다. 무전기 사내가 물었다.

—부인이야?

—마누라. 작은 놈이 볼거리에 걸렸다네.

나는 두 사람이 쥐죽은 듯 조용히, 미동도 없이 이야기하는 모습을 관찰했다. 그들은 마치 두 개의 말하는 석상 같았다. 형도 볼거리에 걸린 적이 있었다. 큰아버지는, 어머니의 부주의로 인해 형이 볼거리를 앓았고, 그 결과 볼거리가 형에게 달라붙어, 형 운명의 일부가 되었다고 말했다.

형 부부가 왔다. 아버지는 항의 배를 살펴보고 물었다.

— 왜 이렇게 오래 걸려?

항이 얼굴을 붉히며 시선을 다른 곳으로 돌렸다. 아버지는 술잔을 들어 문밖을 내다보며 천천히 마셨다. 형 부부는 집으로 돌아갔고, 나는 놀러 나갔다. 그러다 갑자기 누군가 내 등을 떠민 것처럼 살금살금 형의 집을 찾아가 안을 들여다보니, 항의 손이 형의 몸을 쥐어짜고, 한동안 열렬하게 부산을 떨더니 멈췄다. 형이 물었다.

— 왜?

항이 손을 빼고, 한숨을 길게 쉬며 대답하지 않았다. 형은 몸을 반쯤 일으켜 항을 보다가 갑자기 항의 머리채를 잡고 손으로 미친 듯이, 깊은 원한이 있는 듯 따귀를 때렸다. 항이 말했다.

— 더 때려, 맞아 죽어도 좋아.

형이 따귀를 때릴 때마다 항은 고통으로 몸부림치며 신음했다. 나는 도망치고 싶었고, 가로막고도 싶었는데, 결국 항을 구하기 위해 문을 발로 걷어차기로 했다. 내 발길질에 문이 벌컥 열리자 형 부부는 깜짝 놀라 서로를 놓아주었다. 항은 비명을 지르며 다리를 오므리고, 방바닥에 누워 몸을 새우처럼 웅크렸다.

— 너, 여기 들어와 뭘 하려고?

형이 소리를 지르고 항 옆에 앉았다.

내가 물었다.

―왜 사람을 때려?

형은 지겹다는 듯 손을 내저었다.

―꺼져.

그날 저녁은 사건이 많았다. 나는 더듬더듬 강으로 갔고, 강둑을 따라 방황하며 마을 뒤로 흩어져 있는 불빛을 바라보았다. 피부에 닿는 맑은 밤공기가 서늘했지만 머릿속은 여전히 깜깜했다. 파도는 땀에 젖은 두 몸이 서로를 비비듯 요염하게 강둑을 철썩철썩 때렸다. 누군가 강둑에 앉아 있는 것을 발견하고 나는 깜짝 놀랐다. 항이었다.

―왜 혼자 오셨어요?

나는 말을 더듬으며 물었고, 황혼의 이미지가 항의 일그러진 얼굴, 새하얀 몸매와 함께 내 머릿속에 다시 나타났다.

―시원한 바람 좀 쐬려고요. 형님은 지쳐서 일찍 잠자리에 들었어요.

항은 말하며, 옆에 가까이 앉으라고 내게 손짓했다. 물에 반사된 희미한 불빛과 발밑의 소란스러운 파도 소리가 함께 어우러져 밤을 더욱 황량하게 만들었다. 내 마음은 절로 혼란스러워지고, 팔다리가 떨리고, 숨이 막혔다. 주위로 강둑이 더 이상 보이지 않고, 짙고 탁한 안개만 겹겹이 밀려왔다. 항이 몸을 기울이며 가까이 기댔다. 나는 마치 손이 잘리는 게 무서운 것처럼 두 손을 가슴 앞으로 모으고, 몸을 움츠렸다.

　─손을 줘보세요.

　항이 숨을 가쁘게 쉬며 말했다. 나는 항에게 손을 내밀었다. 항은 내 손목을 잡아서 자신의 가슴 위에 올려놓았다. 불룩하고 부드러운 느낌 속에 나는 푹 빠져들었다. 항의 손이 내 꼬맹이를 만지기 위해 바지 속으로 들어왔을 때, 꼬맹이는 몸을 떨며 불쑥 튀어나왔다. 나는 부끄러움에 몸을 웅크렸다. 항은 내 손을 잡아 자신의 배 아래로 밀어 넣고 가볍게 신음했다. 내 꼬맹이가 다시 일어서서 뜨겁게 불타올랐다. 항은 나를 끌어당겨 쓰러뜨리고, 다리를 벌렸다. 나는 사납게 깨물기를 기다렸지만, 그런 일은 일어나지 않았다. 항은 내 등을 꽉 끌어안고, 말을 아주 많이 했다.

　내가 어렴풋이 기억하는 것은 항이 깜짝 놀라 부드럽게 불렀음에도 내가 물속으로 기어들어가 조용히 멀리 헤엄쳐 갔던 것이다.

　─그만, 히에우.

　사방이 물인데, 수만 개의 물결이 서로 겹쳐서 내 목에 닿았다가 사라졌다. 한 줄기 바람이 불어와, 등줄기 끝에서부터 목덜미까지 찌르는 듯한 한기가 느껴졌다. 나를 아래로 내리누르는 듯한 느낌도 들었다. 내 몸의 피가 식고, 검게 변하고, 가슴 속에서 폭발음이 울려 퍼졌다.

—물 한 병 줘.

무전기 사내가 고개를 돌려 아래를 내려다보며 말했다. 그의 숨결에서 위궤양의 시큼한 냄새가 새어 나왔다. 그렇다면 그는 배고픈 것이다. 덩치 작은 이가 물병을 그의 귀 가까이 대주었고, 무전기 사내가 가져갔다. 왜 그런지 알 수 없지만 그 순간 나는 그가 들고 있는 것이 라비애[31] 물병이 아니라 플라스틱 성기 같다고 생각했다. 무전기 사내가 물병을 따서 입으로 가져가 마시려고 했을 때, 내 연상은 더 이상 이치에 맞지 않았다. 그의 커다랗고 건강한 목, 거의 네모난 머리가 내 생각을 산산조각냈다.

지금 몸을 저리게 하는 공기를 통해 백룡의 움직임을 느낄 수 있다.

짱은 나를 경멸스러운 표정으로 바라보았다. 그것이 나와 항 사이에 벌어진 일 때문인지 무슨 이유 때문인지 알 수 없었다. 지금 나에게는 모든 이야기가 더 이상 중요하지 않다. 기억 때문에 부끄러워할 것은 없다. 나는 차가운 눈으로 기억을 바라보고 있다. 나를 돌아보는 기억도 차갑다. 모든 것이 차가울 때 서로 쉽게 용서할 수 있다.

안개가 차에 몰려들어 유리창 모서리에 쌓여 비처럼 송글송글 흐릿한 자국을 만들었다. 다행히 영혼들은 따라오려 애쓰지 않았다.

---

31 베트남의 대표적인 생수 상표 중 하나다.

나는 친구놈이나 운전기사가 말을 할 때까지 기다리려고 내가 몸을 뒤로 젖혔던 것을 기억하지만 둘 다 오랫동안 말을 참고 있는 것 같았다. 침묵은 어머니를 생각나게 했다. 누구나 그럴 것 같다. 침묵 속에서는 어머니가 가장 생각난다.

어머니는 비가 아주 많이 내리던 날 돌아왔다. 정확히 5년 만이었는데 낯설지 않았다. 어머니는 비옷을 털어 계단에 던지며 물었다.

— 항이 집을 나갔다며?

나는 항이 포 옌에서 온 오토바이 수리공을 따라갔다고 말했다. 아버지를 모신 제단에 가서 어머니는 잠시 머뭇거리다가 결연히 향세 개를 꺼내 불을 붙이고 향로에 꽂았다. 그리고, 아버지를 똑바로 바라보았다. 나는 두 사람이 몇 년 전처럼 서로 강렬하게 바라보고 있다는 것을 알았다. 밖은 빗줄기가 점점 거세져 지붕 위로 우두둑 우두둑 쏟아졌다. 어머니는 감옥에 있었지만 병약해 보이지 않았고, 피부는 더욱 갈색이 되었고, 걸음도 날래고 단호했다.

— 이제 엄마가 돌아왔으니, 모든 것을 다시 시작하면 돼.

어머니는 그렇게 말했다. 5년 만에 어머니가 밥을 해줬다. 식사를 마치고, 어머니는 내게 설거지를 시키고 침대에서 잠들었다. 오후 세 시부터 다음날 오후 네 시까지 자고, 일어나서는 밥을 해 먹고, 다시 잤다. 큰아버지가 왔지만 어머니를 만나지 못했다. 큰아버지는 내게 어머니가 계속 자게 두라고 했다. 나흘 동안 그러더니, 닷새째 되는 날 정신을 차리고, 나를 데리고 큰아버지와 함께 아버지 무덤을 찾아가 절했다. 그 후 어머니는 잠을 덜 잤고 구석구석 청소하고 정리했다. 나는 묻지 않았고, 어머니도 감옥 생활에 대해 아무 말도 하지 않았다. 어느 날 어머니는 항의 부모 집에 데려다 달라고 했다. 항의 부모는 쩔쩔매는 듯했다. 어머니는 항이 자유롭게 살 수 있도록 적극적으로 의견을 내놓았다. 수속 문제는 언젠가 형이 돌아오면 어머니가 책임지고 형을 설득하겠다고 했다. 어머니 말에 항의 부모는 감동하여, 더듬더듬 감사의 말을 했다. 보름 후, 어머니는 형 부부의 집을 팔기로 결단을 내렸다. 큰아버지가 물었다.

— 제수씨, 그렇게 파는 거, 항이랑 상의하셨나요?

어머니는 말했다.

— 걔들은 이제 부부가 아니예요. 물어볼 게 뭐 있어요.

큰아버지는 여전히 걱정했다.

— 만약 나중에 걔가 돌아오면 어디에 살죠?

어머니는 답했다.

— 아들이 돌아오면, 엄마 집이 여전히 여기 있잖아요.

형 부부의 집을 판 돈은 이자를 받고 모두 남에게 빌려주었다. 집이 팔렸다는 소식을 듣고 항이 어머니를 만나러 왔지만, 어머니가 어떻게 말했는지는 몰라도 항은 별말 없이 돌아갔고, 재산을 나눠 달라고 요구하지도 않았다.

— 나는 그놈을 본 적이 있어.

어머니가 말했다.

— 그놈이 네 형보다 낫더라. 항이 그놈을 따라가는 게 당연해.

나는 어머니의 매정한 말에 기분이 상했다. 포 옌의 오토바이 수리공이 어떻게 형보다 나을 수 있단 말인가? 그는 무식해 보였다. 어머니는 내 반박을 듣고 그저 웃기만 했다. 아마도 지금까지 어머니는 형이 그 포 옌 남자를 만났던 사실을 모를 것이다. 정확히는 내연관계의 남녀를 만난 것이다. 형이 경솔하게 아이들에게 2백만 동을 펑펑 쓴 후 나는 항을 찾아갔다. 그녀의 남편은 그날 집을 비웠고, 하노이에 물건을 가지러 간 듯했다. 나는 우연인 척 들렀기에 들어가지 않고 문밖에 서서 이야기했다. 항은 달라져 있었다. 몸이 퉁퉁해지고, 얼굴은 처져 있었다. 짧게 자른 머리에, 색이 알록달록한 옷을 입고 있었고, 단지 피부만 여전히 하앴다. 항은 형이 다녀간 이야기를 했다. 형이 온화한 태도로 몇 가지 쓸데없는 말을 한 다음 위자료라는 명목으로 2백만 동을 달라고 단호하게 요구했다고 말했다. 처음에 항의 남편은 그 말을 듣지 않고, 싸우려고 했지만, 항은 이 문제를 그냥 넘기고 싶어서 있는 대로 돈을 긁어모아 형에게 주었다. 항은 형이 이혼서류에 서명해 주기를 바랐지만, 형은 서명하지 않고 돈을 받자마자 떠나버렸다. 내 추측이 맞았다.

— 형이 싫으세요?

나는 물었다. 항이 고개를 저었고, 목소리가 떨렸다.

— 아니요, 하지만 꺼려져요.

나는 돌아서 걸으며, 항이 나를 지켜보고 있다는 것을 알았다. 잠시 후 항이 부르는 소리가 들렸다.

─ 히에우, 기억나는 거 있어요?

나는 되돌아가지 않았다.

─ 히에우, 아이는 형의 아이가 아니에요…….

아니라고. 그래. 그것은 항의 아련하고 당혹스런 목소리가 아니라, 바람 소리였다.

형의 장례식 날 항은 혼자 와서 관이 구덩이 속으로 내려가고 그 위에 흙이 쏟아질 때까지 조용히 지켜봤다. 그 이후로 항은 공식적으로 우리 가족 테두리에서 벗어났다. 하노이에서 집에 올 때마다 나는 차 안에서 때때로 남편을 돕고 있는 항을 보았다. 얼굴과 손발이 기름 범벅이라, 더러운 전선줄이 없는 곳에서는 빛을 받아 더욱 번쩍였다.

어머니는 형이 돌아올 때까지 더 조용하고 말수가 줄고, 내가 아는 사람 중 가장 끔찍하게 참을성 있는 사람이 되었다. 형이 고함을 지르거나 노려보아도 어머니는 그저 고개를 숙이고 다른 쪽으로 돌아섰다. 큰아버지가 발끈해서 어머니에게 말했다.

─ 제수씨, 그렇게 녀석이 머리 꼭대기에 올라서고 어깨에 올라타게 하지 마세요. 세상 사람들이 비웃을 거예요.

하지만 큰아버지의 반대에도 어머니는 그저 어딘가를 물끄러미 바라보기만 했다. 전에는 달랐다. 어머니는 가족의 사령관이었다.

아버지도 어머니 앞에서 기를 펴지 못했다. 나와 형은 알 수 없는 비밀 경로를 통해 생계도 어머니 손으로 꾸렸다. 그저 모호하게 대충 알고 있는 것은 어머니가 장사를 한다는 것이었다. 그때는 우리 형제가 마을의 유일한 서점에서 마음에 드는 책은 무엇이든 자유롭게 살 수 있었던 시절이었다. 내가 책을 사기 위해 돈을 달라고 했을 때 어머니는 아까워하지 않았다. 그러던 어느 어둑어둑한 오후, 온 가족이 식탁에 둘러 앉아 있을 때 공안이 들이닥쳐 어머니를 사이드카[32]로 데려갔다. 그 당시 아버지와 나는 어머니가 국가가 금지한 품목을 팔고 있다는 것에 망연자실했을 뿐 구체적으로 어떤 물건인지는 몰았다. 얼굴이 시멘트 석판 같은, 노란 옷을 입은 공안 두 명과 함께, 수갑을 차고 차에 오를 때, 어머니가 아버지를 신중하게 바라보더니 고개를 돌려 형과 나에게 했던 말을 나는 기억한다.

— 엄마 금방 돌아올 거야.

그리고 어머니는 마치 자신을 위해 자리가 준비되어 있었던 것처럼 차로 올라가 순응하며 능숙하게 자리에 앉았다. 어머니와 아버지는 서로 한 마디도 나누지 않았다. 그것이 어머니와 아버지의 마지막 만남이었다. 어머니는 5년 동안 감옥에 있었고 아버지는 어머니를 단 한 번도 면회하지 않았으며 우리 형제도 못 가게 했다. 큰아버지가 아버지 대신 어머니를 만나기 위해 남루한 과일 꾸러미를 싸야

---

32 오토바이 옆에 좌석을 달아 한 명이 더 탈 수 있게 개조한 차다.

했다. 큰아버지가 돌아오면 아버지는 아무것도 묻고 싶어 하지 않았기에, 큰아버지가 감옥 안에 있는 어머니 사정을 말했다. 나는 아버지가 죽기 이틀 전에 어머니에 대해 말했던 것을 기억한다. 형 부부의 텅 빈 집을 바라보면서 침을 삼켰다.

　— 네 엄마가 집에 있었다면.

　어머니는 이제 집에 있고, 형네 집을 팔았을 뿐만 아니라 형의 가족도 공식적으로 해체시켰다.

　갑자기 차가 속도를 줄이고 거의 멈췄다. 나는 백룡이 왔다고 생각했는데 아니었다. 무전기 사내가 몸을 일으키며 물었다.

　— 뭔데?

　운전사는 경계하듯 눈을 부릅뜨고 자세히 보기 위해 머리를 문 밖으로 내밀었다. 나는 운전사가 영혼들을 보았다고 생각했지만, 알고 보니 그게 아니었다. 다시 금속이 덜그럭거리는 소리가 났다.

　— 이상한데.

　운전사가 중얼거렸다. 차 앞쪽에서 십여 미터 떨어진 곳에 크고 검은 나무가 젖은 채 헤드라이트 불빛에 반짝이며 길을 가로질러 놓여 있었다.

　— 내가 한번 보고 올게.

　무전기 사내가 말하며 차 문을 열고, 뛰어내리려 했는데, 운전사가 당황해 작은 목소리로 말했다.

—잠깐.

차 지붕에서 나뭇가지가 부러지는 듯한 소리가 났는데, 차가 뒤로 밀렸다. 정확히는 위에서 무언가 차 지붕을 아주 강하게 내리쳤다.

차에 있던 많은 상자의 뚜껑이 열리면서 색색의 사탕 꾸러미가 떨어졌다. 그것은 싸구려 사탕으로 지위가 낮은 사람이든 높은 사람이든 아이들에게 나눠주기 위해 서너 봉지씩 사는 것들이었다. 놈은 운전기사를 놀렸다.

—이 정도면 버림받은 네 자식들에게나 줄 수 있겠네. 동네 아이들에게는 나눠줄 게 없겠는걸.

운전기사는 미소를 지으며, 흥겨운 모습으로 핸들 위에서 손가락춤을 추었다. 그럴 수도 있다. 놈은 운전기사가 못생겼지만 가는 곳마다 버림받은 자식들이 있다고 했다. 다 모이면 한 학급은 충분히 된다고 말했다. 운전기사가 소리를 질렀다.

—왜 그렇게 말을 지어내고 그래요. 그런 게 어딨어요.

나는 놈을 바라보고, 놈의 살찐 목덜미를 유심히 바라보면서 속으로 생각했다. 하마터면 놈을 못 만날 뻔했다. 그랬다면 이번 여행은 없었을 것이다.

내가 무작정 사무실 입구까지 찾아갔을 때, 놈은 그제서야 전화로 하노이에 회의가 있어 지금 내려가고 있는 중이라고 했다. 놈은 내게 묵을 호텔을 알아보라고 했고, 이틀 후에 회의를 마치면 곧장 돌아올 테니 기다리라고 했다. 나는 놈이 일찍 돌아올 수 있게, 하노이 지역 친구들과 쓸데없이 노닥거리며 시간을 질질 끌지 않게, 시간이 조금밖에 없다고 거짓말을 했다. 산악지역에서 평지로 일 보러 간 사람들은 곧잘 노닥거리는 습관이 있다. 놈은 이틀 후에 정확히 돌아오겠다고 장담했다. 나는 통화 중에 어깨로 무언가 떨어졌던 것을 기억한다. 그것은 마른 나뭇잎이었다. 그제서야 나는 짱과 함께 아름드리 티크나무 아래 서 있다는 것을 느꼈다. 짱이 깜짝 놀라 나뭇잎을 주어 몸에 붙였는데, 짱의 모습이 무릎 아래로만 드러났다. 티크 잎은 너무 커서, 오래 보면 너무 괴이하고, 더 오래 보면 선사시대에서 길을 잃은 것 같다.

한참을 긁어모아 호텔 가판대에 버려진, 날짜 지난 인민공안신문 몇 부를 구했다. 날짜가 지났어도 여전히 그 신문이 보고 싶었다. 주의할 만한 정보는 없었다. 까마우에서 폭력 사건이 있었는데 이웃의 손을 잘랐다. 평범했다. 성 단위 공무원들의 도박 사건이 있었다. 두 번째 신문, 먼저 신문보다 며칠 전 날짜 신문이었다. 살인 사건이 있었는데 귀신이 들린 걸로 의심했다. 나머지 신문들은 쓸데없고, 싱거운 소식뿐이었다. 신문을 짱에게 던졌는데, 짱은 아예 손도 대지 않았다.

다행히 친척 한 명이 생각났다. 송 큰아버지의 둘째 아들, 하 형이었다. 예전에 하 형은 건설 노동자로 일했었는데, 직장을 그만두고 옛 친구들과 장사를 하며 이곳저곳을 떠돌다 결혼하고 여기에 뿌리를 내렸다. 나는 송 큰아버지의 제사 때 형의 전화번호를 받았다.

하 형은 십여 년 전에 만났을 때와 별로 다를 게 없는 모습이다. 여전히 바싹 말라 야위고 따발총처럼 말하며 잇몸을 드러내고 웃었다. 형의 집은 내가 생각했던 것보다 넉넉했다. 형수는 친정에 간 지 이틀 지났고, 아직 돌아오지 않았다. 그녀의 고향은 옌 민이었다. 집에는 형과 아들 둘, 세 식구만 있었다. 큰 놈은 열한 살, 작은 놈이 일곱 살이었는데 둘 다 지저분하고 드셌다. 형은 우리가 집에서 식사하기를 원했다. 나는 짱에게 물었고 그녀는 고개를 끄덕였다. 그녀가 좋아하지 않는 것 같았지만, 또한 내 마음을 불편하게 만들고 싶지도 않은 것 같았다. 진수성찬은 아니지만, 맛있는 식사였다. 최소한 둘이 여행을 시작한 이후 가장 좋았다. 두 아이가 그릇을 잡아당기고 집어던지며 서로 머리를 맞대고 쟁탈전을 벌였다. 하 형은 내가 외삼촌 집에서 왔다는 걸 알고 눈살을 찌푸렸다. 서로 해결하기 어려운 문제가 있는 듯했다. 짱이 있어 물어보기 불편해, 다른 이야기로 넘어갔다.

하 형의 처가는 옌 민이지만 소수민족은 아니었다. 형수의 아버지는 예전에 발령을 받고 아래에서 산악지역으로 올라온 무역관 관리였다. 산적들이 폭동을 일으켰을 때 붙잡혀 하루종일 나무에 거꾸로 매달려 있었는데 죽지 않았다. 밤에 근처 동굴에 숨어 있던 몇몇 여선생들이 몰래 빠져나와 구해주었다. 그는 여선생들을 데리고 산을 헤치면서 사흘 만에 마을로 돌아왔다. 그리고 곧바로 주력부대를 이끌고 되돌아가 산적들을 소탕했다. 산적을 섬멸한 후, 그는 지역 인민위원회로부터 표창을 받았다. 그 후 그는 산적 소탕 작전 당시 현예산에서 거액을 횡령한 혐의로 공안에 입건되었다. 그는 자존심이 상해서 더는 무역관 일을 하지 않았다. 하 형의 아내는 그의 막내딸이었다. 1971년에 그는 사냥을 갔다가 오른손을 잃었다. 사람들은 그가 온몸에 멍이 들고 총과 칼이 없어진 채 숲에서 몸을 질질 끌며 내려오는 것을 보았다. 그는 방아쇠를 잘못 당겼다고 힘없이 말했다. 하지만 그 지역 사냥꾼들은 그가 오른손잡이기에 절대로 오른손에 방아쇠를 잘못 당길 수 없다고 수군거렸다. 사흘 뒤 아침, 현 인민위원회 행정직원은 현 주석 사무실 앞 계단에 놓인 예쁜 꾸러미를 발견했다. 열어보니 안에는 피투성이가 된 허연 손이 있었다. 손은 그의 것이었다. 사람들은 그 사건에서 이상한 냄새를 맡았고 다시 심문했다. 현의 공안이 수사를 시작했지만 끝내지 못하고 성의 공안에게 넘어갔다. 그들이 사고가 아니라는 것을 분명히 증명했지만, 여전히 그는 그 미스터리한 사냥에 대해 아무 말도 하지 않았다. 그는 이해할 수 없을 정도로 침묵했다. 죽기 일주일 전 그는 아무도 가까이 오지 못하게 하고, 조용히 술을 마셨는데, 끔찍하게 많이 마셨다. 한밤중에 그는 막내딸을 깨워 대화했다. 아침에 부인이 깨웠을 때, 그는 이미 차갑고 뻣뻣해진 몸으로 눈을 부라리며 지붕을 노려보고 있었다.

— 간단히 말하면, 그분의 손은 어떻게 된 건가요?

짱이 물었다. 하 형이 대답했다.

— 산적이 자른 거죠.

나는 몸을 일으켜 세웠다. 또다시 산적, 또다시 넝쿨이 산적으로 이어지다니.

— 그분이 따님에게 그렇게 말했나요?

짱이 추측했다. 하 형은 짱의 말에 깜짝 놀라더니 고개를 끄덕였다. 나는 순수하게 행동적인 면으로만 본다면 산적이 인간의 가장 핵심적이고 대표적인 유형이라고 생각한다. 산적은 자주 절단 방식을 사용했고, 절단은 쾌감과 권위를 가져다주기 때문이다. 산적은 머리를 자르고, 손을 자르고, 다리를 자르고, 몸을 잘랐다. 다른 종은 자르는 법을 모르며, 단지 깨물고, 찢고, 발톱으로 찌를 수만 있다. 닭을 잡을 때 자르는 소리가 울리지 않는다면, 그저 지렁이 한 마리 죽이는 것과 같다. 개고기 집에 갔을 때 탁탁 자르는 소리가 들리지 않는다면, 분명 그저 두부를 먹는 느낌이 들 것이다. 자르는 소리는 엄청난 흥분을 만들어낸다. 이 국경의 오랜 역사에 따르면 언제나 서로 우두둑거리는 소리가 있다. 응 쩌우[33] 성을 함락시켰을 때, 리 트엉 끼엣[34]은 성안의 모든 사람을 참수하고 580개의 더미를

33 중국 광시성에 위치한 지역이다.

34 Lý Thường Kiệt(1019~1105). 리 왕조 시기의 명장으로 송나라 군을 격퇴했고, 참 파(현재의 베트남 중부지역에 위치했던 왕국)와의 전투에서 큰 공을 세웠다. 몽고군을 물리

만들었는데, 각 더미에는 머리가 100개씩 있었다. 리 트엉 끼엣 태위[35]가 댕강댕강 참수하는 소리는 지금도 그들을 떨게 하고, 아프게 한다. 1886년 중국-프랑스 국경을 확정짓는 대표단이 일을 시작했을 때, 응웬 왕조가 박 롱 지역을 관리하고 세금을 징수하도록 임명한 관리들의 가족이 산적들에 의해 살해되었는데 그 수가 수십 명이나 되었다. 어린이나 노인을 구분할 수 없을 정도로 시신이 잘게 잘려 있었다. 같은 시기에 프랑스인 중국어 통역관 하이체와 국경확정 대표단 소속 그의 경호원들도 산적들의 공격을 받았다. 산적들은 그의 간을 꺼내 술을 담갔고, 시체를 여섯 토막 내어 말뚝에 꽂았다. 그 공격에서 보힌이라는 프랑스 중위 한 명만 탈출했다. 이 운 좋은 중위의 말에 따르면 체포된 사람들은 모두 사지가 절단됐다. 산적들은 사람을 돌 위에 올려놓고 돼지고기를 자르듯 여유롭게 잘랐다. 어떤 사람은 두 손이 잘리고 두 발이 잘렸지만 여전히 살아 있어 입에서 피를 토하며 비명을 질렀다. 내 기억이 맞다면 빈 딘의 참탑 사원에는 응웬 안[36]이 떠이 선[37] 패잔병 수천 명을 절단했던 도마가 보

<hr />

친 쩐 흥 다오(Trần Hưng Đạo) 장군, 프랑스군, 일본군, 미군을 물리친 보 응웬 지압(Võ Nguyên Giáp) 장군과 더불어 베트남 3대 명장 중 하나다. 베트남 모든 도시에서 넓고 긴 도로의 도로명으로 쓰이고 있다.

35 리 왕조 시기의 군사 최고 책임자. 오늘날의 국방부 장관에 해당한다.

36 Nguyễn Ánh(1762~1820). 베트남의 마지막 왕조인 응웬 왕조(1802~1945)를 후에 (Huế)에 세운 인물이다. 왕조를 세울 때 프랑스 용병의 도움을 받았고, 1858년 프랑스 식민침탈 이후로는 꼭두각시 왕조였기에, 오늘날 베트남 사람들에게 좋은 평가를 받지 못하고 있다.

37 Tây Sơn(1778~1802). Nguyễn Huệ(응웬 후에) 삼 형제가 농민반란을 일으켜 세운 왕조다.

관되어 있다. 응웬 안이 그렇게 잔인한 짓을 저지른 이유는 꿈에서 자신의 아버지가 떠이 선 형제들에게 몸이 반으로 잘린 것을 보았기 때문이었다.

기나긴 이야기를 한 후에, 나는 그만 숙소로 돌아가 쉬고 싶다고 말했다. 나와 짱은 정사를 나누고 잠에 빠져들었다. 사실은 짱만 잠에 들었고, 나는 뒤척이며, 멍하니 생각에 잠겼고, 지루해져서 손을 뻗어 짱의 가슴을 만지고, 그 다음 아래로 손을 넣었다. 그녀는 여전히 단잠을 자고 있었다. 나는 휴대폰을 켜 시간을 보았다. 한 시 전이었다. 투 누나와 통화를 하고 싶었지만 꺼려졌다. 밖으로 나가려고 더듬더듬 아래로 내려갔는데, 방금 만났던 호텔직원이 카운터 뒤에서 꾸벅꾸벅 졸고 있었다. 젊은 청년으로, 하얀 피부에 짧은 상고머리를 하고 있었는데, 깨웠을 때 바로 정신을 차리는 것이 마치 숙면하고 일어난 것처럼 쌩쌩했다. 그는 이곳 토박이로 이 지역의 특징에 대해, 모든 오락거리에 대해 확실하게 알고 있었다. 그가 이 지역에서 언급할 만한 것은 많은 여행객이 바윗길의 미로에서 길을 잃는 것이라고 했다. 바위의 미로는 사람이 만든 것이 아니라, 하늘이 만든 것으로 무수히 많은 구역이 똑같은 모습으로 반복되어 있다는 것이다. 여행객뿐만 아니라 현지인들도 많이 길을 잃는다고 했다. 어떤 이는 친척을 만나러 갔다가 이틀 동안 바윗길을 헤매다 겨우 빠져나왔다고 했다. 그는 경험이 없어서, 바위벽을 따라 출구를 찾았지만 가면 갈수록 더 혼란스러웠고, 같은 곳을 빙빙 돌았다. 만약 달밤에 돌밭에 들어가면 사람들은 돌의 그림자가 만들어 낸 기이하게 뒤틀린 모습에 소름이 돋을 것이다.

나는 호텔직원이 잠들지 않을까 걱정하면서 물었다. 그는 다음날 아침 교대할 때까지 밤을 꼬박 새웠다. 그는 집에 가면 깊이 잠들 것이다. 그의 부모는 작은 소매상이었다. 시장에 가판대가 하나 있는데, 가게를 키울 만큼 밑천이 충분하지 않다고 말했다. 그의 연인 이야기도 맥락 없이 언급되었는데, 이 지역 이야기와는 아무런 관련도 없고, 쓸데없는 이야기였다. 그는 산에 사는 노인이 저지대에 사는 노인보다 오래 산다고 했다. 왜냐하면 그들은 항상 생명을 연장시켜야 할 것이라고 의식하고 있기 때문이다. 나는 그 말의 의미가 잘 이해되지 않아 궁금했다.

— 왜 생명을 연장시켜야 하는 거지?

호텔직원은 나를 의심스러운 눈길로 쳐다보았다. 그가 나를 당연한 것을 이해하지 못하는 유치한 놈이라 생각하는 줄 알았는데, 알고 보니 그가 놀라서 내게 되물었다.

— 제가 그렇게 말했나요?

내가 고개를 끄덕이자 그가 말했다.

— 담배 한 대만 주세요.

그는 손을 내밀었지만 나는 담배를 피우지 않아 담배가 없었다. 그는 문밖의 희미한 불빛을 멍하니 바라보았다.

— 네, 왜 자꾸만 이러는지 모르겠어요. 말하는 것도 이상해요.

내가 위로했다.

— 나도 가끔 그래. 일반적으로 사람들은 자신을 완전히 통제하기 어려워. 본능은 언제나 강하지, 잠들어 있을 때도 말이야.

그는 동의하지 않고 반박했다.

— 본능이 아니예요. 그건 잘못 튀어나온 헛말이에요.

— 그렇다면 헛말이지.

나는 곧바로 동의했다. 그의 얼굴이 잠깐 펴졌다가 다시 어두워졌다. 나는 하노이에서는 사람들이 헛말을 하는 게 보통이라고 말해주었다. 우리 사무실 맞은 편 길가 집에는 쥬엔 아주머니가 있는데 막대기같이 마른 사람이 헛말을 심하게 했다. 그녀의 잘못은 누구나 꺼리는 말을 헛말로 내뱉는다는 것이다. 똥. 그녀는 문장 몇 개를 말할 때마다 그 단어를 덧붙인다. 어디 가냐고 물으면 그녀는 똥 싸러 간다고 말했다. 그 다음에 급히 말을 고쳐 시장에 간다고 했다.

— 자주 헛말을 하니?

내가 거듭 묻자 호텔직원은 졸기 시작했다. 그는 눈을 떴고, 나는 그때 여자처럼 둥글게 말려 올라간 속눈썹을 보았다. 그는 턱도 여성스러워, 바게트빵 끝부분처럼 둥글고, 작고, 깔끔하고, 매끄러웠다.

— 별로 그렇지는 않아요.

그의 표정은 약간 멋쩍어 보였다.

— 고치려고 계속 노력하는데 가끔 그렇게 걸려 넘어져요.

— 괜찮아. 내 생각에 그 말은 아주 낙관적으로 보여.

나는 헛말이 심혼의 어둠 속에서 튀어나온 원초적인 목소리지, 심리학자가 설명한 것처럼 단순한 트라우마는 아니라고 생각했다.

— 요약하자면 우리는 어디로 놀러가면 될까?

나는 하품을 하며 물었다. 대략 두 시 반에서 세 시쯤이었다. 호텔 직원은 꾸안 바만큼 아름답지 않지만, 라오 짜이에 있는 하늘 문에 가는 게 좋겠다고 했다. 옛날에 라오 짜이에는 관을 짜는 데 쓰는 나무가 있었는데, 향이 좋고 수백 년 동안 시신을 원래 모습대로 유지할 수 있었다. 건너편 사람들이 떼로 몰려들어 벌목해서 하루에 남쪽 라오 짜이 숲에서 목재를 싣고 중국으로 가는 마차가 수백 대였다. 라오 짜이에는 화석 숲도 있는데, 발굴하면 여전히 가지와 뿌리가 있었다. 서태후를 위해 화석나무 한 그루를 궁궐에 가져갔더니, 서태후는 그 거대한 나무를 보고, 안남이 중국 땅이 아니라고 말하는 사람이 있으면 그가 누구든 참수하라고 명했다고 한다. 그것은 책에 나오는 옛이야기인데, 지금 내가 알아야 하는 것은 어떻게 하면 따 번에 갈 수 있는가이다.

— 거기로 가는 길은 두 갈래예요. 문제는 안내하는 사람이 아저씨를 어느 길로 안내할지에 달려 있죠.

그는 신중하게 말했다.

— 하지만 제가 미리 말해두는 것은 그 길이 사람들이 보통 상상하는 것과는 다르다는 거예요.

나는 따 번에 발을 디디기만 하면 됐지, 나머지는 중요하지 않았다.

터벅터벅 계단을 올라가면서, 형과 함께 포로수용소에 갇혀 있던 연락병이 호텔직원과 같은 또래인지 생각했다.

그리고 마을에서 이틀을 보냈다.

이제 놈은 차 앞자리에 앉아 있고, 차주이자 집주인 역할에 자신감을 가지고 있었다.

높이 올라갈수록 사람이 적었고, 나는 점점 편안함을 느꼈다. 짱 역시 그런 듯했다. 도로는 평평했지만 구불구불했고, 가파른 산등성이를 지그재그로 가로지르며 오르는 길이 아름다웠다. 아주 가끔 맞은편에서 오토바이가 달려왔다. 그 밖에 맞닥뜨리게 되는 것은 주로 두세 명씩 무리 지어 걷는 메오 족[38] 사람들이었는데, 맨발에, 모자도 없이, 사냥총을 메고, 주름진 검은 옷을 입고 걸어가고 있었다. 메오 족 사람들은 다른 세계에서 추방당한 사람들처럼 외롭고 험악하고 특이했다. 그들이 속으로 무슨 생각을 하는지 알 수 없었다. 놈이 메오 족은 산꼭대기에 살고, 산꼭대기로 이사하고, 산꼭대기에서 죽으며, 산꼭대기에서 내려오는 일이 거의 없다고 말했다. 왜 그런지 물으니, 놈도 그들의 습성이 고귀한 본성에서 비롯된 것인지 아니면 대대로 내려온 늘 사냥당할 것 같은 두려움 때문인지, 어디에서 생겨난 것인지 이해하기 어렵다고 했다. 아마도 메오 족 사람들

---

38   베트남 소수민족 중 하나로 흐몽(H'Mông)이라 칭하기도 한다. 중국 산악지대에 1천만 이 넘는 인구가 살고 있으며, 라오스, 미얀마, 태국 산악지대에도 살고 있다. 베트남 전쟁 당 시 미국의 지원을 받아 북베트남에 조직적으로 저항하기도 했다.

은 건너편에서 상나라가 주나라로 바뀔 때부터 공식적으로 떠돌게 된 듯하다. 그 당시 무왕이 그들의 논밭을 모두 몰수했기에, 그들은 사냥과 살육을 피해 높은 산으로 도망쳐야 했다. 그들의 반란도 그때부터 시작되어 지금까지 대대로 이어졌고, 그들의 민족성이 되었다. 그들은 항상 폭동을 일으켰다. 복파장군 마원[39]이 그들을 정벌하다 죽었다. 그들의 표류 역사 속에서 한때는 중국의 후베이성, 후난성을 아우르는 커다란 독립국을 세운 적도 있었는데, 청대에 양측 모두 합해 수십만 병력이 죽는 혈전에서 패해 국가가 소멸되었다. 그 끔찍하고 참혹한 전투 후에 몇몇 사람들이 우리쪽 동 반 지역으로 건너왔다. 놈에 따르면 메오 족은 낀 족을 만날 때만 겸손하고, 다른 민족을 만날 때는 아주 까칠하게 군다고 했다. 놈은 메오 족의 민요를 불렀다. 노래는 마디마디 늘어지고 흔들렸다. 대를 이어 내려온 망명자들의 침울한 슬픔이 느껴졌다. 짱이 소리쳤다.

— 세상에 무슨 민요가 그렇게 끔찍해요?

그는 갑자기 노래를 멈추고 정색했다.

— 잘 모르면서 함부로 무시하지 마.

놈은 그랬다. 항상 무례하게 대꾸했다. 학교 다닐 때도 나는 놈과 여러 번 부딪쳤다.

---

39 중국 후한의 장군. 당시 한나라의 식민지였던 베트남에서 쯩 자매가 반란을 일으켜 4년간 독립국으로 통치했는데, 이를 진압한 인물이라 베트남에도 많이 알려져 있다.

눈앞을 둘러싸고 있는 첩첩 산과 아래의 깊은 저지대를 바라보니 숨이 막힐 듯 아름다웠다. 투언 형에게 전화해 이번 여행에 대해 자랑했다. 형은 그다지 흥분하지 않았다.

—흥미로운 걸 보기는 했어?

투언 형은 이야깃거리를 물었다. 나는 그냥 받아넘기기 위해 대답했다.

—곧이요.

휴대폰에서 바람 빠지는 소리가 길게 들려, 투언 형이 입술을 삐죽 내밀고 있는 듯했다. 형의 목소리가 단호했다.

—야, 파면 팔수록 더 썩은 냄새가 나는 것들이 있어.

나는 어처구니가 없었다. 내가 지금 우리 형을 파내고 있는 건가요? 그런가요? 투언 형은 방금 한 말을 후회한 듯 부드러운 목소리로 말했다. 자기 동생이 부적과 주문을 잘못 썼는지 그로 인해 아이가 아픈 부모가 소송을 냈고, 요즘 그 사건을 해결하려고 공안에게 애걸복걸해야 했기에 피곤하다고 했다. 그건 녀석이 다시 증세가 나타난 것이다. 이제 스물여덟, 큰 키에, 강인해 보이는 네모난 얼굴에, 하얀 피부, 눈썹이 파릇파릇하고, 눈이 맑은 그는 대학을 졸업한 후, 관공서에서 일하다 때려치우고, 주술 기도 모임을 만들었다. 그를 처음 봤을 때부터 나는 그가 정상이 아니라고 생각했다. 투언 형은 처음에 가족들은 그가 점성술과 관상을 좋아한다고 생각했지만, 날이 갈수록 푹 빠져, 누구를 만나든 그들의 운명에 대해 말했다고 했다. 덩치 크고, 힘세고, 걸음걸이가 씩씩하고, 흥겨웠던 남자에서 날이 갈수록 연약해지고, 휘청거리고, 팔다리가 마치 쌀국수처럼 흔들거렸다. 그리고 목소리가 더 맑아지고, 더 높아지고, 더 날카로워졌다. 입술은 빈랑[40]을 씹어 빨갛게 되었다. 사무실에서 기관장을 부를 때 '너'라 하고, 자신을 '나'라고 칭하고, 집에 와서 형에게도 그런다고 했다. 단지 부모에게만 아직 감히 그렇게 하지 못하고, 모호하게 말했다. 그는 자기가 평범한 사람이 아니라 고귀한 신분에 속해 있으며 땅에 내려와 귀신을 잡는 사명이 있다고 했다. 누구나 귀신을 잡을 수 있는 것은 아니다. 투언 형은 그가 과대망상 질환을 앓고 있다고 생각했다. 하지만 이상한 일은 그를 만난 무당이나 보살들이 모두 그가 누군지도 모르면서 무릎 꿇고 절하는 것이었다. 그의 어머니는 그를 떠이 호 사원[41]에 데려갔는데, 아주머니와 아가씨들이 떠밀리듯 피해 다니며 얼굴을 숙이고 감히 그의 얼굴을 쳐다보지 못했다. 투언 형이 한 번 더 확인해 보려고 그를 저이 사원[42]에 데려갔는데, 마찬가지였다. 온 가족이 하는 수 없이 다락을 전당으

---

40 씹는 담배의 재료가 되는 열매이다.

41 17세기, 하노이 서호에 지어진 사원. 전설에 따르면 옥황상제의 둘째 딸, 리에우 한이 귀한 옥으로 만든 잔을 깨트려 지상으로 쫓겨났다. 그녀는 온 세상을 구경하다 서호에 들렀는데, 이곳이 신성한 장소라 여기고 사원을 세웠다. 그녀는 사람들이 편히 살 수 있도록 탐관오리들을 처벌하고, 귀신을 없앴다. 그녀는 베트남 4대 불사신(선 민, 탄 종, 쯔 동 뜨, 리에우 한) 중 하나로 '천하의 어머니'라 불린다.

42 하노이 동남쪽, 남딘 성에 위치한 사원으로 17세기에 지어졌다. 전설에 따르면 옥황상제의 딸, 리에우 한이 머물렀던 사원 중 하나다.

로 사용하게 하여 하루종일 향을 피우고, 징을 치게 내버려 두었다. 그러자 전국 각지의 사람들이 그를 모시러 와 의식을 치르고, 귀신을 잡고, 악령을 쫓아내는 일을 계속하게 되었다. 방[43]의 공안이 와서 경고하자 그는 억척스런 아줌마처럼 손을 허리에 짚고, 빈랑을 씹으면서 공안을 매우 호되게 나무랐다. 검푸른 눈에서 불꽃이 이는 걸 보고 공안도 두려워 몇 마디 의례적인 말을 한 다음 슬금슬금 내뺐다. 투언 형은 그가 푸 르엉 지역의 어떤 가족을 위해 푸닥거리를 하러 갈 때 따라갈 수 있게 간청했다. 오래 애걸복걸한 후 따라갈 수 있다는 허락을 받았다. 사람들이 그를 작은 강을 지나는 철교 아랫마을로 데려갔다. 마을은 튀어나온 둔덕에 있었지만, 소용돌이치는 물살로 인해 허리가 잘록하게 묶여 있었다. 수많은 나뭇가지가 그곳에서 맴돌고 있었다. 다리 위에 서서 아래를 내려다보며 그는 고개를 젓고, 얼굴을 찌푸리며 어떤 멍청한 녀석이 이런 곳에 사람들을 끌어들여 마을을 세웠냐고 말했다. 집에 들어가니 희미한 구석에 마비된 몸으로 구질구질하게 누워 있는 노파가 보였다. 그는 째지는 목소리로 야단을 쳤다. '내가 너를 봤어. 내가 여기 왔으니 현명한 혼이라면 당장 다른 곳으로 꺼지는 게 좋을 거야.' 손에 든 온갖 잡동사니를 꺼내 마귀가 나오게 하고, 귀신 잡는 동작을 하거나 무언가 봉인하는 동작을 했다. 손으로 기이하고 유연한 춤을 추었

---

43 한국의 '동'에 해당하는 행정 단위다.

다. 향불 때문에 숨이 막히는 공기 속에서 혼란스럽고 어지러운 동작으로 퇴마술을 펼치며, 그는 아무도 집에 들어오지 말고 문을 닫고 노파를 안에 눕혀놓으라고 했다. 그는 마당으로 나와 빈랑을 씹었다. 약 30분 후에 빈랑 열매를 내뱉으며 업신여기듯 말했다. '노파가 일어났는지 들어가 봐.' 투언 형이 주인을 따라서 문을 열고 들어가 보고, 자신의 눈을 믿을 수 없었다. 노파가 벽을 따라 밖으로 나오고 있었다. 노파는 2년 전에 몸이 마비되어, 침술병원에서 반년 동안 치료를 받았지만 아무런 차도가 없었다. 집주인이 밖으로 뛰쳐나와 그의 발 앞에 쓰러지듯 무릎을 꿇고 손을 모아 계속 절을 했다. 그는 그 절을 당연하게 받아들였고, 한 발을 내디며 마치 계단 위에 발을 올려놓듯 집주인의 등에 발을 올려놓고는 판결하기를 노파의 몸에 물에 빠져 죽은 딸의 혼령이 들어와 몸의 절반, 왼쪽에 숨어 있었다고 했다. 지금 자기가 그 딸을 쫓아냈으니, 딸의 명복을 빌면서 옷 한 벌을 태우라고 했다. 투언 형은 그때 그가 너무도 다르고, 위엄 있고, 벌벌 떨게 만들고, 강렬했기에 자기도 매우 당황했다고 말했다. 하지만 마땅히 그는 동생이었고, 걸음마를 배울 때부터 알았고, 자기 몸에 오줌을 싸고, 그러다가 서로 발로 차고 싸우기도 했는데 지금은 무당이 된 게 신기하기도 했다. 그의 어머니 역시 슬퍼했는데, 그저 슬퍼만 할 뿐 반대하거나 비난하지 않았다. 모든 어머니는 자녀가 잘되기를 바라지만 어떤 부모도 자녀가 무당이 되기를 바라지는 않는다.

나도 형이 외삼촌을 만나러 가기 전 쓰엉 롱 사원에서 아버지를 부르는 초혼 굿을 본 적이 있다. 그 당시 무당은 '복'이라는 글자가 적힌 화단 위에서 기절했다. 그리고 아버지의 혼이 왔을 때, 쉰 목소리로, 가끔씩 놀란 듯 소리를 냈다. 어머니는 눈물을 글썽였고, 형은 무당의 거짓을 폭로하려고, 속임수를 찾고 있었다. 형은 나와 어머니처럼 손을 모으고 겸손하게 앉아 있지 않고 꼬치꼬치 캐물었다. 형이 물었다. '아버지, 우리가 나무를 싣고 오던 날을 기억하세요? 제게 뭐라고 했지요?' 아버지는 대답했다. '내가 너한테 항을 아내로 삼을지 고려해보라고 했잖아.' 형이 다시 물었다. '구체적으로 뭐라고 했지요?' 아버지는 화가 나서 벌떡 일어서며 아래로 내려와 꾸짖었다. '믿지 못하겠으면 날 뭐 때문에 불렀어.' 형은 말했다. '제가 부른 게 아니고, 어머니가 불렀어요.' 아버지가 몹시 화가 난 듯 무당이 몸을 뒤틀었다. '네 아버지를 쫓아내느냐. 망할 놈.' 형은 무슨 짓을 하려는 듯 벌떡 일어나 무당한테 달려들었지만 깜짝 놀란 어머니가 형을 끌어당겨 앉혔다. 어머니가 물었다. '당부할 것이 있나요. 우리에게 한 말씀 해주시면 그대로 할게요.' 무당은 눈을 치켜뜨고 욕설을 했다. '아줌마는 씹구멍이나 빨아.' 그런 다음 혼이 하늘로 올라갔다. 무당은 정신이 돌아와서 다음에는 형이 안으로 들어오는 것을 금한다고 말했다. 무슨 불효자식이, 아버지의 혼을 불러 꼬치꼬치 심문하는가. 형도 격앙되어 무당에게 무슨 근거로 그 사람이 아버지냐고 물었다. 무당은 침을 뱉고, 형을 굿판에서 쫓아

내려고 손을 내저으며 말했다. '니 애비가 아니면 개새끼 애비야?' 형은 이유를 달았다. '우리 아버지는 남자인데, 어째서 여자한테 '씹구멍이나 빨아.'라고 말합니까. 그 반문에 무당의 혀가 굳었다. 하지만 저녁이 되었을 때 내가 물어보니 형은 머뭇거리며 그 사람이 아버지가 맞는 것 같다고 고백했다. 형은 그렇게 말하고는 코를 골며 잠이 들었다.

짱은 깜짝 놀라 두 손을 꽉 쥐고서 앞을 똑바로 보라고 신호했다. 하늘에는 날 일(日)자 모양의 흰 구름이 천천히 흘러가고 있었다. 구름은 흘러가며 모양을 바꾸었고 순식간에 말 모양이 되었다. 서두르지 않으면 특이하고 아름다운 순간을 놓칠 수 있다는 것을 알기에 카메라를 가지러 급히 차로 달려갔다. 구름은 천천히, 무심하게 흘러가는데, 마치 보이지 않는 손이 그것을 조각하고 있는 것처럼 말의 이미지가 점점 더 선명하게 나타났다. 건강하고 수려한 말이 전력 질주 자세로 앞다리는 곧게 펴고 뒷다리는 오므렸다. 나는 서둘러 욕심껏 몇 가지 모양으로 카메라 셔터를 눌렀다. 말이 곧바로 날아와 태양을 가렸다. 뒤에서 뿜어나온 빛은 구름을 흰색에서 회색으로 바꾸고 말 주위에 눈부신 윤곽선을 만들었다. 말 뱃속에서부터 부채꼴 모양의 빛이 내리쬐어 산꼭대기를 칼처럼 번쩍이게 했다. 회색 말이 날카로운 칼 숲에서 미쳐 날뛰며 질주했다. 놈과 운전기사는 차에 기대어 담배를 피우며 이야기했다. 구름이 부드럽게 떠밀리며 사라지기 시작했다. 말 머리가 흐트러져 매우 빠르게 흐려지면서 마치 거대한 칼날이 그것을 방금 자르고 지나간 듯했다. 그 모습은 처참하고, 끔찍했다. 나는 더 이상 셔터를 누르고 싶지 않아 한가로이 돌아있다. 놈은 턱을 내밀고 물었다.

— 괜찮지?

— 괜찮아.

나는 대답하며, 놈의 교만한 모습을 보고, 곧바로 발아래 계곡을 내려다보았다. 차가 미끄러져 굴러떨어지면 우리는 저 구름처럼 잘게 부서져 고깃덩어리가 될 것이다. 놈은 조금 더 가면 하 랑 고개에 도착하는데 지인의 집에 들러 식사할 예정이라고 했다. 나는 폐 끼치고 싶지 않으니, 식당을 찾아보자고 했지만, 사실은 이 지역 사람들이 본래 추하기에 꺼려졌다. 꼭 그래야 한다면 노력해볼 수는 있지만, 짱은 분명 감당하기 어려울 것이다. 놈은 이곳 지인은 소수민족이 아니라 본래 남 딘이 고향인 낀 족이라고 말했다.

— 그분은 정말 특별한 분이야.

놈은 허세를 숨길 필요가 없었다. 나는 그 노인이 유명해 봐야 놈과 친구일 정도로 별 볼 일 없는 사람이라고 생각했다. 그런데 그는 여자였다. 그녀는 나이를 추측하기 어려웠다. 큰 몸집에 키도 크고, 머리는 희끗희끗했다. 얼굴에는 주름이 많았고, 뺨과 턱이 축 처져 있었다. 그녀의 탁하고 옅은 갈색 눈동자는, 볼 때마다 연기처럼 모호하게 흔들렸다. 놈은 조심스럽게 소개한 후, 의자 대신 집 한가운데 깔린 너덜너덜한 돗자리에 주저앉았다. 육중한 그녀는 짱 옆에 와서, 콧구멍을 벌름거리며 냄새를 맡고 미소를 지었다.

— 하노이 아가씨.

짱은 미소를 지으며, 그녀와 너무 가까이 앉지 않으려는 듯 머뭇
거리며 앉았다. 놈은 그녀에게 여기서 점심을 먹겠다고 했다. 여자
는 고개를 끄덕이며 말했다.

— 술부터 마셔. 뭔 걱정이야.

그녀가 말을 마치자마자 방에서 한 남자가 말린 바나나 잎으로 마
개를 한 술병을 들고 나왔다. 그는 여자 못지않게 몸집이 크고 키도
컸지만 얼굴은 유순하고 순박해 보였다. 그는 여자의 남편으로 벙어
리였다. 남자는 아내 옆에 앉았는데, 그들은 우뚝 솟은 두 개의 산봉
우리 같았다.

— 아이들은 어디에 있어요?

놈이 물었다. 여자가 대답했다.

— 모두 숲으로 갔어. 오후에 돌아올 거야.

그녀는 술 두 잔을 연거푸 마시고, 일어나 밥을 지으러 갔다. 추하
고 시커먼 부엌을 보니 정말 식사하기가 꺼려졌다. 놈은 남자에게
물었다.

— 요즘에도 구렁이가 있나요?

남자는 중얼거리듯 고개를 끄덕였다. 큰 손에는 술잔을 들고 있었
다. 놈은 마치 그 남자가 자기 옆에 없는 것처럼 내 쪽으로 돌아앉아
말했다.

─ 이 노인네가 어려서부터 벙어리는 아니야. 이제 십 년이 넘었군. 이 동북부 지역 구렁이 잡기 왕이야.

남자는 놈의 입을 바라보고, 나를 바라봤다가 운전기사를 바라보았다. 물론 그는 짱에게는 절대로 눈길을 주지 않았다. 놈은 물을 마시듯 그 남자와 술을 마셨는데, 내게 장황하게 남자의 구렁이 잡는 재주에 대해 말했다. 그는 구렁이를 잡기 위해 떠이 꼰 린[44] 산맥 전역을 가로지른 적이 있다. 지금은 그가 얼마나 많은 구렁이를 잡았는지 알 수가 없었다.

─ 우라질.

놈은 허탈하게 남자의 어깨를 두드렸다.

─ 어쨌든 이 노인은 구렁이를 멸종시킨 죄로 기소되었어.

그런 다음 놈이 웃었고 남자도 웃었고 운전기사도 웃었다. 단지 나와 짱만 조용히 앉아 있었다. 그가 잡은 가장 큰 구렁이는 무게가 400킬로그램이나 나갔고, 일곱 명을 고용해서야 가지고 내려올 수 있었다. 그는 집 기둥만 한 황금 구렁이에 휘감겨 거의 죽을 뻔한 적이 있었다. 검은 꽃 반점이 있는 커다란 구렁이가 그의 몸을 두 바퀴나 휘어 감았다. 다행히 칼이 있어 구렁이의 몸을 가로질러 베고 위기에서 벗어났으며, 단지 아래쪽 갈비뼈 두 개만 부러졌을 뿐이었

---

44 베트남 국경지역 하 장 성에 있는 산맥으로 해발 2,431m이며 베트남 동북부에서 가장 높다. 동북부의 지붕으로 불린다.

다. 이 지역에만 커다란 구렁이가 있는 것이 아니라, 옛날, 메 린[45] 지역에는 사람을 삼킬 수 있는 구렁이가 있었다. 그 당시 커다란 구렁이는 니엠 사[46]라 불렸고, 쯩 자매의 잔당을 소탕하는 마원의 정예 부대에게는 공포의 대상이었다.

나는 벙어리 남자의 돌 같은 얼굴을 몰래 바라보며 그가 어떤 사람인지 추측하려 애썼지만 어찌할 수 없어 포기했다. 놈은 그가 자오 족이라고 했다. 놈은 대부분의 자오 족은 평범하지만, 때때로 그와 같이 아주 특별한 사람이 몇 명 나온다고 했다. 단단하고 결코 굴복하지 않으며, 죽음을 두려워하지 않고 지극히 충성스럽다. 그가 결혼한 것은 단지 은혜에 보답하기 위해서였다. 이상한 일에 휘말려, 그는 현의 공안 세 명과 싸운 죄로 기소되었다. 싸운 원인은 명확하지 않았고, 각자 자기 식대로 말하고, 서로 자신이 옳다고 말했다. 결론을 내릴 수 없었다. 단지 알 수 있는 건 한 사람이 배를 찔렸다는 것이고, 나머지 두 사람은 팔이 부러졌다는 것이다. 그러나 가장 심각한 범죄는 그가 공안의 총을 절벽 아래로 던져버린 것이다. 그녀는 현의 부주석 자격으로 그를 위해 보증을 섰는데 이유는 낀 족과 소수민족이 단결 관계를 유지할 필요가 있다는 것이었다. 그때

---

45 베트남은 기원전 111년 한나라의 식민지가 되었는데, 기원후 40년 쯩 자매(쯩짝, 쯩니)가 반란을 일으켜 독립왕조를 세워, 쯩짝이 왕이 되어 통치했다. 쯩짝이 수도로 삼은 곳이 메 린이다. 메 린은 하노이 중심가에서 북서쪽으로 29km 떨어져 있다. 왕조는 불과 4년 만인 43년에 한나라 마원 장군에 의해 무너졌다.

46 엄사(嚴蛇), 엄한 뱀이라는 의미이다.

그는 대충 열여덟 정도였고 그녀는 정확히 스물넷이었다. 그들은 결혼하여 자녀 다섯을 낳았는데, 두 명이 죽었고, 고만고만한 아들 셋이 남았다.

여자는 부엌에서 밥을 지으며 가끔 놈의 이야기에 끼어들었다. 그녀는 그때 만약 그녀가 없었다면 그는 감옥에서 썩었을 거라고 말했다. 놈은 그녀에게 왜 그를 위해 보증을 섰냐고 물었다. 그녀는 현의 부주석으로 그는 그녀의 주민이고, 또한 그가 잘생기고 건강해 보였기 때문이라고 했다.

— 나는 저 남자가 괜찮아 보여서, 잘 데리고 있으면 써먹을 수 있을 거라고 생각했지.

그녀는 부뚜막에서 피어오르는 새벽 안개 같은 짙은 연기 속에서 소리를 질렀다. 연기 속에서 고기 냄새가 났다. 놈은 앉아 있는 것이 지겨워져 운전기사의 무릎을 베고 벌렁 누웠다. 남자는 술잔 가득 술을 채우고, 나를 보고 순하게 웃었다.

목의 피부가 물고기 비늘 같았다. 놈은 그가 나와 한잔 마시고 싶어 한다고 통역해주었다.

— 널 좋아하기 시작했어.

놈은 쉰 목소리로 크게 고함을 질렀다. 둘 다 술잔을 비웠다. 나는 악수[47]를 청했지만, 그는 부끄러운 듯 내가 내민 손을 응시했다. 놈

---

47 베트남의 술자리 예법 중 하나. 같이 원샷을 하고 나면 술을 권한 상대방과 악수를 나눈다.

은 혀를 한번 내밀고, 눈을 찡긋하며 그를 격려했다. 그는 내 손을 잡고, 미친 듯이 흔들었기에 찌릿찌릿한 느낌이 나의 뇌 속까지 울렸다. 내 인생에서 그렇게 사납고 잔인한 악수는 처음이었다. 그가 너무 세게 움켜쥐어서 마치 아주 강한 무언가가 꽉 쥐어짠 듯했다. 놈은 눈을 동그랗게 뜨고, 입을 크게 벌리며 재밌다는 듯 나를 바라보았다.

　— 구렁이가 어떻게 쥐어졌을지 느껴져?

　나는 놈의 감탄에 소름이 돋았다. 남자의 손과 팔은 굶주려 꿈틀거리는 보아뱀 같았다. 그의 두 팔은 물동이를 나를 때도 꿈틀거렸다. 이 험한 지역에서 몸은 야수 같았다. 여자가 다시 소리쳤는데 이번에는 꾸짖었다.

　— 적당히 해. 아무나 견딜 수 있는 게 아니야.

　짱이 까르르 웃음을 터뜨렸다. 나는 인상을 찌푸리며 어색함을 수습하기 위해 얼굴을 돌리며 말했다.

　— 너도 한번 악수해봐.

　남자는 다 마신 술잔과 함께 손을 배쪽으로 거두었다. 놈은 짱에게 마치 제품을 소개하는 세일즈맨처럼 말했다.

　— 예전에 여기 주둔하던 특공대 연대장이 있었는데 계속 거만하게 자랑을 하길래, 내가 이분을 만나게 해줬어. 그러자 말문이 막혔지. 네가 그랬지. 불가능하다고, 어떻게 구렁이를 잡느냐고.

　나는 이 강철 남자가 벙어리가 된 이유가 궁금했지만, 감히 묻지 못했다. 그의 아내는 그렇게 생겼어도 요리는 꽤 괜찮았고, 생각보다 추하지 않았다. 모든 것이 김이 가득하고, 뜨겁고, 그릇과 젓가락도 깨끗했다. 놈은 이 부부의 생애를 다 알고 싶다면 여기서 하룻밤 자야 한다고 말했다. 하지만 그 정도는 아니었다. 식사 후 나는 그들에 대해 꽤 많이 알게 되었다. 문제는 더 알고 싶은 생각이 없다는 것이다. 나는 남의 이력을 캐는 흥신소 직원이 아니다. 나는 단지 놀러 다니는 걸 좋아하고, 듣는 걸 좋아하고, 배우는 걸 좋아하지만 그것을 어떤 일에 사용하지는 않는다. 인간 지식의 대부분은 그저 시간을 죽이기 위한 것이다. 생의 이력을 쌓아 가는 우리의 지식도 역시 마찬가지다.

남자는 그녀의 말에 따르면 따 세오 전[48]과 관련이 있었다. 그의 아버지는 따 세오 전의 부하였고, 주로 서북쪽에 살았다. 산적의 속성을 알게 되었을 때 그의 아버지는 따 세오 전의 머리를 베어 지방 정부에 바쳤다. 아버지의 공로가 없었다면, 물론 현의 부주석이던 그녀의 보증이 없었다면 그의 운명이 어떻게 되었을지 알 수 없다. 그녀는 여섯 살 연하 남자와 결혼한 뒤 현의 부주석을 그만두고, 가족을 부양하기 위해 목재 판매상 협회에 가입했다. 몇 년 동안 약간의 종잣돈을 만든 뒤, 일을 그만두고 자기 집에 잡화점을 열었고, 아이들이 자랄 때까지 계속했다. 그녀는 세 아이 중 둘이 약물에 중독

---

48 베트남 서북쪽 산악지역에서 유명했던 산적 두목 중 한 명이다.

되었다는 것을 숨겼다. 그녀의 집을 나설 때 놈이 내게 그렇게 떠들었다.

— 저 아줌마가 그다지 특별한 것 같지 않아.

나는 차에 앉아 놈에게 말했다. 놈은 의자에 머리를 기대고는 꿍꿍이가 있는 듯 눈을 가늘게 떴다. 운전기사가 기침을 했다. 사방에 푸른 산줄기가 겹쳐 있었다. 가장 특이한 점은 그녀가 시신을 먹은 적이 있다는 것이다. 놈이 그렇게 말했다. 당시 성에서는 인력을 동원해 각각의 현에 이르는 큰길을 닦았다. 바위를 부술 때 타이 빈이 고향인 어린 소녀가 바위에 깔려 죽었다. 그녀는 현지의 여자 두 명과 함께 죽은 소녀를 산기슭에 묻었다. 며칠 후 둘 중 한 여자가 독사에 물려 침대에서 즉사했다. 나머지 한 여자는 시신이 눈이 하얗게 뒤집혀 있고, 고통에 입을 크게 벌리고 있으며, 입술에 나무 진을 바른 듯 납색 물집이 잡힌 것을 보고는 갑자기 신이 들려, 죽은 사람을 먹었기 때문에 복수를 당한 거라고 말했다. 여자는 시신을 산기슭에 묻으러 갔을 때, 부주석이 젊은 사람의 시신을 먹으면 영원히 젊게 살 수 있다고 말했다고 했다. 처음에 두 여자는 두려워 반대했지만, 결국 부주석에게 설득당했다. 세 사람은 2킬로그램 가까운 허벅지 살을 잘라 숲으로 들어가 구워 먹었다. 대부분의 사람들은 그 여자의 말을 믿지 않았는데, 믿는 사람 몇몇도 증거가 없었다. 충격적인 이야기를 한 지 이틀 만에 여자는 미쳐서 산속 깊이 들어간 것마냥 어디론가 사라졌다. 그런데 그녀는 그것에 대해 아무 말도 하지 않았다. 현에 소문이 떠들썩했지만, 그렇게 떠들썩하기만 할 뿐, 확인을 위해 수사하는 일도 없었다.

성에서는 단호하게 그것은 간부를 비방하기 위한 헛소문으로 간주했다. 현에는 뱀에 물려 죽은 사람이 없다고, 이야기를 꾸미고 사라진 그 여자는 본래 예전부터 정신병 징후를 보였다고 했다.

—그 아줌마는 정말로 먹었어.

놈은 차분하게 결론 내렸다.

—황당하군. 소수민족 사람이라면 믿겠어. 그런데 그 여자는 여기 남 딘 출신이고, 공부도 했다면서…….

나는 미심쩍어하며 말을 늘어놓았다. 놈은 용수철 튀듯 몸을 일으켜 세우고, 운전기사의 어깨를 세게 쳤다.

—돌아가서 그녀에게 직접 물어봐야겠어.

운전기사는 매우 착하게 웃었다. 어떤 운전기사나 마찬가지로, 착한 미소로 무장하고 있지만, 친절하다는 것은 그저 상상일 뿐 사실 그것은 경멸이다. 차는 여전히 힘들게 기어 올라가고 있었고, 위로 올라갈수록 숨쉬기가 어려웠다. 그리고 구름은 더 이상 아름답지 않았다. 하늘은 완전히 흐려졌다. 산 안개가 피어올랐기 때문일 수 있다. 여자가 시신을 먹은 이야기는 계속 머릿속에서 맴돌았다. 동족을 먹었다고 생각하니 매우 서늘하게 느껴졌다.

—얘기가 너무 끔찍해.

짱이 소리를 질러, 오랜 침묵이 깨졌다. 놈은 자신의 아버지가 수

집한 70부 가까운 베트남독립신문이 있는데, 1942년 4월 1일 발간한 122호에 까오 방에서 시신을 먹을 수밖에 없었던 사건이 보도됐다고 말했다. 그날 대략 스무 명의 건설노동자들이 시장 입구에서 개고기를 먹다 지나가던 일본군과 마주쳤다. 일본군은 이들이 부대의 개를 훔쳤다고 의심하여 세 명을 사살하고, 죽은 한 사람을 요리해 나머지 사람들에게 그들 앞에서 먹게 했다. 나는 놈의 말을 믿었는데, 놈이 그 기사의 특징을 자세히 묘사했기 때문이 아니라, 학창 시절 놈은 기억력이 좋기로 유명했고, 특히 신문 내용을 잘 기억했기 때문이었다. 게다가 사람을 잡아먹는 건 드문 일이 아니다. 귀를 기울이면 어디서나 그런 이야기를 들을 수 있었다. 고서에 퐁 케, 박학 지역 이야기가 수록되어 있는데, 인간의 얼굴처럼 반듯한 얼굴을 가진 오랑우탄이 있어, 인간의 언어로 말할 수 있고, 목소리가 너무 슬퍼, 두 오랑우탄이 이야기하는 것을 들으면 누구나 비통해 눈물을 흘릴 정도였다. 어느 날 마을 현령이 한 집에 초대받아 대접을 받았다. 현령이 주위를 둘러보니 오랑우탄을 가둬놓은 우리 외에는 먹을 만한 게 보이지 않아, 주인에게 바로 물었다. 어떤 음식으로 나를 대접하려는가? 주인이 대답하기도 전에 오랑우탄이 말했다. 술과 저를 고기 안주하는 것밖에 없습니다. 나는 사실 오랑우탄이 지금의 소수민족처럼 소수 인류라고 생각한다. 몽 까이의 프랑스 통역원 하이체의 간은 그가 수행했던 집단의 간과 함께 건너편 일당들에게 길 한복판에서 구워졌다. 짜오 산 푸는 산적질을 시작했을 때부터 죽을 때까지 사람 간을 열 한 개나 먹었다. 결국 이 세상은 태초부터 지금까지 어떤 야성도 잃지 않았다. 게다가 무지몽매함도 잃어버리지 않았다.

— 왜 그 여자가 아직도 모든 사람의 존경을 받는지 알아?

놈이 물었다. 목소리는 숨쉬기 답답한 게 줄어든 듯했다. 내가 고개를 가로젓자, 놈이 말했다.

— 그해 2월에 두 부부가 적 열일곱 명을 죽였거든.

짱은 목청을 가다듬고 밖을 바라보았다. 그녀는 여러 비밀과 더불어 사람을 먹었다는 소문 속에 바위처럼 살고 있다. 그해 그들이 군대를 이끌고 넘어왔을 때, 주민들은 오리떼처럼 아랫마을로 내려갔는데, 그녀는 보름 동안 충분히 먹을 수 있는 식량과 아이들을 산속 동굴에 숨겨놓고, 남편과 조용히 두 갈래 길로 나눠서 현으로 돌아갔다. 적이 주둔하는 동안, 지역군 소속 정찰부대가 정찰병을 뽑아 정찰했는데, 적이 지방의 한 작은 병력과 맞서 두려움에 떨고 항상 긴장 상태에 있다는 보고를 받았다. 지역군은 성에 묻고, 성은 현에 물었는데, 현은 전투 개시 전에 적군이 외부로 철수했다고 보고했다. 적군은 까오 방으로 후퇴하는 길이 열릴 때까지 계속 경계태세와 긴장 상태를 유지했다. 적이 철수하고, 주력군이 올라갔을 때 그녀와 남편은 아이들을 동굴에서 데리고 나와 집으로 돌아왔다. 부부는 적군이 현을 점령한 동안 수상한 행적을 보인 용의자 명단에 올랐다. 현 주석이 부부를 직접 만나 이야기하자, 그녀는 미친 듯이 화를 내며, 그를 잡아, 어깨에 들쳐 메고 계곡까지 뛰어갔다. 민병대와 현 간부들은 주석을 구하려고 우당탕탕 따라갔다. 땅이 움푹패인 구 덩이에 이르자, 그녀는 현 주석을 땅에 내려주고 마른 나뭇가지들을 치웠다. 그 속에 열일곱 개의 머리가 쌓여 있는 것을 보고 모두 무서 워 벌벌 떨었다. 열일곱 개의 머리는 그 부부가 잘랐고, 절단 부위는 깔끔했다. 지방군 소속 정찰부대가, 왜 적이 아군에 저항도 없이 두 려움에 떨었는지 궁금해했던 것이 분명하게 밝혀졌다. 현과 성은 부 부에게 훈장을 수여해달라고 상부에 제안했지만 상부에서는 이해가 안 될 정도로 무시해 버렸다.

사람들은 상부에서는 이런 유형의 영웅담이 불편해 그렇게 무시 한 거라고 수군거렸다. 나는 2년 전 인민공안신문에 실린 타이 응웬 의 살인사건에 대해 기억하는데, 범인은 쎄옴[49] 운전사 다섯 명을 살 해해 자기 집 마당에 묻었다. 구덩이에서 시신을 발굴했을 때 다섯 구의 시신이 전부 머리가 없었다. 나중에 보니 범인은 수십 걸음 떨 어진 구아바 나무 아래 다섯 개의 머리를 묻어놓았다.

— 잠시 쉬어 가면 안 돼요?

짱이 운전기사에게 청했다. 놈은 운전기사와 함께 담뱃불을 붙이 고, 그녀에 대해 내게 계속 이야기했다. 아마도 놈은 내가 그녀 이 야기가 별로 흥미롭지 않다고 한 것에 대해 코끝이 매운 듯했다. 놈

---

49 오토바이 택시다.

은 우리와 그들이 두 번째 전쟁을 한 1984년에 그녀가 주목할 만한 전적을 또 세웠다고 말했다. 첫 번째보다 더 격렬했지만 더 은밀하고 조용했다. 1984년 6월 그녀는 탄 투이로 헤엄쳐가, 얼마 전 그들에게 점령당한 1509고지를 탈환하는 격전에 참전했다. 몇 달 동안 계속된 양측의 포격 아래, 시체가 부풀어 오를 정도로 쏟아지는 폭우 속에, 전투 중 수많은 적을 총으로 쓰러트렸지만, B40 포탄으로 적 포병 중대 지휘 벙커를 산산조각낸 것이 가장 주목할 만했다. 그녀는 머리를 풀고 시신 하나를 뒤집어서 걸쳐 멘 후, 포탄이 장전된 B40 포를 들고서 몸을 곧게 세운 다음 방아쇠를 당겼다. 전적 보고서에 언급되지 않은 세부 사항을 더 하자면, B40 포를 발사할 때, 뒤에 서 있던 통신병의 얼굴 절반이 불에 탔다는 것이다. 포를 쏜 사람과 얼굴에 화상을 입은 사람 모두 뒤에서 불이 뿜는다는 것을 잊고 있었던 것이다. 그 발사는 고지 탈환 전투의 마지막 발사였다.

　―한참 지나서야 지방군으로부터 표창장을 받았지.

　놈은 담배 연기를 동그랗게 내뿜으며 자신만만하게 말했다. 동그란 모양이 공기 속에서 파동을 일으키다 일그러지고 녹아서 흔적 없이 사라졌다.

　―신호가 잡힌다.

　짱이 환호성을 질렀다. 놈은 손을 흔들며 무언가 말하려다 그만두었다. 풍경은 전쟁의 흔적 하나 없이 말끔했다. 모든 것이 여전히 원

초적이고, 산도 무너지지 않았고, 나무도 쓰러지지 않았다. 지그재
그 모양의 평평한 도로는 조화롭게 물결쳤다. 이곳 이미지에서는 산
적이 소외된 듯했다. 나는 그렇게 생각했다.

— 공정하게 말하면, 그녀는 영웅 칭호를 받아야 해.

놈은 쉰 목소리로 다시 말했다. 가슴이 터질 정도로 웅장한 풍경
속에서 모든 공적이 부질없게 느껴졌다. 돌을 주워 멀리 던졌는데
절벽으로 떨어졌다.

오후 햇살이 고원을 뒤덮어, 이 까마득한 곳에 내가 있다는 게 아
무 의미도 없다는 생각이 들었다. 술 취한 몇몇 소수민족이 꾸벅꾸
벅 졸고, 비틀거리며 걷다가, 차가 지나갈 때마다 길가에 서서, 어
두운 눈으로 무심하게 차를 바라봤다. 우리와 그들 사이에는 수천
의 첩첩 산이 있다. 어둠 속에서 산이 무너져 산산조각이 난 것 같
은 의구심이 들었다. 왠지 모르게 강아지가 갑자기 주인을 못 알아
보는 것과 같은 어떤 상황이 자꾸 떠올랐다. 놈은 다시 담배에 불
을 붙였고, 흡연량은 이야기의 열기에 따라 점점 많아졌다. 직장에
서 사장은 직원들에게 금연 서약을 강요했다. 그런데 여기는 공기
가 너무 많아서, 놈이 하루에 수천 갑을 피워도, 전혀 환경에 영향
을 미치지 않는다. 이 고원은 세계의 모든 흡연 중독자를 수용할 수
있을 것 같았다. 나는 그녀의 얼굴을 떠올렸고, 그녀의 뺨을 보았
는데 아래에 석탄이 깔려 있는 듯했다. 기억은 그녀의 목덜미를 더
듬고 나서 팔로 내려갔는데, 오십 대인데도 여전히 부드럽고 매끄

럽다는 걸 알 수 있었다. 놈은 짱이 못 듣게 목소리를 낮추고, 그녀가 남편에게 매우 충실하다고 떠벌렸다. 이 길을 지나는 많은 운전사들이 그녀를 꼬셨는데 모두 단호하게 거절당했다. 미인대회 여왕이라도 거절하기 힘든 근육질 미남들이 있었는데도 말이다. 그녀는 한 운전사의 비장을 찌른 적이 있는데, 비가 퍼붓는 점심에 그놈이 감히 그녀의 가슴을 만졌기 때문이다. 그때 남편과 아이들은 외출하고, 집에는 그녀 외에 아무도 없었다. 운전사를 들쳐메고 헐레벌떡 비 내리는 숲길을 10킬로미터 넘게 걸어 응급실에 데려간 사람도 그녀였다. 나중에 운전사는 그녀와 의남매가 되었다. 근처에 젊고 화끈한 병사들이 주둔하고 있었는데, 아무렇게나 그녀 가게 여기저기에 앉아서 놀았다. 지휘관이 엉덩이를 걷어차고, 따귀를 때려도 개의치 않았다. 몇몇 병사들은 허풍인지 진실인지 이해하지 못하고, 이 누님은 우리 병사들을 사랑해서 가끔 찌찌를 만지게 해준다고 소곤거렸다. 그러나 찌찌만 만지게 할 뿐, 더 못 나가게 한다고 했다. 나는 안 믿는다. 손을 잡으면, 젖꼭지를 만질 수 있게 되고, 젖꼭지를 만지게 되면 언제든지 배 위에 올라갈 수 있다. 아니면 그녀가 많은 사람과 불륜을 저지르거나, 엄격하게 정절을 지키는 게 맞다. 어떻게 젖꼭지를 만지게 해주면서, 단지 젖꼭지만 만지게 한다면 어느 누가 감내할 수 있겠는가. 병사들은 종종 여성들에 대해 황당무계한 이야기를 한다.

다시 나무토막이 산비탈에서 차 지붕으로 떨어졌다가 길을 가로막고 있는 검은 나무토막이 있는 곳까지 굴러갔다. 영혼들은 밀려 나와 짙은 안개와 섞였다.

—구렁이!

누군가 깜짝 놀라 소리 질렀고, 구렁이 한 쌍이 고개를 들어 차를 바라보고 있었다. 무전기 사내가 중얼거렸다.

—천천히, 천천히, 아무도 움직이지 마.

운전사는 돌처럼 굳은 채 앉아 있었고, 두 손은 핸들을 꽉 잡고, 몸을 뒤로 약간 젖혔다. 짱은 내게 파고들면서, 더 깊이 파고들려고 애썼다. 구렁이 한 쌍의 상반신은 조용했지만, 하반신이 움직이기 시작했다. 꿈틀꿈틀 휘감으면서, 서로 얽히고, 섞여 더 이상 이 구렁이와 저 구렁이의 몸을 구분할 수 없었다. 샛노란 눈 네 개가 팽팽한 탁구공처럼 휘둥그레져 앞으로 튀어 오를 태세였다.

—이게 마원의 정벌군을 혼비백산하게 만든 바로 그 니엠 사야?

내게 아무도 답해주지 않았다. 이렇게 발가벗고 있으니 무슨 답을 얻을 수 있겠는가. 다시 총소리가 울렸다. 이번에는 더 절제된 소리였다.

—창문 올려.

무전기 사내가 말했다. 운전사가 창문을 올렸다. 무전기 사내가 다시 말했다.

—천천히 올려도 돼.

창문이 완전히 닫히자, 갑자기 내 안에 한가지 생각이 솟구쳤다. 차는 정확히 굽잇길 모퉁이에 서 있었고, 뒷부분은 도로 가장자리 밖으로 튀어나와 있었다. 차는 작은 충격만으로도 절벽 아래로, 저 하얀 안개가 흘러넘치는 희미한 어둠 속으로 떨어질 것이다. 시간이 멈춘 듯했고, 수천의 협곡을 휘감는 바람 소리만 윙윙거렸다. 차는 시동이 꺼졌고, 헤드라이트가 불규칙적으로 깜빡였다. 만약 불빛이 꺼지면 분명 위험이 닥칠 것이다. 한 쌍의 구렁이는 유연하고 의연하게 차 가까이 접근했다. 얼룩덜룩한 검은 선과 누르스름한 선이 섞인 반짝이는 피부가 보였다. 감람나무 열매 모양의 퍼즐 같은 피부 아래로 물결무늬가 계속 치솟았다가 가라앉았다. 두 마리 구렁이 머리가 나란히 있어, 마치 두 개의 마름모꼴 바위 같았고, 위엄 있고 냉철해 보이고 때로 입에서 검은 번개가 나올 듯했다. 그 후 구렁이는 차에서 1미터 이상 떨어진 곳에서 분리되어 한 마리는 왼쪽에, 다른 한 마리는 오른쪽에 자리 잡았다. 오른쪽 구렁이 머리가 유리창에 닿았을 때 짱은 거의 숨을 쉬지 않았다. 그런 다음 구렁이 한 쌍은 마치 없었던 것처럼 유유히 사라졌다. 나는 모든 것을 지켜보았다. 그들은 모두 움츠러들었고, 모두 맥이 빠져 있었다. 나는 구렁이 잡는 남자를 떠올렸지만, 그는 이 차에 없었다. 여전히 그는 식인종 아내에 푹 빠져 있었다.

—니미럴.

덩치 큰 이는 공포를 떨쳐버리듯 욕설을 내뱉었다. 운전사는 다시 시동을 걸었고, 차는 천천히 계속 굴러갔다. 아무도 말을 하지 않았고, 그들은 침묵하며 방금 지나간 순간을 되새기려 애썼다. 다시 되새기며, 혹시 부끄러운 행동을 하지 않았는지 점검하고자 했다. 짱이 흐느껴 울었다. 나는 그녀가 우는 걸 본 적이 없었다. 그런데 이제서야 우는 소리를 듣게 되었다. 울음소리를 내지 않으려고 했지만, 그렇게 되지 않았다. 무전기 사내가 뒤돌아보았는데, 반사된 불빛을 통해 보니 그의 눈빛도 보라색으로 변해 있었다. 나는 몸을 낮춰 짱의 어깨에 턱을 괴고 그녀를 위로했다. 그녀가 두려움 때문에 울었는지 아니면 다른 무엇 때문에 울었는지 분명하지 않았다. 만약 구렁이 두 마리가 공격했거나, 구렁이들이 차를 절벽 아래로 밀었다면 그녀의 내면에 무엇이 있었는지 알 수 있었으리라.

길은 커다란 구렁이 같았고, 차는 그 구렁이의 몸 위를 계속 미끄러져 내려가는 듯했다. 벌벌 떨던 느낌은 아직 차 안에, 사람마다 침묵으로 남아 있었다. 물론 나도 예외는 아니었다. 운전사가 어색함을 깼다.

—아직까지도 그런 끔찍한 것들이 있네.

덩치 작은 이가 물었다.

—뭐가 끔찍한데?

—그 바람 원숭이[50] 두 마리지 뭐가 또 있어.

—어떤 바람 원숭이 두 마리?

그는 잠에 곯아 떨어져서, 방금 무슨 일이 일어났는지 전혀 모르고 있었다.

—정말 대단한 어르신이군.

덩치 큰 이가 말했다.

—우리 모두가 절벽 아래로 떨어져도 어르신은 계속 잠을 자고 있었을 거야.

덩치 작은 이는 구렁이 두 마리 이야기를 듣고 우와 우와 감탄사를 연발하며 아쉬운 표정을 지었다.

—그런데 왜 날 안 깨운 거야.

—깨우기 겁났지. 깨웠으면 기절했을 거니까.

운전사가 놀렸다. 덩치 작은 이가 심각하게 말했다.

—왜 구렁이를 안 잡았어?

나는 웃음을 터트렸다. 하지만 아무도 신경 쓰지 않았다.

—그때 나는 정말 당황했어. 구렁이들이 너무 커서 말이야.

무전기 사내가 비로소 고백했다. 하지만 고백할 때도 그의 목소리는 묵직했고, 용기로 가득 차 있었다. 그들은 짱이 울고 있다는 사실도 잊은 채 구렁이 두 마리의 무게를 추측하며 소란을 떨

---

50 황당한 행동을 하는 상대를 지칭한다.

었다. 나는 시끄러운 틈을 이용해 짱에게 물었다.

─괜찮아?

그녀가 고개를 흔들었다. 나는 고개를 흔드는 걸 못 봤지만, 갈비뼈에 회전이 느껴져 알 수 있었다.

차 밖으로 여전히 밤이 끝없이 펼쳐졌다. 영혼들이 언제부터인가 다시 나타나 태연하게 나를 바라보며 기다리고 있었다.

산기슭 아래로, 차 옆으로 오래전부터 작고 구불구불한 녹색 강이 따라다녔다. 때때로 그것은 느닷없이 나타난 얇은 흰 구름 뒤로 사라졌다가, 서로 마주 보고 으르렁거리는 두 산등성이 사이에서 인내의 시간을 보내다 다시금 나타났다. 강변에는 길쭉한 집이 서너 채 흩어져 있는데 한 방향을 향하고 있지 않았다. 놈이 열광하고 있는 메오 족의 잔인한 사냥개 이야기를 자르기 위해 강 이름을 물었다. 놈은 흥분을 가라앉히고 목을 길게 빼 밖을 내다보며 말했다.

─뇨 꾸에 강이야.

역사가들이 도 쭈 강 다음으로 많이 주목해서 기록한 강이지만, 첩첩 산등성이 사이를 흘러가는 인내와 순종 외의 특별한 가치는 없었다. 뇨 꾸에는 그저 태어나기 위해서 태어난 소수민족 여성과 같다. 그것은 매력적이고 아련하게 흐르는 강에 대한 놈의 아름다운 요약이었다. 뇨 꾸에, 그들이 부르는 이름은 포 마이라고, 놈이 말했다. 발음을 최대한 그들에게 맞추려고 했지만, 잘되지 않는 듯했다.

역사에서 뇨 꾸에 강은 핏물로 탁하게 물든 적이 두 번 있다. 첫 번째는 1767년으로, 건너편 군대가 강을 따라 여기까지 계속 추격을 받으며 달아났는데, 십만 이상의 병사 중 여기에 마지막으로 도달한 무리는 채 천명이 되지 않았다. 보름날 밤이 되었을 때 그 숫자마저도 모두 지워졌다. 거의 천 개나 되는 머리가 눈길이 닿는 곳마다 강변을 따라 길게 쳐박혀 있었다. 두 번째는 메오 족의 피가 흘러넘친 것이다. 메오 족 지역에서 마흔 가구 이상이 사라졌다. 사람들은 그들이 살기 위해 다른 지역으로 옮겨갔다고 생각했지만 실제로 그들은 잘게 토막 나 뇨 꾸에 강에 수장되었다. 메오 족 사람들이 죽던 날, 하류 지역 사람들은 이유도 모른 채 강물이 붉게 변한 것을 보았다.

강물이 붉게 물든 것과 메오 족 사람들이 사라진 이유는 나중에 배가 부풀어 있는 랑[51] 물고기를 잡았을 때 짐작할 수 있었다. 운전기사가 목을 흔들어, 우두둑우두둑 소리를 내며 느릿하게 말했다.

— 1979년에 이 강은 다시 붉게 물들었어요.

놈은 나를 힐끗 보며 반응을 살폈다. 나는 이유가 궁금해서 운전기사에게 다시 물었다. 놈은 침략군이 우리한테 죽었다고 재빠르게 말했다. 운전기사는 못마땅한 듯 끼어들었다.

— 우리 쪽 피도 있어요.

---

51   베트남과 중국에 분포하는 민물고기. 무게가 최대 40~50kg이 나가는 큰 물고기다.

나는 그때 외삼촌이 1979년 전투에서 방 강이 피로 물들었다고 말했던 것을 떠올렸다.

푸르고 깨끗한 산맥이 시야를 가로질러, 세상을 공평하게 둘로 나눴다. 강은 산자락에서 미끄러져 내려온 햇살을 받아 강렬하게 빛났다.

짱이 내게 휴대폰을 보여주며 문자를 읽으라고 했다. '지금 하이즈엉에 있어.' 꾸익 녀석이 보낸 문자였다.

— 현에 가면 신문 살 수 있지요?

짱이 놈에게 물었다.

— 귀신이나 신문을 읽지.

놈은 신랄하게 비웃다가 심각한 목소리로 바꾸었다.

— 현 당위원회에 있어. 그런데 인민신문하고 성 지역 신문밖에 없어. 그런 게 필요해?

짱은 고개를 저었다.

— 그냥 알고 싶어서 물어봤어요.

놈은 앉은 채 윗사람같이 말했다.

— 이 동네는 글자가 필요 없어. 아무도 신문을 필요로 하지 않아. 단지 TV만 있으면 돼. 집집마다 중국산 안테나 접시가 있어. 채널을 충분히 잡을 수 있지. 때로는 포르노 채널도 잡을 수 있다니까.

짱은 이야기를 들으면서 손은 빠르게 문자를 찍었다. 나는 꾸익의 문자에 짜증이 나기 시작했다. 이번 여정에서 그 무언가가 짱이 두려움을 떨쳐낼 수 없도록 만들었다.

놈은 강에 대한 이야기로 돌아왔다. 놈이 그렇다. 어떤 주제에 달라붙으면 끊기가 어려웠다. 놈은 서쪽으로 기울어진 부분에는 땅속으로 흐르는 강이 있고, 지역 주민들은 텀 띠엥이라고 불렀는데, 놈은 미심쩍어하며 텀 뚜옌이나 텀 띠엠이라고 부르는 게 정확하다고 말했다. 사람들이 강의 근원을 찾지 못했지만, 그럼에도 분명한 것은 남에서 북으로 흐른다는 것이고, 그 의미는 우리쪽에서 그들 쪽으로 건너간다는 것이었다. 냇물은 계곡 두 곳에서 모습을 드러냈고, 나머지는 땅속에 기어든 용처럼 밑에서 흘렀다. 드러난 두 곳의 냇물이 산기슭으로 사라지기 전에 그래도 아주 좁고 긴 새하얀 모래톱과 냇가를 따라 많은 지하 동굴을 남길 시간이 있었다. 이 강에는 대표적인 물고기가 두 종류로 기가 막히게 맛있는데, 하나는 등이 나뭇잎처럼 푸른 물고기이고, 다른 하나는 은백색으로 닭고기처럼 단단하고, 목멋나무[52] 이파리처럼 향기롭다.

— 노란 물고기도 맛있어요. 약간 맵고 말이죠.

운전기사가 끼어들었다. 놈은 은백색 물고기보다는 못하다고 했다. 나는 매운 물고기에 대해 들어본 적이 없어 먹어볼 수 있냐고 물었더니, 놈은 일단 현에 가보자고 말했다.

---

52 Móc mật. 운향과 식물로 잎이 향긋해 요리에 쓰인다.

차는 곧바로 현의 당위원회로 갔다. 현 주석, 현 당비서, 행정실장, 현 공안국장이 모두 놈을 기다리고 있었다. 마중 인원은 충분했지만 위엄 있는 분위기는 아니었다. 놈은 나와 짱을 수도에서 올라온 문화부 간부라고 말했다. 대충 소개가 끝나고, 놈은 일을 시작했다. 모든 게 이십여 분 만에 끝났다. 그다음 다 같이 식당으로 갔다. 현에서 가장 큰 식당인데도 은백색이나 노란 물고기는 없었다. 단지 개고기와 물소고기만 있을 뿐이었다. 현 당위원회에서 두 가지 음식을 다 대접했다. 공안국장은 라 신 지역에서 무덤을 파헤친 사건을 방금 전해 받았다고 했다. 한 노인이 사흘 전 비 오는 날 번개에 맞아 죽었다. 노인의 무덤은 파헤쳐져 왼손이 절단되었다. 내가 그 왼손으로 도둑질을 한 거냐고 물었는데, 공안국장은 고개를 끄덕이더니 도둑질은 분명 강 건너편 나라에서나 하는 짓이지 여기서는 할 수 없다고 했다. 이곳 현의 '치안이 매우 좋기' 때문이라고 강조했다. 나는 만약 외삼촌이 여기 있었다면, 무슨 말에든 '뻥을 치기는' 이라고 붙일 듯했다. 공안국장은 사건 이야기를 하면서 술을 생수 마시듯 벌컥벌컥 마셨다. 놈이 내게 건너와 말했다.

—무엇이든 이 어른에게 물어봐. 여기 수많은 일들을 이 어르신이 다 알아.

공안국장은 웃었고, 그의 얼굴은 자부심으로 활짝 피어났다.

—물어보는 건 나중에 하고, 일단 다 같이 이 술로 끝까지 가보자구.

다행히 도수가 낮은 술이었다. 그렇지 않았다면 나는 분명 이들의 재촉과 권유를 견디기 어려웠을 것이다. 공안국장은 테이블 주위를 돌아다니다가 내 옆에 앉아 어서 술을 마시라고 닦달했다. 짱은 주석과 부행정실장에게 포위되어, 금방 얼굴이 붉게 물들었다. 주석과 젊은 부행정실장은 그녀에게 반한 듯 보였다. 둘은 짱 옆에 앉은 후 자리를 벗어나지 않았다. 놈은 현 여성협회 주석에게 빠져서 추파를 던지고 있었다. 여자는 하얀 피부에 통통하고, 잘 웃는 모습이 어떤 남자든 그녀를 당장 끌어안고 싶을 정도였다. 공안국장은 내가 대범하게 잔을 비우는 모습을 보고 입맛을 쩝쩝 다셨다. 이야기는 뒤로 갈수록 더 경계가 허물어졌다. 나는 시신 먹는 물고기는 없다는 것을 알게 되었다. 공안국장이 강조해서 말했다.

　─ 매운맛 나는 노란 물고기는 어때요?

　나는 다시 물어보며, 운전기사를 흘끗 보았는데, 그는 살짝 움찔하고 있는 것 같았다.

　─ 헛소리.

　공안국장은 파리를 쫓듯 손을 저었다.

　─ 나는 어릴 때부터 여기 살았기 때문에 다 알고 있어. 저 아래 사기꾼 개자식들이 지어낸 거야.

　물론 공안국장은 사기꾼 개자식이 바로 이 식탁에 앉아 있는 줄은 모르고 있었다.

　다음 날 아침 공안국장을 따라 라 신 지역의 무덤이 파헤쳐진 가족에게 갔다. 검은 기와지붕에 흙벽 집이 넓지만 어두웠다. 집주인은 고인의 맏아들로 대략 서른여섯, 일곱 정도로 보였고, 적갈색 피부에 머리카락도 적갈색이었다. 단지 위아래 치열만 가지런하고 하얬다. 그는 동생과 말다툼을 하고 있었다. 그들은 손님이 들어오는 것을 보고, 입을 다물고 슬그머니 각자 다른 자리로 갔다. 공안국장이 거드름을 피우며 물었다.

─아직도 다시 안 묻었어?

집주인은 대답 없이 털썩 주저앉아 두 손으로 머리를 쥐어뜯었다. 나는 툇마루 위에 천으로 싸여 있는 꾸러미를 보았다. 도굴된 시신이었다. 갑자기 몹시 구역질이 났다. 동생이 벽 쪽에서 목발을 짚고 나를 바라보고 있었다. 차가운 눈빛이 강철 같았다. 나는 그의 머리를 유심히 보았다. 머리카락이 이해할 수 없을 만큼 기이하게 잘려 있었다. 반은 덥수룩하고 곱슬거리며, 나머지 반은 두피가 드러나도록 빡빡 깎았다. 궁금해하는 나를 보고, 공안국장은 동생도 벼락을 맞았는데, 머리카락과 옷만 탔다고 말했다. 나는 순간 멍해져서 그의 머리카락에 관심이 간 이유를 이해했다. 번개 맞은 머리카락 한쪽은 확 타버려서, 불에 탄 옥수수밭처럼 보였다. 그리고 특히 두 눈, 그 차가운 강철 같은 눈은 번개에 맞아서 그렇게 된 것인지, 아니면 눈이 번개를 끌어들인 것인지 알 수 없었다. 형제는 아버지가 죽었는데 어째서 너는 살았냐고 말다툼 중이었다. 원래는 그 반대여야 했다고. 동생은 도둑이 아버지 손을 잘라가는 것을 형이 방

관해 불만스러워했다. 이십여 분이 지나, 나는 형제의 어수선한 대화를 통해 비로소 번개 사건을 상상할 수 있었다. 번개는 먼 곳에서 친 것이 아니라, 바로 내가 서 있는 마당에 친 것이다. 그날 삼부자는 집에서 술을 마시고 있었는데, 비가 내리기 시작했다. 취한 아버지는 흥에 겨워 이렇게 비가 내리면 오줌을 누는 것보다 좋은 건 없다고 했다. 작은아들은 아버지가 허풍을 떤다고 하면서, 할 수 있으면 나가서 오줌을 누라고, 천국과 같은지 한번 보여달라고 했다. 아버지는 그 말에 더듬더듬 마당 한가운데로 가서 바지를 내리고 오줌을 누었다. 지붕 위로 계속 번갯불이 치는 것을 보고, 작은아들이 뛰쳐나와 아버지를 끌어당겼다. 그렇게 아버지에게 뛰어들자마자 하늘이 하얗게 번쩍이더니 귀청이 찢어지고 머리가 쑤실 정도로 큰 폭발음이 들렸다. 아들은 마당 끝으로 튕겨 나갔고, 아버지는 그 자리에서 고꾸라졌다. 까맣게 타서 연기가 피어올랐다. 내가 호기심에, 번개에 맞아 죽을 뻔한 아들 가까이 다가갔는데, 몸이 마비될 것 같은 생각이 들었다. 그의 몸에는 여전히 전기가 남아 있을 것 같았다. 나는 그에게 아프지 않냐고 물었다. 그는 고개를 저었고, 강철 같은 두 눈으로 형을 바라보았다. 공안국장은 시신에게 다가가 천을 뒤집었다. 검게 탄 얼굴과 공포에 질려 크게 벌어진 입이 눈에 들어왔다.

— 왼손만 없어졌어?

공안국장이 물었다. 집주인은 대답 대신 '으으'라고 했다. 천을 아래로 더 내렸다. 한 손이 아니라 두 손 모두 잘려 있었다. 잘린 자국도 이상하고, 너덜너덜했지만 끔찍하지는 않았다. 시신이 너무 많이 타서 찢어진 넝마 더미처럼 보였기 때문이다. 공안국장은 큰 소리로 욕을 뱉은 뒤, 천을 다시 들어 올려 시신을 가렸다. 그때 나는 시신을 덮고 있는 천에 관심이 갔는데, 검은색 바탕에 붉은색과 짙은 파란색 줄무늬가 있었다. 손으로 짠 것인지 중국산 기계 직물인지 알 수 없었다. 한 여자가 나뭇잎 다발을 들고 집 뒤에서 나왔다. 공안국장은 인사 대신 고개를 끄덕였고, 그녀 역시 반짝이는 눈빛으로 답했다. 나는 이상했다. 이것은 매우 드문 경우였다. 왜냐하면 놈이 메오 족은 눈의 장점을 거의 사용하지 않기에, 다른 민족에게 눈으로 감정 표현을 하지 않는다고 했기 때문이다. 그들은 그저 눈을 보는 데만 사용하고, 판단하는 데는 사용하지 않는다고 했다. 여자는 내 앞을 돌아다니면서 나를 쳐다보지 않았다. 그녀는 집으로 들어가 어두운 공간 속으로 사라졌다.

　— 주위에서 이상한 사람 본 적 없어?

　형제는 공안국장의 질문에 대답하지 않았다. 하늘이 잔뜩 찌푸려져, 습기에 젖고, 구름이 어지럽게 흔들렸다. 나는 카메라를 만지작거리며 아름다운 구름이 있었으면 하고 속으로 생각했다. 집은 산기슭에 가깝고 산은 너무 높고 우뚝 솟아 있어 정상에 발을 딛는 것은 생각할 수 없었다. 앞에는 작은 길이 있고 한쪽은 푸르게 반짝이는 잔디밭이 물결치고, 그 물결마다 황금빛 대나무 마디가 흘러넘쳤다. 멋진 구름 떼가 있었다면 틀림없이 나는 환장해서 사진을 찍었을 것이다. 공안국장이 수첩을 펴서 무언가 끄적이더니 돌아가자고 재촉했다. 내가 인사해도 형제는 답하지 않았다. 나는 그 형제가 다시 싸울 것 같은지 물었고, 공안국장은 고개를 끄덕이며 말했다.

　— 메오 족은 포기를 싫어하지.

　확실하게 결론을 내렸다.

　짱은 서둘러 현 중심가를 돌아다니며 인민공안신문 두 부를 구했다. 둘 다 날짜 지난 신문이었다. 내게는 새것이든 지난 것이든 중요하지 않았다. 내가 알고 싶은 것은 우리가 이 산악지대를 돌아다니는 동안 세상 사람들이 무엇을 하고 있는가였다.

　현의 당위원회 게스트하우스에서 직원이 열쇠 세 개를 가져다주었는데, 놈은 두 개만 받았다. 놈과 운전기사가 한 방에 자고, 나와 짱이 한 방에 잤다.

　밤이 깊어갈수록 춥고 이불을 같이 덮어야 했지만 정사를 나누지는 않았다. 나는 번 리가 빨간 줄무늬가 있는 검푸른 담요를 덮고 자는 모습을 띄엄띄엄 꿈에서 본 것 같았다. 단지 그런 것 같았다.

　아침에 놈에게 시간이 많지 않으니 가능하다면 아침 일찍 따 번에 가자고 제안했다. 짜증을 내며 인상을 쓸 거라고 생각했던 것과 달리 놈은 아무렇지 않은 듯 끄덕이며 아침 먹고 바로 가자고 했다. 나는 방으로 돌아와 짱에게 말했다. 짱은 입술을 깨물고 나를 노려보며 물었다.

　— 어젯밤에 왜 나랑 안 했어?

나는 그녀의 태도에 눈살을 찌푸리며 말했다.

— 피곤해서 그랬어.

— 싫증난 거지, 그렇지?

나는 고개를 흔들었다. 그녀는 다시 입술을 깨물었고, 뺨이 팽팽
해져 더 하얗게 되었다.

— 만약 싫증난 거라면 내가 알 수 있게 바로 말해.

그녀를 안아주고 싶었지만 인기척이 느껴져 그냥 차분하게 말했다.

— 난 아직 널 잘 몰라. 어떻게 싫증날 수 있겠어?

애통한 내 목소리는 짱을 혼란스럽게 만들었다. 그날 밤 황량한
들판에서 그녀는 번 리를 용서해달라는 내 애원에 화를 냈다. 어쨌
든 나는 진심이었다.

공안국장은 다시 이곳에 올 기회가 있으면 보자고 약속했다. 나는
공안국장에게 하노이에 오면 연락하라고 말했다. 하노이 생맥주를
대접하겠다고 했다. 공안국장은 껄껄 웃으면서 대접하려면 술을 대
접해야지 생맥주는 여우 오줌 같아서 도저히 삼킬 수가 없다고 말했
다. 나는 그에게 시신의 손을 자른 범인을 잡으면 알려달라고 했다.
그는 말했다.

— 용의자가 네 명이야. 아무나 잡아도 돼. 일단은 그냥 재미 삼아
둘 거야.

현 주석은 짱과 악수하면서 오래 쓰다듬었다. 시간을 끌기 위해
말을 하면서 모든 감각을 상큼하고 하얀 손에 집중했다. 높은 여성

회 주석에게 윙크하며 고개 숙여 그녀의 희고 풍만한 가슴에 기대려 했다.

차가 어느 정도 올라왔을 때, 뒤돌아보니 아래에 현 중심가는 고요하고 태평했다. 현으로 들어가기 위해 고개를 올라가려고 준비할 때와 마찬가지였다. 놈은 운전기사에게 물었다.

— 꿀 잘 간수했지?

운전기사는 대답했다.

— 걱정마세요.

현 간부들이 우리에게 박하꿀 두 통을 선물했다. 아편 재배가 금지되지 않았을 때는 아편 꿀이 최고였고 지금은 박하 꿀이 최고다. 놈은 아편 이야기를 하다가 검은 밥에서 흰 밥까지[53] 장황하게 떠벌리고, 목수 앞에서 도끼 춤을 추고 있는지[54]도 모르는 아편중독자들에 대해 이야기했다. 짱은 말없이 경멸 어린 시선으로 앞을 보았다. 놈을 상관하지 말자. 놈이 만든 일정이고, 놈의 차, 놈의 근거지라 놈은 무엇이든 말할 수 있다. 나는 굽이치는 산들을 유랑 중이라는 생각을 차창 밖으로 풀어놓았다. 나는 지금 여기서 사라지고 있어. 그렇게 생각하며 문득 다시 뒤돌아보았다. 길이 텅 비어 있었다. 단지 우리 차만 첩첩산중에 있고, 공기는 아무런 미련 없이 당장 죽어

---

53 온갖 이야기를 다 늘어놓는 것을 뜻한다.

54 '공자 앞에서 문자 쓰기'와 같은 뜻이다. 여기서는 아편중독자들이 세상물정 모르고 산다는 뜻으로 쓰였다.

도 좋을 만큼 맑고 상쾌했다. 프랑스 식민지 시절, 이 지역에서 인도 차이나 전체에 아편을 공급했다. 아편 판매로 벌어들인 수입이 수백만에 달해 이 지역을 두고 프랑스와 비엣 민이 격렬한 쟁탈전을 벌였다.

나는 문득 생각이 떠올라 짱에게 말했다.

— 내가 깜빡하고 신문을 안 가져왔네.

— 어떤 신문?

놈이 고개를 돌리고 물었다. 나는 대답했다.

— 인민공안.

— 별거 아닌데.

놈과 운전기사가 동시에 같은 말을 했다. 나는 첫 번째 신문에 실린, 모텔에서 일어난 매춘부 살인사건에 대해 말했다. 그녀는 목이 졸린 채 침대 밑에 처박혀 있었다. 범행 시간은 전날 밤 12시였는데, 다음 날 아침 9시에 연인 둘이 방을 빌렸고, 오후 1시에 또 다른 연인 둘이 방을 빌렸다. 저녁에는 출장 온 라오 까이의 간부가 잤다. 그런데 그들은 이상한 점을 발견하지 못했다. 자신들이 시체 위에 누워 있다는 것을 아무도 몰랐다는 게 이상했다. 운전기사가 이야기를 보탰다. 어떤 여자는 남편이 바로 옆에 죽어 있는데, 아침까지 그걸 전혀 모르고 정신없이 잠을 잤다. 일어나 양치하고 세수한 다음, 어제 남편이 말에서 떨어진 것이 생각나 야단치려고 깨웠다. 그때야 비로소 언젠지 몰라도 남편이 뇌진탕으로 숨진 걸 알았다. 놈이 들더니 목소리를 낮추고 말했다.

— 나쁜 여자는 정말 악질이지. 그렇지 않아?

놈은 내게 물었다. 나는 놈의 눈을 똑바로 보았고 번뜩이는 그림자를 보았다. 그 속에는 내 모습도 포함되어 있었다.

— 맞아.

내가 놈이 원하는 대답을 하자 놈은 편안하게 몸을 앞으로 돌렸다. 짱이 입술을 삐죽이며 비웃었다.

투언 형은 달랐다. 남자의 의무는 여자가 망가뜨릴 수 있게 무언가 만들어 놓는 것이라고 했다.

운전기사가 신음을 토하며, 속도를 줄였다.

— 왜 그래?

나는 속삭였다. 짱은 여전히 울고 있었고 차 안에 있는 사람들은 난감해하는 것 같았다. 그들은 더 이상 우리 둘을 거칠 게 다루지 않았다. 방금 벌어질 뻔한 사고 이후, 나는 그들과 더 가까워진 듯했다. 옆에 앉은 덩치 큰 이는 동정하는 표정으로 나를 바라보았다. 그럴 뿐이었다. 괜찮다. 침묵하고 있다가 필요할 때 말하면 된다. 나는 마음을 풀고 길을 바라보았다. 짧은 길이 번쩍였다. 나는 밤의 장막을 바라보았다. 영혼들 중 하나가 길을 안내하듯 차를 앞질러 지나갔다. 어쨌든 괜찮다. 이렇게 요동치고 비탈진 밤에는 누가 길을 안내해도 괜찮았다.

맞다. 그때 운전기사는 신음하며 속도를 줄이더니 그다음 완전히 멈춰 세웠고, 차 문을 벌컥 열었다.

운전기사는 애끓는 마음으로 차에서 내려, 지나갈 수 있는지 길을 확인했다. 놈이 투덜거렸다.

— 여기 갇히는 건 짜증 나는 일이야.

운전기사는 계속 앞뒤를 살피더니 모두 차에서 내리라고 손을 흔들어 신호했다. 놈은 마지막에 내려 한 걸음 한 걸음 게으르게 바위로 걸어가 절벽을 바라보았다. 위에서 굴러떨어진 바위는 이렇게 아찔한 높이에서 더 이상 아래로 구르지 않고, 이 자리에 확실하게 자리를 잡았다.

— 지나갈 수 있을까?

놈이 눈을 가늘게 뜨고 물었다. 운전기사는 대답 없이, 차로 돌아와 시동을 걸고 도로의 나머지 부분을 가늠하면서 앞으로 나아갔다. 타이어가 도로 가장자리에서 손바닥 정도, 정확히는 손바닥 반만큼 떨어져 있었다. 짱은 감히 쳐다보지 못하고 다른 곳으로 시선을 돌렸다. 차의 한쪽 부분이 거의 바위와 가볍게 마찰하는 것 같았다. 그리고 반대쪽 바퀴는 매우 쩔쩔매며 도로 가장자리를 꼬집듯 붙잡으며 지나갔다. 부서진 바위 조각이 아찔한 속도로 절벽 아래로 떨어졌다. 순간 나는 형의 수첩을 차에서 가지고 내리지 않은 것을 후회했다. 어떤 운명이 닥치면 수첩은 차와 함께 사라지는 것이다. 나는 근본적으로 이런 곳에서는 모든 것이 불확실하다는 것을 깨달았어야 했다. 갑자기 차가 수백 바퀴를 구를 수도 있고, 갑자기 저렇게 거대한 바위 아래 기괴하게 깔릴 수도 있고, 갑자기 수천 톤의 흙더미가 방벽에서 차 위로 쏟아져 내려올 수도 있다. 만약 그런 일이 생긴다면 어젯밤 짱과 정사를 나누지 않은 것이 큰 후회가 될 수도 있다. 그렇게 생각하다, 내 이기심에 당황했다. 운전기사의 목숨은 생각하지 않고, 이미 암기한 수첩 걱정만 했던 것이다. 두 생각이 서로 엉켜 다투다가 차가 반대편으로 빠져나가자, 동시에 사라졌다. 운전기사는 차에서 내려 자신의 성과를 돌아보며 담배에 불을 붙여 피웠다. 그가 타이어 자국을 가리키며 말을 해, 입에서 연기가 뿜어 나왔다.

— 조금이라도 모자랐으면 어쩔 수 없었어요. 못 지나갔죠.

그의 이마와 턱에 땀방울이 맺혔다. 짱은 감동한 눈으로 운전기사를 바라보았다. 나는 길 가장자리에 찍혀 있는 바퀴 자국 때문에 심장이 멎을 것 같았다고 운전기사에게 말했다. 그는 내 말을 듣고 콧구멍으로 더 세게 연기를 내뿜더니 담배를 놈에게 건넸다. 놈은 거절했다. 절벽 가장자리에 걸린 무언가가 그의 관심을 끌었다. 천 조각, 정확히는 더러운 덤불 위에 헐렁하게 걸쳐진 연두색 셔츠였다. 셔츠는 너덜너덜했고, 몸통은 덤불 위에 펼쳐져 있었지만, 소매 하나가 아래로 늘어져 있어 사람이 엎드려 있는 것처럼 보였다. 놈은 호기심이 생겨 나뭇가지로 셔츠를 걸쳐 들고 소리를 질렀다.

— 아이고.

셔츠에 말라붙은 피가 짙은 얼룩처럼 보였다. 그리고 덤불 아래 어딘가에서 파리가 윙윙거렸다. 놈은 나뭇가지를 버리고 손을 털고는 모두 차에 타라고 신호했다. 나는 궁금했다.

— 셔츠를 보고 무서워하는 것 같던데?

놈이 걱정스레 말했다.

— 분명 사건이 있었어. 하지만 됐어. 엮이면 안 돼. 아무것도 안 본 것처럼 해야 해.

짱이 말했다.

— 그냥 버려진 누더기 셔츠 아닌가요.

놈이 대답하지 않았지만 운전기사가 모두 말했다.

— 찢어진 모양이 칼에 찔린 것 같았어요. 여기 사람들은 옷을 그렇게 함부로 버리지 않아요.

놈은 후후 숨을 토하며, 검지손가락으로 차창을 두드렸다. 얼굴은 무언가 계산해 보는 듯 생각에 잠겼다. 모두 앞만 바라보고 있었고 평평한 아스팔트 표면에 타이어가 씽씽 달리는 소리만 들렸다. 나는 배낭을 뒤져 수첩을 꺼냈다. 짱이 호기심 어린 눈으로 힐끗 보았지만 묻지는 않았다.

차는 편안하게 굴러갔다. 나는 수첩을 훑어본 후 덮어서 무릎 위에 올려놓았다. 형의 일부가 지금 여기에 있어, 그것이 내게 소곤소곤 속삭였다. 귀가 뜨거워졌다가 아주 빠르게 식었다. 짱은 몸을 뒤로 젖히고, 가슴을 관능적으로 내밀었다. 여자의 가슴은 관능적이라 쉽게 끌리지만, 정사를 나눌 때 남자가 가장 신비롭게 매력을 느끼는 곳은 귀다. 짱의 귀는 어린아이처럼 파릇하고, 작고 얇은 테두리가 빙글빙글 돌아서 황홀한 세계로 이끄는 길 같다. 나는 놈의 귀를 보았다. 햇볕에 그을리고, 얼룩덜룩한 갈색이라 덜 마른 버섯처럼 보였다. 놈은 내가 놈의 귀를 관찰하는 줄 모르고, 계속 말하며 귀를 위아래로 실룩거리게 만들어, 우스꽝스러웠다. 놈은 침략에 참여한 저쪽 편 부대 이야기를 하고 있었고 나는 쿤밍지구 대부대의 이름만 기억하고 있었다. 그러다 갑자기 방송국 전기가 나간 것처럼 조용해졌다. 운전기사가 무언가를 흥얼거렸는데, 이야기에 참여하고 싶은 것 같기도 했고, 조용히 놈이 하는 말의 진위를 판단하는 것 같기도 했다. 짱의 손에서 불빛이 번쩍였다. 나는 그제야 짱이 한쪽 귀에 이어폰을 꽂고 음악을 듣고 있다는 걸 알았다.

— 도적들은 흔히 귀를 잘라?

나는 어리석게 물었다. 놈은 질문에 거의 관심 없는 듯했다. 놈은 앞을 응시하고 있었다. 나는 놈의 침묵에 놀랐다. 왜냐하면 학창시절부터 내가 본 놈은 생각을 거의 안 하는 사람이었고, 결코 생각이라는 것을 모르는 것 같았기 때문이다. 짱의 이어폰에서 희미하게 음악이 흘러나왔다. 햇빛이 차 안을 비추고 있었지만 아무도 관심이 없었다. 내리쬐는 햇볕은 앞쪽 산등성이를 푸르게, 여운이 길게, 매혹적으로 만들었다.

—분명 집에 꾸인[55] 꽃이 모두 활짝 피었을 거야.

　놈이 특별히 누군가를 겨냥하고 한 말은 아니었고, 목소리는 아쉬움이 가득했다. 놈은 꾸인 꽃을 좋아했는데, 나는 함께 학교 다닐 때부터 알고 있었다. 나도 꾸인 꽃을 좋아했다. 반대로 짱은 싫어했다. 그녀는 밤에 살그머니 피는 꽃으로 매력이 없다고 말했다. 그것은 하나의 반론이고 나는 그 논리가 전혀 말이 되지 않는다고 생각했다. 나는 놈의 집에서 꾸인 꽃밭을 본 적이 있다. 골목에 들어서자마자 볼 수 있었다. 문 앞 작은 정원에 꾸인 꽃을 많이 심어, 꽃봉오리가 아주 많았다. 그날은 봉오리였는데, 지금은 다 피었을 것이다.

　—여기서 꾸인 꽃을 키울 수 있나요?

　짱이 이어폰을 빼고, 놀라서 놈에게 물었다. 놈은 관대하게 웃었다.

　—이 땅을 너무 무시하는군.

　놈은 목소리가 밝았다. 아마도 여정을 시작한 이후 가장 즐거운 듯했다. 짱도 소리 내 웃었는데, 놈을 만난 이후 가장 상쾌한 웃음소리였다.

　—여기는 안개가 많아서 꾸인 꽃이 자랄 수 없다고 생각했어요.

　—말도 안 돼.

　놈이 어이없어했다.

　—여기 꾸인 꽃은 다른 곳보다 더 아름다워. 왜 그런지 알아? 낮

55　공작선인장꽃. '밤의 여왕'이라 불린다. 딱 한 번 피는 꽃이라, 정절을 상징하기도 한다.

에 화창하고 밤에는 안개가 자욱하기 때문이야. 안개 속에 핀 꾸인 꽃을 본 적 없을 거야. 그렇지?

짱은 고개를 끄덕였다. 놈은 다시 내게 물었다.

— 너도 아직 본 적 없지, 그렇지?

나는 대답하지 않았다. 놈이 말했다.

— 그건 세상에서 가장 아름다운 순간이야. 어디나 있는 게 아니라구.

이곳은 햇빛이 안개를 통과하기 어렵기 때문에 새벽녘이 가장 아름답다. 그래서 꾸인 꽃이 천천히 진다. 놈이 그렇게 말했다.

— 나는 화분 하나에 꾸인 꽃송이 마흔 개가 피어 있는 걸 본 적 있어. 가지가 다 휠 정도였어.

꽃송이 마흔 개가 달린 꾸인 꽃나무는 놈의 처남 것이었다. 내가 말했다.

— 예전에 우리집 꽃밭에서 하룻밤에 꾸인 꽃 아흔아홉 송이가 피었었어.

놈은 조금 놀란 듯 투덜거렸다.

— 아닐 거야. 아흔아홉 송이는 너무 많아.

나는 너무 향기롭다고, 너무 향기로워서 지금도 가끔 그 향기를 맡을 수 있다고 했다. 운전기사의 얼굴은 바위같이, 꾸인 꽃 대화에는 아무런 흥미가 없었다. 나는 그날 밤을 아주 분명하게 기억한다.

신병 집합 명령을 기다리는 동안 꽃이 피는 것을 보기 위해 사람들이 우리집으로 몰려들었다. 대략 아홉 시 반경에 꽃이 일제히 피었다. 꽃무더기가 무당이 굿하는 것처럼 요동치고 흔들거렸다. 분홍 껍질에 싸여 있는 하얀 꽃잎이 펄럭이며, 깊은 어둠 속에서 팔을 뻗듯이 희미하게 꿈틀대는 노란색 암술을 세상에 드러냈다. 꽃송이들은 꾸인 꽃 화분 위에 붙어 있는 구름 같았다. 달콤하고 황홀한 향기가 퍼졌다. 아버지는 돗자리에 양반다리를 하고 사람들과 둘러앉아 있고, 담배 연기가 흐릿하게 흩날렸다. 봤어, 저렇게 흔들리잖아. 아버지는 방황하는 목소리로 조용히 속삭였다. 나는 오랜만에 아버지의 몽환적이고 두근거리는 모습을 보았다. 다들 달콤한 꽃향기에 취해 넋을 놓고 있을 때, 갑자기 형네 집 쪽에서 아기 울음소리가 들려왔다. 그것은 전혀 아기 울음소리 같지 않았고, 고양이가 배고파 우는 소리 같았다. 그렇게 항이 아이를 낳았다. 누군가 등을 떠밀었고, 나는 비틀거리며 일어나 형 집으로 달려갔다. 그 집 앞에 멈춰서서 숨을 내쉬고, 집안을 들여다 보았다. 항은 창백하게 늘어져 침대에 누워 있었고, 옆에는 생고구마처럼 시퍼렇게 멍든 아기가 누워서 두 손발을 눈에 보이지 않는 누군가를 향해 까불거렸다. 형은 허리를 숙여 항에게 말했다.

— 떠나야 할 시간이야.

항이 물었다.

— 아기 얼굴 자세히 봤어?

형은 대답하지 않았다. 항은 조마조마했다.

— 닮았어?

형이 뭔가 말하려고 손을 들었다가, 배낭을 메고 곧장 문으로 걸어갔다. 나를 보자마자 형이 말했다.

— 애 낳았다. 아들이야. 아버지한테 가서 알려.

나는 집에서 아기 울음소리를 들었기 때문에 아버지도 안다고 말했다.

— 예뻐?

형이 물었다. 나는 형이 무엇을 묻는지 이해되지 않았다. 형이 반복했다.

— 꾸인 꽃이 예쁘냐고.

나는 고개를 끄덕였다.

— 예뻐, 정확히 아흔아홉 송이야.

— 왜 아흔아홉 송이야. 백 송이여야 맞지.

형은 놀라며 반박했다. 나는 고집스럽게 내가 정확히 세었고 아흔 아홉 송이라고 말했다.

형이 중얼거렸다.

— 그런데 나는 계속 딱 백 송이라고 생각했네. 됐어. 나 간다.

형은 말하고, 걸음을 옮겼다. 나는 당황했다.

— 아버지한테 인사 안 드릴 거야?

형는 고개를 저으며 달을 향해 달려갔다. 달은 내 주위의 무수한 공기를 옅게 해, 편히 숨 쉴 수 있게 만들었다. 그렇게 형은 정말로 갔다. 지금 나는 형을 따라가려고 애를 쓴다.

— 내가 읽을 수 있게 수첩에 전부 기록하는 거 까먹지 마.

— 알았어.

형의 목소리가 앞으로 빨려 들어갔다. 더 이상 아기 울음소리는 들리지 않았고, 애절한 꾸인 꽃향기와 함께 내 몸을 두드리는 달의 속삭임만 있을 뿐이었다. 나는 울적한 마음으로 하늘을 보았다가 집을 바라보았다. 찐 아주머니와 항이 집안에서 아이와 씨름하고 있었다. 나는 형을 쫓아 집결지로 달려갔다. 마을 개들이 미친 듯이 짖어댔다. 고함 소리와 함께 큰 대접만 한 빛이 형의 얼굴을 곧바로 비췄다.

— 왜 이렇게 늦었나?

형은 숨을 헐떡이며 앞줄로 달려가 말했다.

— 아내가 아이를 낳았습니다.

방금 고함을 쳤던 사람이 목소리를 부드럽게 했다.

— 정말로 부인이 아이를 낳은 거야. 아니면 시간이 아까워 잠자리 한 번 더 하려고 애쓰다 온 거야.

형은 솔직하게 대답했다.

— 정말로 아내가 아이를 낳았습니다.

다른 사람이 물었다.

— 아들이야 딸이야?

형이 대답했다.

— 아들입니다.

불빛이 사라졌다가 다시 형의 얼굴을 곧장 비추었다.

— 아들이라구. 그렇다면 아주 잘생기진 않았겠군.

모두들 폭소를 터뜨렸다. 한 사람이 재촉했다.

— 어서 가자구. 개미집 앞에 서 있었더니, 엄청 물려서 부어올랐어.

손전등을 들고 있던 사람이 말했다.

— 보이지. 동지들 보이지? 개미들까지 애가 타서 저 개새끼들의 얼굴을 어서 때려 부수라고 재촉하고 있네. 모두들 차에 올라타. 출발 준비.

차에 시동을 걸자, 소리가 울려 퍼지고, 헤드라이트가 노랗게 길 위를 쓸었다. 나는 형이 목을 길게 빼고 집을 바라보는 것을 보았다. 하지만 분명 집이 보이지 않았을 것이다. 많은 양철 지붕들에 가려져 있기 때문이다.

수첩을 다시 자세히 읽게 만든 내용이 하나 있다. 형은 자신이 차에 꾸인 꽃 한 송이를 갖고 탔다고 기록했다. 내가 깜짝 놀라서 어떻게 꾸인 꽃 한 송이를 갖고 있었냐고 물었는데 형도 이해할 수 없었다고 했다. 형은 단지 차가 얼마 정도 갔을 때 약간의 추위와 초조함이 밀려왔다는 것만 안다고 했다. 형이 왼쪽을 돌아보았을 때 누군가 형을 주시하고 있어서 깜짝 놀랐다. 차가 좀 더 멀리 갔을 때, 갑자기 그는 달빛 속으로 손을 뻗어 하얀 꽃 한 송이를 꺾어 형 앞으로 내밀었다. 형이 손을 뻗어 꽃을 잡자 그는 사라져버렸다. 당황한 형이 불쑥 그를 불렀다.

— 이봐.

맞은편에 앉은 사람이 형에게 물었다.

— 불렀어?

형은 대답하지 않고, 주위를 둘러보며 달 아래 흐릿하게 일렁이는 얼굴과 양쪽으로 희미해지는 풍경을 바라보았다. 맞은편에 앉은 사람이 다시 말을 걸어왔다.

— 부인이 방금 아기를 낳았다고 들었어. 그건 평생, 집안의 복이지. 자넨 아기 얼굴을 보았고, 아들인지 딸인지도 알잖아.

그는 입맛을 다시며 계속 말했는데, 목소리는 바늘구멍보다 작았다.

— 나는 자네보다 마음이 더 아파, 아내가 임신한 지 한 달 반밖에 안 됐어. 지금 그 애는 겨우 손톱만 할 텐데.

맞은편에 앉은 사람은 스스로 너무 감상에 빠졌다고 생각했는지 말을 멈추고 더 이상 이야기를 꺼내지 않았다. 그는 형의 손에서 흔들리는 꽃송이를 보고 깜짝 놀라 소리를 질렀다.

— 전투하러 가는데 꽃을 가져왔어?

그 꽃송이를 더하면 형이 말한 대로 백 송이가 된다.

아기는 여덟 달이 되었을 때 폐렴으로 죽었다. 내가 계산한 대로라면 형이 따 번에서 포로로 붙잡혔을 때 죽었을 것이다. 그리고 항이 친정으로 갔다. 나중에 큰아버지는 항이 포 옌의 오토바이 수리공에게 들러붙어 있다는 소문을 딸에게 들었다.

꾸민 꽃밭은 저절로 시들고 이해하기 힘들 정도로 죽어버렸다. 아버지는 꽃이 너무 많이 피어 기력을 다 소진한 것 같다고 말했다.

궁핍한 소수민족 한 무리가 길을 거슬러 올라왔다. 남자 넷, 여자 하나, 아이 둘이었다. 아이들은 강아지처럼 아장아장 걸었고, 늙고 쇠약한 남자 넷은 바위 네 개가 움직이는 듯 느릿느릿 걸었다. 여자는 넓고 너풀거리는 화려한 꽃무늬 드레스 때문에 눈길을 끌었다. 그들은 로 로 족이었다. 로 로 족 사람들은 길에 거의 나가지 않기 때문에 그들을 만난다는 것은 행운이었다. 놈이 지난 해에 로 로 족의 한 마을이 다 미쳤다고 했다. 사[56]의 간부가 가서 보니 마을 사람들이 전부 떠들썩하게 돌아다니고, 재잘대며 웃고 떠들지만 아무도 서로의 말을 알아듣지 못했다. 그 로 로 마을에 무슨 일이 벌어졌던 건지 아직도 밝혀지지 않았다. 차가 로 로 족 사람들 곁을 지나갈 때 남자 넷이 모두 구부러진 칼을 차고 있는 것이 보였다. 하나는 등 뒤에 장총을 둘러메고 있었다. 여자가 차를 올려다보았는데, 나이는 가늠하기 어려웠지만 매우 아름다웠다. 짱이 깜짝 놀라 칭찬을 아끼지 않을 정도로 아름다웠다. 운전기사가 경적을 울리며 소수민족 무리에게 인사하고는 아무렇지 않은 듯 말했다.

— 로 로 족 여자들은 누구나 다 저렇게 예뻐요.

미녀들은 어디나 있다. 나는 저 남자 넷 중 누가 그녀의 남편인지 짐작할 수 없어 멍하니 생각했다. 넷 중 누구도 마땅하지 않았다. 여

---

56 한국의 '리'에 해당하는 행정단위이다.

자가 너무 예뻤기 때문이다. 만약 그녀가 아래 평지에 살았다면 그녀의 인생은 훨씬 더 빛났을 것이다. 나는 운전기사에게 그 점을 이야기했다. 운전기사는 고개를 가로저으며 그녀가 만약 평지에 살았다면 그렇게 예쁠 수 있는 게 아니라고 말했다. 여기는 기후도 좋고 걱정도 없고 생각도 없고 좋은 채소를 안심하고 먹을 수 있고, 언제나 손발로 일하기 때문에 그렇게 된 것이라 했다. 나는 인간의 발과 여기 있는 나무뿌리가 비슷한 점이 있다는 걸 깨달았다. 나무뿌리는 무성한 이파리와는 상관없이 바위 틈에 끼어 오그라들어 있다. 갈라지고 지저분한 발은 재활용 플라스틱으로 만든 싸구려 슬리퍼 속에 꿰어져 있고, 화려하고 섬세한 옷과는 아무 상관이 없다. 이 생각을 속으로만 하고 밖으로 말은 꺼내지 않았다.

차에서 꾸벅꾸벅 조는 동안, 나는 로 로 족 여자가 고개를 숙인 채 걸어오는 것을 보았다. 걸을 때마다 치마가 마치 구름으로 만든 모자챙처럼 흔들리고 요동쳤다. 그녀가 고개를 들어 나를 바라보았을 때 더 이상 예쁜 얼굴이 아니라 불에 탄 나무를 엉망으로 깎은 모습이었다. 번 리? 나는 꿈에서 깼는데, 이마가 차가웠다. 그리고 아무도 모르게 번 리의 번호에 문자를 보냈다. 여전히 답이 없었다.

놈이 뒤돌아보며, 눈을 찡긋하고 담배를 내밀었지만 나는 고개를 흔들었다. 내가 거절하자, 놈도 어색해서 담배를 피지 않았다. 차는 망가진 아스팔트 도로의 붉은 흙과 흰 돌조각들 때문에 계속 위아래로 출렁거렸다. 문자가 왔다. 나는 안도의 한숨을 쉬면서 번 리의 문자라고 생각했다. 투 누나의 문자였다. '다니는 건 재미있어?' 나는 답장을 찍었다. '재미없어요. 사무실에 무슨 일 있어요?' 누나가 곧바로 답을 했다. '그냥 그래.' 나는 가슴이 설렜다. 누나의 문자 때문인지 아니면 황량한 산속 광활한 공기 때문인지 분명하지 않았다. 나는 대담하게 문자를 보냈다. '너무 보고 싶어요.'

— 저기 좀 봐봐. 무섭지?

짱이 밖을 가리켰다. 길 양쪽으로 돌들이 작은 언덕같이 쌓여 있었다. 차가 들썩거리며, 돌위를 구르듯 달렸다. 갑자기 시야에 붉은 산이 들어왔다. 쓰러진 나무들이 흙과 바위와 함께 너저분하게 묻혀 있었다. 운전기사가 말했다.

— 산사태가 났었네요.

차가 한참을 달렸지만 답장은 오지 않았다. 부끄럽기도 하고 당혹스럽기도 해서 투 누나에게 몇 번이나 전화를 걸려고 했다. 내가 잘못한 것 같았다. 나는 놈과 이야기를 하면서, 휴대폰에 귀를 기울였다. 머릿속으로 수많은 질문을 했다. 내가 그녀를 감동시켰을까. 아니면 그녀의 자존심만 높여주었을까?

— 포 바에 들르자.

놈이 운전기사에게 말했다. 놈은 이 지역에서 오래된 곳을 소개해주고 싶었지만, 나는 더 이상 흥미가 없었다. 1979년의 전투가 분명 여기까지 번지지는 않았을 것이다.

— 전투는 없었지만 이곳에는 인도차이나 전역에서 유명했던 여

성이 있지. 그녀를 볼 때마다 큰 산적, 작은 산적, 아버지 산적, 자식 산적 모두 무릎을 꿇어야 했어.

놈은 내 생각을 읽은 듯 흥미를 돋우는 말을 했다. 나는 투언 형이 빌려준 몇몇 책을 통해 그녀에 대해 알고 있었지만, 그녀가 포 바에 있는지는 까마득하게 잊고 있었다. 요약하자면, 여성이 있는 곳이라야 산적의 야만성이 밑바닥까지 드러난다. 그리고 고개가 있어야 한다. 나는 짱을 깨웠다. 짱은 잠에서 깨어 눈에 달라붙은 머리카락을 쓸어내며, 입으로 '으으' 소리를 냈다.

— 일어나, 너는 훌륭한 여성 중에서 가장 훌륭한 여성을 만나게 될 거야.

놈은 짱에게 으스대며 말했다. 운전기사가 심각하게 말했다.

— 그분은 오래전에 돌아가셨어요.

놈이 몸을 세웠다.

— 돌아가셨다구?

— 돌아가셨어요.

운전기사는 단호하게 다시 한번 확인해주었다. 큰 새 한 마리가 하늘을 느긋하게 날아다녔다.

— 장례식은 크게 치렀나요?

내가 물었다. 운전기사는 여전히 앞만 바라보았다.

— 몇 사람이 매장하러 갔다고 들었어요.

내리막길, 아스팔트 노면 위로 타이어가 쿵쿵 구르는 소리가 났다. 길가, 울창한 숲에는 상처에서 갑자기 피가 튀어 오른 자국처럼 가늘고 붉은 나무가 솟아나 있었다. 흑갈색 소 두 마리가 성벽 아래 수로에 발을 담근 채, 목을 길게 빼서 나뭇잎을 뜯어 먹고 있었다. 물은 진흙과 소똥 속에서 여전히 맑고 줄기차게 흘렀다. 놈이 가리킨 손을 따라 포 바가 나타났다. 회색 집들이 물소의 등 같은 둔덕 위에 줄지어 있었다. 아름다운 동네였다. 집들은 대부분 나무로 지어졌고, 수백 년 된 것들이었다. 이곳은 동북부 전 지역의 마약 수송 중심지였다.

차는 작은 흙길로 접어들어, 무릎 높이 돌담을 따라갔다. 가끔 몇 그루 나무가 푸른 가지를 내밀고 있었다. 차는 집도 까맣고, 지붕도 까만 나무집 앞에 멈춰 섰다. 마당에 누워 있던 검정 개가 짖었다. 노인이 뛰쳐나왔다. 놈이 입은 누더기 같은 군복 차림과는 대조적으로 노인은 수염과 머리가 단정했다. 놈을 본 노인은 부산을 떨며 개를 구석으로 밀어내고 대문을 크게 열었다. 놈이 단숨에 말했다.

— 보여줘.

주인이 낑낑거리며 청동 항아리를 들고 나왔다. 그제야 나는 놈이 포 바에 온 진짜 목적을 알게 되었다. 놈은 골동품을 샀다. 그래서 여행 이야기를 할 때, 놈의 할아버지가 놈에게 포 바에 들르라고 당부했었다. 놈의 할아버지가 골동품 수집가인지 골동품 판매상인지는 모른다. 내가 아는 것은 집에 골동품이 가득 진열되어 있고, 새끼손가락만 한 작은 조각상부터 사람 키의 두 배나 되는 창도 있었다는 것이다. 나는 커다란 흑단 선반 위에 정중하게 모셔둔 청동 쟁반에 대해 물었다. 놈의 할아버지는 그것이 와룡선생[57]의 2단 쟁반으로, 다오 주이 뜨[58]가 관직을 사임하고 낙향하기 위해 쭈아 싸이[59] 군주에게 바친 것이라고 했다. 나는 그 말을 믿지 않았다. 하 탄의 늙은 골동품상들조차 그 전설적인 쟁반을 꿈에서도 본 적이 없다고 했기 때문이었다. 하물며 이렇게 바람 많고 적막한 고개마을의 노인이 가지고 있다는 것을 상상할 수 없었다. 놈의 할아버지는 신중한 태도를 보이다가 술을 몇 잔 마시고 나서는 열정적이고 활기차게 변했다. 할아버지는 자신의 삶은 다른 사람의 삶이지 자신의 것이 더 이상 아니었다고 말했다. 열여섯 살에 집을 떠나 혁명 활동을 했고, 비엣 박[60] 지역의 산적들과 격렬하게 싸우고, 파 피 랭 지역의 메오 족에게 붙잡혀 해부를 당할 뻔했다. 자신의 가장 영웅적인 삶은 담 꾸앙 쫑과 팍 혹 총으로 대결한 것이라고 말했다. 둘 다 응언 선에서 술에 취해 있었다. 할아버지는 담 꾸앙 쫑의 백발백중 사격 솜씨에

---

57 제갈량으로 흔히 제갈공명이라 부른다. 와룡 또는 복룡이라는 별명으로도 불린다.

58 레(Lê) 왕조 남북분열기(1558~1777)에는 왕이 명목상으로만 존재했고, 찐(Trịnh)-응웬(Nguyễn)군주가 북부와 남부를 각각 다스렸다. 다오 주이 뜨는 16세기 말부터 17세기 초까지 응웬 군주의 신하로 군사전략가, 행정가로 명성이 자자했다. 2대 군주 응웬 푹 응웬(Nguyễn Phúc Nguyên)의 어릴 적 스승이기도 하다.

59 승려 군주라는 뜻으로 군주에 오르기 전 수도승 생활을 했기에, 백성들이 그렇게 불렀고, 현재도 그렇게 부른다.

60 프랑스 식민지 시절, 중국 접경 북부 베트남 6개 성을 포괄한 지역으로 항불독립투쟁의 근거지였다.

고개를 흔들고 혀를 차며 감탄했다. 나는 팍 혹 총이 어떻게 생겼는지 모르지만 뒤떨어진 것이라고 생각했다. 할아버지는 기념으로 한 자루를 가지고 있고, 보여주겠다고 약속했다. 그러고는 나도 놈의 할아버지도 총을 보여주기로 한 약속을 까맣게 잊었다.

놈은 우리와 함께 있다는 것을 완전히 잊은 듯 주저앉아 물건을 이리저리 살폈다.

항아리는 높이가 약 60센티미터로 날씬한 형태에, 주둥이는 나팔꽃 같고, 몸체에는 국화 몇 송이가 새겨 있고, 특히 나비 한 쌍이 생생하게 새겨져 있었다. 나는 놈과 집주인이 거래할 수 있도록 눈치껏 짱을 마당으로 불러냈다. 운전기사는 언제부터인지 몰라도 사라지고 없었다. 짱이 말했다.

— 약간 후회가 돼.

나는 짱의 손을 잡았다. 얇은 피부 아래 연약한 전류가 느껴졌다. 번 리의 손은 짱처럼 부드럽거나 연약하거나 축축하지 않았다. 번 리의 손은 건조하고 단단했다. 손을 잡아도 아무런 느낌이 없었다.

— 내가 그 언니한테 좀 가혹했던 것 같지?

짱이 물었다. 나는 고개를 흔들었다. 어쨌든 이미 벌어진 일이다. 그저 번 리의 화상이 심하지 않았기를 바랄 뿐이다. 방금 환상 속에서 본 로 로 족 여성의 얼굴처럼 되지 않기를 바랄 뿐이다.

— 아직 문자 안 왔어?

나는 걱정하면서 기다렸지만 번 리의 답장은 오지 않았다. 번 리는 화상을 치료하기 위해 입원했을 수 있었다. 짱이 크게 한숨을 쉬었다. 나는 그녀의 근심을 덜어주기 위해 농담을 했다.

— 슬퍼.[61]

그녀는 눈을 동그랗게 뜨고 나를 바라보다 집안을 들여다보았다. 놈은 청동 항아리를 살펴보며 주인과 가격을 흥정하고 있었다.

— 뭐 때문에 슬퍼?

휴대폰에 문자 신호가 울렸다. 나는 마른침을 삼키며, 휴대폰을 꺼냈다. 문자를 보면서 미소 지으며 대답했다.

— 똥이 마려워서.

그녀가 웃음을 터뜨렸다. 웃음소리가 상쾌하게 울려 퍼졌다. 투 누나가 답장을 보냈다. '히에우, 너무 낯설어.' 나는 낯설다는 글자를 감탄이라고 생각했다. 다시 문자가 왔다. 같은 내용이었다. 보통, 감동하면 같은 문자를 두 번 보낸다. 누나는 문자가 제대로 전달되지 않았을까 봐 한 번 더 보냈을 수도 있다. 나는 우쭐해져 짱 못지 않게 큰 소리로 웃었다. 문자에서 '어이'라는 글자는 누나가 자위를 하면서 내 이름을 부르고 있다고 생각하게 했다. 그렇다면 내가 잘 못을 범한 건 아니다.

운전기사는 열 대여섯 살 정도로 보이는 소년과 함께 돌아왔다.

---

61 베트남어 'buồn'이라는 단어는 단음절일 때 주로 '슬프다'라는 뜻으로 쓰이고, 상황에 따라 '심심하다'는 뜻으로도 쓰인다. 또한 다른 음절과 결합하면, '졸리다, 지루하다, 웃기다, 울렁거리다, 마렵다'는 뜻으로 쓰이기에, 대표적인 말놀이 단어 중 하나로 많이 활용된다.

녀석은 우리를 보고 착하게 웃었다. 운전기사는 소년이 그녀의 유일한 친척이라고 말했다. 나는 짱과 운전기사와 함께 소년을 따라 언덕 뒤로 갔다. 그녀의 무덤은 물이 가득 찬 논 가까이, 들판 구석에 겸손하게 자리 잡고 있었다. 이 초라한 흙더미 아래에는 한때 국경을 넘나들며 빛나는 삶을 살았던 사람이 누워 있다. 그녀의 취약한 부분은 하 랑 고개의 식인 여자만큼 압도하는 힘이 없다는 것이다.

짱은 초라한 무덤을 무심히 바라보다가 멀리 언덕 높은 곳으로 슬그머니 가버렸다. 포 바는 슬펐다. 나의 꼬맹이가 시들어 쓰러질 정도로 그저 슬펐다.

마침내 거래가 끝났다. 놈은 들떠 우리를 불러 차 한잔 하자고 했다. 골동품 항아리는 여전히 탁자에 소중하게 놓여 있었고, 주인은 방 안에서 무언가 열심이었다. 나는 그가 어딘가에 돈을 숨기고 있다고 생각했다. 놈은 마음에 드는 물건을 사서 기쁜 듯 큰 소리로 물었다.

— 어때, 포 바가 독특하지?

— 독특해.

나는 놈의 환대에 보답하듯 형식적으로 대답했다.

— 가끔 여기 와서 한 달쯤 머물러도 괜찮겠어.

놈이 입술을 씰룩거리며 웃었다. 운전기사는 포 바를 벗어나 차로 십여 분을 달려 여자친구를 만나고 왔다. 그가 삼십여 분간 사라졌던 이유였다. 놈이 물었다.

—그냥 만나서 허접한 이야기만 하다가 왔어?

운전기사가 웃었다.

—낮인데 얼굴이나 봐야죠. 집에 사람이 너무 많아서 아주 죽겠더라구요. 아이들한테 사탕을 찔러주고 잽싸게 빠져나왔어요.

놈은 말을 더 하려다가 짱의 눈치를 보며 그만두었다. 만약 짱이 없다면, 놈이 무슨 말을 했을지 나는 알고 있었다. 남자인지 여자인지 알 수 없는 아이가 갑자기 튀어나와 도로를 가로지르는 바람에 차가 피하려고 방향을 틀었고, 그 때문에 나와 짱의 머리가 세게 부딪쳤다. 놈은 욕설을 내뱉었고, 나는 놈의 목소리에서 섬뜩한 공포를 보았다. 운전기사가 빠르게 반응하지 않았다면 아이는 바퀴에 깔렸을 것이고, 어떤 미치광이 화가가 빨간 물감을 한 동이 퍼부은 듯 소름 끼치는 장면이 펼쳐졌을 것이다. 나는 눈살을 찌푸리고 번 리와 꾸앙 닌에 갔을 때 있었던 교통사고를 떠올렸다. 그처럼 흔적이 거의 없는 교통사고는 드물다.

무전기가 찌지직 소리를 냈다. 누군가 그들을 불렀다. 무전기 사내가 주의 깊게 듣고 나서 말했다.

—네 네, 그래요? 네, 그런 방향으로 계속 진행하자구요……아, 잠깐만요. 이번 분기 보너스는 나왔나요? 그래요, 네. 그냥 한번 물어봤어요. 그래요.

나는 짱의 눈물이 뺨을 타고 내려와 발밑 어둠 속으로 떨어지는 모습을 상상했다. 사람은 눈물과 같다. 없다가 생겨나고, 어둠 속으로 떨어져 산산이 부서질 때까지 헛된 감정에 매몰되어 있다.

　―아직 보너스 안 나왔대.

　무전기 사내가 차 안의 모든 사람에게 알렸다. 물론 나와 짱은 제외한 것이다. 덩치 작은 이가 말했다.

　―번 그 여자는 너무 느려터졌어. 빨리 돈을 받을 수 있게 부서와 관계를 잘 맺을 생각이 도무지 없어.

　덩치 큰 이가 말했다.

　―아직 그런 건 아냐. 모든 게 기한이 있는 거잖아.

　덩치 작은 이가 반박했다.

　―기한은 무슨. 12C 조는 언제나 우리보다 몇 주 먼저 받잖아.

　무전기 사내가 관대하게 말했다.

　―먼저 받으면 먼저 쓰는 거지, 속 끓일 거 뭐 있어.

　덩치 작은 이가 반박했다.

　―돈 가치가 날마다 떨어지고 있어, 하루 늦게 받으면 하루 손해란 말이야.

　운전사는 무전기 사내에게 물었다.

　―이번에는 좀 더 받을 수 있어?

　―별거 없어. 있다면 털보 하이 녀석 사건에 희망을 걸어야지.

　그래서 바로 이들 조는 석 달이나 중부지역에서 끼엔 장까지 털보 하이를 잡기 위해 줄기차게 쫓은 것이다. 나는 그 사건을 알고 있었다. 이 사건은 거의 1년 전 인민공안신문에 여섯 번에 걸쳐 실렸다.

덩치 큰 이가 말했다.

—이 사건을 노친네들이 제대로 알고 있다면 우리에게 꽤 많이 돈을 펌프질 해줘야 해.

무전기 사내가 손을 흔들었는데, 밝은 빛 속이라 손이 작아 보였다.

—사무실 구두쇠 노친네들은 돈을 1동[62]씩 하나하나 세고 있어. 나는 그냥 그러려니 생각해.

운전사는 말했다.

—원래 사람 머릿수로 계산했어야지, 우리가 몇 명 잡았는지에 맞게 보너스를 줘야지.

—당신들이 오빠를 죽였어.

갑자기 짱이 소리를 높였다. 갈라진 목소리였다. 아무도 반박하지 않았다. 아무도 뒤를 돌아보지 않았다. 그들은 겉으로 보기에 더 차분하고 꾸준하며 참을성 있게 보였다. 그렇지 않은 사람은 앞에서 차를 운전하는 사람뿐이었다. 침묵에 빠졌다. 밖에서 바람이 울부짖었고, 어둠 속에서 눈부시게 푸른 반딧불들이 하나씩 길다란 옷자락을 만들었다. 형이 요양소에서 돌아온 첫날 밤, 나

---

62 베트남의 화폐 단위이다.

는 반딧불이 그렇게 많았던 것을 기억한다. 반딧불들은 날아다니며 불빛마다 가슴을 쿡쿡 쑤시고, 저리게 했다. 반딧불에 온 마을이 흔들렸다.

　우리는 중심가를 따라 어슬렁거렸다. 나는 집에 올 때마다 집안에서만 배회했고, 자주 큰아버지 집에 가서 놀았다. 그동안 마을에는 그다지 관심이 없었다. 지금 형과 함께 걸으면서 마을이 많이 변한 것을 깨달았다. 집들은 들쭉날쭉 서 있었다. 지붕은 다양해서, 뾰족한 것, 둥근 것, 평평한 것, 미끄러져 떨어질 것 같은 비스듬한 것도 있었다. 마을은 매우 낯설게 변해 있었다.
　― 내가 여기 오래 살았었는지 모르겠네.
　형이 말했다. 시야에서 마을을 쫓아내듯 손을 흔들더니, 반딧불을 한주먹 잡았다. 반딧불을 지치게 하려고 주먹을 힘차게 흔들다 펼쳤다. 반딧불들은 숨이 막 끊어질 듯 희미하게 반짝였다. 형이 손바닥을 뒤집자 반딧불들이 아래로 떨어지며 무기력하게 흩어지더니 땅에 닿을 때쯤 갑자기 반짝거리며 날개를 펴고 대각선 방향으로 날아갔다. 형의 눈은 반딧불들을 따라 흐릿해지고 멍청해졌다. 걷는 게 지겨워져, 우리는 술을 사 들고 와 집에서 밤늦게까지 마셨다. 어머니는 내게 아침 일찍 버스정류장에 가야 하니 어서 자라고 재촉했다.
　― 먼저 자.
　형은 어머니를 꾸짖듯이 소리 질렀다. 나는 물었다.

— 형 왜 그렇게 예의 없어?

형이 말했다.

— 내버려 둬.

내가 말했다.

— 어떻게 내버려 둘 수가 있어. 형이 그러는 건 무식한 거야. 너무 무식한 거라고. 나는 형이 그러는 거 싫어.

형이 중얼거렸다.

— 저 여자가 내 가족을 망가뜨렸어.

형은 어머니를 원망했다. 형 부부가 살던 보금자리를 해체시켰기 때문이다. 나는 알고 있다. 아침에 큰아버지와 어머니가 형을 데리러 요양소에 갔을 때 형이 고함을 질러 어머니가 울었고, 그로 인해 큰아버지가 심하게 화냈던 것을. 형이 큰아버지를 위협했다.

— 나는 상이군인이야. 사기치지 말라구. 그냥은 안 끝나.

큰아버지는 입을 씰룩거리며 커다란 손바닥으로 자신의 하반신을 팡팡 두드렸다. 요양소 소장이나 그곳에 있는 많은 여간호사도 아랑곳하지 않고 말했다.

— 네놈 같은 상이군인은 이 불알에 달린 털보다 못해. 집에 갈 건지 말 건지 말해.

형은 조용히 어깨에 배낭을 걸쳤다. 80킬로미터나 되는 여정 동안 형은 어머니에게 한마디도 하지 않았다.

그날 밤은 내가 취하지 않은 유일한 밤이었다. 반딧불들이 정신없이 날아다니는 동안 형과 나는 순식간에 술을 마셨다. 때때로 어머니는 애가 타서 밖에 나왔지만 형의 성난 눈빛을 보고는 꾹 참고 들어갔다. 형이 고개를 숙이고, 턱이 가슴까지 내려가니, 앙상한 어깨뼈가 뾰족하게 올라와 마치 박쥐의 팔꿈치 같이 보였다.

— 읽어봤어?

한참 후에 형이 고개를 들고 물었다. 나는 대충 훑어봤는데 글씨가 엉망이라 많은 부분을 이해할 수 없다고 말했다. 형은 정신을 차리고 말했다.

— 이해할 수 없는 곳은 바로 그곳이 가장 격렬했던 곳이라는 거야. 내가 감정이 너무 격해져 글씨를 날려쓸 수밖에 없었어.

내가 물었다.

— 진짜로 따 번 봉우리가 있어?

형이 넋 나간 표정을 지었다.

— 나도 잘 몰라.

형이 갑자기 진지해지고, 이목구비가 펴졌는데, 입술만 동굴 입구처럼 살짝 벌어졌다.

— 거기에서 그놈들하고 어디 놀아봤어야지.

그런 다음 그들과 관련된 것들을 퇴출하는 작전이 몇 달 동안 벌어졌다. 형은 그들과 관련된 모든 것에 예민하게 반응했다. 첫 번째는 꼬리를 펼친 공작이 그려진 빨간 보온병을 깨뜨린 것이고, 그다음엔 리 판 선풍기와 전기밥솥을 찌그러뜨린 것이다. 큰아버지가 어머니에게 사다 준 낡은 라디오도 날 일(日)자가 쓰여 있어 형이 마당으로 던져버렸다. 그 글자를 그들의 글자라고 생각한 것이다. 형이 그들과 관련된 것을 너무 심하게 배척해, 큰아버지가 고함을 크게 질러야 할 정도였다.

　―야, 이 정신 나간 요물딱지야. 그 제품을 쓰지 않으면 지금 제기랄 어느 나라 제품을 쓰겠어.

　형은 큰아버지를 가리키며 건조한 목소리로 말했다.

　―당신도 그들과 한 패거리군. 당장 꺼져.

　그 실성한 퇴출 작전도 식어버리고, 형은 정상으로 돌아왔다. 나는 형이 배지를 가지고 나와 정성스럽게 닦는 것을 보았다. 그 배지는 전문가[63] 아저씨가 우리 형제에게 하나씩 준 것이다. 나는 잃어버렸는데, 정확히는 전쟁이 벌어졌을 때 학교에 냈고, 형은 그것을 숨겨 여전히 가지고 있었던 것이다. 형은 상이군인 지원금으로 어머니에게 새 중국산 전기밥솥을 사주었다. 망가뜨려서 밥이 잘되지 않던 낡은 밥솥 대신이었다. 때때로 형은 멍하니 선풍기에 적힌 글자들을 보곤 했다. 그때 형이 머릿속으로 무슨 생각을 하는지 알 수 없었다. 형은 나날이 우울해졌다. 언젠가 형은 밥그릇을 들고[64] 밥을 먹다가

63　중국인 군사전문가로 베트남이 미국과 전쟁(1964~1975)을 치를 때 베트남에 상주하면서 군사전략 자문을 해주었다.

64　밥그릇을 손에 들고 젓가락으로 밥을 먹는 게 베트남의 일반적인 식사법이다.

그릇이 손에서 떨어져도 모른 채 빈손을 입에 대고 젓가락으로 손바닥을 긁었다. 어머니가 형에게 정신 차리라고 말하자 비로소 깨어났다. 그럴 때마다 형은 깨진 그릇과 돗자리에 엎질러진 밥과 국을 보면서 묘한 표정을 지었다. 어머니가 도저히 못 쳐다보고 눈을 돌려야 할 정도로 슬픈 얼굴이었다. 나중에 형은 두통으로 입원했다. 사람들은 형을 성 병원에서 다시 요양소로 옮겼다. 형은 그곳에서 한 달 이상 머물다가 도망쳐 어머니 집으로 왔다.

분명 지금 투언 형은 불면증 때문에 러시아어로 된 자료들과 열심히 씨름하고 있을 것이다.

운전사가 경계하며 차의 속도를 줄였다. 이번에는 도로 한가운데 놓여 있는 바위 때문이었다. 커다란 회색 바위와 작은 바위들이 여기저기 흩어져 있었다. 이는 위험하지 않지만 하산하려면 여전히 많은 장애물이 있을 거라는 경고였다. 올라올 때도 어려웠는데, 내려갈 땐 더 힘들었다.

—낙석이야?

덩치 작은 이가 떨리는 목소리로 물었다. 운전사는 짧게 대답했다.

—낙석.

차는 여전히 시동이 걸려 있었지만, 운전사는 차에서 내려 바퀴가 지나갈 길을 만들기 위해 작은 돌들을 길 가장자리로 열심히 굴렸다. 무전기 사내가 차에서 내리려 하자, 운전사가 말렸다.

　—필요 없어, 다 했어.

　하지만 끝나지 않았다. 운전사가 손을 털고 차로 돌아오려고 할 때, 바위 위쪽 가장자리가 너무 돌출된 게 보였고, 근처에 있는 다른 큰 바위를 바깥으로 굴려야 차가 지나갈 수 있을 것 같았다. 바위가 너무 커 서너 명이 필요했다. 두 사람이 더 내리고, 덩치 작은 이가 남아 지켜봤다. 그들이 이를 악물고 밀었지만 바위는 살짝 꿈틀거리다 다시 꿈쩍도 하지 않았다. 무전기 사내가 운전사에게 무언가 말하자, 운전사는 차로 돌아와 덩치 작은 이를 내리라고 했다. 나와 짱은 차 안에 있었다. 운전사는 시동을 끄고, 키를 뽑고, 신중하게 차 문을 잠궜다. 어둠이 밀어닥치고 눈 깜짝할 사이에 그들이 사라졌다. 내 눈이 어둠에 익숙해지자 그들이 앞에 나타났다. 그렇게, 완전히 어두워지지는 않았다. 산악지대의 밤하늘은 또 다른 빛이, 안에서 희미하게 새어 나온다. 나는 그들이 큰 맷돌을 돌리듯 바위를 굴리는 것을 보았다. 바위가 운전사의 기합 소리에 맞춰 움직였다. 그동안 무전기 사내는 잔뜩 긴장한 얼굴로 차를 돌아보았다.

　—무서워?

　나는 짱에게 물었다. 그들의 차에 탄 이후로 가장 솔직한 질문이었다. 그녀는 진저리치며 고개를 저었다. 나는 몸을 기울여 그녀의 목에 머리를 기댔다.

마침내 바위가 안쪽으로 조금 밀려 들어갔다. 그들은 얼굴과 목이 땀으로 번들거리고, 온몸이 젖은 채 숨을 헐떡이며 돌아왔다.

—아이고, 이런 꼴을 몇 번 더 당하면 그냥 죽겠는걸.

운전사는 문을 열면서 투덜거렸다. 덩치 큰 이가 나를 안쪽으로 밀었다. 덩치 작은 이가 나뭇잎처럼 쉽고 깔끔하게 차 안으로 밀려 들어왔다. 크고 거친 손이 짱의 이쪽 손목에서 저쪽 손목으로 번갈아 옮겨갔다. 짱이 화를 내며 손을 확 뿌리쳤다. 엔진이 불만스럽게 굉음을 내더니 바퀴가 구르기 시작했다. 나는 커다란 바위를 바라보았다. 바위는 길의 절반 가까이를 차지하고 있었다. 우리가 올라올 때처럼 상황이 나빴다. 바위는 항상 가장 험하고 특이한 곳에 자리를 잡고 차를 멈춰 세웠다.

불빛은 다시 길을 따라 미끄러졌고 그 길은 물결이 되었다. 나는 긴장이 풀리고 짱과 단둘이 있을 때처럼 나른한 쾌감이 밀려들었다. 멀리 아래쪽 길에서 불빛이 반짝 켜졌다가 희미하게 사라졌다. 그리고 다시 나타나 산비탈을 반짝반짝 쓸어 올렸다.

—앞에서 차가 오는데.

덩치 작은 이가 재빨리 말했다. 운전사가 이쪽에서 저쪽으로 계속 핸들을 꺾으며 차가 부드럽게 아래로 미끄러지는 동안 윙윙거리는 소리가 들려왔다. 낮고 시끌벅적한 트럭 엔진소리와 함께 불빛이 서로 마주쳤고, 눈이 부셨다. 대형 트럭 두 대가 위로 기어 올라오고 있었다. 그들이 지나갈 때 운전사가 말했다.

—중국에 광석을 밀수출하는 트럭이야.

덩치 작은 이가 경솔하게 말했다.

—우리 국민들도 참 이상해, 무엇이든 다 밀수해.

운전사가 말했다.

—저놈들은 항상 밤에만 달려. 차마다 물건을 수십 톤씩 싣고 말이지. 도대체 뭘 싣고 다니길래 도로가 이렇게 빨리 푹 꺼져버리는 거야.

말이 씨가 되어 차가 구덩이 속으로 빠졌다. 모든 사람이 서로 밀고 밀렸다. 일주일 전에 차 한 대가 고개를 올라가다 갑자기 타이어가 터지는 바람에 절벽 아래로 굴렀다고 운전사가 말했다. 그가 현 당위원회 문서담당 직원에게 들은 이야기였다. 사람과 차가 모두 쌀겨처럼 부서졌다. 아마 지금도 파편을 다 수거하지 못했을 것이다.

—그런데도 서로 위험을 무릅쓰고 위로 올라간단 말이지?

덩치 큰 이가 말했다. 덩치 작은 이가 킥킥거리며 말하려고 했지만, 운전사가 재빨리 가로챘다.

—수익이 서너 배나 되는데, 어떤 놈이 위험을 무릅쓰지 않겠어.

무전기 사내가 끼어들었다.

—중요한 건 저쪽에 있어. 그들이 가격을 계속 올렸다가 갑자기 다시 확 떨어뜨린다는 거야. 최근 랑 선에서 수박과 리찌가 대량으로 밭에서 썩어 나가고, 국경 관문에서도 수백 톤이 썩었는

데, 버리는 것도 힘들었잖아.

　—즉, 그놈들하고 같이 놀 수 없다는 거야.

　덩치 작은 이의 목소리가 시큼한 라임처럼 솟구쳤다. 만약 형이 여기 있었다면 형은 즉시 동의할 것이다. 왜냐하면 형도 그 말을 했기 때문이다. 두 번이나 말했다. 두 번째는 형과 같이 수영하러 마을 뒤 강에 갔을 때 말했다.

　나는 하늘을 보았고 형은 탁한 물결을 보았다. 누군가 우리 형제를 보고 바보라고 여길 것 같았다. 하지만 형이 마지막으로 정신이 맑았던 때였다. 형은 많은 이야기를 했다. 이런저런 이야기를 건너뛰면서 밑도 끝도 없는 이야기를 했다. 구름이 산산이 흩어졌다가 다시 모였고, 눈을 몇 번 깜빡이자 아름다운 구름 떼가 흔들렸다.

　— 고지대에 구름이 많았어?

　대답이 없어, 내가 고개를 돌리자 형이 샌들에 달라붙은 비닐을 떼어내려고 몸을 숙이고 있었다. 파르스름한 비닐은 떼어내자마자, 바람에 휩쓸려 강둑을 따라 구름 방향으로 순식간에 날아갔다. 그 비닐이 어린애의 흐리고 어리석은 영혼 같아 보였다.

　— 구름 볼 시간이 어디 있겠어. 언제나 긴장해서 앞뒤를 살펴야 해. 부주의 한 번이면 총알을 맞는 거니까. 형이 한숨을 쉬며 말했다. 그러나 고지대에 올라왔을 때 나는 형도 아름다운 구름을 목격한 적이 있다는 것을 분명히 알 수 있었다. 국경의 새벽은, 햇살이

조금만 있어도 구름이 순식간에 도도하게 나타났다.

— 어디 그놈들하고 같이 놀 수가 있어야지.

형이 짓눌린 목소리로 다시 말했다. 그런 다음 바지를 내려 강으로 똑바로 오줌을 갈기고, 시원스럽게 방귀를 뀌었다. 형의 얼굴은 파르스름하고, 창백했고, 쓸어내린 머리칼은 이마 반쪽을 가리고 있었다. 형과 함께 공부했던 여학생들은 형의 이마에 매료되었다. 이마에서 항상 밝은 빛이 났기 때문이다. 형은 마을 고등학교에서 최우수 학생이었다. 그런데 형은 대학입학시험에 매우 낮은 점수로 떨어졌다.

푸르스름하고 창백한 영혼이 여전히 그 앞에 희미하게 어른거렸다. 형은 점점 빨리 걷다 거의 뛰듯이 걸었고, 오른손은 갈비뼈에 붙이고, 왼손은 앞을 가리키며 눈을 깜박거렸다. 그런 다음 형은 갑자기 두 팔을 늘어뜨리며 탄식했다.

— 아이고.

구름은 둔하게 흔들리며 미륵불처럼 무심하게 흘러갔다. 형은 지금 항과 자신의 아이에 대해 생각하고 있었다. 물론 아닐 수도 있다.

— 그 자식은 어디에서 온 거야?

형은 물으면서 내가 마치 그 자식인 것처럼 노려보았다.

— 포 옌에서 왔다고 들었어. 무식한 작자야.

나는 대답하면서 무시하고 경멸하는 듯한 표정을 지으려고 노력했다. 형은 눈빛을 부드럽게 고치고는 턱을 만지며 말했다.

— 무식해도 사람은 사람이야.

항이 그 오토바이 수리공의 어떤 점에 빠졌는지 모르겠다. 시커멓고, 추하고, 뻣뻣한 머리카락에, 입술은 꼬집은 것 같이 두툼하고 거무튀튀했다.

나는 반박했다.

— 알고 있어. 하지만 사람에 따라 달라. 훌륭한 사람도 있고, 바닥인 사람도 있어.

형이 내게 말했다.

— 거짓말하지 마. 네가 그렇게 생각하지 않는 거 다 알아. 언제 나한테 걔네 집 좀 알려줘.

— 뭐 하려고? 다시 함께 놀아보려고?

형은 고개를 저었다. 무언가 생각하며 오른손을 천천히 옆구리에 붙이고, 왼손을 반쯤 올리다 내려놓았다. 형의 정신이 온전해 보였다. 나는 형과 수영시합을 하며 강 한가운데까지 갔다가 되돌아왔다. 형은 여전히 나보다 더 빨랐다. 물속에서 형은 매우 생기있고, 소리 지르고, 몸부림하고, 두 팔을 휘둘러 하얀 물방울을 튕겨냈다. 그때 형은 그물에 걸린 짐승처럼 용맹스럽고 괴상했다. 우리는 지쳐서 풀밭에 드러누웠다. 하늘이 눈에 쏟아져 들어왔고, 작고 희미한 영혼이 어딘가를 표류하는 듯했다. 침묵이 느껴져 벌떡 일어나 보니, 형의 얼굴이 눈물에 젖고 눈은 충혈되어 있었다. 형은 울었다. 계속 딸꾹질하고, 몸을 뒤집으며, 땅에 던져진 물고기처럼 팔딱팔딱

몸부림쳤다. 나는 감히 물어볼 수 없어서 그냥 울게 내버려 두었다. 나중에는 소리 없이 울었고 풀밭에서 그저 흐느꼈다. 이 강둑에서 나는 홀로 앉아 있는 형을 만났었다.

― 내가 형한테 잘못했어.

나는 속으로 은밀하게 말했지만, 형이 들었을 거라고 믿었다.

강에서 수영한 이후, 우리는 함께 목욕하지 않았다. 나는 나날이 집에 가는 게 꺼려졌다. 그래서 집에 갈 때마다 형과 단지 하루 정도 지내다가 슬쩍 떠나왔다. 나는 형이 너무 달라진 것 같아 오싹했다. 형은 어둠 속에 앉아 있었고, 부리부리한 눈으로 앞을 바라보고 있지만 아무것도 보지 않거나 모든 것을 꿰뚫어 보고 있는 것 같았다. 입은 웅얼거렸으나 소리가 되어 나오지 않았고, 어머니는 형이 나날이 심하게 웅얼거린다고 말했다. 형은 아주 조금 먹었고, 형식적으로 몇 입 먹은 후에는 벽을 향해 얼굴을 돌렸다. 큰아버지가 형에게 물었다. 붙잡혔을 때 그들이 몸에 주사를 놓지 않았느냐고. 형은 대답하지 않았다. 큰아버지는 형이 신경 주사를 맞았다고 점점 더 확신했다. 큰아버지가 으르렁거리며 입에 거품을 물었다.

― 그놈들은 사람이 잘 때 주사를 놓기도 해요.

큰아버지의 그런 결론을 듣고, 어머니는 신음했다.

형의 눈은 여전히 무례하고, 무감각해 보였다. 밤이 층층으로 쌓였지만, 그의 눈꺼풀을 강제로 끌어내릴 수 없었다. 어머니가 전화로 요 며칠 형이 나를 찾는다고 말해서, 들뜬 마음으로 차를 잡아타고 집으로 갔다. 마당을 휘젓고 다니는 형을 보았을 때, 이상한 느낌이 들었다. 반가움인지 걱정인지 분명하지 않았다. 형은 친절하게 내 손을 잡아 힘차게 흔들고, 하얀 이빨을 드러내고 소름 끼치게 웃었다. 그때까지 나는 형과 악수한 적이 없었다.

— 잘 지냈지?

형은 마치 수십 년 동안 만나지 못했던 것처럼 진지하고 친밀하게 물었다. 나는 약간 정감 있게 대답했다.

— 잘 지냈어.

— 좋아, 그렇다면 정말 좋아.

형이 내 어깨를 툭툭 두드렸는데, 세고, 친근하고, 손윗사람으로서 위엄도 있었다.

— 이제 하노이가 어떤지 좀 들려줘. 꽤 좋지? 변화하지? 다른 사회주의 국가의 수도와 같아?

나는 웃으며 입을 찡그렸다. 어떻게 말해야 할지 몰랐다. 형은 등을 똑바로 세우고 의자에 앉아 두 손을 무릎에 올려놓고 나를 바라보았다. 정확히 내 입을 주시하고, 마치 하노이가 입에서 나타날 것처럼 바라보고 있었다. 나는 하노이는 붐비고, 시끄럽고, 온갖 사람들로 뒤죽박죽이라고 말했다. 형은 고개를 갸우뚱거리더니, 내 말을 믿지 못하겠다는 듯 한쪽 눈을 찡그렸다.

— 높은 빌딩은 어때?

형이 긴장한 목소리로 다급하게 물었다. 나는 고개를 저었다.

— 띄엄띄엄 몇 개 있어.

— 거북이 사원은 여전히 높고 아름답지?

나는 멍해졌다. 형은 하노이에 가본 적이 없는데, 어째서 거북이 사원이 여전히 높고 아름다운지 묻는 것일까?

— 여전히 그렇지?

형은 애가 타서 다시 물었다. 나는 사실대로 말해야만 했다.

— 그건 여전히 높거나 아름답거나 하지 않아. 동 아줌마 사원보다 조금 클 뿐이야.

형의 눈빛이 굳었고, 검은 그물이 천천히 내려와 두 눈을 덮었다. 형은 더 이상 묻지 않고, 등을 구부린 채 여전히 두 손을 무릎 위에 올려놓고 있었다.

— 나는 억울 계곡에서 운 적이 있어.

형이 말했다. 내 말이 틀렸다며 일어나 마당으로 나갔다. 억울 계곡은 형의 중대가 거의 궤멸된 곳이다.

점심때 우리는 술을 마셨다. 큰아버지가 형에게 준 약술을 이제야 마셨다. 나무뿌리로 담근 술로 맛이 떫었지만 머리는 전혀 아프지 않았다. 어머니가 마당으로 나와 형의 병이 재발할까 걱정인 듯 그만 마시라고 했다. 형이 예의 바르게 말했다.

— 저희 둘이 이 잔만 더 마실게요. 어머니께서 이 술병을 큰아버지께 돌려주세요.

그 말은 내가 형에게서 마지막으로 들은 온순한 말이었다.

모든 것이 평범했다. 몸에 걸칠 게 없어 쌀쌀했지만 길은 아직 멀었다. 덮을 게 있으면 좋을 것 같았다. 나는 눈을 감았다. 여러 가지 색깔이 뒤섞여 콧등에서 맴돌아 어지러웠다.

— 여기야. 여기가 억울 계곡이야. 여기가 전투로 유명한 곳이야. 내려서 좀 볼래?

놈이 내게 말했다.

당연하게 차에서 내렸다. 피곤하고 지친 우리는 신선한 공기를 마음껏 들이마셨다. 형의 중대는 여기서 그들과 닷새 동안 내내 싸웠다. 군대는 비탈에서 동굴로 모래를 퍼붓듯이 계속 보충되었다. 마지막으로 엿새째에는 중대에 여섯 명이 남았다.

— 그들은 이쪽으로 들어와서, 저기, 저쪽으로 퇴각했어요. 아니, 비스듬하게 저기 조금 아래로 갔어요.

운전기사는 내게 그들의 진입과 퇴각 경로를 손으로 그려주고 차 뒤로 슬그머니 갔다. 억울 계곡은 찌그러진 냄비같이 한쪽으로 기울어져 있었다. 지나는 길이 하나뿐이었다. 형의 부대는 계곡 입구에 매복하고 있었다. 그들은 여기저기에서 몰려들었고, 계곡을 통과하지 않았다. 닷새 만에 그들은 공격을 개시했는데, 안에서 탱크가 엄호했다. 그들은 새벽에 한 시간 이상 포격하고, 다시 정찰하러 왔다가, 마지막으로 보병이 탱크를 앞세우고 왔다.

'하 남이 고향인 빈은 너무 초조해 참호에서 나와 욕을 했어. 야이 씨발놈들아, 당장 꺼져. 그런데 총알이 빈의 귀를 스치고, 꾸앙엔 사람 비엔의 얼굴 한가운데에 명중했지. 나는 무서웠어. 너무 무서웠어. 진짜 조금 더 그렇게 있었으면 도망쳤을 거야.'

다행히 형이 막 피신하려는 순간, 중대장이 사격 명령을 내렸다. 빈의 기관총이 흙더미를 향해 한바탕 불을 뿜었다. 그곳에는 적군 몇 명이 오르락내리락했다. 형에게는 기관총 소리가 미친 웃음소리처럼 들렸다.

'젠장, 중대장은 떤이 쏠 수 있게 B41에 포탄을 장전했어. 이 소수민족 녀석은 똑바로 서서 1분 가까이 포구 방향을 조정한 다음에야 방아쇠를 당겼어.'

탱크가 천천히 기어오르다 갑자기 멈추더니 불을 뿜었다. 중대장은 떤의 포에 재빨리 포탄을 장전한 다음, 불타고 있는 탱크를 피해서 기어오르고 있는 두 번째 탱크를 쏘라고 재촉했다. 떤은 당황해 손발을 벌벌 떨고 있었다. 두려워서가 아니라 떤이 나중에 형에게 말했듯이 오줌이 너무 마려웠기 때문이었다. 중대장은 떤이 두려워한다고 생각하고 고함을 질렀다. 떤은 포를 중대장에게 힘껏 던지며 말했다.

'잘 쏘면, 중대장님이 쏘세요.

중대장이 눈을 부라렸고, 떤도 역시 눈을 부라렸어. 탱크가 모퉁이를 지나 빈의 기관총을 향해 포신 방향을 바꾸고 있었지.

— 제가 너무 당황해서 중대장님께 소리를 질렀습니다.

— 중대장님, 탱크가 빈을 쏘려고 해요.

중대장은 B41을 어깨에 메고 팔일 별[65]이 있는 탱크를 향해 포구를 겨누고는 입술을 깨물고 방아쇠를 당겼어.'

포탄이 요동치며 튀어나와 탱크 옆을 스치고 흙더미에 박혀 폭발했다. 탱크가 포탄을 발사했다. 형은 빈이 있던 자리에서 연기가 피어오르는 것을 보았다. 탱크 포탄 두 발이 명중해 빈과 기관총이 산산조각 났다. 뗀은 중대장의 손에서 B41을 빼앗아 포탄을 장전하고 똑바로 일어섰다. 그는 매우 신중하게 조준했다. 마치 주위에서 총탄이 날아오지 않는 것처럼 행동했다.

'나와 몇몇 녀석이 급히 뗀을 엄호하기 위해 총을 쐈어. 이거 알아? 그 녀석은 조준하면서 바지에 오줌을 쌌어. 오줌을 다 싼 후에야 방아쇠를 당겼어.'

탱크가 옆으로 밀리다 뒤집혀 탱크 바닥이 드러났다. 사격을 마친 후, 뗀은 소총을 집어 들고 적의 보병을 향해 빠르게 돌진했다. 형의 동료들도 같이 달려가 총을 쏘고 욕을 했다.

'뗀이 발을 디딜 때마다 바짓가랑이에서 오줌이 새어 나와 너무

---

65   중국인민해방군의 엠블럼. 노란 테두리를 한 붉은색 별 모양으로 한자 팔일(八一)이 쓰여 있다. 8월 1일은 중국인민해방군 창설일이다.

더러워 보였어.

나는 있는 그대로 진술하는 것이지, 조금도 꾸며낸 게 아니야.

적들은 겁에 질려 뒤쪽으로 달아났어. 옷이 풀어헤쳐진 작은 녀석이 그대로 서서 팔을 흔들며 소리를 질렀어. 팅쯔, 팅쯔, 팅쯔. 팅쯔가 뭔지 제기랄 도무지 이해되지 않았지. 내 생각에 녀석이 너무 무서워서 엄마 아빠를 부르면서 총을 쏘지 않은 것 같았어. 그런데 돌아와 정찰병에게 물어보고 팅쯔는 멈추라는 뜻이라는 걸 알게 되었지. 병사들에게 멈추라고 명령한 사람은 분명 지휘관이었을 거야. 아까웠어. 만약 그들의 말을 이해했다면 내가 놈에게 한 방 먹이고 영웅이 될 수도 있었을 텐데 말이야.'

떤은 중대장을 만나 사과했고, 중대장은 환하게 웃었다.

— 이렇게 정확히 명중시킬 수 있다면 다음에는 내 머리에 오줌을 싸도 괜찮아.

그 전투는 그들이 처음으로 탱크로 길을 열고 벌인 전투였다. 그 이후로는 더 이상 그런 유형의 작전이 펼쳐지지 않았기에, 탱크가 참여한 유일한 전투가 되었다.

'중대장이 내게 말했어. 탱크 없이 전투하는 건 너무 싱거운데, 제길.'

밤이 되고 형의 부대는 교대로 불침번을 섰다. 자정이 지나도 아무런 움직임이 보이지 않아 형은 중대장에게 불침번을 넘기고, 덤불 속으로 들어가 떤 옆에 누웠다. 중대장도 잠이 들었고, 그들이 쳐들어왔으나 전혀 모르고 있었다. 정말 다행히도 그들 역시 형의 부대를 발견하지 못했다. 그들은 형의 부대가 퇴각한 것으로 생각하고, 오가면서 왁자지껄 서로를 불렀다. 중대장이 깜짝 놀라 잠에서 깨었을 때 그들이 이미 억울 계곡을 지나간 후였다.

'왜 억울 계곡이라고 불리는지 알아? 첫 번째 전투에서 그들이 군인은 물론 민간인까지 붙잡아 모두 찢어 죽였어. 그리고 민병대가 시신과 물건을 수습하러 갔다가 우리 측 포격을 받고 다들 처참하게 죽었지. 그로부터 억울 계곡이라 불렀어.'

형을 포함해 부대원 넷은 서로 나란히 붙어서 왼쪽으로 기어갔다. 탈출하려면 두 능선이 이어지는 골짜기로 가야 했다. 중대장은 고심 끝에 6번 진지로 건너가기로 결정했다. 정찰병은 머리를 긁적이며 6번 진지에 적군이 몇이나 있는지 모른다고 말했다. 중대장은 기껏해야 십여 명이 될 거라고, 일단 가기로 하고 다른 건 나중에 생각하자고 했다. 중대장이 장비들은 다 버리고 오로지 총과 수류탄만 가져가는데, 많으면 많을수록 좋고, 철모도 벗어 두고 가자고 했다. 형은 수류탄 여덟 개를 집어 다섯 개를 갖고 세 개는 떤에게 주었다. 떤은 갑옷처럼 탄약을 몸에 두르고도 아무렇지 않은 듯 씩씩하게 걸었다. 부대는 이동하다 얼마 후 수색병을 발견했다. 양손에 권총과 칼을 들고 있었다. 그들은 형 근처 산기슭을 통해 지름길로 가고 있었다.

'떤 녀석이 깜짝 놀라 총을 들어 쏘려고 했는데, 다행히 중대장이 제때에 손을 잡았어. 만약 그때 떤이 총을 쏘았다면 우리는 살아서 나가기 힘들었을 거야. 칼로 생포하든지 죽이든지 해야 했어. 나는 우리가 인원이 두 배니, 둘이서 한 명씩 잡으면 된다고 말했어. 중대장은 고개를 저으며 말했지. 젠장, 수색대는 3인 1조로 다닌다. 지금 둘뿐이니 다른 한 놈을 더 기다려야 해. 몇 분을 기다렸으나 세 번째 녀석은 나타나지 않았어. 그때 적군이 병력을 이동시킬 준비를 했어. 나팔을 불며 서로를 부르고 엄청 우스꽝스럽게 움직였어. 수색병 둘은 나팔소리를 들으며 어슬렁댔어. 고개를 두리번거리고, 숨을 크게 들이마신 다음 냄새를 맡고, 몸을 숙여 무언가 탐색하고, 모든 동작이 꼭 개들이 하는 동작 같았어. 불과 몇 분 후, 병력 멀리 뒤쪽에서 그들의 포탄이 우리 지역으로 날아왔어. 이는 포탄으로 우리쪽을 완전히 박살 낸 다음에 보병이 쏟아져 들어올 거란 걸 의미했지.'

형은 중대장에게 포탄 소리가 커서 잘 들리지 않을 것 같으니 둘을 총으로 쏴 죽이자고 했다. 중대장은 동의하지 않았다. 소총 소리와 장거리 포격 소리는 쉽게 구분이 되기 때문이라고 했다. 그것은 5년 전 2월 전투에서 얻은 중대장의 경험이었다.

수색병 둘은 멈춰서서 마치 새처럼 이야기했다. 중대장이 칼을 꺼내자 형도 칼을 꺼냈고, 뗀과 정찰병도 칼을 꺼냈다. 갑자기 세 번째 녀석이 나타났다. 형과 동료들은 깜짝 놀랐다.

'녀석은 어린아이 같았어. 키는 불과 1미터 4, 50 정도로 보였어. 몸이 너무 작아서, 맹세컨대 내가 그 녀석을 한 손으로 잡아 들 수

있을 것 같았어. 그런데 얼굴은 가장 늙어 보였어.'

수색병 셋은 자리에 앉아서 허둥댔다. 중대장이 손을 흔들자 넷이 동시에 달려들었다. 형과 동료들을 보고 수색병들은 겁이 나서 뒤로 나자빠졌고, 팔다리를 앞으로 올린 채 뻣뻣하게 굳었다. 중대장은 얼굴에 새파란 반점이 있는, 가장 덩치 큰 녀석의 가슴에 칼을 꽂았다. 펀과 형은 두 번째 녀석의 목을 졸랐고, 정찰병은 가장 작은 녀석의 손목을 반복해서 찔렀다. 처음 나타났을 때 어린아이라고 생각했던 녀석이었다.

'우리는 세 명을 깊은 골짜기로 끌고 갔어. 펀과 나는 절름발이 개를 끌고 가듯 생포한 놈의 두 손발을 잡아서 끌고 갔어. 그다음 나는 돌아가서 핏자국을 지웠지. 도대체 얼마나 많은 피를 흘렸는지 바위 곳곳에, 심지어 풀밭에도 군데군데 피가 묻어 있었어. 바위의 피는 펀과 내가 바위를 뒤집어 놓았지만 풀밭의 흔적은 없애기 어려웠어. 다른 곳의 풀들을 뽑아 흩뿌려야 했지.'

형이 돌아왔을 때 정찰병과 중대장이 생포한 포로를 심문하고 있었다. 녀석은 두려워 얼굴이 창백하고, 입술을 덜덜 떨고, 눈동자는 하얗게 뒤집혔다. 중대장이 묻고 정찰병이 통역했다. 수색병 녀석은 말하면서 중대장 손에 들린 피 묻은 칼을 흘깃거렸다. 만약 말을 멈추면 당장 찔려 죽을 것 같아 두려운 듯했다. 녀석의 말이 너무 빨라 정찰병이 말을 끊고 천천히 말하라고 상기시켜야 했다. 형의 부대는 이 대대 뒤에는 공격을 지원하는 또 다른 연합 대대가 있다는 것을 알아냈다. 중대장은 칼을 들어 녀석의 뺨을 긁어 겁을 주었다. 갑자기 녀석이 말을 멈추고 땅에 쓰러져 움츠러들더니 머리를 잡고 목을 깊숙이 숙였다. 녀석은 동그랗게 누웠다. 중대장은 잠시 생각하더니 정찰병에게 말했다.

— 일어나 앉아서, 진술을 계속하면 살려준다고 해.

정찰병이 한바탕 이야기했다. 그 말을 들은 수색병은 형과 부대원들을 쳐다보고 희망이 가득 찬 눈으로 소심하게 일어나 앉았다. 중대장은 위치마다 병력의 수를 자세하게 물었다. 중대장이 지도를 펴 6번 진지를 가리켰을 때 수색병은 그곳에 기관총 하나, 62밀리 박격포 하나에 병사 네 명이 있다고 진술했다.

— 암호를 물어봐.

중대장은 정찰병에게 말했다. 수색병이 암호를 진술하자, 중대장은 뒤로 길게 한 걸음 물러나서 손을 흔들었다. 하얀 섬광이 스쳐 지나갔다. 수색병은 뒤로 벌렁 자빠졌고 두 다리로 격렬하게 몸부림치며 돌멩이를 튕겨냈다. 가로로 지나간 칼날에 목줄기를 베었고, 피가 뿜어나와 수색병의 손이 흥건하게 젖었다.

'수색병이 두 손으로 목을 꽉 쥐어 지혈하려고 했지만 소용없었지. 마치 처마에서 떨어지는 비처럼 손가락 사이로 피가 주룩주룩 흘러내렸어. 녀석의 눈을 보았는데 눈동자가 구름처럼 흔들리고 있었어. 네가 여전히 좋아하는 구름이었어. 젠장.'

형과 떤이 열심히 흔적을 지운 후, 정찰병을 따라 3번 진지를 지나 6번 진지로 접근했다. 그곳은 적의 공격을 방어하는 중요한 진지였다. 형과 부대원들은 모래주머니가 쌓여 있는 진지에 엉금엉금 다가갔다. 총과 탄약이 곳곳에 흩어져 있었다. 어린 병사 네 명이 건조 식량을 열심히 씹고 있었는데, 총을 맞고 죽어가면서도 입에는 다들 여전히 음식이 가득했다.

'암호가 필요 없었어, 젠장. 나는 배가 고파 떤을 흉내 내며 적의 702 건조 식량을 서둘러 먹었어. 너 이거 알아? 첫 전투에서 있었던 포격 흔적이 6번 진지에 그대로 남아 있더라고.

다시 벨이 땡땡 울린다. 꼭 언제나 제시간에 자야만 하다니. 젠장, 멍청한 요양소.'

굵은 점은 정말로 형이 더 이상 글을 쓰고 싶지 않다는 것을 의미했다. 나는 그렇게 추측했다. 이 글을 쓴 후 형은 잠이 들었을까, 꿈에서 총칼을 보았을까. 나는 형에게 그걸 물은 적이 없다. 형과 동료들은 6번 진지를 점령했지만 그들의 협공에 포위되어 필사적으로 탈출구를 찾아야 했다. 형의 수첩에, 두 번째로 그들의 말이 출현했다. 쥐소우.[66]

짱이 미동도 없이 차 안에 있는 것은, 산 풍경이 너무 지겨웠기 때문이리라. 아무 목적이 없다면 평생 산을 딱 한 번 보는 것만으로도

---

66 '손 들어'라는 뜻의 중국어다.

충분하다. 운전기사가 볼일을 보고 바지 지퍼를 올리면서 내게 다가왔다. 후련한 표정이었다.

— 예전에는 포탄구덩이들이 선명하게 보였는데, 이제는 나무와 풀들이 다 덮고 있네요.

— 시력이 좋으면 여전히 볼 수 있을 거야. 저기 움푹 파인 데 보여? 저기에 아홉 명이 생매장됐어. 1979년 2월 그때, 군단 문예단 소속 여군 아홉이 붙잡혀 생매장을 당했어.

놈이 언제부터인가 와서, 아련하게 말했다.

— 강간은 안 당했어?

나는 불쑥 내뱉었다가 저속한 질문이란 생각이 들어 머리가 멍해졌다. 놈은 고개를 저었고, 목소리가 애처로웠다.

— 그들이 퇴각한 후, 파헤쳐보니 여성들의 입에 삐라가 가득 들어있었대.

그들은 발굴되어 현의 묘역에 안장되었다. 놈은 출장 갈 때마다 그들, 그 아홉 명의 문예단 아가씨들을 위해 향불을 피웠다. 나는 산으로 피신한 사람들이 비명을 듣고도 적들 때문에 구조하지 못했다는데 생매장당한 건 어떻게 알았는지 궁금했다. 내 생각에는 대단한 모순이다. 입에 삐라가 가득 채워져 있었는데 어떻게 비명을 질렀다는 것인가. 놈이 어리둥절한 표정이더니 사악한 기운을 쫓듯 손을 흔들었다.

— 그렇게 들었다는 거지, 내가 어디 직접 본 것도 아니고.

담배 연기가 짙은 공기와 뒤섞여 입가에서 맴돌았다.

— 죽은 뒤에 그놈들이 입속에 삐라를 쑤셔넣었어요.

운전기사는 자신의 상사를 의심하는 내게 경고하듯 단호하게 말했다.

짱이 애가 타서 차 문을 열고 나왔다. 그 움푹한 곳에서 주변을 살펴보니 다른 올록볼록한 곳이 많이 보였는데 포격에 의한 것인지 원래 상태가 그런 것인지 알 수 없었다. 나무와 풀들이 뒤덮여있었다. 내게 짜증 낸 것을 후회한 듯, 놈은 다음 산을 가리키며 천국의 문이라고 했다. 그해 그들의 대군은 우리 민병대 소대에게 발이 묶여 이틀 동안 꼼짝도 하지 못했다.

정찰병들은 동쪽으로 빠져나가서 골짜기를 발견하고 거기부터 천국의 문까지 개인 박격포를 설치했다. 민병대 소대 전체가 한 명도 남김없이 죽었고, 적의 대군은 와글거리며 진격했다. 천국의 문에서부터는 오만한 홍수처럼 쏟아져 내려왔다. 그때는 온 나라가 가슴을 조이고 속이 울렁거리던 시절이었다.

이 지역에는 천국의 문이 여러 개 있는데 어느 것이 정문이고 어느 것이 쪽문인지 구분할 수 없었다. 나는 많은 이들이 이것 때문에 실종됐다고 생각했다.

짱은 무서운 창끝처럼 날카롭고 검푸른 나무를 바라보고 있었다. 먼 산 능선에는 황금빛 햇살이 가득 퍼져있고, 하늘에는 구름이 빽빽했는데, 모든 구름이 볼품없게 보였다. 운전기사가 시계를 보았지만 조급해하지는 않았다. 놈은 두 손을 주머니에 찔러넣고, 배를 살짝 앞으로 내밀었는데, 허풍스럽고 시건방져 보였고, 음탕해 보였다.

— 가도 될까요, 오빠들?

짱은 태양이 정수리를 비추자 재촉했다.

차는 아래로 내려가 옥수수밭이 있는 계곡으로 들어갔다. 옥수수밭에는 회색 돌담이 쌓여 있었다. 나는 호텔직원이 돌담 귀신에 대해 한 말을 떠올리고 이게 만약 돌담 귀신이라면 그의 말이 심하게 과장된 것이라고 혼잣말을 했다. 옥수수는 겨우 무릎 높이였다. 사람들이 두세 명씩 옥수수밭을 어슬렁거렸고, 회색 옷을 입고 있어 얼핏 보면 돌로 착각하기 쉬웠다. 때때로 돌담에 막대기가 꽂혀 있었는데, 위에 종이인지 천인지 분명하지 않은 것이 묶여 있었고, 색상이 화려하고 복잡했다. 그것들은 바람에 펄럭였다가 아래로 뚝 떨어졌는데, 죽음에 대한 애도의 감정이 담겨 있는 것 같았다.

— 부적이야.

마귀같이 중얼거리는 색색 띠를 바라보고 있는 나를 보고, 놈이 말했다. 목소리가 건조했다.

— 끔찍해라.

짱이 불쑥 말을 내뱉고 얼굴을 찡그렸다. 놈이 옷깃을 풀었다. 나는 백미러를 통해 놈이 경멸하듯 입술을 삐죽이는 걸 보았다. 차가 더 빨라졌다. 돼지 한 마리가 차를 향해 돌진하고 있었는데, 시커먼 녀석이 산뜻하고 경쾌하게 달렸다. 놈은 손가락으로 창문을 두드리며 말했다.

— 이런 돼지를 잡아 먹어보면 알게 될 거야. 멧돼지 못지않다는 것을.

운전기사가 끼어들었다.

— 멧돼지 정품이죠, 더 말할 필요가 뭐 있겠어요.

그렇다면 길 건너편에서 꼬꼬댁거리는 닭들은 산닭이다. 내가 재밌게 말하자 운전기사가 즉시 동의하며, 산닭도 저 정도지 다르지 않다고 했다.

— 요컨대 여기 고지대에서는 어느 것이 집에서 자란 것이고, 어느 것이 산에서 자란 것인지 구분할 수 없어.

놈은 짱을 돌아보고 눈을 깜빡이며 은근슬쩍 농담했다.

— 그래서 여기는 집에 사는 사람인지 산에 사는 사람인지 구분할 수 없지.

모두 같이 웃었다. 운전기사가 말했다.

— 짱은 조심해야겠어요. 남들이 동네 아가씨로 착각하면 집에 못돌아갈 수도 있겠어요.

그녀가 말을 받았다.

— 저도 지금 그러길 바라고 있어요. 여기 남아도 좋을 것 같아요.

놈은 울부짖었다.

— 그럼 또 눈물을 엄청 쏟을 녀석이 하나 생기는 거잖아.

그 순간 짱의 휴대폰이 울렸다. 말투로 보아 찌엔 영감의 전화란 걸 알 수 있었다. 얼굴은 차분하고, 목소리는 평범하게 '네, 네' 대답했지만, 휴대폰을 든 손을 통해 뭔가 좋지 않은 일이 있다는 걸 추측할 수 있었다. 그녀가 전화를 끊자 나는 그 대화에 전혀 관심이 없는 것처럼 밖을 내다보는 척했다. 놈이 뒤를 돌아보고 눈을 깜빡였다. 통화로 인해 즐겁고 장난스러운 대화가 중단되었다. 바퀴가 씽씽 굴러갔다. 앞쪽으로 성벽처럼 막고 있는 푸른 산허리에 산속 깊이 박혀 있는, 못 끝 모양의 좁은 길이 길쭉하게 바로 눈앞에 나타났다. 대략 6층 건물 높이라 소름이 돋았다. 내가 짱에게 말했다.

— 우리 저 길로 갈 거야.

그녀는 무심하게 내 손을 바라보았다. 더 높다고 해도, 60층이라도 관심 가질 일이 아니었다. 산등성이가 차 앞을 가로막듯이 나타났고, 세 사람이 껴안아도 다 안을 수 없이 큰 가오 나무[67]가 있는 곳에서 갑자기 가파른 언덕이 나타났다.

— 이제 시작이군.

놈이 앉은 자세를 바로잡으며 말했다. 내가 앉은 왼쪽은 절벽으로 가로막혀 아무것도 볼 수 없었고, 짱이 앉은 오른쪽은 오싹하게 비어 있었다. 나는 짱에게 두려우면 자리를 바꾸자고 했다. 그녀는 말없이 자리를 바꿨다. 모퉁이를 돌 때는 차량 뒷부분이 벼랑 바깥으로 삐져나가 그때마다 숨이 멎을 지경이었다. 차는 꾸준히 꿋꿋하게

---

67 열대지역에서 자라는 나무다. 열매에 섬유질이 많아 베개에 들어가는 솜으로 쓸 수 있다.

기어올라갔다. 감정 없는 기계의 힘이 여기에서 발휘되었다. 기압이 변해 귀가 먹먹해지기 시작했다. 차 소리는 언제부터인가 두꺼운 유리로 막힌 듯 희미하고 분명하지 않았다. 운전기사는 긴장하지 않았지만 집중하는 모습이었다. 놈과 짱만 감탄할 정도로 태평했다. 한 구간을 지나니 가오 나무 꼭대기를 내려다볼 수 있었다. 시야를 넓혀 보니, 방금 지나온 계곡이 제법 넓고 하노이 지도와 비슷한 모양이었다. 벌레 먹은 나뭇잎처럼 일그러지고 복잡했다. 놈이 말했다. 계곡은 대개가, 문화의 교차점이다. 이곳은 선 비[68] 문화와 박 선[69] 문화의 교차점이자 호아 빈[70] 문화의 일부다. 놈의 목소리 때문인지 아니면 각 문화가 너무 까마득해서인지 모르겠지만 나는 귀가 끔찍하게 먹먹했다.

짱은 휴대폰 신호가 잡히지 않는 걸 보고, 차 문 옆 재떨이에 휴대폰을 집어넣었다. 나는 운전기사에게 이곳의 높이를 물었다. 나는 아주 크게 말했는데 여전히 작게 들려 운전기사가 못 들었을 수도 있다고 생각했다. 그런데 그는 즉시 대답했다.

— 2천이 넘어요.

한참을 가야 정상에 이를 수 있을 듯하다.

---

68 기원전 2만 년부터 1만 2천 년까지 베트남 북부와 중부 지역에 형성되었던 구석기 문화다.

69 기원전 1만 년부터 베트남 북부와 중부 지역에 형성되었던 신석기 문화다.

70 기원전 1만 2천 년부터 베트남 북부 지역에 형성되었던 신석기 문화다.

이제 차는 관성에 따라 부드럽게 흘러가고 있었다.

그들은 꾸벅꾸벅 졸았다. 광석을 저쪽 건너편에 팔아넘긴다는 이야기는 수십 킬로미터 동안 잊혀졌다. 짱도 졸고 있었는데 그녀의 작은 머리통이 꾸벅거리며 좌우로 흔들렸다. 나는 잠이 오지 않았다. 너무 피곤해서 잠을 못 자는 것일 수도 있다.

운전사의 몸이 힘겹게 기울어졌고, 차는 덜컹거리는 도로를 돌아 모퉁이로 들어섰다. 불빛이 축대를 비추어, 마른 풀 아래 작은 양치류와 가지에서 반짝거리는 빛을 반사하는 썩은 나무들이 보였다. 한 사람이 깨어있었는데, 나는 그들이 언제부터 역할 분담을 한 건지 모른다. 깨어있는 사람은 쇳덩이인 듯 침묵했고, 쇳덩이처럼 냉철하고 사나웠다. 만약 차가 지금 절벽에서 추락한다면, 나를 맞이하러 온 영혼들도 함께 영원히 잠들 거란 생각이 들었다. 이런 길에서 사람을 괴롭히는 것은 높은 산봉우리가 아니라 절벽의 깊은 어둠이다. 운전사가 휘파람을 부는데, 처음엔 멜로디가 이상해 무슨 노래인지 모르다 점차 천국[71]이라는 것을 알 수 있었다. 이 어둠침침한 밤에 이런 유형의 사람이 휘파람으로 천국을 분다는 것은 상상하기 어렵다. 복숭아 철에 아직 한 번

---

71 1941년, 베트남의 천재 예술가 반 까오(Văn Cao:1923-1995)가 18세에 지은 노래. '오늘 오후 누군가의 노래 소리가 파도 위에 울려 퍼지네/그 옛날 무릉도원에서 길을 잃은 르우 응웬이 떠오르네/저기 천국으로 가는 길, 저기 향기로운 인연의 근원/바람 따라 설레이는 악기 소리'로 노래가 시작된다. 식민의 설움을 서럽지 않게 노래에 담아 더욱 절절하다.

도 시들지 않은 세월. 나는 그 가사를 좋아하고, 정확히는 그 무심한 멜로디를 좋아하는데, 운전사는 박자를 제대로 맞추지 못하고 멜로디를 뭉갰다.

—무슨 노랜데 이렇게 친숙하게 들리지?

정신이 깨어있는 쇳덩이(덩치 큰 이)가 궁금해했다. 운전사는 끝까지 열심히 휘파람을 불고 나서 말했다.

—반 까오[72] 노래야.

이번 모퉁이는 더 굽은 것 같았고, 절벽에 더 달라붙어야 했다. 운전사의 두 손이 거의 대각선으로 교차하는 게 보였다. 내 몸이 한쪽으로 몰리고, 자는 이들도 따라서 휘몰렸다. 길은 빠르고 잔잔한 물결처럼 빛났다.

—내 여동생은 찐 꽁 선[73]의 팬이야.

운전사는 메마른 목소리로 말했다. 덩치 큰 이는 앉은 자세를 고쳤다. 마치 차에서 뛰어내릴 듯 머리를 앞으로 내밀었다.

산기슭에 큰불이 났다. 짙은 연기와 함께 붉은 불꽃이 뭉게뭉게 피어올랐다. 그러나 연기는 불이 비치는 범위에서만 보일 뿐, 더 높고 더 멀리 가면 은빛 안개와 뒤섞였다.

---

72 반 까오(Văn Cao:1923~1995). 베트남 국가인 '진군가'를 작사 작곡한 음악가. 베트남 북부 하이 퐁 출신으로 시인, 화가로도 활동했다. 찐 꽁 선과 더불어 음악, 미술, 문학 세 분야에서 활약한 베트남의 천재 예술가이다.

73 찐 꽁 선(Trịnh Công Sơn:1939~2001), 베트남 중남부 부온 메 투옷 출신이다. 음악가이자 시인, 화가이다.

─홍터 투성이 만 녀석 일당을 잡으러 떠이 응웬[74]에 갔었을 때 기억나? 그곳 주민들은 나무가 빽빽한 숲에 불을 지르고 나서, 서로 끌어안고, 전혀 안타까워하지 않았잖아.

운전사가 소리를 높였다. 다른 사람이 천천히 말했다.

─어느 사람이나 다 그래. 배고프면 다 태워야지. 왕궁까지도 불 지르는데, 나무가 문제 될 건 없지.

이제 경사는 거의 수직에 가까워 운전사가 브레이크를 꽉꽉 밟았지만 모든 중력이 앞으로 쏠려 차가 아주 빠른 속도로 달려갔다. 불길이 계속 번져 애가 탔다. 나는 번 리의 몸에 불이 붙었던 것을 떠올렸다. 그날 밤의 불도 애가 탔다. 지금보다 훨씬 더 애가 타 격렬하게 몸부림친 날이다. 오빠, 저는 아무 짓도 안 했다고 맹세할 수 있어요. 무슨 짓을 했겠어요. 짱, 내가 무슨 짓을 저지른 거라면 사과할게. 하지만 불이 붙어 사과의 말은 소용이 없었다. 불은 짱의 얼굴에 마귀처럼 맴돌았고, 꾸익과 히엡의 얼굴을 쓰다듬고 어루만졌다. 그때 찌엔 영감이 전화했고 나는 짱이 불을 바라보며 태평하게 통화하는 것을 보았다. 베이징 오리 바비큐 식당에 있어요. 이제 그녀는 차 안 대부분의 사람들처럼 꾸벅꾸벅 졸고 있다. 작고 가는 목이 죽순처럼 앞으로 휘어졌다. 그녀가 좋아하기 때문에 나는 목젖 아래 쇄골 한가운데를 자주 키

---

74 베트남 중부 고원지대. 소수민족이 많이 사는 지역이고, 커피 생산지로 유명하다.

스했다. 그녀가 어렸을 때 그녀의 아버지도 그렇게 짱의 냄새를 자주 맡았다고 했다. 그렇게 그녀는 아버지에 대해 두 번 말했고 그게 마지막이었다. 나는 그녀가 아홉 살일 때 부모가 죽었다는 것을 알고 있었다. 그녀에게 또 무엇이 있을까. 아니면 지금까지 내가 본 것은 황량한 세상일 뿐이었을까. 연보라색 셔츠는 오후 햇살에 잠시 노랗게 물들었어도 정교한 꽃무늬가 선명했으나, 지금은 어둠과 한 덩어리가 되어버렸다. 번 리도 똑같은 옷을 입고 있었다. 나는 그 옷을 한 사람이 같은 장소에서 구입한 것을 알고 있었다. 짱이 번 리에게 하나를 선물했다. 번 리가 입은 옷은 분명 지저분하게 타버렸을 것이고, 부스러기가 되어 바람에 날려 외딴 들판을 떠돌고 있을 것이다. 불이 번 리의 옷에 붙어 목까지 빠르게 번졌을 때, 천이 오그라들면서 극심한 고통을 겪는 것 같았다. 그런 다음 마지막 순간에 오그라든 손이 펴지듯 천 조각이 무기력하게 떨어져 내렸다. 짱의 옷은 여전히 내 옆에 있었다.

운전사는 자신의 여동생 이야기로 화제를 완전히 돌렸는데, 언제부터인지는 모르겠다. 그의 여동생은 고된 운명을 타고났다. 남편은 멋지고 착했지만, 아이가 생기지 않아 너무도 고통스럽고 숨이 막혔다. 나는 마치 운전사가 투 누나에 대해 이야기하고 있는 듯한 느낌이 들었다.

—걔네들이 비용을 수억 동 썼지만 아무 효과가 없더라구.

운전사는 여동생을 대신해 애처로운 목소리로 덩치 큰 이에게 설명했다.

나는 운전사에게 찐 꽁 선 음악에 빠진 사람의 운명은 결코 순조롭지 않다는 것을 말하고 싶었다.

—저게 무슨 짐승이지?

덩치 큰 이가 물었다. 운전사가 대답했다.

—여우야. 눈에 불을 켜는 건 여우밖에 없어.

여우도 운전사의 여동생 이야기의 맥을 끊지는 못했다. 나는 운전사가 졸음울 쫓으려는 것처럼 평소보다 말을 더 많이 한다고 느꼈다.

투언 형이, 말이 많은 것은 우울증의 전조라고 말했었다.

형은 이틀 동안 집을 나갔다가 돌아왔다. 읍내 시장을 방문한 듯 옷과 머리, 턱이 깔끔했다. 아무리 물어도 말하지 않았다. 나는 형이 예전 요양소에 다녀왔다고 생각했고, 큰아버지도 그렇게 추측했지만 어머니는 절대 아닐 거라면서도, 형이 어디에 갔었는지는 모르겠다고 했다. 형에게 2백만 동이 있었는데 모두 새 돈이었다. 형은 그 돈을 어머니에게 주지 않고 동네 아이들에게 한 장씩 나눠주었다. 아이들은 영악하게 서로 자리를 바꿔가며 줄을 서, 아이들마다 서너 장씩 가졌다. 큰아버지는 형이 돈을 날린 것이 속상해서, 집에 와 형에게 불효자, 무정한 놈이라며 화를 냈다. 돈이 있는데 어머니에게 주지 않고, 어째서 세상 사람들 똥구멍에 갖다 붙이느냐고 했다. 형이 반박했다. 내게는 제대로 된 기준이 있다. 오히려 엄마가 문제다. 국가에서 나를 보살피라고 준 돈을 엄마가 자꾸 엉뚱한 곳에 쓴다. 큰아버지는 다시 하반신을 두드리며 소리쳤다.

— 네 지원금은 있어도…….

순간 큰아버지는 자제하며 숨을 길게 내쉬고 말했다.

— 이놈 약이 다 떨어졌군.

형이 이백만 동을 어이없게 날렸다는 이야기는 동네 웃음거리가 되었다. 그 후 형은 방구석에 종일 웅크리고 있었는데, 두 눈을 휘둥 그레 뜨고 있는 것이 몹시 불손하게 보였다.

내가 이력서를 공증받으러 읍내에 갔던 날, 형이 들뜬 모습으로 다시 집을 나갔다. 어머니는 문턱에 놓인 형의 납작한 배낭을 보고 고개를 저으며 아무 말도 하지 않았다. 형은 면도하고 있었는데, 나를 보자마자 거친 목소리로 말했다.

— 집에 뭐 하러 왔어?

— 형은 어디 가려고?

내가 되물었다.

— 너하고 상관없는 일이야.

형은 허약하게 대답하며 면도칼을 가슴 주머니에 넣었다.

— 나는 형이 어디 갔다 왔는지 알고, 돈이 어디서 생겼는지도 알아.

형은 털썩 주저앉았다. 창문으로 비스듬히 들어오는 빛을 통해 형의 얼굴이 전보다 훨씬 핼쑥해진 게 보였다. 하지만 형의 두 눈이 내

가슴을 더 아프게 했다. 눈이 너무 이상했다. 딸기즙같이 새빨간 눈동자가 계속 반짝였다.

— 왜 그 사람들한테 돈을 받은 거야?

나는 심각한 목소리로 물었다. 형은 놀라서, 두 손을 깍지 껴 비틀면서 레슬링 선수처럼 위아래로 뒤집었다.

— 걔네가 준 거야.

한참 후에 형이 쉰 목소리로 말했다.

— 내가 요구한 게 아니야. 제기랄.

나는 거칠게 고개를 저었다. 형은 몸을 축 늘어뜨리고, 껌을 씹듯 어금니를 딱딱 부딪쳤다.

— 나는 아무것도 가진 게 없으니 요구할 권리가 있어.

나는 형 옆에 앉았다. 어머니가 밖에서 모든 말을 다 듣고 있었다. 형의 정신이 깨어있는 것처럼 보였다.

— 그 사람들은 형한테 빚진 게 없어.

— 그럼 제기랄 어떤 놈들이 나한테 빚을 진 거야?

형이 고집스럽게 물었고, 다시 눈이 붉어졌다.

— 아무도 없어.

나는 가라앉은 목소리로 대답했다. 형은 멍한 표정이 되었고, 턱이 덜그럭대는 걸 멈췄다.

형의 붉은 눈이 누그러지는 것을 보고 진정하는구나 싶었는데, 갑자기 더 사납게 폭발했다. 빨간 눈이 피 같았다. 형이 내 뺨을 때렸다. 내가 대각선에서 날아온 손을 피하자, 형이 바닥에 쓰러졌다. 어머니가 급히 뛰어 들어왔다. 자빠진 형은 바닥에 머리를 처박지 않으려 애쓰고 있었다. 나는 형을 발로 차 버리고 싶었지만 어머니의 슬픈 얼굴을 보고 그냥 마당으로 나왔다. 큰아버지가 와서 물었지만 나는 형이 넘어졌다고 거짓말을 했다. 큰아버지는 배를 쓸며 말했다.

　— 난 또 뭐라고, 그 녀석이 기찻길에 넘어져도 그냥 내버려 둬.

　골목 안으로 가끔 오토바이가 빠르게 지나갔다. 지붕들은 온갖 색깔, 온갖 재료들로 휘청거리며 파도치고 있었다. 나는 문득 집으로 들어가는 골목이 짧아지고, 우리 집도 더 작아졌다고 느꼈다.

　큰아버지는 나를 큰아버지 집에 데리고 갔다. 동상 전시장이었다. 최근 반 품 사원을 수리하면서 확장공사를 하고 있어, 조각상을 많이 옮겨놓았다. 사방에서 나무 두드리는 소리가 났다. 독한 나무 냄새가 먼지와 섞여 계속 재채기가 나왔다. 2미터 정도 되는 큰 불상이 땅바닥에 놓여 있었다. 아직 붙이지 않은 받침대와 나사로 고정된 나무 꽃잎들이 마치 시든 연꽃처럼 보였다. 큰아버지가 물었다.

　— 이 부처님 어때?

　나는 속에 불만이 가득해, 입을 삐죽거리며 무시했다.

　— 무슨 부처님 표정이 달팽이 물처럼 이렇게 밋밋해요?

　큰아버지도 만족스럽지 않았다.

　— 망할, 똥구녕 같으니라구.

큰아버지는 화가 났지만 손에 돈을 쥐어주며 소곤거렸다.

— 지금 주머니에 집어넣어.

나는 큰아버지와 작은 나한상이 줄지어 있는 마당 끝으로 갔다.

— 열심히 일해. 착하게.

큰아버지는 불상 머리들을 검사하듯 콕콕 두드리며 말했다.

— 젠장 네가 아무것도 하지 않으면, 네 엄마는 쓰러질 거야.

큰아버지가 진심으로 안타까워하는 게 보였다. 나는 코가 시큰거렸다.

— 저 녀석이 욕을 하면 그냥 욕하라고 둬. 녀석은 우리 집안이 감당해야 할 짐이야.

큰아버지는 말을 한 뒤 집으로 들어갔다. 쿵쿵거리는 발걸음과 크고 투박한 모습이 아버지를 연상시켰다.

— 저 노인네 잘 나왔네. 나는 놈들한테 한방 먹이러 갈 거야.

형이 울타리 옆에서 바락바락 소리 지르고 있었다. 급히 달려가 보니 형은 두 손을 옆구리에 붙이고, 얼굴을 쳐들고 있었다. 허리에는 우산 줄로 묶은 돌멩이 두 개를 매달고 있었고, 등에는 나무 막대기를 대각선으로 메고 있었다. 형은 나를 보고 용맹스럽게 말했다.

— 물러서. 내가 저놈들을 총으로 쏴서 죽여버려야 해.

형은 나무 막대기를 빼서 겨드랑이에 끼우고 한 바퀴 돌며 입으로 드르륵 드르륵 총소리를 냈다. 일꾼들이 도망가는 모습을 보고 형은 더욱 신이 났다.

— 너도 그놈들하고 한 편이야?

형이 으르렁거렸다. 나는 눈을 감았다. 무언가 내 안에서 영원히 떠나고 있었다. 큰아버지는 실성한 듯 멍하니 형을 바라보았다.

— 너도 그놈들하고 같은 편이냐구?

형은 다시 으르렁거렸다. 마치 절벽에서 들려오는 메아리 같았다. 그러다가 형은 갑자기 땅에 누워 구르고, 팔다리를 부들부들 떨면서 입에 거품을 물었다. 나는 어깨에 형을 들쳐메고 집으로 가면서, 형이 어린아이처럼 가볍다는 사실을 깨달았다. 형은 내 어깨 위에서 버둥거리며 힘없이 말했다.

— 내 수류탄 잃어버리지 않게 조심해.

나는 돌멩이 두 개를 빼앗아 멀리 던졌다. 탁 탁 부딪히는 소리가 났다. 우리 형제 뒤로는 수십여 불상들이 화룡점정의 순간을 기다리고 있었다.

오후에 형은 배낭을 메고 떠나겠다고 고집을 부렸다. 어머니는 아무리 애를 써도 형을 설득할 수 없었기에 큰아버지의 일꾼들에게 형을 기둥에 묶어달라고 부탁했다. 형은 욕을 하며, 오로지 같은 말만 애절하게 되풀이했다.

— 네놈들이 나를 이렇게 묶어놓으면 적이 왔을 때 누가 막을 거야.

형은 밤새도록 욕을 하다가 새벽에 잠잠해졌다. 어머니는 형이 지쳤다고 생각해서 점심 무렵까지 자게 내버려 두었는데, 가보니 형은 사라지고 없었다. 묶었던 줄이 칼에 잘려있었다. 손이 등 뒤로 묶여 있었는데 스스로 어떻게 줄을 자를 수 있었는지 너무 이상했다. 큰아버지는 어머니가 궁금해하는 말을 듣고 손을 내저으며 말했다.

— 걔는 군인이에요. 이런 건 젠장 아무것도 아니에요.

그로부터 형은 사방으로 마음껏 돌아다녔다. 형을 요양소에 보내자고 몇 번 말했지만 큰아버지는 동의하지 않았다. 큰아버지의 논리는 형을 요양소에 보내면, 그들은 형을 정신병동에 넣을 것이고, 짐승같이 대우할 거란 것이었다. 차라리 형을 밖에 자유롭게 두는 편이 낫다고 했다. 나도 그 말에 솔깃했지만 나중에 핑계라는 것을 알았다. 진짜 이유는 형이 자유를 잃는 게 불쌍해서가 아니라 형의 지원금을 어머니가 못 받게 되는 거였다. 만약 형을 예전 요양소에 보낸다면 형은 더 이상 집에 머물지 않을 것이다. 요양소로 지원금이 갈 것이고, 몇몇 개인이 남모르게 그 돈으로 맘껏 즐길 수도 있을 것이다.

형은 방랑하면서 건강해지고, 강인해지고, 더 이상 친척들의 짐이 되지 않았다. 어머니는 처음에 형의 방랑 소식을 수소문하고, 마을 사람들의 수군거림 때문에 슬퍼하고 새파랗게 질렸지만 점점 익숙해져서 때때로 나는 어머니가 예전처럼 형이 요양소에 있는 것처럼 여기는 것 같았다. 나도 형에게 더 이상 관심 가질 시간이 없었다. 세 번째 임금인상이 결정되었을 때 나는 기쁜 마음으로 관광버스를 잡아타고 집으로 갔다. 나는 마치 공무원처럼 깨끗하고 단정하게 차려입었다. 포 옌을 지나갈 때 항 부부의 가게에 타이어를 뺀 오토바이가 줄지어 서 있는 게 보였다. 어머니는 평소보다 집을 깔끔하게 청소했다. 나는 집에 들어가자마자 깜짝 놀랐다. 형이 자던 자리에, 빛이 드는 맞은편에 큰 사람이 듬직하게 앉아 있었기 때문이었다. 그것은 나한상이었다. 큰아버지가 둘 데가 없어 며칠간 옮겨 놓은 것이었다. 반나절을 돌아다니니 지루했다. 나는 고심 끝에 어머니에게 형에 대해 묻기로 결심했다. 어머니는 슬퍼하며 형은 이제 두에 없고 동 히로 갔다고 말했다. 다음 날 아침, 나는 큰아버지의 오토바이를 타고 동 히 현의 중심가를 거슬러 올라가 경치를 구경하며 형을 찾아보았다. 원형 교차로가 있는 중심가 삼거리에서 사탕수수 주스를 파는 아줌마에게 물었다. 그녀는 이곳에 정신 나간 사람이 있기는 한데, 이틀 전에 강가로 자리를 옮긴 것 같다고 말했다. 나는 오토바이를 돌려 그녀가 가리킨 길로 들어섰다. 좁고 구불구불하고 울퉁불퉁한 길은 까이 강의 작은 샛강 가장자리로 이어졌다. 형의 흔적은 어디에도 없었고, 강가 끝까지 길게 펼쳐진 푸른 채소밭만 보였다. 나는 여기에 형이 마땅히 등 대고 누울 만한 곳이 없다고 생각했다. 현의 주요 도로로 들어서니 큰 사끄 나무[75] 아래 형이 앉아 있는 게 보였다. 은행 정문 앞이었다. 오토바이를 세우고 멀리서 형을 지켜보았다. 옷은 찢어지고 더러웠지만 몸은 그대로였다.

---

75 프랑스 식민지 시절부터 가로수로 많이 사용되었다. 왕성하게 자라고 충격에도 강하다. 공원에서도 많이 볼 수 있다.

여전히 앙상하게 마르고 덥수룩한 머리카락에, 이마에서 내려온 콧대는 높았다. 형은 무릎을 감싸고 앉아 있었고, 찢어진 배낭에서 내용물들이 밖으로 드러났다. 은행에서 나온 한 여성이 오토바이를 끌고 형 앞을 지나갔다. 형은 위를 올려다보며 지휘관에게 경례하듯 왼손을 들어 이마 모서리에 붙였다. 그녀는 고개를 끄덕이며 친절하게 웃고 오토바이에 시동을 걸었다. 나는 가까이 다가갔다. 형은 막 전투를 치르고 나온 것처럼 보였고, 얼굴이 때로 얼룩져 더러웠다. 듬성듬성한 수염은 단정치 못했으며, 등에는 매끄러운 둥근 나무 막대가 대각선으로 묶여 있었다. 나는 형에게 그 '총'을 어디서 구했는지 물었다. 형은 나를 알아보는 것 같았는데, 아주 짧은 순간이었다. 왜냐하면 형의 눈이 빠르게 반짝였다가 다시 전처럼 몽롱해졌기 때문이다. 나는 오토바이 엔진을 끄고 받침대를 세운 다음, 몸을 구부려 형에게 말했다.

　— 집에 가자.

　형은 내가 앉을 자리를 만들기 위해 옆으로 움직이며 고개를 저었다.

　— 내가 얼굴을 아는 그 개자식들을 공격하려면 좀 더 깊이 잠복해 있어야 해. 제기랄. 집에 먼저 가. 지뢰 밟지 않게 조심하고.

　나는 눈이 따가웠다. 울지 않지만 목이 메었다. 형에게 불쾌한 냄새가 났다. 시큼하고 비릿한 냄새였다. 몇몇 사람들이 호기심에 우리 형제를 돌아다보았다.

　— 배고프지?

내가 물었다. 형을 끌어안고 싶었지만 망설여졌다. 오히려 형은 순한 미소에 눈시울이 붉게 물들어 있었다. 나는 그때 형과 나 사이에 아주 먼 거리가 존재한다는 것을 깨달았다. 가슴이 옥죄는 듯 아팠다. 형이 옛날로 돌아갈 수 있다면, 어린 시절처럼 소리 지르며 소란스럽게 강가를 내달리고, 나무를 부러뜨려 칼춤을 추고, 황토물에서 씨름하며 물장구를 치던 그때로 돌아갈 수 있다면 얼마나 좋을까. 나는 과감하게 형의 손을 잡았다. 앙상한 손이 마치 한 마리 새처럼 뜨거웠다. 형은 손을 확 빼내며 눈을 부라렸다.

— 꽁찌![76]

형이 비명을 지르며 부스스한 머리로 나를 들이받았다. 우리는 함께 쓰러졌다. 나는 쓰러지며 종이부채처럼 펼쳐져 있는 흰 구름 떼를 보았다. 형은 마구잡이로 나를 때리며, 입으로는 계속 '꽁찌, 꽁찌' 했다. 나는 몸을 움츠리고 주먹을 피하면서 헐떡거리며 말했다.

— 저기 구름, 저 구름 좀 봐.

하지만 형은 듣지 않고, 미친 듯이 계속 때렸다. 나는 벌떡 일어나 형을 밀어내며 소리를 질렀다.

— 그만해.

형은 고함소리에 멈췄다. 먼지를 털며 하늘을 올려다보니 길고 가는 평범한 구름만 보였다. 은행 경비 노인이 무슨 일이냐고 물었다.

---

76 '공격'이라는 뜻의 중국어다.

노인은 모든 것을 다 봤다. 나는 동생이라고 말하고 지갑에 있는 돈을 다 건네면서, 가끔 형에게 먹을 것을 사주라고 부탁했다. 노인은 놀란 표정으로 나를 보았다.

―내가 돈을 다 가질까 두렵지 않아요?

나는 고개를 저었다. 그 순간 눈물이 펑펑 쏟아지고 노인도 울컥하게 만들었다. 나는 명확하게 말하려고 애썼다.

―제 형님은 상이군인이에요.

노인은 돈을 받아서 조심스럽게 주머니에 넣고 차렷 자세로 가슴을 내민 채 말했다.

―나도 반미항전군인입니다.

노인은 내게 말하지 않고 형에게 말했다.

나는 그 퇴역한 반미항전군인이 가슴을 쭉 편 채 차렷한 자세를 영원히 기억한다.

―아래로 내려갈수록 안개가 심한 게 정말 웃기는군.

덩치 큰 이가 구시렁거렸다. 그것은 산기슭에서 나오는 습기 때문이다. 높은 곳은 바람이 안개를 밀어내기 때문에 맑고, 아래로 내려올수록 바람이 점점 빙글빙글 돌기 때문에 안개가 모여 소용돌이쳤다.

―조금 더 내려가면 길이 아예 안 보일 거야.

운전사가 불안하게 예측했다. 길은 막 비가 내린 것처럼 흐릿하게 젖어 있었다. 불빛이 반짝였는데, 불빛의 범위 안에 들어온 전방 모든 지역이 다 깨어날 만큼, 아래로 내려갈수록 점점 더 반짝였다. 물기 어린 노면에서 반짝이는 눈부신 불빛과 눅눅한 공기 속의 흐릿한 불빛 사이에서 나뭇잎에 매달린 이슬방울들도 찰랑찰랑 반짝였다. 그 반짝임은 이장하던 날 채 삭지 않은 형의 살점에서 나오는 안쓰러운 푸른 빛을 떠올리게 했다. 나는 여러 번 그 빛이 나는 살점에 대한 꿈을 꾸었는데 무섭지는 않고 슬펐다. 살점은 가장 외로운 것이다. 쉽게 버려지고 아무렇지 않게 짓밟히기 때문이다.

차는 맑고 깨끗한 근원을 가진 불빛들 사이를 빠르게 미끄러져 내려갔다. 조명 위로 보이는 운전사의 머리는 오래전에 땅에서 뽑힌 바나나 나무뿌리처럼 일그러진 검은 덩어리로 변했다.

—어디까지 왔어?

졸린 목소리에 바퀴가 삐걱대는 소리를 냈다.

—아직 멀었어. 계속 편하게 눈 붙이고 있어.

덩치 큰 이가 말했다. 무전기 사내는 목청을 가다듬은 후, 살피듯 뒤를 돌아보며 나와 짱을 확인하고는 안심한 듯 다시 고개를 떨구었다. 나는 이 사람이 더 이상 잠을 못 잘 거라고 생각했다. 8월 21일 토요일자 인민공안신문에 관광버스가 졸음운전으로 같은 방향의 오토바이 여섯 대를 연속 들이받고 길가 식당을 처박은 기사가 실렸다. 나는 이 교통사고와 날짜를 기억한다. 그 신문에는 쩌우 꾸앙 로와 그 일당의 사진이 실려 있었기 때문이다. 사진 속 초콜릿이라는 별명을 가진 인물은 심각하고 조금 긴장한 표정이었고, 부하들은 총구를 바라보듯 멍한 얼굴로 카메라를 바라보고 있었다. 그들 뒤의 배경은 없었다. 사진이 많이 잘리고, 머리에서 발까지 찍었기 때문이다. 가장 기억에 남는 건 사진 속 한 사람이 눈을 감은 것이다. 아마도 카메라가 번쩍였을 때 반사적으로 눈을 감아서, 마치 불면증 환자들 사이에서 서서 자는 듯한 모습이 된 것 같았다. 나는 그 신문에서 특별한 인상을 받았다.

그때 나는 그들의 앞쪽 광경을 파악하려고 취재할 생각이었는데…….

정상까지 앞으로 고개를 네 개 넘어야 한다. 놈은 눈을 감고 검지 손가락 두 개로 양쪽 귓구멍을 쑤셨다. 나도 놈을 따라 했다. 순간 엔진 소리가 더 크게 들렸다. 윙윙거리는 소리와 기계 타는 냄새가 오랫동안 섞여 있었다. 짱은 신호가 잡힐 때까지 초조하게 휴대폰을 보았다. 주위에 중계기가 전혀 없어 한참을 가야 신호가 잡혔다. 하늘은 구름 한 점 없이 맑았다. 원래 이 정도 높이에는 독수리나 최소한 매 몇 마리가 하늘을 선회하고 있어야 한다. 운전기사에게 물어보려다가 그가 길에 집중하는 것을 보고, 내 물음 때문에 참화가 일어나지 않도록 가만히 있었다.

— 여기는 새들도 살 수 없네. 정말 끔찍하군.

놈은 정확하게 말했다. 이렇게 탁 트인 곳에 사는 사람들은 다른 사람 마음을 읽을 수 있을지도 모른다. 절벽이 범퍼 앞을 가로막고 옆에서 푸른 하늘이 몰려와 차를 집어삼키려는 찰나, 차는 쿵쿵 튀어 오르며 모퉁이를 빠져나왔다. 놈의 말은 가차 없이 부정되었다. 우리 눈앞에 새 두 마리가 선회하고 있었다. 무슨 새인지는 모르겠다. 운전기사는 한 손을 핸들에서 떼고 긴장을 풀며 말했다.

— 독수리예요.

— 이 지역에 독수리도 있나요? 신기하네요?

나는 호기심이 생겼다.

— 많아요.

운전기사는 차분하게 강조했다.

— 독수리가 어린애들을 잡아채 날아가 둥지에서 먹기도 해요. 돼지나 닭을 잡아가는 건 평범한 일이에요.

짱이 비명을 질렀다. 운전기사는 소수민족들이 밭에서 일할 때 종종 어린애를 데려와서 시원한 곳에 눕혀놓는데, 때로는 일에 몰두해 아이를 잊기도 한다고 했다. 하늘에서 독수리는 아이가 꼼지락거리는 것을 보고 그것이 먹이라고 여겨 즉시 내려와 잡아챘다. 그 순간 부모는 위를 올려다보며 울부짖는 것밖에 할 수 있는 게 없었다. 소수민족 아이는 수많은 불운과 함께 삶을 시작한다. 적지 않은 아이들이 밭에서 잊혀져, 집 가까이 가서야 문득 생각난 부모가 되돌아가 보면, 밥그릇만 한 호랑이 발자국이 겹쳐 찍혀 있는 피 묻은 옷조

각만 발견할 수 있었다.

운전기사는 여유롭게 말했다.

— 지난달 여기 소수민족 사람들이 거의 250킬로그램이나 나가는 호랑이를 사냥했는데, 성의 직원들이 차를 몰고 와서 사 갔어요.

— 압수한 게 아니라 돈 주고 샀다구요?

나는 다소 시건방지게 조롱하듯 물었다. 운전기사는 고개를 저었는데, 목소리는 상쾌했다. 앞으로 펼쳐진 길이 꽤 평탄했기 때문인 것 같았다.

— 지금은 소수민족들이 매우 똑똑해져서 그들을 권력으로 협박하는 게 쉽지 않아요. 관직은 그냥 관직일 뿐이고, 헛바람을 빼야 해요. 돈을 쥐야 죽을 퍼 줘요.

— 그런데 호랑이 사냥 금지법이 있지 않나요?

짱이 몸을 일으키며 물었다. 앞쪽에는 새 두 마리가 날개를 활짝 펴고 떠다니고 있었다.

— 법은 어디나 있지만 여기서는 아무 의미가 없어요. 만약 당국에서 심문하면 그들은 이유를 댈 거예요. 우리가 호랑이를 쏘지 않으면, 호랑이가 우리를 잡아먹고, 우리 돼지를 잡아먹는다. 아주 간단해요.

놈은 그 이야기에 참견하지 않았다. 어쩌면 독수리 구경에 빠졌을 수 있고, 어색했을 수도 있다. 운전기사가 기어를 변속하고 차는 다섯 번째 고개로 올라가기 시작했다. 이곳은 마치 시간 창고와 같아서 다른 곳에서 흘러간 모든 것이 여기에 쌓인다. 저 아래에는 전쟁을 기억하는 사람이 거의 없지만, 이곳에는 여전히 전쟁이 끈질기게 존재하고 모든 사람의 머릿속에서 울려 퍼진다.

— 저기가 그들의 땅이야.

놈이 갑자기 소리쳤다. 순간 무서웠다. 나와 짱은 모두 놈의 손을 따라 몸을 일으켰다. 관능적으로 부드러운 봉우리가 있는 옥색 능선이었다.

— 이쪽 산이야, 저쪽 산이야?

나는 물었다. 운전기사가 재빨리 대답했다.

— 저쪽이에요.

— 여기서 저기까지는 꽤 멀겠군.

나는 거리를 가늠한 뒤 중얼거렸다. 놈이 말했다.

— 하지만 불과 반나절 만에 그들은 수십 대의 트럭을 이곳까지 끌고 올라왔어.

이 언덕에서 전투가 벌어졌는데, 격렬하지는 않았지만 그들의 대군을 아찔하게 만들었다. 스물 이상의 차량이 매복 공격을 받았는데, 앞뒤가 꽉 막힌 채 위에서 사격을 당했다. 단 한 대도 탈출하지 못했다.

— 지난번에 번 일행과 갔을 때 번이 그러던데, 그들이 철수한 지 서너 달이 지난 후에도 이 지역 전체에 여전히 썩은 냄새가 진동했다고 해요. 민병대를 동원해 매장했으나 더는 감당할 수 없어서, 그

냥 새와 호랑이의 먹이로 두었대요.

운전기사의 목소리는 일정했고, 진지하고 솔직했다. 마치 소수민족의 특성을 설명하고 있는 것 같았다. 새들이 너무 많이 몰려와서 온 지역이 마치 곧 비가 쏟아질 것처럼 어두워졌다.

— 인간 사골국[77] 사건도 여기서 나온 것이지 다른 곳이 아니야.

놈은 운전기사의 말을 잘랐다. 작은 동물이 길을 가로질러서 휙 지나갔다. 붉은 갈대처럼 꼬리를 꼿꼿이 세우고 있었다.

— 사실이에요, 아니면 그냥 소문이에요?

짱이 집중하며 물었다. 이제 그녀는 더 이상 휴대폰을 연결하려고 애쓰지 않았다. 이미 너무 높은 곳에 올라와 버렸기 때문이다.

— 절반은 사실이고 절반은 사실이 아니야.

놈은 어정쩡하게 말했다. 운전기사는 웃으며 피곤한 듯 목을 흔들고 말했다.

— 사골국은 확실하지 않지만 귀신이 있다는 소문은 사실이에요. 이 구간에서 밤 운전을 하면 어떤 기사든지 최소한 한 번은 마주치게 돼요.

운전기사도 두 번을 마주쳤다. 귀신들이 무슨 옷을 입고 있었는지 물었더니 그는 명확하지는 않고 흐릿한 모습이라고 대답했다. 때

---

77 국경전쟁 당시 중국군 전사자가 본국으로 돌아가지 못하고 상당수가 베트남 쪽에 방치되었다. 베트남 소수민족 중 일부가 시신의 뼈를 추려 사골국을 끓여먹었다.

로는 귀신이 문맹퇴치[78] 여교사 몇 명에게 오토바이를 태워달라고도 했다. 어느 날은 하늘로 돌아가며 귀신들이 많이 우는데, 우는 소리가 마치 발정기 고양이같이 날카롭고 섬뜩했다. 밤 사냥을 하는 사내들은 귀신을 자주 만나 떼 지어 몰려다니고 배회했다. 또 사람을 절벽 아래로 끌고 갈 기회만 엿보는, 사납고 증오심에 불타는 귀신도 있었다. 전투가 끝난 후, 사람들은 이 언덕에서 참혹한 사고가 자주 일어난다는 사실을 발견했다. 현에서 은밀하게 짱 딘에서 유명한 무당을 초대해 굿을 했지만 사고가 조금 줄었을 뿐이었다. 여전히 사고가 나고 있으며, 몇 달에 한 번씩 자동차가 브레이크를 놓치고 가장 높은 봉우리에서 떨어져 강철 차단막을 뚫고 절벽 아래 숲속으로 사라졌다. 일주일 전, 인근 성 교육청 손님을 태운 승합차도 통제력을 잃고 도로를 이탈했다.

고향에서 장례를 치르기 위해 시신을 수습했는데, 산산조각 난 시신이라 며칠이 걸렸다. 차 잔해는 아직도 그곳에 있다. 운전기사는 승합차 기사의 이름을 정확히 말했지만, 나는 어린 여교사의 머리가 사라진 것에 집중했다. 그녀는 그때까지 애인이 없었기에 처녀였다. 충분히 인내심을 발휘했는지 갑자기 놈은 인간 사골국 이야기로 화제를 다시 돌렸다. 놈은 이상하고 소름 끼치는 걸 많이 봤지만 마을

---

78 베트남의 문맹률은 전국민의 2% 정도 되는데 대부분이 산악지역에 거주하는 소수민족이 이에 해당한다. 베트남 정부는 사범대 졸업생이나 이에 준하는 자격을 갖춘 사람을 산악지역에 파견해 교육을 시키고 있다.

끝에 사는 노인의 인간 사골국 사건만큼 기괴한 것은 본 적이 없다고 말했다. 노인은 백마 사골이라는 말을 듣고 300그램을 사 가지고 집에서 끓여먹었다. 몇 숟가락 먹지 않았는데 피부가 갈라지기 시작하더니, 감당할 수 없을 만큼 뚱뚱해지고, 머리가 돼지처럼 부풀어올랐다. 눈이 점점 감겨, 쌍꺼풀은 비스듬하게 외꺼풀이 되었다. 그러다가 갑자기 남서부 중국어를 유창하게 해 모두를 오싹하게 만들었다. 노인은 한 달 동안 단식을 했고, 맑은 물로만 배를 조금 채웠다. 다시 원래대로 돌아왔을 때, 노인이 뚱뚱했던 동안에 잠을 자면 항상 꿈에 이상한 풍경이 나타났고, 산이 없고 아름다운 평원에 반짝이는 풀이 지평선까지 이어져 있다고 말했다. 그런데 이 성 어디에 그렇게 아름답고 넓은 평원이 있겠는가. 마지막 결론은 인간 사골국을 먹고 거의 그들이 될 뻔했다는 것이다. 나는 웃음을 터뜨렸다. 우리와 그들을 구분하기 어려운데, 어떻게 그들이 될 뻔했다는 이야기가 맞는가 싶었기 때문이다. 놈은 말했다. 우리는 우리, 그들은 그들, 서로 아무 관련이 없다. 나는 반박했다. 우리와 그들이 어떤 점에서 다르냐. 놈은 관심 가질 필요가 없다고 우물쭈물 둘러대며 단지 절대로 서로 같을 수 없다고 말했다. 나는 놈의 엉성한 근거에 화를 내며, 방귀를 뀌듯 곧바로 푸푸 소리를 냈다.

운전기사는 여전히 도로를 주시하며 귀를 기울였다.

짱은 밖을 내다보며 새끼손가락으로 유리창을 문지르며 이 세상에 그 동작만 존재하는 것처럼 문지르기를 반복했다.

놈이 생각에 잠긴 듯 긴 침묵이 흘렀다. 그러다 놈이 소리 높여 말했다. 놈은 수많은 세대 동안 그들이 우리를 잡아먹으려고 했지만, 못 잡아먹은 건 우리는 호탕하게 웃는데 그들은 아니기 때문이라고 했다. 호탕하게 웃을 줄 알기에 우리는 그들의 아쉬운 추억거리가 된다.

— 그들의 삐라를 수집한 적 있어요?

운전기사가 놈에게 물었지만 내가 깜짝 놀랐다. 놈은 바로 대답하지 않고 점검하듯 목에서 웅얼거리고 나서 대답했다.

— 아마 몇 장 있을 거야.

— 그들의 삐라가 우리 삐라보다 예쁜 건 인정할 수 있어요.

운전기사는 꿈꾸는 듯한 표정으로 말했다.

삐라를 언급했을 때, 내 머릿속에는 달 밝은 밤 외삼촌이 나를 데리고 갔던 산기슭 아래 참전용사들의 술자리가 떠올랐다. 그들이 삐라에 대해 말했지만 인쇄가 예쁘다고 감탄하지는 않고, 그저 자잘한 기념품 정도로 여겼다. 그리고 그 술자리를 떠날 때 형의 삐뚤빼뚤한 글씨가 계속해서 머릿속에 맴돌았다. 나는 그렇게 기억한다.

'3월 11일

그들이 뿌린 삐라가 곳곳에 흩어져 있었어. 담뱃갑만 한 크기에 인쇄가 예쁘게 되어 있었지. 한 면은 달력이었어. 대대에 있을 때는 삐라를 주울 수 없었어. 주운 사람은 즉각 처벌을 당했으니까. 하지만 대대가 해체되고 중대가 독립부대 셋으로 편재되었을 때 우리는 무엇이든 자유롭게 할 수 있었어. 몇 장을 주워서 심심할 때마다 꺼내 즐기며 감상했어. 그놈들은 삐라를 달력과 함께 예쁘게 인쇄했어. 내가 몇 장 숨겨서 집에 가져가 네게 보여주려고 했는데, 떤 녀석이 바보 같은 짓 하지 말라고, 만약 후방에 갔다가 군장검열에서 발각되면 아주 피곤한 일이 생길 거라고 해서 버렸어. 하지만 나는 삐라에 있던 몇몇 구절을 기억하고 있어. 네가 읽을 수 있게 베껴 놓는다.

……아마도 나는 총에 맞아 죽을 것이다. 텀은 또 나갈 것이다. 롱 녀석은 아직 어린데, 앞으로 어떻게 살 것인가…… 동생은 거리로 나갈 것이다…… 형은 자신에게 화를 낼 것이다……

저놈들이 이런 걸 인쇄해서 뭘 어쩌겠다는 건지 도대체 이해가 되질 않더라.'

형은 그들이 전쟁터 곳곳에 폭죽처럼 쏘아 올린 삐라에서 기억나는 몇 구절에 밑줄을 쳤다. 나는 그것이 형에게 항과 어린아이를 생각나게 했던 것으로 추측했다.

앞에는 여전히 푸른 산줄기가 있는데, 그곳이 우리와 그들을 구분하는 곳이다.

눈 감으면, 눈을 감으면, 수많은 점이 희미하게 흩날리는데 그것은 나비인가 뻬라인가.

길은 흰 돌가루로 울퉁불퉁 덮여 있지만 전혀 덜컹거리지 않았다. 오토바이는 두 바퀴가 도로에 달라붙지 않은 것처럼 일정한 속도로 계속 미끄러졌다. 지금처럼 여유로운 느낌은 처음이다. 나는 지금 산등성이를 달리는 중이다. 오토바이를 돌려 계곡으로 내려갔다가, 한 구간을 더 지나니 정상으로 이어진 길이 나왔다. 처음에는 그다지 가파르지 않게 보여 오토바이 속도를 높였다. 잠시 쉬었다 고개에 올라가려고 할 때, 언제부터인지 형이 뒷자리에 타고 있었다. 형은 두 다리를 발 받침대에 단단히 고정하고, 두 손은 내 가슴을 끌어안고 조용히 기다리고 있었다. 나는 시동을 걸었다. 오토바이는 즉시 산으로 올라갔고, 올라갈수록 경사가 더 가팔랐다. 마침내 도로가 90도로 설 때까지 경사가 계속되었다. 내장이 오그라들고 맹렬하게 속이 울렁거렸다. 나는 갑자기 오토바이가 뒤로 넘어갈지도 모른다는 생각이 들었고, 동시에 왜 멍청하게 형을 태웠는지 후회하는 마음도 생겼다. 이마 앞에 산 정상이 나타났는데, 둥근 봉우리가 일렁이는 구름과 함께 회청색 하늘을 배경으로 인쇄된 것 같은 모습이었다. 안 예쁜걸. 나는 구름을 보고 그렇게 생각했다. 오토바이는 계속 겁 없이, 필사적으로, 당황스럽게 질주했다. 바퀴가 정상에 다다랐을 때, 번개가 일직선으로 내리쳐 하늘이 하얗게 찢어졌다. 소스라치게 놀랐다…….

— 꿈에서 어떤 년을 꼬셨기에 그렇게 단잠을 자?

짱이 말했다. 나는 어리둥절한 표정으로 밖을 보며 물었다.

— 정상에 도착했어?

운전기사는 꽤 오랫동안 언덕을 내려왔다고 말했다. 짧은 꿈 때문에 이번 여정의 최고봉을 감상할 기회를 놓쳤다. 놈은 여전히 자고 있는데, 나보다 늦게 잠들어 얼마나 잤는지는 모르겠다. 놈의 머리는 앞으로 기울어졌고, 목이 길게 늘어져 옅은 검은색 옷깃이 밖으로 드러났다.

— 이곳이 가장 치열한 전투가 벌어진 곳이에요.

운전기사가 내게 속삭이면서 재빨리 놈을 흘깃 보고 손으로 앞쪽을 가리켰다. 큰 바위가 튀어나와 모퉁이를 돌아가기 전까지 길이 좁았다.

— 우리도 많이 죽었어요. 연대 병력이 반나절 만에 거의 전멸했어요.

그렇게 여섯 번째 언덕에는 전투 장소가 두 군데 있었다. 운전기사의 말이 맞는 것 같았다. 적을 막으려면 언덕을 오르기 전에 막아야지, 언덕을 다 올라왔을 때 막는 게 아니기 때문이다. 만약 그들의 군대가 언덕을 넘었다면 개인 박격포로 방 린 계곡 전체를 통제했을 것이다. 운전기사가 그들은 박격포를 맞은편 산에 설치해 이 지역을 향해 포를 쏘았다고 했다. 자세히 들여다보면 이 지역에는 큰 나무가 없고, 볼품없는 덤불과 십 년이 채 안 된 어린 삼나무가 깨오 따

244

이 뜨엉 나무[79]와 얽혀있는 게 보였다. 그리고 이곳 산들은 풀과 나무로 푸르게 덮여 있으나 대부분 일그러진 모양을 하고 있고, 포격으로 인한 피해를 많이 입었다. 나는 운전기사가 하는 말을 믿었다. 그런데 운전기사는 놈이 듣는 걸 꺼렸다.

저 아래에는 작은 채석장이 짙은 먼지에 둘러싸여 있었다. 농기구 몇 개, 손바닥만 한 도구를 들고 사람들이 왔다 갔다 분주하게 움직였다. 그 풍경이 왠지 모르게 조금 슬펐다. 그곳은 잠시 후 현의 중심가로 가는 길에 지나갈 곳이다.

— 신호가 잡힌다.

짱이 소리쳤다.

— 아이고, 끔찍해라. 신호가 얼마나 꼭꼭 숨어다녔는지 모르겠어요.

운전기사는 미소를 지으며 말했다.

— 문자든 전화든 빨리 하세요. 좀 있으면 신호가 사라질 거예요.

짱의 휴대폰에 대여섯 개의 문자가 쏟아져 들어왔다. 나는 문자 수신 소리에 무언가 아주 급한 일이 생긴 것 같은 느낌이 들었다. 그녀가 긴장한 표정으로 신중하게 문자를 읽었다. 나는 물어보고 싶었지만 그만두었다. 밖은 아찔할 만큼 큰 나무들이 시야를 가리고 있어, 서로 이어진 나뭇잎들의 후광만 볼 수 있었다. 큰 나무들을 지나자 아래 풍경이 나타났다. 채석장 연기가 돌무더기마다 뿌옇게 휠휠

---

79 영어로는 Acacia mangium. 아시아와 호주에 많다. 높이 30m까지 이르고, 곧게 자라 목재로 많이 사용된다.

날아올랐다.

― 전쟁터 같군.

놈이 언제 잠에서 깼는지 졸린 목소리로 말했다. 채석장은 아주
작았다. 운전기사는 이곳 사람들이 돌을 갈아 벽돌 만들기 운동을
한다고 말했다. 벽돌은 저렴하고 내구성이 뛰어났다. 전시장에 손님
들이 드문드문 오지만 예전만큼 인기는 없었다. 중국산 석재 분쇄기
는 매우 저렴해 한 대가 겨우 수백만 동에 불과했다. 놈은 조심성 없
이 하품하며 큰소리로 대화에 끼어들어, 이 고지대에 중국산 물품이
없다면 생활하기 정말 힘들다고 말했다. 중국 제품은 주민들에게 하
나에서 열까지 모두 공급되었다. 예전에는 사 단위마다 하나씩 도정
소가 있어, 온 가족이 반나절을 걸어가야 쌀 몇 킬로그램을 도정할
수 있었는데, 지금은 작은 도정기 값이 오십만 동에 불과해 밥할 때
마다 쌀을 도정해 매우 편리했다. 옥수수 탈곡기도 저렴하고, 소형
발전기 또한 저렴하다. 그리고 TV, 라디오, 선풍기, 전기밥솥, 손전
등, 라이터…… 모두 저렴했다.

― 어느 집이든 그들의 물건을 볼 수 있어.

놈은 떨떠름하게 결론을 내렸다.

― 우리가 재주가 부족해서 마냥 그들을 따라가는 건 좋지 않아.

나는 또다시 논쟁이 붙을까 봐, 이 주제로 토론하고 싶지 않았다.

― 또 신호가 사라졌네.

짱은 휴대폰을 보고 투덜거리다가 나에게 돌아섰다.

—풍선껌 하나만 줘봐.

운전기사는 지금 여기서 쉴지 아니면 아래로 내려가서 다 같이 휴식을 취할 건지 물었다. 놈은 고개를 다 내려간 다음 같이 쉬자고 했다.

—큰일이 생겼어.

짱이 재빨리 내게 몸을 기울이며 작은 소리로 말했다. 내가 눈을 크게 뜨고 물으려 하자 그녀가 말했다.

—좀 이따가 얘기해줄게.

산줄기가 기지개를 켤 수 있도록 하늘이 자리를 양보하며 점점 뒤로 물러났다. 드디어 고개를 다 내려왔다. 차는 자갈이 가득한 작은 개울 옆에 섰다. 나는 몸을 돌려 방금 지나온 산줄기를 올려다보았다. 저 위에서는 아무 생각도 떠오르지 않았다.

운전기사는 깨끗한 바위를 골라 다리를 벌리고 앉아 담배를 피웠다.

놈은 구석진 곳으로 가서 구겨진 옷자락에 손 다림질을 했다. 짱과 나는 개울가에 신발을 벗어두고, 바지를 걷어 올리고는 개울을 거슬러 올라갔다.

—꾸익이 문자를 보냈는데 히엡이 살 시장 입구에서 칼에 찔려 죽었대.

짱이 빠르게 말했다. 나는 깜짝 놀랐다.

—누가 찔렀는데?

—명확하지 않아. 모두 낯선 사람이래.

나는 공간을 가득 채운, 졸졸졸 흐르는 개울 소리를 들었다.

—이유는 알아?

—아니.

개울은 맑고 시원했고, 자갈은 색깔이 다양하고 매끄러웠다. 큰 돌을 덮고 있는 푸른 이끼가 반짝거렸고, 큰 돌 주위를 물고기들이 떼 지어 돌아다녔다. 내가 돌아섰을 때, 놈은 주머니에 손을 넣고 서서 소수민족 몇몇과 이야기를 나누고 있었다. 주위에 집 한 채 없는데, 그들이 어디에서 왔을까. 나는 짱의 손을 잡고서 놈이 있는 곳까지 뛰었다. 놈은 껄껄 웃으며 말한 후 담배를 꺼내 두 남자에게 권했다. 두 남자는 공손하면서도 어색하게 담배를 집어 고개 숙여 불을 붙이고 한 모금 들이켰다. 그리고는 놈을 향해 아첨하는 듯한 표정을 지었다. 내게는 그들이 프랑스인과 처음 접촉했던 시기의 베트남 매국노들처럼 보였다. 이것은 내 개인적인 생각일 뿐이다. 저절로 떠오른 자연스런 생각으로 조금의 경멸도 담지 않았다.

여자들은 소심해 보였다. 서로 기대어 서서 놈을 훑어본 다음에 나와 짱을 바라보았다. 여자는 다섯이었는데, 그중 둘은 나이를 가늠하기 어려웠다. 두루마리 같은 걸 가득 담은 바구니에 얼굴이 반쯤 가려 있었기 때문이다. 나머지 셋은 스물한두 살쯤 돼 보이는데 건강하고 순수해 보였다. 여자들의 옷차림은 여느 로 로 족 사람들처럼 생기 있고 아름다웠지만 모두 비슷비슷하게 보였다.

—어떤 민족이에요?

짱은 여자들의 머리 위에 동그랗게 말아 두른 화려한 스카프를 호기심 어린 눈으로 바라보며 물었다.

— 빠 텐 족이잖아.

놈이 무례하고 거슬리게 대답하고 아가씨들을 향해 고개를 홱 돌렸다.

— 평지 아가씨들 못지 않아.

— 때로는 더 낫기도 해요.

짱이 조롱기를 섞어 농담을 했는데, 놈은 그걸 눈치채지 못한 것 같았다.

— 스카프가 정말 예뻐요, 제게 팔 수 있어요?

그녀가 아가씨들에게 물었는데, 그 말에 아가씨들은 어쩔 줄 몰라 했다. 한 아가씨가 고개를 저으며 솔직하게 말했다.

— 팔 수 없어요. 하나밖에 없거든요.

나이를 가늠하기 어려운 둘 중 한 명이 우리 가운데로 끼어들었다. 어리둥절한 우리를 보고 운전기사가 곧장 다가와 말했다.

— 이 할머니께서 화가 나셨어요.

그렇게 소수민족, 특히 노인들은 자신의 몸에 걸치고 있는 것을 팔라고 하면 질색을 한다. 나는 조금 자리를 옮기며, 운전기사가 할머니라고 칭한 게 맞다고 생각했다. 그녀는 쭈글쭈글한 얼굴에 눈이 움푹 들어가고, 턱은 비탈진 바위처럼 튀어나와 있었다. 운전기사와 할머니는 더듬더듬 간단한 말들을 짧게 주고받았다. 운전기사가 오천 동짜리 지폐를 꺼내 할머니에게 건넸다. 나이를 가늠할 수 없었던 또 다른 여성이 바구니를 내려놓았다. 짱은 깜짝 놀라 작은 신음을 토하며 뒤로 물러섰다. 나 역시 그녀의 얼굴을 보고 움찔했다. 얼굴이 반쪽만 있었고, 나머지 반쪽은 둥글게 뭉쳐놓은 신문지 같았다. 운전기사는 그녀가 꼬리 잘린 백호랑이에게 뺨을 맞았다고 말했다. 뺨을 너무 세게 맞아 얼굴 반쪽이 날아가고, 눈도 같이 날아갔다고 했다. 다행히 사냥꾼들이 제때 찾아와서 목숨을 건졌다. 그녀는 아이를 업고 시장에 다녀오는 길에 호랑이에게 얼굴을 맞았다. 지금 그 아이는 저기 어린 아가씨 셋 중 하나다.

— 저 아가씨는 낀 족 말[80]을 할 줄 알아요.

운전기사가 소개했다. 그녀는 수줍은 듯 나를 바라보고 나서 짱을 바라보았다. 그런데 마냥 수줍지만은 않은 듯, 만약 스카프를 사고 싶으면 집에 남는 게 있으니 사라고 했다. 그녀의 말투는 놀라울 정도로 성조가 정확했다. 그것은 그녀의 인간적인 면이나 정신적인 면과는 아무 관련이 없었다. 나는 하 랑 고개의 식인여인이 생각났다. 산악지역 여성에게는 언제나 강한 생활력이 있다.

— 집이 어디세요?

짱이 물었다. 그녀는 협곡을 가리켰다.

— 바로 저기예요. 그리 멀지 않아요.

---

80 베트남 인구의 86%를 차지하는 낀 족의 언어. 베트남어는 정확히 말하면, 베트남 역사, 사회, 문화의 주류를 차지하고 있는 낀 족의 언어다.

운전기사는 웃으며 그녀의 목소리를 흉내 냈다.

— 그리 멀지 않아요. 두 시간만 걸어가면 도착할 수 있어요.

그녀는 부드럽고 섬세한 입가에 유쾌한 미소를 살짝 지었다. 짱이 말했다.

— 못 가요. 다음에 가요.

짱은 그녀에게 오만 동을 주었고, 그녀는 조약돌을 쥐듯 아무렇지 않게 그 돈을 받았다. 놈은 남자 둘과 함께 껄껄 웃고 있었다. 뒤엉킨 담배 연기가 떠돌다가 공중으로 흩어졌다. 가늘게 딸랑거리는 방울 소리에 소 몇 마리가 있다는 것을 알았다. 야생 뽕나무 뒤에서 소들이 머리를 숙이고 풀을 찾고 있었다. 둥근 우산 같은 뽕나무는 잎이 뻣뻣하고 날카로웠다. 뽕나무는 개울가에 제멋대로 솟아오른 사람 머리 같았다. 흑갈색 소들은 눈이 순하게 젖어 있어, 그 눈을 두드리면 온 세상을 순하게 만드는 소리가 울려 퍼질 것 같았다.

소수민족과의 만남은 그저 시시한 사교 놀이에 불과했다. 나와 그들 사이에는 서로 손톱만큼의 연관성도 없었다. 문득 하 롱에서 똥을 누다 보았던 도마뱀과 바퀴벌레가 떠올랐다.

개울로 돌아가 우리들은 서로의 얼굴에 물을 뿌리며 놀았다. 그리고 운전기사가 하는 말을 따라 여정을 계속할 것이다. 높지는 않지만 아주 위험한 고개를 넘을 것이고, 그 고개를 넘으면 현의 중심가에 도착할 것이라고 했다.

'차가 계속 달렸는데, 국경을 넘은 건지 아직 우리 땅인지 전혀 알 수 없었어. 나는 이상하다고 생각했어. 모든 곳이 다 같았고, 풍경도 같았고, 진이 다 빠질 만큼 계속 비슷한 곳을 떠돌고 있는 거야. 오로지 사람의 눈만 많이 달랐어. 그들의 눈이 좀 더 날카로웠지. 젠장. 젠장. 어떤 군인 하나가 무슨 말을 하자, 차를 길가에 세웠어. 나는 움찔 놀라며 생각했어. 이제 분명 녀석들이 내 털을 뽑을 때가 되었구나. 운전사는 엔진을 끄고 뒤돌아 나를 주시하더니 나에게 턱을 내밀면서 뭐라고 한바탕 말을 했어. 제기랄, 녀석이 무슨 말을 하는 건지 전혀 알 수 없었고, 단지 그의 목소리가 위압적이고 거만하게 들린다는 것만 알 수 있었지. 예전에는 결단을 확실히 못 내려 붙잡혔으니, 이번에는 그저 위험을 무릅써보자고 생각했어. 그래서 다리를 오므렸다가 펄쩍 뛰어내려 근처 숲을 향해 신속하게 달려갔지.'

차에 있던 두 녀석이 깜짝 놀라 형을 쫓아오면서 철컥철컥 총알을 장전했다. 형은 빨리 달릴 수가 없었다. 당연하다. 손이 뒤로 묶여 있었기 때문에 얼마 못 가 그들에게 따라잡혔다. 한 녀석이 손을 뻗어 옷자락을 잡아당기려 했지만 형이 세게 뿌리쳐 녀석이 허우적거렸다. 화가 난 두 녀석은 총을 거꾸로 돌려 잡고 뛰어오면서, 개머리판으로 형을 힘껏 내리쳤다.

'녀석들이 예닐곱 번 내리쳤는데 갈비뼈와 어깨만 맞아 나는 계속 기를 쓰며 달려갈 수 있었어. 나는 다시 잡히면 그 녀석들이 분명 내 목을 자를 거라 생각하고 더 열심히 달렸지.'

허벅지를 매우 세게 맞는 바람에 옆으로 쓰러졌는데, 두 녀석은 형을 일으켜 세우지 않았다. AK소총을 지팡이 짚듯 짚고 서서 형이 일어서기를 기다렸고, 형은 녀석들이 형을 잡아 일으키기 위해 몸을 숙이기만 기다렸다.

'나는 한 녀석의 가랑이 사이로 운전사가 나를 노려보면서 다가오는 걸 보았어. 손에 긴 회칼이 들려 있었는데 반쪽은 짙은 회색이고 나머지 반쪽은 은색이었어. 그래서 나는 어쩔 수 없이 일어설 수밖에 없었지. 젠장.'

두 녀석은 운전사가 달려올 수 있도록 옆으로 피한 뒤, 그 뒤를 따랐다. 그들은 개머리판으로 형을 때리며 웃었다. 형이 공격을 피하려고 뒤로 물러섰다. 그러자 두 녀석은 힘을 합쳐 형을 가지고 놀았다. 왼쪽 녀석이 때리는 시늉을 하면 형은 오른쪽으로 피했고, 오른쪽 녀석은 기다렸다가 한 대 내리쳤다. 그런 다음 오른쪽 녀석이 때리는 시늉을 하면 형은 왼쪽으로 피했고, 왼쪽 녀석은 기다렸다가 또 한 대 내리쳤다. 두 녀석이 제법 많이 때렸지만 형은 전혀 고통을 느끼지 않았다. 커다란 고함 소리에 두 녀석이 뒤로 물러설 때까지 장난이 계속되었다. 형이 뒤돌아보니 언제부터인가 가까이 서 있던 운전사가 보였다.

'녀석이 내 목을 겨냥하여 회칼 손잡이를 두 손으로 꽉 잡고 치켜들었어. 나는 단지 내 머리가 꽤 멀리 날아가겠구나 겨우 생각할 수 있었어. 목이 너무 허전했고, 반짝이는 수많은 점들이 날아가고 있

는 게 보였기 때문이야.'

정신을 차렸을 때 형은 여전히 차 안에 있었다. 차는 계속 달리고 있었다. 머리는 왼쪽 한 귀퉁이를 잃은 듯 쑤셨다. 바람이 곧바로 그곳으로 불어오는 것 같은 느낌이 들었다. 운전사는 형을 칼등으로 베었다. 분명 고의적이었다. 그들은 지혈하려고 형의 머리에 천막 조각을 둘렀다. 차는 야전 막사 앞에 멈춰 섰다. 형은 막사 안으로 끌려 들어갔다.

'막사 안에는 의자, 탁자, 전화기 그리고 암퇘지처럼 뚱뚱한 장교가 있었어. 녀석의 머리가 너무 커서 머리에 쓴 헝겊 모자가 꼭 버섯 같았어. 지휘관 녀석은 한바탕 젠장, 젠장, 젠장이란 말을 내뱉더니, 턱을 치켜들어 통역관에게 신호를 보냈어. 통역을 듣고 나서 나는 그 어떤 비밀 임무도 없다고 말했어. 나는 길을 잃었다. 그게 전부다. 지휘관 녀석은 또 한바탕 욕을 내뱉었고, 얼굴을 실룩거렸는데 아주 괴상하게 보였어. 통역을 듣고 나는 다시 고개를 저었지. 그제야 지휘관 녀석이 직접 말을 뱉었어.

— 네 임무가 뭐야?

녀석이 우리 말을 너무 또렷하게 잘해서 나는 갑자기 정신이 아득했지. 내가 물었어.

— 베트남 사람이요?

— 베트남 사람, 뭔 개지랄 같은 소리.

지휘관 녀석은 욕을 하고 나서 곧바로 권총을 꺼내 내 얼굴을 겨

누었어.

　— 내가 네 대가리를 박살 낼 거야.

　그런 다음 녀석들은 나를 차에 태우고 계속 이동했어. 이번에는 녀석들이 내 눈을 가리더군. 차는 점심에 출발해서 밤에 멈췄어. 녀석들은 눈가리개를 벗기고, 나를 어두컴컴한 방에 처넣었어. 사람들이 빽빽하게 있었고, 모두 베트남어를 쓰고 있었어…….'

　형은 이 부분을 마무리 짓지 않고 부소대장 정치국원과 말다툼을 벌인 이야기로 건너뛰었다. 그 사건은 형이 잡히기 전에 벌어진 일이었다. 그때 형은 수류탄을 터뜨릴 뻔했다. 그러나 부소대장 정치국원이 포격을 받아 산산조각이 났을 때 형이 터뜨린 건 울음이었다. 형은 요양소에서 기록을 시작할 때부터 대체로 시간이 뒤죽박죽이었다. 그래서 각각의 사건에 대한 이야기도 매우 뒤죽박죽이었다. 그것은 내가 이해하기 어려운 신호이기도 했다. 부소대장과의 충돌 사건을 기록한 이후 형은 요양소 이야기로 건너뛰고, 이어서 수용소 이야기로 건너뛰었다.

　내 휴대폰에서 계속 신호음이 울렸다. 나는 짱에게 상기시켰다.

　— 신호가 잡히는걸.

　하지만 그녀는 더 이상 휴대폰에 매이지 않겠다는 듯 무심했고, 몸을 웅크리고 고개만 치켜든 채 밖을 보고 있었다. 풍경은 계곡 안을 빙 두르고 있는 옥수수밭과 모퉁이마다 맴돌고 있는 희뿌연 연기였다. 투 누나에게서 문자가 왔다. 누나는 지금 내가 어디 있는지 물었고, 회사에서 직원 하나를 새로 뽑았다고 했다. '앙증맞은 아가씨야. 히에우가 마음껏 좋아해 봐. 히히.' 나는 관심 없는 척 젊은 아가씨는 좋아하지 않고, 경험 많은 여자를 좋아한다고 문자를 보냈다. 답장은 내 술수에 걸려든 내용이었다. 그녀가 약간 두근댄 것처럼 느껴졌다. '좀 더 구체적으로 과감하게 얘기해줄 수 있을까? 히히.' 나는 문자를 곧바로 작성하지 않고, 휴대폰을 꼭 쥔 채 뒤로 기대 눈을 감고 누나의 모습을 상상했다. 나는 그녀가 지금 싱숭생숭한 상태로 방에 앉아 있는 게 보였다. 문자를 작성할 때 그녀는 나를 맞이하기 위해 다리를 벌리고 있을 수도 있다. 나는 그녀에 대해 그렇게 상상할 권리가 있다. 그리고 언젠가 내가 속마음을 털어놓더라도 그녀는 결코 화내지 않을 거란 걸 알고 있다.

— 이 동북부 지역에서 가장 높은 봉우리는 룽 떠우 봉우리야.

놈은 이번엔 내가 아니라 짱에게 안내했다. 그 봉우리는 떠이 꼰 린 산줄기에 자리 잡고 있다. 나는 놈이 소개하는 룽 떠우 봉우리에 대한 이야기를 대충 들으면서 투 누나에게 답장을 보냈다. 그곳은 라 찌 족 집단의 성지이다. 그들은 그 봉우리를 차지하고, 일 년 내내 구름 속에서, 추위 속에서, 휘몰아치는 바람 속에서 산다. 그 황량하고 차가운 봉우리는 왕꾀꼬리가 사는 곳이기도 하다. 머리부터 발끝까지 하얀 왕꾀꼬리는 누구나 볼 수 있는 새가 아니고, 그 새는 떠이 꼰 린 산줄기의 모든 꾀꼬리를 지배한다. 왕꾀꼬리가 울 때마다 룽 떠우 봉우리의 나뭇잎은 색깔이 변하고 이슬이 비처럼 내린다. '히에우, 날 정말로 원하는 거야?' 라 찌 족은 쩌우 꾸앙 로에 대해 원한을 품고 있는 소수민족 중 하나다. 쩌우 꾸앙 로의 목을 자르려고 온 노인에게 위치를 알려준 사람은 라 찌 족 소녀였다. 라찌 족의 중요한 특징은, 그들이 다른 사람의 생각을 읽는 데는 매우 능숙하지만 자신의 생각을 읽는 데는 어려움을 겪는다고 한다. 놈은 룽 꾸의 라 찌 족과 로 로 족을 비교한 후 로 로 족이 훨씬 우월하다는 결론을 내렸다. 그 증거는 로 로 족이 청동 북을 가지고 있는데, 놈의 집에 소장하고 있는 수집품에 응옥 루 청동 북보다 더 정교한 양각 무늬 청동 북이 있다고 했다. 놈은 그 청동 북을 찾는 일은 신비롭지만 고된 일이며 언젠가 시간이 있을 때 자세히 설명해주겠다고 자랑했다. 룽 떠우 봉우리에는 정찰병 네 명의 시신을 함께 묻은 무덤도 있었다. 그 적막한 봉우리에서 정찰병 네 명이 무엇을 했는지 아무도 모른다. '정말이에요, 항상 원해요.' 내가 답장했다. 라 찌 족은 노래 부르는 것을 좋아하며, 그들의 노래는 다른 민족의 노래보다 거침없고 아름답다. 그래서 왕꾀꼬리가 그들과 함께 살기로 결정했다. 놈이 그렇게 말했고, 짱도 분명 그렇게 들었을 것이다. 짱은 새에 관심이 없으며 동물을 전혀 좋아하지 않았다. '왜 그렇게 멀리 가서야 얘기를 하는 거야, 히.' 나는 그녀에게 더 부적절한 문자를 보내려다가 감당이 안 될까 두려워 자제했다. 대신 여전히 관심 없는 척하면서 미묘한 내용을 보냈다. 그런데 1분이 채 안 돼 그녀가 문자를 보냈다. '!!!!!!? 히.' 나는 더 이상 답을 하지 않고 놈의 말에 주의를 기울였다. 충돌이 발생하기 전에도 그들은 국경을 넘어와 룽 떠우 봉우리를 탐색하고 나무와 바위를 가져가 조경을 했다. 이 산봉우리에서 자라는 전나무는 수령이 수백 년이나 되지만 키가 그다지 크지 않고 모양이 매우 아름답다. 놈은 두 가지 이유가 있는데, 나무가 척박한 바위 위에서 자라고, 늘 바람이 많이 불어서 나무가 온갖 모양으로 뒤틀린다는 것이었다. 룽 떠우 봉우리의 바위는 건조한 기후의 평원에 내려오면 스스로 소리를 내는 능력이 있기 때문에 더욱 신비롭다. 룽 떠우 봉우리에서 살면 기후가 좋아 백 살, 백오십 살까지 살 수 있다.

— 봉우리에 올라가 봤어요?

짱이 놈에게 물었다.

— 올라갔었지. 몇 주 동안 있었다고 해야 맞아.

놈이 거만하게 대답했다. 운전기사가 보충했다.

— 거기에 여자친구도 있는 걸요. 많이 불렀던 이름이에요.

놈은 히죽히죽 웃으며 뒤돌아 짱에게 눈을 찡긋했다.

— 비밀이야, 비밀. 나는 간부당원이야. 나는 모범적이고 건전하게 살아야 해. 누가 바람피우는 걸 용납해주겠어, 그렇지 않아?

— 아이고, 어련하시겠어요. 근데 누구나 오빠를 보면 여자를 엄청 밝힌다는 걸 금새 알 수 있어요.

그녀가 부추기자, 놈은 더 으스댔다. 놈의 목덜미와 귀가 붉게 물들었고, 머리카락이 몸의 흔들림에 맞춰 춤을 추었다. 당시에 놈은 산악지대 문맹 퇴치 여교사들에 대한 취재를 맡고 있었다. 놈은 산 넘고 물 건너 사흘 만에 취재 지역에 도착했는데, 차가 도로에서 미끄러져 죽을 뻔했다. 다행히 관목에 걸려 탈출할 수 있었다. 그 산봉우리에서 첫날 밤 놈은 무서워서 잠을 잘 수 없었다. 교사들이 사는 엉성한 흙집 주변에서 비명소리가 미친 듯이 들려왔다. 자는데 주위에 많은 사람이 오가는 듯한 느낌이 들었다. 다음 날 사람들에게 물으니 밤에 바위들이 이동하고, 사람 머리만 한 바위들이 신비한 소용돌이 속에서 빙빙 돈다고 말했다. 놈은 기자 생활을 하면서 동북부 성을 다 돌아다녔는데 그곳이 가장 인상 깊은 곳이라고 했다.

도로는 텅 비고, 직선으로 길게 뻗어 있어, 운전기사는 능숙하게 운전했다. 한 손으로 핸들을 잡고, 다른 한 손은 차 문에 걸치고, 얼굴은 밖으로 기울였다.

— 기억나요. 그 선생님 이름은 끼에우예요.

운전기사가 소리를 질러, 끝도 없이 흐르는 놈의 말을 끊었다.

— 맞아, 끼에우.

놈이 회상했다. 꿈꾸는 듯한 목소리였다. 하노이 출신의 끼에우는 자신의 끔찍한 과거를 잊기 위해 자원하여 그곳에 왔다. 그녀의 애인은 술에 취해 칼을 들고 그녀의 부모를 찾아가, 사랑을 막는다는 이유로 찔러 죽였다. 그 후 학교에 있는 끼에우한테 가려고 오토바이로 질주하다 길가 숯가마에 부딪쳐 쓰러졌는데, 뒤따라 오던 자동

차가 그의 머리를 밟고 지나갔다. 그것은 끼에우가 놈에게 해준 말이고, 지금은 놈이 나와 짱에게 해주고 있다. 놈은 끼에우가 예쁘지는 않지만 사람의 영혼을 홀리는 눈을 가지고 있다고 했다. 운전기사는 끼에우가 속눈썹이 긴데, 양치식물 잎처럼 말려 올라갔다고 했다. '어디야?' 투 누나가 다시 문자를 보냈다. 나는 신호가 없는 지역에 들어간 것처럼 답장을 하지 않기로 마음먹었다. 룽 떠우 봉우리에 걸린 구름 한가운데에 갇혀 있는 것처럼 생각하기로 했다.

다시 아래쪽에서 불빛이 깜빡거렸다. 차가 올라오고 있었다. 나는 차들이 밤이 깊어질수록 더 많이 다닐 줄은 몰랐다. 이 국경 지역은 이상했다. 차량 불빛이 모퉁이 맞은편 고목 나무를 밝게 비췄다. 넓고 울창한 숲은 반사된 수많은 불빛과 함께 찬란한 녹색 덩어리가 되었다. 이슬 나무가 되었다. 이슬 왕이 되었다. 고산지대 밤의 영혼이 되었다. 나는 짱을 깨워서 아름다움의 절정을 보여주고 싶었지만 그건 어리석은 짓이었다. 실제로 지금은 반대편에서 올라오는 차가 없었다. 깜빡이는 불빛은 손전등이었다. 그들은 묵직하게 나타났다. 세 명이었는데, 얼룩덜룩한 검은 옷을 입고 산탄총을 들고 있었다. 한 사람은 옷과 똑같은 색 천 모자를 썼고, 다른 두 사람은 플라스틱 정글 모자를 썼다. 그들은 길가에 구부정하게 서서 앞을 똑바로 보고 있었다.
　—밤 사냥이군.

운전사는 작게 말했지만 약간 동요하는 듯했다. 덩치 큰 이가 몸을 살짝 일으켰는데, 손을 옆구리로 가져가는 게 보였다. 차는 여전히 일정한 속도로 아래로 내려가지만 소리는 잔잔한 것 같았다. 사냥꾼 셋은 마른 통나무 같았다. 길가에 서서 빛을 받으면 사냥꾼이 되지만, 조금 뒤로 물러서 어둠 속에 숨으면 산적이 되었다. 차가 그들 앞을 지나갈 때 나는 그들 발아래 무언가 놓여 있는 걸 보았다. 노란 털 짐승이었다. 가느다란 다리 네 개가 달린 작은 사슴처럼 보였지만 머리통은 그저 검붉은 핏덩어리였다. 산탄총은 무시무시하다. 덩치 큰 이는 사냥꾼들의 사격 솜씨를 칭찬했다. 운전사는 밤 사냥할 때 대부분 머리를 쏜다고 말했다. 그곳에서 빛이 반짝이기 때문이다. 이야깃거리가 생겼다. 처음에 운전사는 밤 사냥에 대해 산만하게 말하다가 두서 있는 이야기를 만들었다. 선 라에서는 사냥꾼이 아들을 실수로 쏜 후, 스스로 눈을 찔러 장님이 되었고, 아예 벙어리가 되었다. 그리고 3년여쯤 전에, 떠이 꼰 린의 최고봉에서 라 찌 족 사냥꾼이 숲속 유인원을 쏘았다. 덩치가 크고 오랑우탄처럼 털이 많지만 얼굴이 사람 같고 손발도 사람 같고, 손발가락이 따로 떨어져 있고, 꼬리는 없었다. 평지까지 소문이 나서 마을 사람들이 올라와 그 짐승을 살 수 있는지 물었다. 라 찌 족 사냥꾼들은 공포에 질려 짐승이 있는 곳을 알려주며 그냥 가져가라고 했다. 빠르면 빠를수록 좋다고 했다. 그러나 그곳에 도착했을 때 유인원의 몸에서 썩는 냄새가 나고 다른 동물들이 배를 물어뜯어 내장을 거의 먹어치운 상태였다. 그것은 성 공안청 부청장이 공안부 회의를 마치고 돌아올 때 운전사에게 들려준 말이다. 유인원을 사러 고산지대에 올라간 사람 중 하나가 부청장의 조카였다. 그는 삼촌에게 그것은 고릴라나 오랑우탄이 아니라 확실히 사람이라고 강조했다. 가슴이 있으니 여자라고 했다.

　—믿기지 않는걸?

　덩치 큰 이가 말했다. 운전사는 믿기 어렵다는 말에 이야기를 계속했다. 그 일이 있은 며칠 후에 이상한 비명소리가 났다. 그것은 다른 유인원의 비명으로 먹이를 찾으러 멀리 갔다 돌아와 죽은 아내를 발견하고 지른 소리였다. 얼마 후 밭에서 일하던 한 여성이 실종됐다. 남편은 바로 옆에서 열심히 파종하고 있었다. 다음날 그녀의 시신은 마을로 향하는 길모퉁이에서 발견되었는데, 머리가 거의 잘려 목뼈가 피부에 겨우 붙어 있었다. 밤마다 유인원 발자국이 미친 듯이 빽빽하게 주택가를 에워싸, 어두워지기 시작하면 누구도 감히 밖으로 나오지 못했다. 그 이후로 아무도 감히 사냥에 나서지 못했다.

　—룽 떠우 봉우리에서 벌어진 일이죠?

　내가 불쑥 질문을 던지자 둘이 깜짝 놀라 뒤돌아보았다. 정신을 차리기까지 차 안에 긴 공백이 생겼다. 운전사는 공안청 부청장이 그에게 말한 것들을 다시 들려주었다. 그곳은 인간의 발자국이 거의 없는 원시림도 있다. 밤낮으로 숲에서 들려오는 오랑우탄 울음소리, 호랑이의 포효 소리가 룽 떠우 봉우리를 더욱 야생적이고 신비롭게 만들었다. 그 원시림에 유인원이 살고 있는데, 부청장 생각으로는 그 부부 한 쌍만이 아니었다. 나는 운전사나, 정확히는 성 공안청 부청장이 하얀 왕꾀꼬리에 대해 알 리가 없고, 평지에 내려오면 스스로 소리를 내는 바위를 알 리가 없다고 생각했다. 나는 또한 친구놈이 룽 떠우 봉우리의 유인원 이야기를 모른다고 생각했다.

투언 형은 인간의 상상 속에 뭔가 존재한다면 세상에도 그것이 존재한다고 말했다.

무전기 사내가 코를 고는데, 소리가 마치 목구멍 속에 닭 혓바닥이 있는 것 같았다. 길에 흙더미가 곳곳에 있었다. 운전사는 신중하게 속도를 줄였다. 나는 지금 그의 눈이 점점 커질 거라고 생각했다. 차가 가까이 지날 때 보니 단지 흙더미였는데 어디서 왔는지 알 수 없었다. 축대에서 떨어졌거나 앞에 가던 차에서 떨어진 거라면 이해할 수 있었다. 바퀴가 잠시 덜컹거리더니 자갈이 차 밑으로 튕겨 들어가는 소리가 들렸다.

덩치 작은 이가 잠에서 깨, 시계를 보고 물었다.

—마을까지 얼마나 걸려?

그의 질문에 무전기 사내가 코골이를 멈췄다.

—빨리 가면 두 시간 반에서 세 시간 정도 걸릴 거야.

운전사가 대답했다. 무전기 사내가 일어나 가슴을 내밀고 하품을 하더니, 소리쳤다.

—정말 달게 잤다.

짱의 휴대폰이 울렸다. 그녀가 벌떡 일어나 무언가를 찾듯 주변을 둘러보고 무전기 사내에게 고개를 돌렸다. 휴대폰은 무전기 사내의 발아래 가죽 가방에 들어 있었다. 휴대폰 벨소리가 웅웅거리다 작아졌다. 차 안의 불을 켰다. 당황스러운 분위기였다. 무전기 사내가 몸을 숙여 가방을 집어 들었다. 가방을 열자 휴대폰 벨소리가 더 분명하게 울리고 뒤따라 휴대폰 화면에서 푸른 빛이 났다.

—불 꺼.

무전기 사내가 운전사에게 말했다. 불은 즉시 꺼지고 휴대폰의 파란 불빛이 깜박였다. 유령의 불빛 같은 생동감이 느껴졌다. 무전기 사내는 휴대폰을 들어 짱의 얼굴 가까이에 대고 물었다.

—찌엔이 어떤 놈이야?

짱의 얼굴과 무전기 사내의 얼굴이 푸른 빛이 되었다가 흐려졌다가 다시 푸른 빛이 되었다.

—삼촌이야.

그녀가 차갑게 대답했다. 휴대폰 소리가 참을성 있게 한 박자를 다 쏟아내고 다른 박자로 넘어갔다. 찌엔 영감이 이 시간에 전화를 거는 건 오로지 한 가지 용건밖에 없다. 그녀가 휴대폰을 잡아채려 했지만 불가능했다. 손바닥을 맞댄 채 묶여 있는 그녀의 손, 가늘고 흰 손가락 열 개가 내 마음을 아프게 했다. 이제 모든 것이 그녀의 손 밖에 있다. 그들은 짱이 전화 받는 것을 허용하지 않았다. 소리가 꺼졌다. 늙은 애인의 인내심은 이 정도일까? 무전기 사내가 휴대폰을 가방에 넣으려는데 문자 신호가 왔다. 그것은 짱에게 불리한 것이었다. 나는 그렇게 생각했다.

—다른 사람의 문자를 맘대로 보면 안 되죠.

짱은 버럭 화를 냈다. 목소리가 떨렸다. 덩치 큰 이가 커다란 손으로 그녀의 어깨를 눌렀다.

—삼촌이 조카한테 문자를 보내면서, '지금 자?'라고 물어? 재 밌군그래.

무전기 사내가 문자를 읽고 나서 비아냥거렸다.

—살인자들.

그녀가 소리쳤다. 그 저주의 말 때문에 차 전체가 조용해졌다. 운전사가 가장 먼저 소리를 높였다.

—저 주둥이를 한 대 날려줘.

이어서 차는 속도를 줄였다.

—그럼 우리가 너를 무슨 죄목으로 잡은 것 같아?

무전기 사내가 평소와는 다르게 차가운 소리로 물었다.

—무슨 죄목이든 어쨌든 살인은 아니잖아.

짱이 반박했다.

—당신들이 오빠를 절벽에서 떨어뜨린 거야. 당신들이 책임져.

그 정도로 거창하고 심각할 필요는 없었다. 어쨌든 나는 짱 옆에 있지 않은가. 그리고 영혼들, 나를 맞이하려 기다리는 이들은, 백룡이 오기 전 수증기 가득한 공기가 들썩거렸기에 흐릿해진 창문 밖에서 인내심을 가지고 맴돌고 있다.

끼에우의 불행한 이야기가 분위기를 가라앉혔다. 놈은 분위기를 알아차리고 오래 방치된 우스갯소리의 맥을 다시 이으려는 듯 에에 소리를 냈다. 사실 놈처럼 우스갯소리를 잘하는 사람을 찾기는 어렵다. 지금 놈은 단체에서 일하는 소수민족 아가씨 이야기를 하고 있다. 마을 청년들의 입대 환송식에서 그녀는 감정이 격해져, 송별사에서 음절의 순서와 성조를 잘못 발음했다.

— 여러분의 누나, 여동생들도 여러분의 길에 애무[81]가 함께 하기를 기원합니다.

그리고 그 이야기를 듣고 웃은 사람은 단지 스승과 제자 둘뿐이었다. 놈과 운전기사였다.

나는 토요일 오후에 집에 갔다. 일요일 아침, 형이 대문 앞에 우두커니 서 있었다. 매끄러운 나무 막대기를 손에 들고 있었다. 내가 동

---

81 베트남어는 6성조를 가진 언어다. 같은 발음이라도 성조에 따라 뜻이 전혀 다르다. 소수민족 아가씨가 본래의 음절 순서와 성조를 제대로 발음했으면 '행운'이라는 뜻이다. 이 같은 이유로 베트남에는 음절 성조변형 말놀이가 발달해 있다.

범에서 형을 찾았을 때보다 넋이 빠져 있었고, 더 엉망이었다. 위아래 이빨이 소름 끼치게 하얗고, 뻣뻣한 머리카락은 대나무 빗자루 같았다. 문을 열어 형에게 들어오라고 했는데, 형은 정중하게 고개를 저었다.

— 고마워요 동포[82]. 우리는 방금 끔찍한 전투를 치뤘습니다. 총열이 빨갛게 달아오르도록 총알을 다 썼는데, 그놈들이 계속 쏟아져 들어왔어요.

어머니가 나왔다. 그러자 형이 흥분했다.

— 아니, 아주머니. 뭔 일을 하겠다고 아직도 여기서 서성거리고 있어요. 어서 가세요. 우리가 손발이 편해야 적을 물리칠 거 아녜요. 당장 가세요.

어머니가 울었다. 그때 일꾼들이 관음상을 들고 골목으로 들어섰다. 형은 저기 적들이 아군을 포로로 잡고 있으니 구출해야 한다고 말했다. 그렇게 말하면서 막대기를 들고 눈 깜짝할 사이에 달려들었다. 일꾼들이 놀라서 불상을 내려놓고 달아났다. 큰아버지가 쿵쿵거리며 집에 와, 욕설을 퍼부었다. 그러자 형이 황급히 달려들어 악수하며 아래위로 흔들고 입을 씰룩거렸다.

---

82 베트남은 54개 민족으로 이루어진 다민족국가다. 베트남 민족의 탄생신화인 락 롱 꾸언과 어우 꺼 이야기에, 어우 꺼가 알 자루 하나를 낳았고, 알 자루에서 100개의 알이 부화하여 100명의 아이가 태어났다. 이는 각 민족을 상징한다. 베트남 사람들은 신화를 빌어 소수민족들을 동포라고 부른다.

— 고마워요, 동지. 적들한테서 탈출할 수 있게 밧줄을 끊어줘서 정말 고마워요, 동지. 동지가 아니었다면 놈들은 내 껍데기를 다 벗겼을 겁니다. 젠장.

큰아버지는 잠시 어색하게 어머니를 흘깃 보고는 소리쳤다.

— 닥쳐. 누가 밧줄을 끊었다고 그래.

형은 멍한 표정으로 큰아버지를 바라보더니 실망한 듯 주저앉아 두 손으로 얼굴을 가렸다. 누구도 감히 그 어떤 말도 할 수 없었다. 골목에 버려진 관음상이 수많은 팔을 혼란스럽게 펼치고 있었다. 형은 한참 동안 얼굴을 감싸고 있다가 벌떡 일어났다. 나는 내 눈을 믿을 수 없었다. 더 이상 미친 얼굴이 아니었다. 형이 어머니에게 말했다.

— 엄마, 저 너무 배고파요.

이번에는 큰아버지가 멍한 표정이 되었고, 마치 살아 있는 관음상을 만난 것처럼 입이 벌어졌다. 형은 밥 네 그릇을 먹는 동안 묵묵히 한 숟가락씩 퍼서, 한 번에 삼켰다. 한 그릇을 더 먹겠다고 그릇을 내밀었을 때, 큰아버지가 형의 밥그릇을 치웠다. 과식이 걱정스러웠기 때문이다. 형은 반항하지 않고, 바지를 털며 일어나 물을 마셨다. 나는 말없이 형을 따라갔다. 마치 새를 보듯 가슴이 조마조마했다. 작은 소란에도 형이 날아가 버릴까 두려웠다. 형은 편안하게 차를 마시면서 입으로 후루룩 소리를 냈다. 때때로 바지를 걷어 올리고 허벅지를 벅벅 긁었다. 어머니가 무언가 물었지만 대답하지 않았다. 내가 물어도 대답하지 않았고, 큰아버지가 물어도 역시 대답하지 않았다. 분명히 형은 모든 질문을 들었지만 대답하지 않았다. 단지 공손한 표정뿐이었다. 점심 무렵부터 오후가 될 때까지 얼핏 평온해 보이는 시간이었지만 폭약이 쌓이고 있었다. 세 시 반이 지나자 폭발했다. 나는 형 옆에 앉아 지켜보고 있었다. 침묵이 지루했지만, 잠을 잘 수도 없었다. 그래서 텔레비전을 보았다. 형도 같이 보았다. 오후 시사프로그램이 시작되는 시간이었다. 총서기장이 탄 호아를 방문했고, 국가주석이 꾸앙 남 성 영웅 어머니[83] 대표단을 접견했다. 아오자이를 입은 아나운서가 뉴스를 했는데, 베트남 중국 양국 외교사절단 회담에 관한 것이었다. 뉴스를 듣자 형은 겨드랑이를 긁다가 멈추고 귀를 세웠다. 화면에 리셉션 장면이 나오고 특정 얼굴이 클로즈업되자 형이 자리에 앉은 채 흥분했다. 얼굴이 창백해지다 파랗게 변했다. 나는 텔레비전을 끄려고 했는데, 이미 때를 놓쳤다. 형은 컵을 집어 들어 텔레비전에 던졌다. 컵이 미끄러져 튕겨 나가 벽에 부딪혀 산산조각이 났다. 깨지는 소리가 쨍그랑 깔끔했다. 형은 일어나 두 손을 하늘로 치켜들며 다리를 벌리고 몸부림쳤고, 훠이 훠이 하며 마치 닭 쫓는 소리를 했다.

　— 젠장, 저놈들이 또 넘어왔네. 동포 여러분, 도망가세요.

　텔레비전에서 다른 뉴스가 나왔지만 형은 더 이상 신경 쓰지 않았

83　베트남 전쟁 당시 자녀 둘이 전사했거나, 자녀 하나가 전사하고 다른 자녀 하나가 불구가 되었거나, 독자가 전사했거나, 남편이 전사했을 때, 국가에서 영웅 어머니라 칭하고 보상을 했다.

다. 여전히 몸부림치며 '동포 여러분, 도망가세요'라고 독촉했다. 큰아버지가 달려와 정신 차리게 입을 찰싹 때렸다. 하지만 그 희망은 이루어지지 않았다. 형은 배낭과 지팡이를 움켜쥐고 집을 나갔다. 해처럼 사납고 외로워 보였다.

형은 반년 동안 집을 떠나 있었다. 두에 갔다가 힉에 가고, 동 범에 돌아왔다가 라이 히엔에 올라가고, 짜이 까우로 갔다가 다시 동 범에 돌아와 은행 앞에 머물렀는데 그곳은 늙은 경비원이 있는 곳이다. 반미항전군인으로 형에게 음식을 사주라고 내가 돈을 건넸던 노인이다. 형이 언제 죽었는지 아무도 몰랐다. 아침 열 시쯤 경비 노인은 형이 여전히 누워 있어 아프다고 생각해 보러 왔다가, 형이 이미 죽어 있는 것을 발견했다. 형의 입과 귀에는 개미가 가득했다. 사람들이 낡은 돗자리로 형을 말아놓고 어머니와 큰아버지에게 알렸다. 큰아버지는 일꾼 몇 명과 동 범에 가서 형을 맞이했다. 큰아버지는 현에서 바로 관을 사서 시신을 넣어 집으로 가져왔다. 어머니는 형의 얼굴을 볼 수 없었다. 나도 마찬가지였다. 큰아버지는 상여꾼들에게 관을 열지 못하게 했고, 즉시 가져가서 묻으라고 했다.

한참이 지나서야 큰아버지가 형이 쥐나 다른 동물한테 눈 한쪽과 콧날을 물어뜯겼다고 말했다. 큰아버지는 형의 1주기 제사 때 어린 아이처럼 울면서 자세히 이야기했다. 그때 나는 투언 형을 집으로 불렀기 때문에 같이 이야기를 들었다. 셋이 밤을 하얗게 새며, 넵 껌

술[84] 두 병을 마셨다.

나는 형의 장례식 날을 기억한다. 햇살이 부드럽고, 바람도 성가시지 않은, 좋은 날이었다. 하늘은 맑고 구름도 많지 않았다. 그런데 하관을 마치고 언뜻 환청이 들려 올려다보니, 흰 구름이 펼쳐져 있었다.

아버지 장례식 날에도 그렇게 새하얀 구름이 있었다. 무당은 그것을 백룡이라고 했다.

참전용사들과 술자리를 마치고 돌아올 때 외삼촌에게 그 이야기를 들려주었더니, 외삼촌은 침을 뱉은 뒤 천진한 미소를 지으며 말했다.

― 평소에는 도대체 백룡 코빼기도 볼 수 없는데, 죽어서야 찾아오는군. 어이가 없네.

운전사가 경적을 울리자 모두 몸을 앞으로 기울이며 보았다. 삐쩍 마른 소년이 길 한복판에 서 있었다. 아홉, 열 살쯤 되어 보였다. 지저분한 얼굴에, 입술은 붉고, 눈은 흐리고, 동작이 굼떴다. 운전사는 다시 경적을 울리고 브레이크를 반복해 밟았다. 다만 차의 속도만 느려졌을 뿐 소년은 그대로 서 있었다. 섬뜩한 분위기가 차 안에 스며들었다.

84　보라색 찹쌀로 빚은 베트남 전통주다. 도수가 30도에서 35도 정도 된다.

—이 망할 놈의 자식.

덩치 작은 이가 짜증스럽게 중얼거리며 욕을 했다. 운전사는 지극히 신중한 모습이었다. 준비된 자세로 두 손을 핸들에 올려놓고, 머리를 앞으로 기울여 집중했다. 한밤중, 인적 없는 고갯길에 소년의 출현은 생소했다. 나는 그 소년의 민족의상이 아름답고, 짙은 청색 천 위에 붉은 문양이 작은 불꽃처럼 도드라져 흔들리는 걸 보았다. 매우 잘 짜인 헝겊 단추가 조화롭고 예술적으로 맞물려 있었다. 옷이 소년의 지저분한 몸과 전혀 어울리지 않았다.

—어떤 민족이길래 저렇게 이상하지?

무전기 사내가 궁금해했다. 만약 친구놈이 여기 있었다면 그 질문에 답을 해주었을 것이다. 지금 차 안에 있는 사람들은 문외한들이었다. 운전사는 한참 경적을 누르다 초조한 표정이 되어 박자를 바꿔 세 번씩 눌렀다. 하지만 소년은 꿈쩍도 하지 않았다. 소년은 여전히 길 한복판에 서서, 다리를 떨며, 눈을 크게 떠 차의 불빛을 바라보았는데, 눈이 부신 것 같지도 않았다. 손을 배 앞에 모으고 있었는데, 빛바랜 갈색 보따리를 안고 있었다. 길가 나무들의 빛이 번져 푸른 빛이 연약하고, 희미하고, 차가웠다. 차의 시동을 껐다. 침묵이 모든 것을 뒤덮었다.

—내가 내릴게.

덩치 큰 이가 말하며 차 문을 열고 열 받은 모습으로 뛰어내렸다. 그의 발이 땅에 닿았을 때 옷자락이 펄럭거려 옆구리에서 반짝이는 검은 총이 보였다. 소년은 누군가 자신을 향해 다가오는 것을 보고 입술을 달싹이며 고개를 옆으로 기울였다. 짱이 내게 바짝 붙었다. 차의 불빛이 비치지 않는 어딘가에서 물소리가 났다. 왼쪽에서 목쉰 새 소리가 났다. 버짐처럼 이끼가 핀 축대가 서 있었다. 올라가는 길에서 비슷한 구간에 차를 세웠을 때 나는 축대에 붙어 있는 이끼들을 자세히 보았다. 어두워졌을 때의 이끼 색깔도 상상했었다. 벼락 맞아 죽은 메오 족 집 뒤쪽 바위 비탈에도 커다란 이끼가 피어 있었다.

　─조심해.

　무전기 사내의 심각한 경고에 성큼성큼 걷던 덩치 큰 이가 발걸음을 멈췄다. 소년의 얼굴이 변해, 구겨진 종이에 먹으로 대충 급하게 그린 것처럼 지저분한 얼룩이 보였다. 붉은 입술이 벌어지더니, 하얀 치열과 입술에 닿을 만큼 튀어나온, 날카로운 송곳니가 드러날 때까지 계속 벌어졌다. 나는 당혹스러웠다. 형을 이장하고 다음 날 하노이로 가던 차에서 옆자리 앉았던, 바로 그 사람의 얼굴이었기 때문이다. 나는 소년의 입에서 끔찍한 비명이 나올 것이라고 상상했지만 소년은 웃을 뿐이었고, 웃음소리는 유쾌하고, 낭랑하고, 순수하고, 해맑았다. 그것이 비명보다 더 무섭게 느껴졌다. 소년이 손을 뻗자 배 앞에 꼭 쥐고 있던 보따리가 떨어졌다. 덩치 큰 이가 급히 뒤로 물러나 재빠르게 차에 올라탔다. 소년의 행동이 그만큼 놀라웠다. 소년이 차 앞으로 비틀거리며 다가오자 차 문을 쾅 닫았다. 나는 소년의 손가락이 정신없이, 이상할 정도로 유연하게 춤을 추고 있는 것을 보았다.

　—미쳤군.

　운전사는 마치 수수께끼의 답을 찾은 듯 가볍게 말을 뱉었다. 소년은 미끄러지듯 건너와 차 문을 잡고 얼굴을 뒤로 돌리며 웃었다. 입은 붉은 칸나 꽃봉오리 같았다. 운전사는 시동을 걸고 천천히 기어를 바꾸면서 소년의 모든 움직임을 신중하게 지켜보았다. 엔진 소리는 소년을 혼란스럽게 만들었고, 소년은 이제 웃지 않고 말하기 시작했다. 소년은 차 안에 있는 사람들을 불렀다. 누구도 알아들을 수 없는 소리로 재잘거리고, 창문이 빠르게 닫히자 소년의 입이 뻐끔거리는 것같이 보였다. 차가 속도를 높였다. 소년은 떨어졌고, 그 모습은 후미등의 노란 불빛에 흐려졌다가 축축한 어둠 속으로 사라졌다.

　앞쪽의 길이 완만하고 노면도 건조했지만, 차 안의 공기는 답답했다. 그들은 방금 일어난 일에 대해서 장황하게 늘어놓았다. 소년이 속한 민족에 대해, 소년이 사는 지역에 대해, 소년이 미친 건지 아니면 그저 몽유병인지에 대한 가설을 세웠다. 내 생각에 몽유병은 아니었다. 몽유병은 말을 하지 않는다. 몽유병은 소리를 듣는 순간 사라져버린다. 운전사는 침묵했지만 아까 그가 내뱉은 말은 정확하게 미친놈이었다. 짱은 여전히 정신이 들지 않았다.

이 내리막길은 그녀에게 무리인 것 같았다.

—좀 더 자.

나는 잠들기 어렵다는 걸 알면서도 속삭였다. 노면에 달라붙은 자동차 불빛이 이제는 쇠하고 약해져 맞은편 절벽으로 건너가지 못했다. 덩치 작은 이는 오늘 밤은 골치 아픈 일이 많다고 투덜거렸다. 운전사는 여전히 묵묵하게 무언가 생각하고 있었다. 그는 다음 구간에 대해 걱정하고 있을 수도 있다. 그 걱정은 근거 없는 것이 아니었다. 다시 길가에 작은 동물이 출현했고, 축대 가까이 차 오른쪽으로 치우쳐 있었다. 차에 치여 으스러지고 여기저기 피가 튄 사채가 놓여 있었다. 이렇게 작은 것은 족제비나 여우다. 나는 중국에 밀수출하는 광석을 싣고 비틀거리며 달리는 트럭이 사고를 낸 범인이라고 생각했다. 운전사는 동물의 사체를 밟지 않기 위해 차를 옆으로 틀었다. 조금 가다가 차를 세웠다. 운전사가 큰 소리로 말했다.

—잠깐 쉴까요?

나는 조용히 그들을 따라갔다. 운전사는 엔진을 끄고 헤드라이트도 껐는데, 차 안의 전등은 그대로 두었다. 그들은 담배를 피웠고, 빨갛게 깜박이는 담뱃불이 평범한 얼굴을 비추듯 그들의 얼굴을 밝게 비췄다. 바람은 약했지만 쌀쌀했다. 하늘이 낯설고 구름도 없었는데, 구름이 있어도 낯설었을 것 같았다. 아래에 불빛이 없어 마을에 도착하려면 많은 시간이 남은 것 같았다. 짱은 머리를 숙이고 차 안에 앉아 있었는데, 마치 허공에 매달려 있는 방에 앉아 있는 것처럼 보였다.

나는 투언 형이 생각났다. 형은 알고 있을까. 형은 불면증에 시달려 나처럼 하늘을 올려다보는 병에 걸려 있었다. 형은 구름을 바라보는 것이 무의미하다고 생각했고 구름을 좋아하지도 않았다. 너는 구름에 빠져 있으니 무의미한 놈이야. 남자는 구름을 멀리해야 돼. 그저 예쁜 여자와 자신이 할 일만 바라봐야 해. 그런데 일이라는 것도 사실 별거 아니야. 형은 말하면서 껄껄 웃었다. 형과의 술자리는 언제나 형의 조언으로 마무리되었다. 여정을 떠나기 며칠 전 나는 형에게 브레즈네프를 만난 꿈 이야기를 했다. 형이 듣고 재밌다며 촌극으로 만들면 인기 있겠다고 말했다. 내가 브레즈네프 역할을 맡을 거야. 내 얼굴이 브레즈네프와 비슷하거든. 다만 사마귀가 없을 뿐이야. 하지만 괜찮아. 껌을 붙이면 돼. 형은 자신의 눈썹, 코, 이마, 얼굴 전체가 브레즈네프와 판박이지만 크기는 축소판이라고 말했다. 만약 그런 촌극이 있다면, 사냥당한 짐승 역할을 가장 잘 연기할 수 있는 사람은 나밖에 없다고 생각했다. 브레즈네프를 이 산에 풀어놓으면 그가 사냥할 수 있을까? 분명 아닐 것이다. 나는 그렇게 믿는다. 투언 형의 속에는 무엇이 있을까? 만약 그 형의 얼굴에 사마귀가 있었다면 브레즈네프 역할을 할 뻔했다. 인간은 결국 어리석은 존재이고, 때로는 사마귀의 위치에 따라 운명이 좌우되기도 한다. 말도 안 되는 소리, 투언 형은 결론을 내렸다. 머리가 빙빙 어지럽게 돌 때가 있어. 지금도 나는 그때 형이 일반적인 사람들에 대해 말한 것인지, 자신에 대해 말한 것인지 잘 모른다. 만약 형 자신에 대해 말한 것이라면 맞는 말이다. 형은 소련에서 5년간 교육을 받고, 한 연구소에서 전문직으로 일했다. 그러다 손위 처남의 아내와 사랑에 빠졌고, 두 사람은 럼 동으로 도망쳐 얼마간을 살다가, 하노이로 돌아와 개인회사를 차렸다. 때때로 전처와 그녀의 오라비가 회사에 찾아와 시비하고 욕설을 퍼부었다. 최근 형의 내연녀도 싫증이 났는지 그녀의 부모가 있는 미국으로 이주할 방법을 찾고 있었다. 그렇다면 투언 형의 삶도 말이 안 되는 삶이다.

그들이 차에 올라탔고, 나는 서둘러 그들을 따라갔다. 남겨질까 두려웠다. 덩치 큰 이가 짱에게 물었다.

―왜 한 번도 안 내려? 바람 좀 쐬는 게 낫지 않아?

그녀는 경멸 어린 표정을 지으며 얼굴을 돌렸다. 다시 노면 위를 씽씽 굴러가는 타이어 소리가 났다. 완만한 경사와 탁 트인 시야로 인해 분주해졌다. 지금 이곳은 산을 오를 때 우리가 차를 세우고 이십여 분을 쉬었던 곳이었다. 그때 놈은 박 산에 대해 말했고, 운전기사는 이 위치에서는 볼 수 없는 곳이라고 했다. 그랬건만 지금 나는 그곳을 볼 수 있다. 왼쪽으로 둥근 마디 같은 게 하나 있었는데, 오른쪽 산비탈에 종기처럼 부풀어 오른 돌출부가 있었다. 그들은 이곳 지명을 전혀 모르고 있었고, 그들의 관심

은 가능한 한 빨리 이곳을 빠져나가는 것이었다. 박 산은 덧 산만
큼 피를 많이 흘린 곳이다. 그들의 대포는 그다지 높지 않은 산을
박살 내고 반나절 동안 파헤쳤다. 그다음 보병들이 화염방사기와
최루탄을 들고 몰려왔다. 박 산의 생존자는 우리든 그들이든 덧
산에서처럼 미쳐 있었지만, 끔찍한 백병전은 없었다. 그러나 영
혼들에 대한 전설이 가득했다. 갑자기 산이 밝아졌고, 나는 몇 시
간 동안 구름 속에 있던 달이 얼굴을 내미는 것을 보았다. 박 산
은 창문 밖에 달라붙어서 덩치 큰 이의 머리와 은색으로 도색된
문틀 사이 좁은 틈새에서 힘겹게 아른거렸다. 흐릿한 빛줄기가
봉우리를 비추고, 바위가 우뚝 돌출해 있었다. 바위는 꿈을 꾸고
있는 듯 낯설게 보였다. 그것은 마치 지금은 이웃이 가지고 있지
만 옛주인도 감상할 수 있는, 고요하고 아름다운 골동품 꽃병 같
았다. 차 안에 있는 사람들은 박 산을 몰랐고, 저기 건너편의 그
들이 자이 엄 선이라고 부른다는 것은 더더욱 몰랐다. 나는 그렇
게 생각한다.

　—박 산 기억나?

　나는 조심스럽게 짱에게 물었고, 이내 그것이 어이없는 질문이
라는 것을 깨달았다. 그녀는 산에 관심이 없었고, 산은 조금도 그
녀의 마음을 흔들지 못했다. 그녀와 함께 약을 구하러 떤 탄에 갔
을 때 알았지만 나는 항상 그 사실을 잊어버렸다. 본래 나와 짱은
랑 선 길로 돌아왔어야 했다. 만약 그녀의 마음속에 괴로운 피가

끓어오르지 않았다면 말이다. 나는 여전히 번 리의 말이 맞았을 수 있고, 번 리가 정말 억울했겠다고 생각했다.

짱을 따라 투이, 히엡 일행과 함께 호아이 패거리를 만나러 갔을 때, 번 리는 친구를 통해 그들과 조금 아는 사이라고 말했다. 그때 나는 뭔가 불길한 느낌이 들었다. 내가 거래를 말렸지만 꾸익이 나를 소심하다며 무시했다. 그들은 아침 아홉 시 십 분 전에 차를 타고 떠났다. 오후 세 시에 짱이 전화했다. 내가 도착했을 때 그녀는 투이, 히엡 녀석과 같이 앉아 있었는데, 꾸익은 없었다. 그녀는 꾸익이 입원했다고 말했다. 나는 깜짝 놀랐다. 그녀가 주위를 살피며 작은 소리로 말했다.

— 그놈들이 물건을 뺏어 갔어.

그녀는 격한 감정에 떨리는 목소리로 말했다. 투이와 히엡은 묵묵히 손에 든 맥주 캔을 바라보고 있었다. 그녀는 호아이와, 항구 뒤 버려진 창고에서 물건을 전달하기로 약속했다고 말했다. 짱 일행이 호아이에게 약을 보여주며 돈을 달라고 하자 호아이는 낯빛을 바꾸며 선물인 줄 알았다고 했다. 꾸익이 선물은 무슨 이 좆 같은 새끼라고 욕설을 뱉으며, 돈을 주지 않으면 약을 도로 가져가겠다고 말했다. 그러자 어디선가 예닐곱 녀석이 튀어나와 꾸익과 히엡에게 달려들어 때리고 발길질을 했다. 투이는 재빨리 밖으로 도망쳤다. 놈들은 꾸익을 집중적으로 잔인하게 때렸다. 꾸익이 격렬하게 저항하면서 한 놈의 옆구리를 칼로 찔렀기 때문이다. 놈들은 꾸익을 붙잡았고 호아이가 곤봉으로 꾸익의 머리를 때렸다. 꾸익이 쓰러져 기절하자 멈췄다. 놈들이 짱은 건드리지 않았다. 호아이는 약을 챙겼고, 가다가 되돌아와서는 비열한 웃음을 지으며 짱 네가 참 맛있는데, 오늘은 내키지 않으니 어쨌든 다음에 다시 만나자고 말했다. 짱은 격한 감정으로 입술을 떨면서 말했다. 내가 말했다.

— 나도 예감이 좋지 않았어.

그녀가 내 눈을 똑바로 쳐다보며 소리 질렀다.

— 번 리 그년이 나를 갖고 놀고 있어.

나는 고개를 저으며 말했다. 증거도 없이 그렇게 성급하게 남 탓을 하면 안 돼. 번 리는 친구를 해칠 만큼 어리석지 않아. 짱은 내가 하는 말을 듣지 않았다. 그 순간 그녀에게 호아이와 번 리는 하나였다. 그녀는 부글부글 끓는 표정으로 내게 번 리에게 전화해서 부르라고 했다. 나는 거절했다. 지금 이런 식으로 전화를 하는 건 곤란했다. 히엡이 말했다.

— 그년은 바로 거절할 거야.

— 니에미, 씨팔······.

투이는 닥치는 대로 욕을 했다. 몹시 화가 나서 생각 없이 욕을 하는데, 누구에게 욕을 하는지는 분명하지 않았다. 녀석은 꾸익이나 히엡보다는 운이 좋았다. 녀석은 한 대도 맞지 않았다. 나는 다시 일하려면 진정하고 오늘은 아무 일도 없었던 것처럼 해산하는 게 좋겠다고 조언했다. 짱은 둘에게 돈을 건네면서 병원에 가서 꾸익을 보살피라고 일렀다. 나는 그녀를 집에 데려다주었다. 집에 도착했을 때, 그녀는 들어가서 자신이 씻고 나오면, 같이 밥 먹으러 가자고 했다. 나는 곤란한 상황에 빠질까 꺼림칙했다. 찌엔 영감이 언제든지 집에 들르지 않겠냐고 말했다. 그녀가 소리를 질렀다.

— 그러거나 말거나 그냥 냅둬. 지금 나는 오빠가 필요해.

처음으로 그녀의 집에 들어갔다. 기다리며 '베트남 미인' 잡지를 들췄는데 단 한 줄도 눈에 들어오지 않았다. 침대는 푹신하고 깨끗했고, 방구석에서 은은하게 퍼지는 향수 냄새에 정신이 아득해졌다. 내 머릿속에는 짱과 찌엔 영감이 이 침대에서 몇 번이나 정사를 치뤘을까 하는 생각이 계속 맴돌았다. 짱이 자주색 수건으로 몸을 감싸고 나왔다. 그녀는 되살아났고, 생기가 넘쳤다.

— 지금 몇 시야?

짱이 물으며 시계를 보고 스스로 답했다.

— 다섯 시 삼십 분. 지금 밥 먹기엔 좀 이르지 않아?

그렇게 말하면서 침대에 쓰러졌다. 수건을 풀어 던지고, 그녀가 내게 손을 흔들었다.

— 이리 와서 나랑 같이 누워.

나는 옆에 누웠다가 손에 이끌려 그녀의 몸 위로 올라갔다. 그녀가 손으로 내 꼬맹이를 깨우려고 애썼지만 녀석은 꿈쩍도 하지 않았다. 그녀가 물었다.

— 여전히 찌엔 영감을 생각하는군?

나는 별로 내키지 않는다고 인정했다. 그녀는 하얀 피부에, 벌거 벗은 몸, 봉긋한 가슴, 삼각형 같은 옅은 음모, 가늘고 긴 다리를 가지고 있지만 지금 내 마음을 움직이지는 못했다. 그녀는 벌떡 일어나 불만스러운 듯 입을 삐죽거렸다. 나는 단호하게 말했다.

— 밥 먹으러 가자.

식사 후 그녀를 내가 사는 집에 데리고 갔다. 그녀에게 말했다.

— 번 리가 나한테 전화했어.

그녀가 고개를 치켜들었다.

— 변명하려고 전화한 거지, 그렇지?

— 학비를 좀 달라는데.

그녀는 어깨를 축 늘어뜨리고 나를 뚫어져라 쳐다봤다.

— 오빠가 그년을 좋아하는 거지, 맞지?

햇빛 한 줌이 희미하게 보였다. 햇빛이라기보다는 창살을 통해 들어온 누군가의 눈빛 같았다. 나는 물었다.

— 너 정말 질투하는 거야?

그녀는 윗옷을 위로 벗어서, 새끼손가락에 걸어 천천히 아래로 내렸다. 나는 말없이 미소를 지으며, 콧바람을 내보냈다. 번 리는 짱보다 정사를 잘하고, 더 음탕하고, 더 애교를 잘 떤다. 하지만 짱은 번 리보다 피부가 하얗다.

— 인정 못 해?

짱은 도발적으로 입술을 부르르 떨었다. 그런 모습은 그녀가 화났다는 것을 의미한다. 내가 말했다.

— 너희 같은 여자들은 자주 미친개가 되지.

그녀는 나를 보았다. 내 눈을 똑바로 바라보았다. 큰 눈이 반짝였다. 갸름한 얼굴에 젖은 눈이 관능적이었다. 내 꼬맹이가 빠르게 뜨거워지기 시작했다. 나는 공격적으로 짱을 눕히면서 머리카락의 알싸한 향내를 맡았다. 한참 몸을 섞다가 멈추고 내가 말했다.

— 질투는 음탕해.

그녀는 얼굴을 찡그렸다. 그녀는 여전히 내 아래에 있었고 나는 여전히 짱 안에 있었다. 나는 갑자기 꼬맹이를 꺼냈다.

— 질투는 음탕해, 기억해 둬.

대답 없이 그녀의 손이 내 꼬맹이를 찾았다. 나는 그녀의 손을 밀어냈다. 내 생각을 모두 말하고 싶었다.

— 너는 걔만큼 음탕하지 않아, 그렇지?

그녀는 고개를 저었다. 번 리도 고개를 저은 적이 있다. 첫 경험을 한 남자를 기억하는지 물었을 때였다.

휴대폰이 울렸다. 그녀의 휴대폰이었다. 바닥에 던져둔 청바지 속에서 휴대폰이 웅웅거렸다. 짱이 휴대폰을 집으려 했지만 나는 꼬맹이를 다시 넣고 몸을 눌렀다. 휴대폰 소리가 여전히 낮게 울렸다.

짱이 처음으로 내 집에서 온전히 하룻밤을 보냈다.

이른 아침, 년 아저씨가 문을 두드리며 집에서 투표할지, 직장에서 투표할지 물었다. 나는 알아서 등록하겠다고 말했다. 그는 혀를 끌끌 차면서 양쪽 다 등록하라고 했다. 나는 고개를 끄덕였다. 아저씨는 방안을 흘깃 보고 한쪽 눈을 찡긋했다. 나는 짱 옆에 다시 누웠다. 밖에서 발자국 소리가 들리다 멈췄다. 그러고는 다른 발자국 소리가 들렸다. 문 옆에서 자전거 소리가 덜거덕거렸다. 이웃집 아이가 학교 가는 소리다. 아이는 착했다. 너무 착했다. 내게 인사 한번 한 적 없지만, 표정은 친근하고 귀여워, 나는 그 모습이 가장 편안하고 정중한 인사라고 느꼈다. 어머니는 그런 여자아이를 좋아했다. 어머니는 형이 딸이라면 온순하고 상냥했을 거라고 종종 말했다. 일곱 시가 지나서 짱을 깨웠다. 집을 나서기 전 나는 번 리의 학비 이야기를 조심스럽게 다시 꺼냈다. 그녀는 지갑에서 돈을 한 뭉치 집어서 내 가슴팍에 던졌다. 그러고는 굳은 얼굴로 아무 말도 하지 않았다.

작은아버지가 전화를 걸어 할 이야기가 있으니 들르라고 했다. 작은아버지 사무실에 풍수석이 하나 더 놓였는데, 물이 졸졸 흐르고 연기도 났다. 그래서 엊그제 올빼미 노인이 나한테 회사가 풍수지리에 빠졌다는 모호한 말을 했나 보다. 그때 나는 그 노인이 작은아버지를 돌려서 지칭했을 거라고 생각하지 못했다. 작은아버지도 예전에는 이런 미신 같은 일에는 관심이 없었고, 오로지 자신의 노력과 헌신만 믿었다. 작은아버지가 정식으로 사장이 되었을 때, 작은어머니는 이전 사무실에 재물운이 있으니 그 사무실을 계속 쓰라고, 그

284

곳에 있었기 때문에 승진할 수 있었다고 했다. 작은어머니가 작은아버지에게 사장실을 사용하지 말라고 하는 이유가 있었다. 그 사무실은 번영운과 재물운이 모두 소진되었다고 믿기 때문이었다. 그리고 그 사무실은 직원들에게 전 사장을 떠올리게 만들어 쓸데없는 비교를 당할 수 있기 때문이었다. 작은아버지는 작은어머니의 말을 들었다. 믿어서가 아니라 작은어머니를 슬프게 하고 싶지 않았기 때문이다. 남편이 사장이 되었다는 사실에 그녀는 당사자보다 더 자랑스럽고 행복했다. 내가 풍수석을 바라보자 작은아버지가 말했다.

— 작은엄마의 뜻이야. 저것도 마찬가지야.

작은아버지는 응접탁자를 가리켰다. 전에는 공장에서 나무로 만든 단순한 스타일이었지만 지금은 원목세트로 왕실에서 사용할 것 같이 장엄하고, 단단하고, 마치 호랑이 품에 앉은 듯했다. 작은아버지는 차를 따르며 다음 달 일주일 이상 미국으로 출장 갈 예정이라고 했다. 나는 그 정보가 나와 무슨 관련이 있는지 이해할 수 없었다. 작은아버지는 차를 한 모금 마신 후 낯선 사람처럼 방안을 둘러보았다. 나는 물었다.

— 저를 무슨 일로 부르셨어요?

작은아버지는 차의 여운을 즐기는 듯 홀짝거리며 마셨다. 그리고 대답하지 않고 팔을 뻗어 벽쪽 선반에 올려져 있던 큰 종이를 집어들었다.

— 이 글 읽어봤어?

작은아버지는 종이를 내 쪽으로 건넸다. 나는 얼핏 보고, 인민공 안신문 복사본이라는 걸 알았다. 이 싸구려 신문에 관심 있는 사람 은 나뿐인 줄 알았는데, 그렇지 않았다.

— 그들이 작은엄마의 회사를 지켜보고 있어.

기사는 회사의 지난 3년 동안 6억 동에 달하는 탈세 문제를 다루 고 있었다. 나는 기사에서 작은어머니의 이름을 찾지 못했다. 작은 아버지가 말했다.

— 작은엄마가 회계부장이야.

그랬다. 단지 그럴 뿐이었다. 문제는 작은아버지가 내가 어떤 일 을 해주기를 바라는가였다.

— 회사에서 이 신문을 많이 읽나?

작은아버지가 물었다. 나는 조금이라고 대답했다. 읽는 날도 있고 그렇지 않은 날도 있다고 했다.

— 오늘부터 그 신문을 완전히 끊어.

내가 일어나 나가려는데, 작은아버지가 물었다.

— 히에우, 이거 기억나?

작은아버지가 생선 뼈로 만든 부채를 내밀었을 때 심장이 오그라 들었다. 항의 부채였다. 작은아버지는 실없이 웃으며 말했다.

— 그때는 정말 웃겼어.

나는 대담하게 물었다.

— 실제로 그때 작은아버지가 하려던 게 뭐였어요?

작은아버지는 어깨를 으쓱했다.

— 나는 그저 그 안에 무엇이 들어 있는지 보고 싶었을 뿐이야.

지금 작은아버지는 그 안에 무엇이 있는지 잘 알고 있을 것이다. 다만 말하기는 어려울 것이다. 작은아버지는 항의 안부를 물었고, 나는 항이 집을 나가 친정으로 간 뒤부터 소식을 모른다고 거짓말을 했다. 작은아버지는 생각에 잠겨 나를 향해 부채질을 했다. 부채를 버릴 듯했으나, 여전히 부채를 꽉 쥐고 있었다.

— 내가 짐작건대 아마 너도 걔한테 잘못한 게 있을 거야.

내려가 보니 오늘자 인민공안신문은 아직 도착하지 않았다. 처음으로 나는 작은아버지에게 도움이 되는 일을 했다고 생각했다. 그런데 작은아버지가 무엇 때문에 옛날 일을 꺼내는지 이해되지 않아 고민스러웠다. 투언 형이 빌려달라고 한 책을 찾기 위해 도서목록을 훑어보고 있는데 휘파람 소리가 들렸다. 투 누나가 뛰어 들어왔다. 휘파람 소리는 이상했고, 익살스러워, 그녀에 대한 욕정을 모두 잃게 만들었다.

— '늙은 녀석들' 반납할게. 다 읽고 나서 미쳐버리는 줄 알았어.

누나는 대출대에 책을 올려놓았다. 그녀는 다른 책을 대출하지 않고, 그냥 쉬었다. 누나가 문자 메시지가 좋아졌다고 말했다. 나는 그녀가 지금 도서실에 있으면 안 될 것 같았다. 오후에 투언 형과 약속을 했기에 그때까지 책을 찾아야 했다. 그러나 누나는 갈 생각이 없는 듯, 앉아서 내가 검색하는 모습을 지켜보고 있었다. 그러고는 이런저런 이야기를 하다, 다시 사랑 이야기로 넘어갔다. 친구가 젊은 남편에게 싫증이 나서 제법 나이든 남자를 애인으로 삼았다고 말했다.

— 웃기지, 히에우도 웃긴다고 생각하지?

그녀가 내게 물었다. 눈빛이 어두워지고 의미심장한 미소를 지었다. 나는 우습다고 생각하지 않았다. 그것은 평범한 일이다.

— 누나는 어떠세요?

나는 그녀에게 무슨 일이 있는지 물었다.

— 어떠냐니, 뭐가 어떠냐는 거야?

그녀는 눈을 크게 뜨고 되물었다.

— 젊은 사람이 좋아요, 늙은 사람이 좋아요?

나는 시치미를 떼고 본래 생각과 관련 없는 말을 했다. 그녀는 웃었다. 나는 더 이상 책을 찾지 않았다. 누나의 얼굴은 보통 때보다 더 장밋빛으로 뺨이 불그스름했다. 턱은 하얗고, 가슴도 더 높아졌고, 몸에서 격한 열기가 느껴졌다. 나는 그녀가 머지않아 생리를 할 것이라고 생각했다. 그녀는 구석에 비스듬히 앉아 하얀 팔을 탁자 위에 올려놓아 마치 백사가 나를 향해 다가오는 것 같았다. 만약 올빼미가 나타나지 않았다면 나는 그녀의 손을 잡았을 것이다. 올빼미는 인민공안신문 최근호에 대해 물었다. 나는 아직 우체국에서 배달하는 것을 못 봤으며, 그들은 느리고, 항상 느러터졌다고 말했다. 때때로 그들은 하루를 방치했다가 다음 날 배달하기도 한다고 덧붙였다. 그래서 올빼미는 신문의 냄새도 맡지 못했다. 그런데 왜 그 올빼미 노인은 밖에 나가 신문을 사서 읽지 않는 것일까. 노인이 다른 도서관에서 신문을 찾는 것은 작은아버지에게 도전하는 것이나 마찬가지다. 올빼미는 더 있으려는 듯 주위를 둘러보다 의자가 없자 돌아 나갔다. 투 누나는 노인을 바라보다, 목을 움츠린 채 입을 삐죽거렸다.

— 히에우 가끔 시외로 놀러 나가? 좋은 데가 몇 군데 있는데.

분명 그녀는 나와 같이 가고 싶은 것이었다. 나는 시간은 있는데 함께 갈 사람이 없으면 언제든 같이 가자고 말했다.

— 이번 주말에 가자.

누나가 적극적으로 약속을 잡았다. 혼자 남겨진 나는, 작은아버지에게 올빼미가 인민공안신문을 찾고 있다는 것을 알려야 하는지 고민했다. 나는 내버려 두기로 했다. 이 일은 나와 아무 관련이 없는 일이었다.

나는 번 리를 전화로 불러 짱이 준 돈뭉치를 그대로 건넸다.

— 이게 얼마예요?

그녀가 공손하게 물었다. 내가 말했다.

— 정확히는 모르지만, 충분할 거야.

그녀는 내 마음이 바뀔까봐 두려운 듯 급히 돈을 집었다. 내가 물었다.

— 짱이 아직 전화 안 했어?

그녀는 고개를 저었다.

—아직이요. 무슨 일 있어요?

나는 대답했다.

—아무 일도 아니야.

번 리가 떠난 후 나는 사무실 앞에 있는 노점에서 차를 마셨다. 누군가가 버린 인민공안신문이 의자에 놓여 있었다. 나는 서둘러 신문을 집어 읽었다. 롱 안에서 범죄 조직 사이에 총격이 있었다. 사망 한 명, 중상 네 명, 그런데 그들은 다시 충돌할 가능성도 있다. 작은어머니 회사 건은 단지 지면의 일부분을 차지했을 뿐이었다. 내용도 단순해서 별로 주의를 끌지 못했다. 주인 여자는 요즘 지붕에 고양이가 몰려들어 왜 그렇게 울어대는지 모르겠다며 한숨을 쉬었다. 나는 차를 마시며 못 들은 척했다. 관심을 끄는 기사가 몇 개 있었는데, 사람인지 동물인지 알 수 없는 시체더미가 부패한 채 강가에 묻혀 있었다는 것이었다. 또 다른 기사는 하이 즈엉에서 질병을 전기로 치료하는 사람에 대한 이야기였다. 주인 여자는 신문을 읽고 있는 나를 힐끗 쳐다보더니 이야기를 쏟아냈다. 꺼우 디엔에 마비 환자를 간단하게 치료하는 사람이 있는데, 방법은 환자의 은밀한 부위에 손을 올려놓는 것이라고 했다. 나는 터무니없는 말에 웃음을 터뜨렸다. 그녀는 내가 비웃는다고 생각했는지, 눈을 부릅뜨고 사실이라고 설명했다. 며느리가 반신불수가 되었는데, 치료사가 며느리의 은밀한 부위에 손을 서너 번 올려놓았더니 바로 나았다고 했다. 나는 은밀한 부위에 올려놓은 손이 어떻게 꼼지락거렸을지 상상했다.

내 생각을 알아차린 듯 아주머니가 말했다.

— 그분은 남자가 아니고 여자예요. 오십이 조금 넘은 분이에요. 정말 잘해요.

내가 헛다리를 짚었다. 남자였다면 흥미로울 것이다. 그러나 여자라면 다르다. 속이 메슥거렸다. 나는 찻값을 내고, 여유롭게 사무실로 돌아왔다.

은은한 습기 같은 기억 속에서, 혹은 지금과 같은 기억 속에서, 사무실로 돌아가는 내 여유로운 발걸음을 놓은 다음 장소를 일깨우는 방식으로, 한순간 싹둑 잘라버렸다. 나는 국경에 관해 매우 당찬 논평을 했다. 문장이 정확히 기억나지 않지만, 어렴풋이 기억나는 것은 제방쌓기가 오히려 제방을 부수는 괭이 같다는 것이다. 내가 외우고 있는 형의 수첩 속 기록이 샘물처럼 머릿속에서 솟구쳐 나오고 있다.

밖은 여전히 올록볼록한 산, 가까운 곳은 초록색, 더 가까운 곳은 화강암과 석회암이 반씩 섞인 지질층에서 나타나는 회색 줄무늬와 하얀 얼룩, 먼 곳은 파란색, 파란색 능선 뒤에는 구름인지 산인지 가늠하기 어려운 어렴풋한 선이 있다. 이 국경의 능선은 이력이 복잡하고, 중첩되고, 억울함이 많다.

— 국경은 여자의 거시기 같아서, 항상 사내들이 손을 뻗어 만지

려 하고, 훔치려고 하네.

나는 기지개를 켜면서, 놈의 귀 가까이 대고 작게 말했다. 놈은 놀라서 뒤돌아보았다. 반응을 살피기도 전에, 짱이 퉁명스럽게 말했다.

— 처자식이 뭔지, 다 아는 사람이 왜 그렇게 상스럽게 말해.

놈은 몸을 돌려 앞을 똑바로 바라보았다. 그러다 신문사의 낡은 장비를 교체해야 하는데 방법을 모르겠다고 한탄했다. 말이 나온 김에 운전기사도 내부살림을 맡은 부책임자가 기관 상황 개선을 위한 외부활동을 하지 않는다고 비난했다. 놈이 제지했다. 나는 놈이 남들 앞에서 신문사 내부 문제를 말하고 싶어 하지 않는다는 것을 알았다. 하지만 운전기사는 내부 부책임자의 문제를 폭로해야겠다고 결심이라도 한 듯, 그가 놈의 동생을 위해 문화청 자리 하나를 따냈다고 말했다.

— 아니, 청탁은 그렇게 빨리하시면서 컴퓨터 몇 대 달라는 말은 젠장 왜 못하세요?

운전기사는 분노한 목소리로 말했다. 더 이상 존중이나 부끄러움이 없었다. 나는 만약 놈의 입을 막으면, 운전기사와 말싸움이 날 것 같은 생각이 들었다. 나는 화제를 바꿔 놈에게 담배중독에 대해 물었다. 놈은 고지대에서는 담배중독이 악습이라 할 수 없고, 문화적 정체성이라고 불러야 한다고 재치 있게 답했다.

길을 비켜달라는 듯 경적이 울렸다. 운전기사는 백미러를 바라보며 말했다.

— 현 인민위원회 주석 아들, 흐아 녀석이군.

오토바이는 차를 추월하려 애쓰고 있었다. 산간오지 사람들을 위해 외국 지원금으로 만든 산악용 오토바이로 바퀴가 크고, 차체도 높았다.

운전기사는 핸들을 돌려 차를 오른쪽에 붙인 뒤 고개를 내밀었다. 오토바이가 추월하면서 녀석이 얼굴을 돌렸다. 쟁기날 같은 하얀 얼굴에 콧수염이 듬성듬성하고, 눈매가 비스듬하게 올라가 있었다. 벌레 같은 새끼. 주석 아들은 운전기사를 알아보고 웃으며 고개를 끄덕인 뒤, 앞으로 돌진해 모퉁이 너머로 사라졌다. 녀석의 화려한 옷과 묶은 말총머리가 잔영처럼 남았다. 운전기사는 녀석이 주석의 외아들로 이 지역에서 악명 높은 난봉꾼이라고 했다. 중학교만 다니고 말았는데, 전문 사냥꾼들을 거느리고 희귀동물을 사냥해 중국에 판다고 했다.

— 여기에 예쁜 아가씨들이 많은데, 녀석이 모두 따먹을 궁리를 하고 있어요.

운전기사가 확실하게 강조했다. 한 줄기 햇살이 일렁거리며 차 앞에 바짝 달라붙었다. 내가 하나같이 여기는 게 있다. 부유층 자녀들은 다 똑같고, 어디에서나 다 똑같이 논다는 것이다. 놈이 말했다. 저 녀석은 청장네 자식들이 노는 패거리에 비하면 아무것도 아니라고 했다. 다섯 녀석이 각각 미제 지프 차를 몰고 다니는데, 미인대회 출신 다섯 명을 태우고, 한두 주마다 옌 민 근처 농장에서 원시

인처럼 먹고 마신 후 경주를 벌인다고 했다. 알몸으로 남자 다섯, 여자 다섯이 지프 차 다섯 대를 몰고 미친 듯이 질주해 모퉁이에서도 속도를 줄이지 않았다. 반년 전쯤, 한 대가 제어가 안 돼 절벽 아래로 돌진했다. 차와 운전자는 불에 타 잿더미가 되었고, 타고 있던 어린 소녀는 죽지 않고 튕겨 나갔다. 나뭇가지에 걸려 척추가 꺾여 온몸이 마비되었다. 공안이 이들이 경주 중 마약을 복용한 사실을 밝혀냈다. 놈은 사건을 취재했던 사람으로서 그 사건을 매우 자세히 알고 있었다. 사건을 무마하기 위해 부모들이 뛰어다니며 수억 동을 썼다.

— 그 사고뭉치 녀석들이 지금 뭘 하고 싶어하는지 모르겠네.

놈은 비쭉거리며 말했다.

짱은 눈을 감고 휴대폰으로 음악을 듣고 있었다.

'나는 잠을 잘 수 없었어. 머리 왼쪽 상처를 세게 물리는 느낌이 들었기 때문이야. 그렇게 끊임없이 아팠어. 젠장, 젠장. 그들은 콧구멍 같은 문으로 수십 명을 작은 방에 쑤셔 넣었어. 통풍구도 콧구멍만 했어. 우리는 지렁이 굴이 얼기설기 뚫려 있는 땅바닥에 누워야 했어. 많은 사람이 지쳐 모로 누워서 자고, 어떤 사람들은 반쯤 눕고 반쯤 앉은 상태로 깨어 있는지 자고 있는지 모르게 그냥 있었어. 두세 명이 한탄하며 얘기했어.'

포로들의 수면은 정상이 아니었다. 형은 그때 그렇게 생각했다고 썼다. 많은 사람이 정신 나간 듯 헛소리를 하고, 몸부림하는 것을 보앉기 때문이다. 형과 나란히 누워 있던 사람이 선잠을 자다 벌떡 일어나 울부짖다 쓰러지고, 다시 선잠에 들었다가 또 울부짖었다. 형이 옆 사람에게 물으니, 대대 연락병이라고 했다. 하노이 출신이고 집이 항 티엑인가 항 통 거리에 있다고 했다. 형은 울부짖다 쓰러진 연락병을 깨우고 싶었지만, 몇몇 사람들이 말렸다. 기운을 차리게 그냥 자도록 내버려 두라고 했다.

'내가 저렇게 자는 건 깨어 있는 것보다 더 피곤하다고 말했어.

구석에서 눈 감고 있던 사람이 탄 호아 말씨로 그러더군.

— 깨어 있든 잠을 자든 결국 다 뒈져.

— 뒈지긴 뭘 뒈진다고 그래, 말을 똥같이 하네.

응에 안 말씨가 욕을 했어.'

형은 알고 있었다. 그가 모든 사람이 어렴풋이 품고 있던 두려움에 대해 정확하게 말했다는 것을. 방구석의 통풍구가 희미한 파란 점으로 변했다. 하늘이었다. 탄 호아 말씨가 화제를 바꾸었다.

— 나는 차에 실려 빠른 속도로 왔고, 평탄한 도로로 몇 시간 동안 달렸으니, 분명 우리는 그들의 땅 안쪽으로 수백 킬로미터 되는 곳에 있을 거야.

'연락병이 다시 비명을 질렀어. 나는 그를 흔들어 깨우기로 결심했어. 그를 만졌을 때 옷이 젖어 있다는 것을 알았지.

연락병은 깜짝 놀라 나를 밀면서 소리를 질렀어.

— 당신 누구야?

내가 대답했지.

— 아군이야.'

연락병은 잠시 멍하게 있더니, 어슴푸레한 어둠 속에서 젖은 새처럼 목을 움츠렸다. 그는 자신의 처지를 알아차린 듯, 주저앉아 얼굴을 감싸고 흐느껴 울었다.

연락병은 대대장을 따라 전장을 시찰하러 갔다가 깊이 숨어들어와 있던 적 정찰대와 맞닥뜨렸다. 일행이 여섯이었는데, 갑작스러운 공격에 세 명이 그 자리에서 죽고, 한 명은 총을 던지고 달아났고, 대대장은 가슴에 한 발, 왼쪽 허벅지에 한 발, 그렇게 총알 두 발을 맞았다. 그 지역은 나무와 바위가 많고, 숲이 울창하고 복잡해서 적의 위치를 파악하는 것이 불가능했다. 적들은 빠르게 총을 쏜 다음 조용히 있었다. 연락병은 순식간에 주변을 향해 AR15 총탄을 다 쏜 다음, 옆에 있는 바위틈으로 대대장을 끌고 갔다. 대대장은 자기를 버리고 도망가라고 했지만 그는 이를 악물고 대대장의 손을 끌어당겼다. 몇 걸음 떼지 않았을 때 적들이 달려들어 연락병을 깔아뭉갰다. 그들은 대대장의 상처를 유심히 살펴보더니 서로 바라보며 고개를 저었다. 가슴에서 피가 콸콸 뿜어져 나와 온몸을 적셨다. 연락병이 그들에게 말했다. 이분은 고급 지휘관입니다. 살려주세요. 그들은 눈을 부릅뜨고 연락병을 쳐다보았다. 한 놈이 몸을 숙여 대대장의 눈꺼풀을 까뒤집더니 입을 실룩이며 일어섰다. 연락병이 소리쳤다. 고급 장교야, 아주 높은 장교라고. 가치가 있어. 이분을 데려가.

대대장의 눈을 까뒤집었던 자가 다시 몸을 숙이더니, 대대장의 이마에 무심하게 AK 총신을 대고 방아쇠를 당겼다.

'연락병은 대대장이 꾸에 본 현에 살았고, 쉰셋이고, 막내딸이 며칠 전에 약혼했다고 했어. 젠장.'

— 우리 대대장은 미국하고 싸울 때도 죽지 않았고, 폴포트랑 싸울 때도 안 죽었어. 그랬는데 저 씨발놈들이.

연락병은 억울한 듯 욕을 뱉었다.

— 나는 저것들이 우리 중대장을 쏴 주길 바랬어. 그런데 저것들이 안 쏘더군.

형이 불쑥 그 말을 내뱉었는데 다행히 몇 명만 들었다. 통풍구가 밝아지며 햇빛이 들어왔다. 모두 잠에서 깨어 이상한 눈빛으로 서로를 보았다. 연락병은 젊고, 아가씨 같아 보였고, 하얀 피부에, 크고 검은 눈, 곧은 코, 예쁘고 단정한 입가에는 듬성듬성 콧수염이 나 있었다. 탄 호아 말씨는 땅딸막한 체구에, 뚱뚱하고, 통통한 얼굴, 노르스름한 눈동자가 재빠르게 움직였다. 세상 물정에 밝아 보였다. 응에 안 말씨는 비쩍 마르고, 턱이 넓죽하고, 짙은 눈썹에 입술은 기름졌고, 귀부터 목까지 붉었다. 그 정도는 저승에 내려가도 흔하지 않을 상이었다. 세어보니 스무 명이 넘었다. 형이 아는 사람은 없었다. 문이 열렸지만 그들은 감히 밖으로 나가지 못하고 서로 밀치고 있었다. 형이 고개를 빼서 밖을 내다보니 넓은 운동장이 눈부셨다. 경비병들은 아무도 나오지 않자 당황해 얼굴을 들이밀었다. 한 놈이 고함을 지르며, 철컥철컥 총알을 장전했다. 그제서야 모두 마지못해 밖으로 나갔다. 넓은 땅 주위에 철조망이 둘러 있었다. 슬레이트를 겹겹이 얹은 막사가 U자 모양으로 늘어서 있었다. 포로수용소는 U자의 곡선 부분에 있었다. 말끔한 군복을 입은 소총병들이 노려보며 걸어갔다. 다들 눈을 크게 치켜뜨고 있었다.

'그들은 우리를 세 줄로 세웠어. 나는 배가 고프고, 가스와 거품이 가득 찬 듯 배가 뒤틀리고 꼬르륵 소리가 났지.'

형은 웅에 안 말씨에게 물었다.

— 저놈들이 무슨 수작을 부리려는 건지 모르겠네.

그는 경험이 많은 듯 말했다.

— 훈계 몇 마디 하고 밥을 줄 거야.

탄 호아 말씨가 김새는 소리를 했다.

— 먹을 게 있다면, 총알일 거야.

잠시 후, 수용소 입구에 소련제 GAZ-69 새 지프 차가 나타나더니 안으로 들어왔다. 군인들은 차렷 자세로 기다리고 있었고, 눈은 여전히 포로들을 감시하고 있었다. 차가 멈췄고, 지프 차처럼 새 군복을 입은 사람이 옷깃을 여미며 내렸다. 수용소장이 달려가 차렷 자세로 길게 보고했다. 정신이 돌아온 연락병이 형의 귀에 대고 속삭였다.

— 저 사람은 우리 대대장하고 나이가 비슷해 보이네요.

군복 입은 사람은 침착하게 형 쪽으로 다가와 포로들을 일일이 훑어본 다음 말했다. 말은 느렸고, 차가운 얼굴에 치열이 빈틈없이 붙어 있었다. 말을 마친 후 멈춰서 다시 포로들을 훑어보고는 차를 타고 떠났다. 통역관이 그의 말을 상기시켜주었다. 대충 줄거리만 추려서 너희들은 포로이며 자신들의 인도적 관용 정책에 따라 대우받을 것이라고 말했다. 규칙에 따르지 않는 사람은 처벌받을 것이다. 통역이 끝나자마자 모두 환호했다. 그들은 포로들에게 꿀꿀이죽 같은 아침을 먹인 다음 모두 막사에 밀어 넣고 문을 잠갔다. 점심 무렵 여기저기 살펴보고 있는데, 그들이 문을 벌컥 열고 세 명을 끌고 나갔다. 모두 와자지껄하게 추측했다. 심문받으러 간 것이라고도 하고, 끌고 가서 죽였을 수도 있다고 했다. 지난번 전투에서 붙잡힌 포로들은 셋에 둘이 죽었다고 들었다. 토론이든 추측이든 엉망진창이 되어 도저히 눈을 붙일 수가 없었다. 삼십 분 후에 문이 세게 열리고, 세 명이 돌아왔다.

셋은 심문을 받았다고 했다. 구체적으로 부대명, 직위, 출신지를 묻고 건강검진을 했다. 다시 세 명이 불려 나갔고, 응에 안 출신이 포함되었다. 돌아왔을 땐 둘만 돌아왔고, 응에 안 출신은 없었다. 사람들이 모여들어 물었으나 둘 다 고개를 저으며 모른다고 말했다. 각자 다른 방에 들어가 심문을 받았고, 그들이 기록을 마친 후에 돌려보내주었기 때문이라고 했다. 그냥 그랬을 뿐이었다. 형이 물었다.

─응에 안 말씨를 쓰는 사람이 어느 부대 소속인지, 계급이 뭔지

아는 사람 있어요?

아무도 없었다. 세 번째로 셋이 나갔다가 돌아올 때 셋 모두 돌아왔다. 네 번째에는 탄 호아 말씨가 포함되었다. 문이 다시 열렸을 때 군인들만 들어와 세 명을 다시 데리고 나갔다. 그렇게 네 번째는 아무도 돌아오지 않았다. 분위기가 긴장되기 시작했다. 연락병이 훌쩍거리며 울었다.

'나는 그를 위로했어.

— 너도 그냥 너 자신이 이미 죽었다고 생각해. 그래야 덜 무섭거든.

연락병은 고개를 저으며 속삭였지.

— 저도 그러려고 애써봤어요. 그런데 자꾸 살아 있다는 느낌이 들어요.

사실 나도 당혹스러웠어. 도대체 저놈들이 사람들을 데려가서 무슨 짓을 하는지 이해가 되지 않았어. 젠장, 젠장, 젠장, 젠장할……'

다시 문이 열리는 데는 오랜 시간이 걸렸는데, 한 명이 비틀거리며 들어오더니 쓰러지면서 바닥에 뒹굴었다. 문이 닫혔고 그들은 아무도 데려가지 않았다. 방금 돌아온 사람은 푸 빈 출신의 한이었다. 한은 끌려나가기 전 형의 손을 꼭 붙들고 당부했다. 만약 형이 살아 돌아가게 되면 자기 어머니에게 전해달라고 했다. 이웃에게 찾아가 자신이 전에 저지른 잘못에 대해 어머니가 대신 사과해 달라고. 형은 그 일이 무엇인지 알지 못했다. 모두가 한을 흔들어 깨워 물었지만 그는 한마디도 하지 못했다. 눈이 휘둥그렇고 입은 벌어져 막 귀신을 만나고 온 듯 헐떡거렸다. 연락병이 형에게 속삭였다.

— 저 사람 얼굴을 세게 치세요. 그러면 깨어날 거예요.

형은 괜찮은 방법이라 생각해, 모두 뒤로 물러서게 한 다음, 한의 얼굴을 주먹으로 힘껏 때렸다.

'손이 마비되는 것 같았어. 손목이 다 부러진 느낌이었어. 한은 완전히 뒤로 쓰러졌는데, 다행히 머리가 뒷사람 허벅지에 부딪혔지. 내가 말했어.

— 네가 말해주지 않으면 다른 사람이 어떻게 알고 대책을 세울 수 있겠어.'

한은 작은 방에서 심문을 받은 후 건강검진을 했다고 말했다. 의사는 검지와 중지를 겹쳐서 한의 척추 마지막 마디를 누르더니 잠시 기다렸다가 고개를 흔들며 밖으로 나갔다. 심문관도 종이를 들고 의사를 따라 나갔다. 혼자 남은 한은 서둘러 주위를 관찰하다가, 자기가 있는 방과 옆방 사이 벽에 나 있는 작은 구멍을 발견했다. 그가 구멍을 들여다보니 여섯 구의 벌거벗은 시신이 벽면 가까이 가지런히 놓여 있는 게 보였다. 시신은 모두 해부되어 있었다. 한은 그때 몸이 너무 떨렸고 손발의 힘이 다 빠졌으며, 자신도 분명 저렇게 될 거라고 생각했다. 그런데 심문관이 군인 한 명과 되돌아와서 그 군인에게 고갯짓으로 그를 끌고 나가라고 했다. 한은 나가면서 옆방 문을 관찰했는데, 철문에 흰 칠이 되어 있고, 밖에는 흰옷을 입은 사람 몇 명이 서성이고 있었다. 누군가 물었다.

— 아군 시신이었어요?

연락병이 곧바로 핀잔을 주었다.

— 여섯 명 딱 맞는데 뭘 물어.

'나는 문득 문제를 이해했어. 분명 너는 짐작할 수 없을 거야. 내가 큰 소리로 말했어.

— 나는 그놈들이 무슨 짓을 하는지 알아.

그 어떤 질문도 없이, 다들 나를 주시했어. 푸 빈 사람을 완전히 잊고서 말이야.'

연락병이 벌벌 떨면서 방귀를 뀌었다.

오후에 조마조마한 심정으로 떨고 있었지만 방으로 들어오는 군인은 없었다. 식사 나팔이 울려도 아무도 움직이지 않았다. 형이 사람들에게 힘을 내자고 격려했다. 밥을 먹어야 힘이 생기고 탈출방법을 찾을 수 있지 않겠어. 저녁이 되자 그들은 다시 세 명을 끌고 나갔다가, 연락병을 포함해 둘을 돌려보냈다. 형이 물으니 둘 다 아무것도 못 봤다고 했다. 전등불로 얼굴을 곧바로 비췄기 때문이라고 했다. 또 어떤 비명이나 신음소리도 듣지 못했다. 심문은 그저 형식적으로 부대, 이름, 나이, 고향에 대해 몇 가지 질문하는 정도였다.

'졸고 있는데, 큰 소리가 나고, 문이 갑자기 열리더니, 전등불이 내 얼굴을 똑바로 비췄어……. 젠장.'

— 신경 써. 파인애플 숲 옆으로 난 희미한 길이야. 아니, 저기, 왼쪽으로, 그래 맞아.

놈은 지금 짱에게 애써 길을 알려주고 있었다.

— 밀수꾼들의 길이야. 즈엉 선 루트[85] 못지않게 특이한 길이야.

이 길을 차지하기 위해 현 인민위원회 주석의 아들과 다른 밀수꾼들 사이에 치열한 교전이 벌어졌었다. 국경수비대와 밀수꾼들 사이에도 총격전이 벌어졌으나 그 자리에 흐아 녀석이 있었는지는 함부로 단정하지 못했다. 길은 희미한 흔적뿐이었지만, 이 지역 사람들의 마음속에는 확실하게 각인되어 있었다. 놈이 이 길은 중국으로 건너가는 최단 거리로 아주 빠르게 갈 수 있지만, 매우 험준한 구간으로 물소 한 마리가 겨우 지나갈 정도로 좁다고 말했다. 사냥꾼들이 백호를 쫓다가 백호가 작은 동굴 입구로 사라지는 것을 보고 우연히 그 지름길을 발견했다. 사냥꾼들은 용감하게 안으로 들어가 엄지발가락 크기의 노래기와 황금빛 지네가 무수히 많이 붙어 있는 축축한 바위 동굴을 끝까지 탐험했다. 밖으로 나왔을 때 그들은 자신들이 중국 땅에 들어왔다는 사실을 깨닫고 깜짝 놀랐다. 천연의 비밀 통로가 발견되자 밀수꾼들이 빠르게 장악했다. 처음으로 물건을 가져간 밀수꾼들은 네 명이었는데, 두 명이 알 수 없는 이유로 사라졌다. 동굴의 가장 널찍한 곳에 가서야 이유를 알 수 있었다. 그곳

---

85 베트남 전쟁 당시 하노이에서 라오스, 캄보디아 국경 일대를 거쳐 사이공까지 병력과 장비가 이동했던 길이다. 호치민 루트라고도 부른다.

에는 많은 갈림길이 있었고, 크게 울부짖는 소리가 들린 후 손전등은 튕겨 나가고 두 사람은 잡아먹혔다. 그 후로 밀수꾼들은 총을 가지고 다녔는데, 안전한 것처럼 보였지만 때때로 몇몇 사람이 어두운 갈림길에서 사라지기도 했다.

놈은 평평한 도로에서 차가 빠르게 달리는 동안 천천히 말했다. 산이 실제 크기를 드러내어 예기치 못한 불운을 없애주었다. 산은 아름답고, 시적이며, 능선이 명확했다.

흐릿한 차창을 통해 모래성 같은 작은 산들이 멀리 보였다. 그 사이로 하얀 벽을 한 집들이 차례를 바꾸며 나타났다. 앞의 휘청거린 바퀴 자국은 주석 아들의 오토바이가 굴러간 것이다.

— 지금 몇 시지?

놈이 물었다. 운전기사가 대답했다.

— 세 시 정각이에요.

— 아직 이르군.

놈은 큰 소리로 하품하며 뒤돌아보고 말했다.

— 오늘 밤에 현에서 문예 공연을 한대. 메오 족 캔[86] 춤 공연 본 적 있어?

나는 고개를 저었다. 운전기사가 말했다.

— 메오 족 사람들이 술에 취해 추는 춤인데, 무술 시합 같아서

---

86 메오 족 전통 악기로 대나무로 만든 관악기다.

엄청 재미있어요.

　기억나는 것은 그 순간 내가 아버지를 정말 많이 그리워했다는 것이다. 아버지는 내게 무술 춤을 보여주었다. 내가 익사할 뻔했던 그날 밤이었다. 나중에 내가 점점 더 깨닫게 된 것은 무술이 야생의 소산이라는 것이다.

　현으로 진입하는 길에 물결 휘도는 작은 개울을 통과했다. 양쪽 개울가는 자갈이 많지 않았고, 수정처럼 반짝이는 하얀 모래가 띠를 이루고 있었다. 놈은 이 개울이 어디서 시작하는지는 모르지만, 산 기슭에서 나타나 길을 가로질러 현까지 뻗었다가 다시 흘러 다른 산 기슭으로 사라진다고 말했다. 놈은 이곳이 텀 띠엠 강의 일부라고 추측했다. 놈이 그렇게 결론을 내린 데에는 몇 가지 이유가 있었다. 텀 띠엠은 이 지역에서 흰 모래를 운반하는 유일한 강이다. 그리고 텀 띠엠은 남쪽에서 북쪽으로 흐르는 유일한 강이다. 텀 띠엠은 또한 땅 아래 깊이 흐르는 유일한 강이며 아직 아무도 그 강의 주요방향이 어딘지 확인하지 못했다. 운전기사는 반대로 텀 띠엠과 이 개울을 연결하면 정사각형 모서리가 될 것이기에 이치에 맞지 않는다고 주장했다.
　한 줄로 늘어선 작은 집들, 가운데가 구부러진 검은 기와지붕, 하얀 연기를 내뿜는 모습에 눈이 즐거웠다. 큰 바위 아래 무심하게 자리 잡은 작은 사원이 소박한 치장에 이끼로 얼룩덜룩했다. 분홍색 부적이 몇 장 펄럭이는 사원은, 외롭게 서 있었다. 이어서 짧은 구간 동안 곧게 뻗은, 가시 많은 나무들의 행렬이 이어졌다. 그다음으로 널찍한 현 인민위원회가 나타났다. 3층짜리 건물이 능선에 등을 기대고, 광활한 계곡을 똑바로 내려다보고 있었다. 놈은 이전 현에서와 마찬가지로 따뜻하지만 과장되게 친근한 악수를 했다. 나를 중앙의 문화부 간부라고 소개하고 현장 답사와 자료수집을 위해 왔다고 했다. 소개가 이어지는 사이에 짱이 정문으로 나가 길을 오가는 다채로운 차림의 소수민족을 바라보고 있었다. 그녀는 현의 간부들과 접촉하고 싶어 하지 않았다. 작은 키의 현 주석은 대나무쥐처럼 활기차게 걸었다. 주석 사무실에 앉아 있는 동안 아직 분위기도 달궈지지 않는데, 행정실장이 술을 들고 와 찰랑거리는 첫 잔을 억지로 권했다. 나는 세수하고 싶다는 핑계를 대고 거절했다. 행정실장은 우렁찬 목소리로 말했다.

　─여기서는 일 년 내내 세수를 안 해도 돼요. 아래 평지 같은 먼지가 없어서 세수할 게 없어요.

　그렇게 말하며 행정실장과 주석, 간부들까지 껄껄 웃었다. 행정실장이 잔을 입에 대었기 때문에 나도 눈 감고 코 막고 단숨에 술을 마셔야만 했다. 거만함과 허세가 섞인 표정이 그들의 얼굴에 뚜렷하게 나타났다. 놈이 귀에 대고 말했다.

　─이 사람들이 원래 이래. 그냥 몰래 빠져나가. 뒤는 내가 처리할게.

그 말을 듣고 떠들썩한 틈을 타 짱과 함께 밖으로 빠져나왔다. 소들이 사람들과 뒤섞여서 걸었다. 소들은 짙은 갈색에, 가죽이 팽팽했고, 뿔을 힘차게 치켜들었는데, 눈은 순박했다. 노랗게 물든 하늘이 산봉우리를 가로지르는 노을과 함께 어두워지고 있었다. 짱에게 시장에 가자고 말했지만 불과 몇 걸음만에 뒤로 물러섰다. 소똥과 쓰레기가 범람했고, 파리들이 벌떼처럼 큰 덩어리로 날아다녔기 때문이다.

저녁을 먹을 때에도 나는 적정 수준을 유지할 수 없었다. 계속 술을 권했기 때문이다. 나는 두 번째 잔을 받고 주석의 아들이 멋져 보였다고, 아들이 정통 레이서처럼 오토바이를 타고 질주하는 모습을 보았다고 말했다. 주석은 조금 두려워하는 것 같더니 이내 평정심을 되찾았다. 예닐곱 잔이 들어가자 귀가 먹먹해지기 시작했고, 서로 뒤섞여 떠들썩하게 춤을 추었다. 운전기사가 물 한 그릇을 퍼주며 마시라고 권했다. 소의 위액이었다. 곰 쓸개즙만큼 썼지만 놀라울 정도로 효과가 있었다. 어지러움이 덜했고, 형태와 그림자가 점차 구분되었다. 행정실장이 와서 시비를 걸었다.

—술은 안 마시고, 이렇게 쓴 물만 마셔버리면 벌을 받아야 해.

나는 고개를 저었는데, 운전기사가 한쪽 눈을 찡긋했고, 볼을 부풀려 마시는 척하되 삼키지는 말라고 신호했다. 나는 그가 시키는 대로, 행정실장이 돌아서기를 기다렸다가 재빨리 탁자 밑으로 술을 뱉었다.

청년단[87]의 문화 프로그램을 위해 인민위원회 마당 한가운데 불을 피웠다.

감미로운 노래와 타오르는 불길 속에서 나는 애원하는 번 리의 목소리를 번갈아들었다. 저는 아무것도 몰라요. 짱에게 한마디만 해주세요. 그다음에 불이 활활 타올랐다……. 휴대폰에 문자 신호가 왔다. 투 누나가 물었다. '밤에 거기서 재미난 일 있어?' 나는 최대한 문자를 짧게 보내려고 애를 썼다. 그런 다음 휴대폰을 껐다.

그리고 나는 언제인지 모르게 잠이 들었다.

형이 왔다. 옷은 지저분했고, 지독하게 탄 냄새를 풍겼다. 형은 네가 현명하다면 그만 올라가, 잡힐 거야라고 말했다. 나는 반박했다. 형이나 잡히지, 나는 아직 멀었어라고 했다. 형이 떠났다. 부끄러움 때문인지 분노 때문인지 확실하지 않았다. 서러움이 꿈속 한가득 거미줄을 쳤다.

놈은 아침에 가장 늦게 일어났다. 나와 짱, 운전기사는 현 주석과 아침밥을 먹고 차를 마시고 있는데 놈이 내려왔다. 주석이 짱과 사슴 고릴라 놀이[88]에 빠진 것을 보고 놈도 허풍을 떨었다.

— 어젯밤에 술 마신 사람은 나뿐이었나 보네.

주석은 미소를 지으며 발치에 있던 술병을 탁자에 올려놓았다. 놈

---

87 호치민 청년 공산단의 줄임말이다.
88 황당무계하고 허풍스러운 이야기로 수다 떠는 것을 뜻한다.

은 당황하여 고개를 절레절레 흔들며 아직 일이 많이 남았다고 핑계를 대었다. 청년단 비서가 덜렁대며 물었다.

— 오늘 아침은 어디로 가시나요?

주석이 말했다.

— 기사 쓸 수 있게 이분들을 따 번에 모셔다드려.

내가 물었다.

— 여기서 따 번까지 먼가요?

비서가 말했다.

— 멀지는 않지만 길이 험해요.

놈은 의자에 앉고 접시에서 찹쌀밥을 집어 먹었다. 운전기사가 의문을 품고 말했다.

— 전에 올라갔을 때는 길이 좋았었는데요.

주석이 설명했다.

— 작년에 홍수가 나 길을 몇 킬로미터나 휩쓸어버렸는데, 아직 다 복구하지 못했어요. 그래서 우회해야 해요.

계산에 따르면 오가는 데 각각 두 시간씩, 왕복 네 시간이 걸린다. 주석은 오후에 다시 만나기로 약속한 뒤 의기양양하게 차를 타러 나갔다. 각 사로 내려가서 선거 준비 상황을 점검할 예정이다. 휴대폰을 켜자, 문자 두 개가 동시에 들어왔다. 투 누나의 문자였다. 첫 번째 문자는 '술에 취했어? 번 리야, 사과할 게가 뭐야?'였고, 전송시간은 열두 시 이십 분이었다. 두 번째 문자는 '번 리가 누구야????!!!!' 전송시간은 열두 시 사십삼 분이었다. 나는 어젯밤 누나에게 보낸 문자를 확인하고 내 스스로에게 소름이 돋았다.

청년단 비서는 하얀 능선 속 희미한 봉우리를 가리키며, 따 번 봉우리라고 말했다. 차에 타기 전에 놈이 물었다.

— 연료는 확인했지?

운전기사는 방금 가득 채웠다고 했다. 그의 얼굴은 별로 쌩쌩해 보이지 않았다. 청년단 비서는 나와 짱 사이에 앉았다. 차가 출발하고 얼마 가지 않는데, 비서가 짱 쪽으로 몸을 완전히 기울이고 있는 게 보였다. 처음에는 길도 좋고, 도로도 평탄하게 포장되어 있었으나, 불과 십여 킬로미터 더 가서 우횟길로 접어들자 심하게 덜컹거렸다. 고르지 않은 자갈길이라 차가 계속 흔들렸다. 비서가 따 번 봉우리는 우리와 그들 사이의 경계라고 말했다. 정상에 정계비가 있고, 이쪽은 우리 땅이고 저쪽은 그들 땅이다. 따 번의 가장 특별한 건 풀과 나무들도 국경을 따라 나뉘어 있다는 것이다. 저쪽은 풀과 나무도 저쪽으로 휘어 있고, 우리 쪽은 풀과 나무도 우리 쪽으로 휘어 있었다. 그래서 옛날에 따 번 봉우리는 왕이 있는 방향으로 꺾이는 길이라 했다. 고서에는 국경을 사이에 두고 두 개의 산이 있는데, 산 하나는 남쪽에 있어 안 남과 참파 사이의 경계를 나누고, 다른 하나는 북쪽의 까오 방 지역에 있다고 기록되어 있다. 비서의 말을 들어보니 산 하나가 더 있었다.

— 정말 양쪽으로 휘어져 있나요?

짱이 신기한 듯 물었다. 비서는 분명하게 고개를 끄덕였다. 놈이 끼어들었다. 그런 현상은 산이 서로 반대 방향으로 부는 바람 한가운데에 있기 때문에 풀과 나무들이 반대 방향으로 몸을 숙이는 것이라고 설명했다. 비서는 그 말을 믿지 않는 것 같았지만 반박하지도 않았다. 다만 그는 하늘이 경계선을 그은 것이고, 풀과 나무도 그것에 영감을 받고 있다고 넌지시 말했다. 운전기사는 산꼭대기만 영감을 받고 수백 킬로미터의 국경은 왜 영감을 받지 않느냐고 반박했다. 비서는 난처해져 화제를 돌렸지만, 여전히 자신의 논리를 믿고 있는 듯했다. 길은 험했고, 양쪽의 풍경은 낯설지 않은 산들에 둘러싸여 있었다. 숲이 눈앞에 얼씬거렸고, 작은 옥수수밭들이 길가로 나타났다가 뒤로 물러났으며, 높은 산비탈에는 집 몇 채가 초라하게 서 있었다. 짱은 청년단 비서와 몸이 한쪽으로 쏠릴 때마다 허벅지로 고양이 쥐잡기 놀이[89]를 했다.

　나는 형이 밑줄 친 문장을 분명히 기억한다. <u>나는 여기 따 번에서 죽을 것이라 생각했다.</u> 이 부분은 자세히 설명되어 있었다. 적군 한 놈이 AK 소총에서 단검을 풀어 천천히 형을 향해 다가왔다. 그때 형은 두 팔이 뒤로 묶인 채, 무릎을 꿇고 있었다. 그런데 수첩에는 청년단 비서가 말한 것처럼 풀과 나무들이 양쪽으로 휘어져 있다는 세세한 것은 기록하지 않았다. 따 번 봉우리는 앞에서 여전히 맴돌았

89　남녀가 연인이 되기 전에 또는 연인 사이에 상대의 마음을 애타게 만드는 행동을 지칭한다.

다. 오른쪽으로 흔들릴 때도 있고, 왼쪽으로 흔들릴 때도 있고, 때로는 짙은 녹색 숲 뒤로 사라져버리기도 했다.

'정찰병은 당황해 얼굴이 창백했어. 중대장이 길을 잃었지, 그렇지 하고 물었어. 정찰병이 울상이 되어 고개를 끄덕였어. 이 멍청한 자식, 명색이 보강 정찰대 조장인데, 대체 어떻게 우리를 반나절 동안 적들의 땅으로 끌고 와서 길을 잃게 만들어. 우리는 정찰병을 따라 숲을 통과하고 높은 산등성이를 넘으면서 여전히 우리 땅이라고 생각했어. 나는 이미 의심을 했었어. 적의 땅이 직선거리로 불과 1킬로미터 조금 넘는 거리에 있고, 길을 따라 우회하면 세 배 정도 될 거라는 중대장의 말을 들었기 때문이야. 그렇건만 정찰병이 우리를 반나절이나 끌고 다녔어. 중대장은 화도 나고 두려워서 정찰병 녀석에게 욕을 했지. 정찰병도 험악하게 맞섰어.

　─ 장소들이 어디나 다 똑같아요. 중대장님이 차이를 말해보세요.

　녀석의 말에도 일리가 있었어. 그들 땅이나 우리 땅이 조금도 다르지 않았지. 젠장. 저녁이 되자 정말 겁이 났어. 모두 정찰병에게 투덜거렸지. 중대장은 이미 길을 잃은 건 어쩔 수 없는 거니까, 쟤가 돌아가는 길을 찾을 수 있게 다들 입 닥쳐라, 계속 욕만 해대면 어디 길을 찾을 수 있겠냐고 했어. 잠을 자고 새벽에 일어났는데 주위에 새 떼가 있는 듯 시끄러운 소리가 났어. 알고 보니 또다시 길을 잃어 적이 주둔한 바로 그곳까지 들어간 거야.'

형이 잠들었던 곳에서 몇백 미터 떨어진 산기슭에 야전 막사들이 빽빽하게 떼 지어 있었다. 억울 계곡에서처럼 똑같이 울부짖고 싶었다. 형과 동료 부대원들은 골짜기 깊숙이 도망쳐 눈에 띄지 않도록 위장하고, 발견됐을 경우를 대비해 총의 잠금장치를 풀었다.

'말이 대비일 뿐, 모두 알고 있듯이 발견되면 그냥 끝장인 거였어.'

거의 한 시간을 기다렸는데 그들이 움직이지 않았다. 중대장은 형에게 엄지발가락처럼 생긴 조롱박 모양의 봉우리를 가리키며, 저곳이 국경을 나누는 곳이라고 했다. 저기로 갈 수 있는 곳을 찾으면 탈출할 수 있어. 정찰병은 자책하며 손톱을 깨물고 눈을 붉혔다. 정찰병은 저녁까지 기다리면 자신도 돌아가는 길을 제대로 찾기 어렵다고 말했다. 중대장은 어쩔 수 없이 위험을 무릅쓰고 대낮에 돌아가기로 결정했다. 부대원들은 바위틈을 빠져나와 근처에 집결한 병력을 피해 남동쪽으로 조금 더 깊이 우회했다. 그러고는 정상을 기준으로 삼아 처음 방향으로 접어들었다.

'가다 보니 또 너무 멀리 길을 잃은 것 같았어. 가슴 높이의 네모난 바위들을 지나 푸르스름한 풀밭 주위로 왼편에 물 맑은 커다란 연못이 있었어. 물을 마시러 가려고 했는데 정찰병이 귀를 쫑긋 세우고는 나를 급히 끌어당겨 바위 뒤에 숨겼어. 중대장과 떤 녀석도 재빨리 따라 숨었지.'

연못에서 위장복을 입은 군인 여섯이 형 쪽으로 걸어오고 있었다.

다들 덩치가 컸고, 총을 등에 대각선으로 메고, 허리에 수류탄을 두르고 있었다. 그들은 특정 방향을 따라 곧장 걷지 않고, 껄렁껄렁하게 천천히 걸었다. 아직 그들이 형을 발견하지 못했다는 증거였다. 군인들은 이야기를 나누며 걷다가, 형이 숨어 있는 바위에서 100여 미터 떨어진 곳에서 멈춰 섰다.

'내 생각에 이번 생은 이렇게 끝났다 싶었어. 문득 정찰대 녀석이 원망스럽더군. 이 머저리 같은 남 딘 녀석. 무슨 임무를 이렇게 개같이 해서, 남에게 해를 끼치면서, 여기까지 끌고 온 거야.'

군인 여섯 명은 총을 한쪽으로 치워두고 둘러앉아 전투식량을 꺼내 먹었다. 정찰병은 중대장에게 싸울 건지 아니면 조용히 빠져나갈 건지 물었다. 중대장은 싸우면 노출이 되고, 빠져나가면 노출되지 않을 수 있다고 말했다. 펀은 싸우자고 했다. 펀은, 그냥 다 죽이고 빨리 도망가면 다른 놈들이 발견해도 어느 방향으로 쫓아가야 할지 모를 거라고 말했다. 중대장은 형에게 물었고, 형은 펀의 말에 일리가 있다고 했다. 그래서 두 방향으로 나뉘어 형과 정찰병이 왼쪽으로 돌고 중대장과 펀이 정면에서 싸웠다.

'우리가 접근해서 한 스무 걸음쯤 남았을 때 그들에게 발견됐어. 내 쪽에서 발견된 건지 중대장 쪽에서 발견된 건지 확실하지 않았어. 그들이 당황해서 총을 집어 들고 일어서는 것만 볼 수 있었어.'

정찰병은 큰 소리로 외쳤다.

—사격.

형과 정찰병이 군인들을 향해 경쟁하듯 총을 쏘았다. 중대장과 편도 총을 쏘았다. 넷은 총을 맞고 그 자리에서 죽었고, 남은 하나는 대검을 총에 꽂고 형을 향해 돌진했고, 다른 하나는 부상으로 누워서 중대장 쪽을 향해 총을 쏘았다. 두려움 때문인지 발견하지 못해서인지 몰라도 한 놈은 계속 형과 정찰병이 몸을 숨기고 있는 바위를 향해 용감하게 돌진했다. 모두 칼을 뽑아 들고 각자 바위에 기대어 있었다.

'그 녀석은 내가 서 있는 바위 가장자리로 비스듬하게 달려왔어. 내가 그 녀석을 찔렀지. 딱 한 번. 녀석이 나보다 덩치가 큰 줄 알았는데 덮치고 나서 보니 나랑 덩치가 비슷하더군. 약간 더 마른 것 같기도 했고. 너 옛날에 우리집 근처에 살던 전문가[90] 아저씨 기억나? 그 녀석이 딱 그렇더군. 코가 약간 옆으로 비뚤어졌고, 눈매는 위로 올라가 있고, 목이 가늘었어.'

형이 정확히 목에 칼을 꽂았는데, 깊숙이 박혀버렸다. 목뼈가 아니었다면 칼이 반대쪽으로 빠져나갔을 것이다. 군인은 울지 못했다. 두 눈을 하얗게 까뒤집고 형을 노려보았다.

'그 순간 녀석의 모습이 그 전문가 아저씨가 우리에게 재미있게 보이려고 똔 선교사 역할을 하면서 노려보는 모습하고 똑같았어.'

---

90 중국인 군사전문가로 베트남이 미국과 전쟁을 치를 때, 베트남에 상주하면서 군사전략 자문 역할을 했다.

형이 우두커니 서서 군인을 쳐다보고 있는 것을 보고 중대장이 달려와 소리쳤다. 도망치지 않고 서서 네 아버지한테 제사 지내? 형은 급히 뛰다가 몇 걸음 만에 문득 생각난 듯 재빨리 돌아가 군인의 목에서 칼을 빼, 피를 닦을 새도 없이 정찰병의 엉덩이를 보고 필사적으로 달렸다. 산기슭으로 달려가서 울창한 나무숲 안쪽에 숨었다. 그제야 정찰병이 중대장에게 그놈들이 다 죽은 게 맞는지 물었다. 떤은 도망치기 전에 다섯 놈에게 총을 한 발씩 쏘았다고 재빨리 강조했다. 중대장은 서둘러 정상으로 올라가라고 명령했다.

'나는 여기가 따 번 봉우리가 맞는지 궁금했어. 정찰병은 당황하며 일단은 올라가보고 맞는지 틀리는지는 그다음에 따져보자고 했어. 우리는 정상으로 올라가는 길을 찾는 데 몰두했지. 나무들은 크지 않았는데 대신 가지가 많고 가시도 많았어. 젠장, 젠장. 떤은 나한테 파란 뱀에 물리지 않게 조심하라고 했어. 때때로 적에게 죽는 것보다 허무하게 파란 뱀에 물려 죽기도 한다고 했지.'

나는 소름이 돋았다. 파란 뱀, 번개처럼 생긴 파란 뱀이 우리 동네에도 있었다.

— 여기 숲속에 뱀이 많아?

나는 청년단 비서에게 물었다. 그가 대답했다.

— 꽤 많아요.

놈이 끼어들었다. 이 지역은 독사로 유명하다고 강조했다. 그런 뱀에게 한번 물리면 오 분 만에 마비되고 이십 분 안에 죽는다. 놈은 건너편 그들의 자료를 입수했는데 거기에 따 번 쪽 1979년 2월 전투에서 군인이 독사에게 물린 사례가 41건이었으며 일곱 명이 사망하고 열여섯 명이 전신이 마비되어 제대시켰다고 했다. 1984년엔 지난 전투의 교훈을 얻어 그들은 연대마다 독사의 독을 치료하는 전문의를 추가로 배치했다.

　─파란 뱀에게 물렸을 때는 물린 데를 절단한 후, 운 좋으면 살수 있어.

　놈이 그렇게 말했다. 운전기사가 말했다.

　─목을 물린 대부분의 사람들은 뱀이 높은 곳에서 뛰어내렸기 때문에요.

　청년단 비서는 이 이야기에 관심이 없었다. 허벅지 비비기 놀이로 짱에게 푹 빠졌기 때문이었다. 길 한쪽 숲속에서 연기가 훨훨 피어올랐다. 밭농사를 짓기 위해 숲에 불을 질렀다. 전국 어디서나 연기가 피어올랐다.

　그리고 이 울퉁불퉁하고 지루한 길에도 강조할 점이 있었다. 산기슭에는 푸른 풀과 갈색 흙 사이에 평평하고 얼룩덜룩한 선이 형성되어 있었는데, 네댓 그루의 고목이 서로 뭉쳐 울창하고 커다란 덩어리가 되어, 검은 산의 열매처럼 보였다. 고목들 사이에 작은 사원이 하나 있는데, 날 일자 모양의 사원으로, 지붕이 위로 휘어 있고, 문은 하나뿐인데, 문짝이 없었다. 처음 호기심을 느낀 사람은 짱이었다.

— 저기 뭔데 저렇게 예뻐요?

청년단 비서가 사원인데 누구를 모신 건지 자기도 정확히는 모른다고 했다. 나는 놈이 말하기를 기다렸지만, 놈은 모른 척 시치미를 뗐다. 운전기사는 놈이 아무 말도 하지 않는 것을 보고 설명했다.

— 이 사원은 응웬 꽁 테를 모시는 곳 같아요.

놈의 차례에 놈이 놀라 말했다.

— 언제 때 사람이야?

운전기사는 고개를 저으며 말했다. 오래전에 예전 부편집장을 데리고 여기를 지난 적이 있는데, 사람들이 말하는 걸 들었어요. 내가 착각한 게 아니라면 알고 있는 인물이다. 그는 응웬 꽁 타이[91] 제주[92]로 고향은 탄 찌 현의 낌 르다. 1715년 빈 찌 왕 때 진사에 합격했다. 당시 청나라가 비 쑤옌 지역의 땅을 우리에게 반환하려고 했는데, 그 조건으로 땅을 돌려받을 때 세 번 무릎 꿇고 아홉 번 머리를 조아리는 예[93]를 청 황제에게 갖추어야 했다. 이에 응웬 후이 뉴 언[94] 좌시랑[95]과 응웬 꽁 타이 제주가 베트남 대표로 예를 갖춘 후

---

91 Nguyễn Công Thái(1684~1758). 18세기 초, 다이 비엣 시대의 공신으로 국자감 제주를 역임했고, 베트남을 대표하여 베트남 중국 국경의 정계비를 세웠다.

92 국자감의 최고책임자. 오늘날 국립대학총장에 해당한다.

93 삼궤구고두례(三跪九叩頭禮), 청나라 황제를 대면할 때 하는 인사. 구령에 따라 무릎 꿇은 채 이마가 바닥에 닿도록 절하기 세 번, 이 과정을 세 번 반복했다.

94 베트남 중국 국경 정계비를 세울 당시, 병부 좌시랑(국방부 차관)으로 대표단장을 맡아 중국을 상대했다.

95 오늘날의 차관에 해당하는 관직이다.

땅을 받았다. 국경의 경계는 도 쭈 강으로 결정됐다. 그런데 카이 호아 영주[96]가 뚜옌 꾸앙 지역 깊은 곳에 있는 작은 강을 도 쭈 강이라고 하고 그곳에 정계비를 세우라고 요구했다. 응웬 꽁 타이는 그 음모를 알고 있었기 때문에 며칠 동안 직접 산길 물길을 헤치고 정계비를 세울 진짜 도 쭈 강을 찾았다. 실제로 도 쭈 강은 카이 호아 지역 아주 깊은 곳에 있었다. 비는 1728년에 세워졌다. 후대의 모범이라고 칭송받는 제주의 사당이 어째서 이 구석진 곳에서 길을 잃고 헤매고 있는지 이해되지 않는다. 역사는 미친 짐승처럼 정신없이 날뛴다. 도 쭈 강도 사라졌고, 모호하고 의심스러운 흔적만 몇 개 남아 있었다.

내가 응웬 꽁 타이에 대해 이야기하자 놈이 놀랐다. 놈은 아직까지 내게 감동한 적이 없었고, 내 독서량에 반신반의할 뿐이었다. 놈의 땅에서 내가 놈을 능가하는 순간이 있을 거라고는 상상하지 못했다. 짱은 눈을 반짝이며 나를 바라보았다.

— 이 주변에는 강이라곤 전혀 없는걸요.

운전기사가 말했다. 나의 말에 대한 의심을 숨기지 않았다. 어쩔 수 없었다. 나도 그 정도만 알고 있을 뿐이다. 나는 적절한 장소, 적절한 때에 해야 할 말을 알고 있고, 얼마나 정확한지는 스스로 감수

---

96 봉건왕조 시기, 소수민족 거주지역인 북부와 중부 산악지대에서 중앙정부에 복종하는 조건으로 영주제를 실시했다. 영주제는 20세기 중반까지 존속했다.

할 뿐이다.

　— 개울이 있지만 멀리 안쪽에 있고 그 왼쪽으로 텅 빈 공간이 있어요.

　청년단 비서가 말했다.

　침묵이 흘렀다. 바퀴가 도로 위에서 애쓰고 있었다. 따 번 봉우리는 점점 분명해졌다. 햇살과 나란히 가슴을 맞대고 있었기 때문이다. 태양과 맞먹는 위치에서는 산뿐만 아니라 모든 것이 장엄해 보였다.

　— 곧 도착해요.

　비서가 짱에게 친절하게 말했다. 차가 힘겹게 기어 올라갔다. 탐색하듯 멈췄다가 다시 위로 기어 올라갔다. 나무들 사이에서 글자가 희미하게 새겨져 있는 회색의 직사각형 정계비가 작은 공간을 차지하고 있었다. 차가 완전히 멈추지 않았는데도, 나는 문을 열고 뛰어내렸다. 빠르게 걸어올라가 정계비 꼭대기에 두 손을 얹었다. 정계비도 열이 난 듯 뜨겁게 달아올랐다.

　— 어때?

　놈이 턱을 치켜올리며 물었다.

　— 안에서 소 우는 소리가 나는걸.

　나는 장난으로 대답했지만 머릿속에서 갑자기 의문이 들었다. 이 자리가 형이 길을 잃고 그들의 땅에 갔다가 잡혀, 죽기 살기로 돌아오려고 했던 곳일까? 수첩 기록에는 오후, 오후가 거의 끝나갈 무렵이라고 했다. 나는 서너 시쯤이라고 추정했다.

'떤 녀석의 입이 귀신 같았어, 젠장. 그런데 당한 사람은 내가 아니라 중대장이었지. 우리는 지름길로 가려고 두 개의 긴 절벽 사이 덤불을 헤치고 들어갔어. 그때도 정찰병이 여전히 선두에 있었고, 내가 두 번째, 중대장이 내 뒤에 있었고, 떤 녀석이 꼬리에 있었어.'

형이 정찰병을 따라가고 있었는데 등줄기에 가시가 박힌 느낌이 들었다. 올려다보니 잎이 무성한 똑같은 모양의 나뭇가지들이 둥근 지붕을 이루고 있었는데, 순간 형의 머리 바로 위의 가지 한 쪽이 요동치는 것이 보였다. 형은 숨을 멈추고 다시 경계하고 살폈지만 아무것도 보이지 않았다. 그래서 착시라고 생각했다. 갑자기 '아' 하는 소리가 들렸다. 형이 바로 돌아섰는데, 중대장이 털썩 주저앉아 손으로 목덜미를 움켜쥐고 있었고, 꽉 움켜쥔 손에서 파란 꼬리가 꿈틀거리며 빠져나가는 게 보였다. 독사였다.

'내 머리가 다 어지럽고, 팔다리가 뻣뻣해졌어. 중대장이 힘껏 나를 잡아채며 말했어.

— 빨리 이곳을 벗어나야지.

정찰병은 화가 났지만, 미친 듯 필사적으로 나무를 헤치며 달려나갔어.'

네 사람 모두 덤불에서 나왔을 때 중대장은 여전히 파란 뱀을 붙잡고 있었다. 뱀은 목이 졸려 죽었다. 중대장 목덜미에는 가시에 긁힌 자국처럼 두꺼운 이빨 자국 두 개가 있었다. 피는 상상했던 것보다 조금밖에 흘러나오지 않았다. 떤은 아무 말도 하지 않고 중대장의 머리를 아래로 누른 다음, 피를 짜내기 위해 이를 악물고 뱀에 물린 곳을 힘껏 쥐었다. 떤이 너무 세게 쥐어짜서 중대장이 비명을 지르지 않으려고 입을 다문 채 풀밭을 움켜쥐고 있었다. 그러나 피는 조금밖에 새어나오지 않았다. 정찰병은 칼로 뱀에게 물린 자리를 넓게 찢은 다음, 떤에게 피를 빨라고 했다.

'떤이 중대장의 목덜미에 입을 대고 쭉쭉 빤 다음 세게 뱉어냈는데, 입에서 피가 튀었어. 만약 네가 봤으면 떤이 중대장을 구하는 게 아니라 중대장을 잡아먹는다고 생각했을 거야.'

중대장을 지혈시킨 후 정찰병은 최대한 빨리 되돌아가는 것이 최선이라고 말했다. 시간을 줄이는 만큼 중대장 생명에 대한 희망이 조금씩 늘어나는 것이다. 하지만 서둘러 갈 수가 없었다. 이곳이 가장 험난하고 매복에 쉽게 걸리는 구역이었기 때문이었다. 형이 자청해 중대장을 부축하겠다고 했지만 떤이 거절하며 자기가 계속 맡겠다고 했다.

'젠장, 정찰병은 선두에서 길을 탐색하고, 나하고 떤 녀석이 조금 뒤쳐져 갔어. 떤 녀석이 중대장을 부축하고 나는 떤의 총을 들고 엄호했어. 오르막길을 고통스럽고 미련하게 한참을 갔어도 겨우 몇백 미터밖에 갈 수 없었어. 정찰병은 한 구간 정도 갔다가 안전하다 싶으면 두 번 새 울음소리를 냈어. 그러면 나와 떤이 앞으로 나갔지.'

중대장은 이미 어지러증을 호소했고, 한 구간 더 가서는 신음소리를 냈다.

— 나 아무것도 안 보여.

뻔은 중대장을 내려놓고 형을 끌어당겨서 속삭였다.

— 힘들겠어요. 독이 이미 뇌에 퍼진 것 같아요.

형은 뻔에게 총을 건네주고 몸을 굽혀 중대장을 어깨에 들쳐메고 씩씩하게 뛰었다. 중대장의 몸은 뜨겁게 달아올라 있었고, 처음에 신음하다가 나중에는 조용해졌다. 형은 오르막길을 있는 힘껏 달리면서, 중대장의 손을 계속 잡아당겼다. 뻔은 뒤도 돌아보지 않고 용감하게 따라갔다. 둘 다 정찰병을 지나쳐 달렸다. 정찰병이 당황하여 낮게 소리를 질렀다.

— 미쳤어, 앞에 적들이 있다구.

'그런데 우리는 그 말을 듣지 않고 계속 달렸어. 뻔은 등에 총 두 자루를 대각선으로 메고, 있는 힘껏 나를 언덕 위로 밀었어. 나는 뛰는 데 몰두하느라 중대장의 손이 차가워진 것을 알아채지 못했지. 중대장의 몸이 축 늘어져 내 어깨에서 흔들거렸어. 정찰병은 다시 앞으로 튀어 나가며 말했어.

— 일단 앞을 좀 살펴볼게.

뻔 녀석이 한숨을 길게 쉬며 말했어.

— 우리 땅이 바로 저긴데, 뭘 더 살펴.

이제 더는 어떻게 달려야 할지 모르겠고, 다만 따 번 봉우리에 올라가면 내가 소리를 크게 외칠 거란 것만 알고 있었지. 이렇게 말이야.

― 돌아왔구나.'

그리고 형은 몇 걸음 더 나아가다 땅에 쓰러졌다. 정찰병은 주위를 둘러보고 총을 쏠 준비를 했다. 움직임은 없었고, 형의 우우하는 숨소리만 들렸다. 펀은 중대장을 뒤집고는 한숨을 한 번 크게 쉬었다. 중대장의 얼굴이 크게 부어올라, 마치 잘 익은 자두처럼 보라색이어서, 거대한 자두 같았다. 눈도 보이지 않고, 코도 보이지 않아 팽창한 덩어리 하나에 공포에 질려 크게 벌어진 입만 보였다. 중대장의 몸 전체가 보라색이었다. 중대장은 아직 숨이 붙어 있었지만 말을 할 수 없었다. 단지 숨만 쉬고 있었다. 숨쉬기 힘든 듯 헐떡거렸다. 바로 그 순간 아주 큰 폭발음이 두 번 들렸다. 정찰병이 뒤로 튕겨 나가 바닥에 축 늘어졌다. 형이 생각할 틈도 없이 폭발음이 다시 들렸다. 펀은 풀썩 쓰러졌고, 얼굴 전체에 피가 흘렀다. 형은 몇 바퀴를 굴러갔는데, 어지럽게 불타고 있는 커다란 나무 앞까지 굴렀다.

― 쬐소우![97]

뒤에서 고함 소리가 나더니 형은 알 수 없는 일격에 현기증을 느끼며 큰 대자로 쓰러졌다. 그들이 달려들어 형을 묶었다.

그들이 길을 가로질러 정찰병이 누워 있는 곳으로 형을 데려갔을 때, 형은 정찰병의 이마에 깊은 구멍이 나 있는 것을 보았다. 그것은 신중하게 겨냥한 총알이었다. 군인 하나가 중대장이 죽었는지 살았

---

97 '손 들어'라는 뜻의 중국어다.

느지 확인하려고 머리를 발로 툭툭 찼다. 그러자 중대장이 숨을 헐떡거렸다. 총을 거꾸로 비스듬하게 든 군인이 날카로운 칼로 중대장을 찌르려다가 어째서인지 경멸스럽게 중대장을 바라본 다음 그대로 두었다.

'지금 다시 생각해 보면 그놈이 정말 깊이 내다본 것 같아. 원래는 그놈이 포로수용소 연락병이 말한 대로 연락병의 대대장이 당했듯이 우리 중대장에게 그랬어야 했어. 젠장, 젠장, 젠장.'

형은 신발이 벗겨진 채 끌려갔는데, 형과 동료들이 좀전까지 고생스럽게 올라왔던 그 길이 아니라 다른 방향이었다.

'그래서 나는 지금까지 우리가 그들의 땅에서 길을 잃었던 게 아니라 우리는 계속 우리 땅에 있었던 게 아닌가 의심하고 있어. 그 근거는 내가 그때까지 어떤 돌비석도 본 적이 없었기 때문이야.'

그들은 목을 여민 옷을 입고, 철모를 쓰고, 엉덩이부터 가슴까지 겹겹이 탄띠를 차고 있었다. 그들 중 몇몇은 방탄조끼를 입고 있었다. 옷이 너무 두껍게 부풀어 있었기 때문에 형이 그렇게 추측했다고 썼다.

형은 방향을 알 수 없었고, 사방은 나무와 바위뿐이고 크고 작은 포탄 구덩이들이 얽혀 있었다. 걷는 동안 때때로 산비탈 위에서 사격을 당했다. 그럴 때마다 그들은 몇 차례 대응 사격을 한 뒤 서둘러 달려갔는데, 운 좋게 아무도 총에 맞지 않았다. 형은 그 총이 아마도 민병대의 허술한 저격총이라고 생각했다. 정규군의 총이었다면 빗나갈 리가 없었다. 그리고 그들은 모여서 무언가 회의를 했는데, 이해되지 않았지만, 형의 추측으로는 그들이 형을 어떻게 처리할지를 놓고 말다툼을 벌이는 것 같았다.

'나는 그들이 우리 동네 시장에서 채소 파는 아줌마들처럼 빠르고 시끌벅적하게 말하는 소리를 들었어.'

땅딸막한 체구에 얼굴에 곰보 자국이 있는 군인은 형을 미워하는 것 같았다. 말을 거칠게 하며, 총에서 단검을 떼어냈다.

'나는 중대장이 우리가 잡은 수색대의 목을 벴던 것처럼 그놈이 지금 당장 내 목을 벨 거라고 생각해 소름이 끼쳤어.'

땅딸이는 총을 던져버리고 하얗게 빛나는 단검을 움켜쥔 채 형이 있는 곳으로 곧장 걸어왔다. 그때 엄한 목소리가 그를 불러 세웠다.

'둘은 한참 동안 논쟁한 끝에 결정을 내렸고, 땅딸이는 분한 표정으로 단검을 총에 다시 꽂았지. 그들은 내게 일어나서 계속 가라는 신호를 보냈어.'

가는 도중 형은 수많은 폭탄 구덩이와 아군과 적군을 구분할 수 없는 시신들을 보았다. 형은 폭탄 구덩이에 느슨하게 걸쳐져 있던 팔 하나를 영원히 기억할 것이라고 썼다. 누군가의 몸에서 잘린 그 팔은, 피 묻은 손가락이 미모사 잎처럼 오그라들어 있었다. 바위를 지나 더 깊이 들어가니 평야가 나왔다. 형은 그들이 너무 많아 깜짝 놀랐다. 개미 떼가 둥지를 옮기고, 꿈틀대고, 허둥대고, 이놈 저놈이 부딪히는 모습과 다르지 않았다. 탄약, 군수품도 가득 쌓여 있었다.

페인트칠이 벗겨진 소련제 GAZ-69 지프 차가 주차되어 있었다. 군인들은 형을 그곳으로 끌고 가 차에 있던 세 명에게 넘겼다. 차에 기어를 넣기 전에 곰보 자국의 땅딸이는 남몰래 형의 가슴을 팔꿈치로 세게 찍었다.

차는 군인들이 행군하는 방향과 반대 방향으로 달렸다. 형은 태양을 보았다. 그것은 빨갛고 둥글며 시계추처럼 흔들거리고 있었다.

'너는 모를 거야. 너는 잡힌 사람의 감각이 어떤 건지 모를 거야. 갑자기 모든 것이 소름 끼치게 텅텅 비어버리지. 집결지에 모이던 그날 밤처럼 말이야. 그날 밤 우리집에 핀 꾸인 꽃은 정확히 백 송이였어. 자네[98] 정확히 기억하지?

절대 잡히지 마라. 젠장.'

그 말에 가슴이 저미고, 목구멍이 쓰리고 아팠다. 형이 나를 '자네'라고 부른 유일한 순간이었다.

나는 문득 무전기가 오랫동안 신호가 울리지 않았다 싶었는데, 그 순간 곧바로 칙칙 신호가 울렸다. 무전기 사내가 주의 깊게 듣고 나서 대답했다.

—네, 일단 상황을 보겠습니다. 만약 가능하다면, 저희가 한 번

---

98 직역하면 '형'이다. 일반적으로 자신보다 나이 많은 사람에게 부르는 호칭인데, 존중의 의미로 나이 어린 사람에게도 Anh(형)이라 부르는 경우가 적지 않다. 가족인데 동생을 Anh(형)이라 부르는 건 매우 특별한 의미를 담고 있다.

에 처리하도록 하겠습니다. 네, 네, 알겠습니다.

반딧불이 점점 더 많이 나타났다. 반딧불들은 차창 밖에서 가물거리고, 떠돌고, 무기력하지만 활발했다. 짓궂게 흔들어대는 손처럼 나뭇가지가 거리로 뻗어 나왔다. 짱은 깊이 잠들어서, 이제 저항력이 없었다. 나는 그녀의 머리를 단정하게 매만졌다. 잘 때도 용모가 단정해야 한다. 그녀의 가슴이 출렁이듯 고르게 오르락내리락했다. 저 옷 속에는 하얀 가슴과 분홍 젖꼭지가 있다. 나는 그것에 익숙하고, 찌엔 영감도 그것에 익숙하다. 덩치 큰 이는 다시 졸고 있고, 그의 네모난 머리가 아래로 처져 있다. 덩치 작은 이는 아직 깨어 있을 것이다. 그와 같은 사람들은 다시 잠이 드는 데 어려움을 겪는다.

탕 탕.

깊은 밤, 두 발의 총성이 메아리로 울려 퍼졌다. 무전기 사내는 왼쪽에서 폭발음이 들렸음에도 목을 빼서 앞을 바라보았다.

—무슨 소리지?

덩치 작은 이가 물었다. 운전사는 담담하게 산탄총이라고 대답했다. 조금 전에 만났던 사냥꾼들의 총소리였는지 모르겠다. 혹은 브레즈네프의 총소리였는지도 모르겠다. 차는 여전히 순조롭고 평온하다.

탕 탕 탕.

이번에는 연속해서 세 발의 총성이 묵직하게 들렸다. 그 소리

는 밤을 흔들어서 잠시 빛이 나게 했다. 모두 밖을 주시하고 있었
는데, 아무 생각 없이 고개를 숙인 채 단잠에 빠진 짱만 예외였
다. 차의 속도를 줄였다. 총성이 이번 여정과 아무 관련이 없음에
도 불구하고 운전사가 불안한 것 같았다. 덩치 작은 이는 불안한
표정으로 무언가를 뒤적거리다 물병을 집어 들고 고개 들어 마신
후 투덜거렸다.

　―하루종일 사냥, 아무 때나 사냥, 진짜 야생이 맞군.

　―국경 지역은 어디나 다 그래.

　운전사가 말했다.

　―하 꾸앙에서는 군인들이 AK로 사냥하는 건 그냥 평범한 일
이야.

　하늘이 잘 보이도록 산이 몸을 펼쳤다. 하늘은 수증기가 잔뜩
달라붙은 유리잔 같은 모습이었다. 차가 다시 뜀박질하듯 속도를
높였다. 반딧불도 어둠 속에 옅은 파란색 점 몇 개만 남을 때까지
줄어들었다.

　―이런 식으로 몇 년만 지나면 사냥감이 하나도 남지 않을 거야.

　무전기 사내가 말했다.

　―그때는 다른 걸 사냥할 거야.

　덩치 큰 이의 재미 없는 농담이 끝난 후, 덩치 작은 이와 무전
기 사내가 모두 짱을 흘깃 쳐다보았다. 그녀는 그들의 먹이였다.
덩치 작은 이가 속삭였다.

─자고 있군.

덩치 큰 이는 짱이 정말 자고 있는지 다시 살펴보더니 몸을 돌려 무전기 사내에게 말했다.

─쟤는 번 리가 죽은 사실을 모르는 것 같아.

─나도 그렇게 생각해.

그렇구나. 알고 보니 여정 내내 내가 생각하고 있던 상황과는 달랐다. 어떤 생명도 연장되지 않는구나. 마을 호텔직원의 헛말은 역시 틀렸다.

─둘 다 이상한 것들이야. 쟤는 아무 일 없는 것처럼 차분한데, 그 녀석은 너무 겁에 질려 있었어.

─어리석은 것들이야.

운전사가 결론을 내렸다. 그래, 정말 어리석은 것들이었다.

나는 번 리가 왔을 때 우울하고 무거운 공기가 느껴졌다. 숨을 쉬기 힘들었다. 꾸익이 사려 깊게 물었다.

─뭐 마실래?

번 리는 고개를 저었다.

─아침부터 지금까지 머리가 어지러워 아무것도 마시고 싶지 않아요.

짱은 여전히 누군가에게 문자를 보내는 데 열중하고 있었다. 히엡이 말했다.

─ 우리와 놀러 가면 두통이 금방 사라질 거야.

번 리는 웃었다. 생기가 없고 싫증 난 미소였다. 나는 번 리의 몸이 관절 없이 얇은 피부로만 연결된 것 같다고 상상했다.

─ 오늘은 좀 다른데요?

번 리는 내가 입은 빨간색 가로줄이 두 개 있는 검정 티셔츠를 보며 물었다. 짱은 문자 작성을 멈추고 고개를 들어 말했다.

─ 내가 사줬어. 괜찮지?

짱의 목소리는 높고 거만했다. 번 리는 고개를 끄덕인 뒤 재채기라도 할 것처럼 코를 찡그렸다. 그러고는 진짜 재채기를 했다. 꾸익이 말했다.

─ 어떤 남자가 널 보고 싶어 해.

─ 그러면 너무 좋죠.

번 리가 대답했다. 짱은 번 리를 뚫어지게 바라봤다.

─ 앞으로 보고 싶다는 오빠들이 엄청 많을 거야.

나는 짱의 목소리에서 타는 냄새를 맡았다. 번 리는 눈썹을 살짝 찡그리고 짱을 본 다음 모든 사람을 바라봤다. 짱의 목소리가 부드러워졌다.

─ 언니는 정말 여성스러워.

히엡은 매우 공손한 태도로 담배에 불을 붙여 번 리에게 건넸다. 나는 놀라서 물었다.

─ 언제부터 담배를 피웠어?

번 리는 입술을 오므려 연기를 내뿜고 의자에 등을 기댄 채 얼굴을 위로 젖혔다. 몽환적이고 음탕하게 보였다.

— 갑자기 담배 한 대 피우고 싶어졌어요. 인생이 얼마나 긴지 짧은지 모르잖아요.

이야기는 다른 화제로 넘어갔다. 그런 다음 우리는 차에 타고 탕롱 고속도로를 질주했다. 번 리는 나와 히엡 사이에 앉았다. 짱은 앞자리에 앉았다. 나는 차가 다리를 건넜을 때 시간이 정확히 일곱 시였던 것을 기억한다. 차는 직진하지 않고 박 장 방향으로 접어들었다. 번 리가 조금 놀라서 물었다.

— 노이 바이[99]로 누군가 맞이하러 가는 줄 알았어요. 지금 어디로 가는 거예요?

꾸익이 웃으며 갑자기 말을 뱉었다.

— 죽음의 신을 맞이하러 가는 거야.

번 리는 째려보며 신음소리를 냈다. 그리고는 내 어깨너머로 밖을 바라봤다. 길 양쪽으로 들판이 비틀거리며 어둠 속으로 걸어 들어갔다. 흐릿한 어둠 속이었다. 나는 차가 이미 국도를 가로질렀다는 것을 알았다. 집에서 돌아올 때마다 국도에서 대나무 차단막대기가 있는 허름한 요금소를 보았었다. 나도 꾸익이 어디로 가는지 몰랐다. 차 안의 공기는 씁쓸했다. 번 리는 어렴풋이 타는 냄새를 맡은 것 같

---

99 하노이 공항 이름이다.

았다. 원래 카페에 있을 때부터 맡았어야 할 냄새였다.

— 어디 가는 거예요?

번 리가 떨리는 목소리로 물었다.

— 그냥 계속 가면 돼. 뭘 그렇게 물어봐.

히엡이 말했다. 번 리는 몸을 일으켜 앞 좌석을 잡았다. 짱의 머리카락이 손에 닿았다.

— 여기 내려주세요. 그만 갈 거예요.

차가 더 빨리 달렸다. 바깥의 불빛이 계속해서 차 안을 비추면서 모든 것이 빙빙 돌았다.

— 차 안에 불 좀 켜.

내가 꾸익에게 말했다.

— 안 돼.

짱은 강하고, 결단력 있게, 심지어 가혹하게 말했다.

맞은편에서 대형 트럭이 달려오면서 빛을 비추어 짱과 꾸익을 투명하게 만들었다.

— 차 세워.

번 리가 놀란 목소리로 소리쳤다. 손은 내 옷을 움켜쥐고 있었다.

— 저년을 묶어.

짱이 말하고, 갑자기 뒤돌아 번 리의 머리를 잡고 아래로 끌어 내렸다. 히엡은 자신 쪽으로 끌어당겨 바닥의 밧줄을 잡아서 빠르게 몇 바퀴 감았다. 히엡의 동작은 돼지를 묶는 업자처럼 능숙했다. 번 리가 몸부림쳤지만 상체가 묶여 있어 두 다리로 나를 향해 격렬하게 버둥거리는 수밖에 없었다. 나는 통증이 느껴지지 않고 그저 마비된 것 같았다.

　— 저년 다리 좀 잡아.

　짱이 내게 소리 질렀는데 나는 몸이 얼어붙어, 고개를 저으며 거절했다. 단지 그랬던 것 같다. 지금까지도 나는 번 리가 왜 그렇게 빨리 묶였는지 이해되지 않는다. 번 리의 입에는 수건이 물려 있었는데, 분명 그것은 차창을 닦는 데 사용했던 것이리라. 번 리의 머리는 바닥에 눌려 있고, 다리는 의자에 놓여 있었는데, 뾰족한 샌들의 뒤꿈치가 내 엉덩이를 계속 찔렀다. 나는 번 리의 샌들을 벗겼다. 발이 시원해졌을 거라 생각했다. 차는 계속 질주했다. 길은 비어 있었다. 들판은 더는 명확하지 않았고, 모호하고 불안정한 공터로 변했다. 앞에 밝은 곳이 나타났고 주유소가 있었다. 차를 세웠는데 실내등은 켜지 않았다. 꾸익이 차에서 내려 트렁크를 열고 가벼워 보이는 사각형 물건을 꺼냈는데, 그가 밝은 곳으로 갔을 때 그것이 플라스틱 통이라는 것을 알 수 있었다. 휘발유를 채우는 시간은 오래 걸리지 않았다. 눈 깜짝할 사이였다. 꾸익이 여유롭게 돈을 세서 요금을 내고, 여유롭게 휘발유 통을 들고 와서 트렁크에 실었다. 여유롭게 차 문을 열고 들어와 시동을 걸었다. 번 리가 다시 몸부림쳐, 차전체가 흔들려 출렁거리고 삐걱대는 소리가 났다. 차가 여유롭게 굴러갔다. 주유소 직원은 얼굴을 가린 채 눈만 드러내고 있었는데, 여유롭게 되돌아가서 플라스틱 의자에 앉았다.

한참 후에 반대편 차선에서 차량 하나가 마치 위험지역을 벗어나려고 도망치듯 무섭게 질주했다.

— 여기야.

짱이 소리를 높였다. 빠른 속도로 달리던 차가 달콤하게 멈춰 섰다. 그것이 전문 드라이버와 아마추어를 구별하는 포인트다. 차에서 내리니 안개가 자욱했다. 들판은 어둠 속에 펼쳐져 있었고, 멀리 떨어진 곳은 집이 있다는 것을 알리는 몇 개의 불빛이 희미하게 어른거렸다. 짱과 히엡은 번 리를 시체 끌어내리듯 밖으로 끌어내렸다. 번 리가 굴러떨어지자 꾸익이 발로 세게 차 번 리를 움츠러들게 했다. 꾸익은 담배에 불을 붙여 피웠지만 짱은 담배를 손에 들고만 있었다. 짱이 말했다.

— 안으로 던져 넣어.

히엡이 두 다리를 잡고 꾸익이 목덜미에 팔을 감아 번 리를 들고 논둑으로 가 아래로 세게 던졌다. 짱이 내게 물었다.

— 무서워?

나는 하늘을 한번 올려다보고 말했다.

— 이렇게까지 위협할 필요는 없잖아.

짱이 담배를 깊게 빨자, 담뱃불이 번득이며 짱의 약간 평평한 광대뼈와 붉은 눈을 밝게 비췄다.

— 위협하는 게 아니야.

─ 그럼 뭘 하고 있는 거야?

　─ 저 창녀년을 벌주는 거야.

짱은 말하면서 논으로 들어갔다. 입에 쑤셔 넣었던 수건을 풀었다. 번 리는 땅에서 방금 빠져나온 거대한 벌레처럼 몸을 오므렸다 뻗으면서 꿈틀댔다.

　─ 짱, 나한테 왜 이러는 거야? 내가 무슨 짓을 했다고 그래?

번 리는 짱이 몸을 숙여 자신의 얼굴 가까이에서 내려다보는 것을 보고 신음했다. 짱이 물었다.

　─ 우리 물건 어딨어?

　─ 나는 몰라.

　─ 네가 호아이랑 같이 우리 물건을 뺏으려고 음모를 꾸민 거잖아.

　─ 맹세할게. 나는 아니야.

　─ 네가 아니면 누가 여기에 올 수 있지?

　─ 난 정말 무슨 일이 있었는지 몰라. 나 좀 풀어줘. 짱. 부탁할게. 아니 간청할게. 제발 풀어줘. 안 풀어주면 죽을 거 같아.

꾸익이 휘발유 통을 들고 와서 짱 앞에 내려놓고 뚜껑을 열었다. 짱이 두 손을 허리에 짚었다.

　─ 내가 마지막으로 물을게. 우리 물건 어딨어?

　─ 꾸익 오빠, 짱에게 한 말씀만 해주세요. 저는 아무것도 몰라요. 그날 이후로 저는 호아이를 만난 적이 없어요, 저는 그저 그 사람과 조금 알던 사이였을 뿐이에요. 한 말씀만 해주세요.

휘발유 냄새가 퍼져 코가 마비되면서 번 리의 목소리는 더욱 흔들렸다. 꾸익이 휘발유 통을 들고 짱을 바라보며 기다렸다.

— 마지막으로 물어볼게. 할 말 있어?

나는 주위를 둘러보았다. 사방은 흐릿한 윤곽선이 아른거리고, 어둠을 관통하는 길 덕분에 한 줄기 빛만 보였다. 길가에 주차한 꾸익의 택시가 나뭇가지에 달라붙은 녹색 딱정벌레 같았다.

꾸익이 휘발유통 입구를 아래로 내리자 휘발유가 콸콸 쏟아져나왔는데, 그는 채소에 물을 주는 사람처럼 앞뒤로 흔들었다. 휘발유 냄새가 진동하고, 번 리는 더 세게 몸부림쳤다.

— 살려주세요. 히에우.

나는 꾸익에게 한 걸음 다가갔지만 손이 얼어붙었다. 짱이 즉시 내 쪽으로 몸을 돌렸다. 번 리는 일어나려고 애썼는데, 상체만 움직일 수 있어 몸을 조금 들어 올렸다가 이내 쓰러지며 빙글 돌았다. 히엡은 주머니에 손을 넣고 묵묵히 지켜보다가 앞으로 가서 발로 번 리의 가슴을 막았다.

— 오빠, 저년을 구해주고 싶어?

짱이 물었고, 내가 대답했다.

— 번 리를 풀어줘.

내 목소리가 너무 애절해서 나도 깜짝 놀랄 정도였다. 짱은 나를 노려보았다.

— 불 붙여.

불길이 갑자기 치솟았다. 꾸익이 아니라 히엡이 다른 쪽에서 불을 붙였다. 뾰족한 칼끝 같고 나무의 새싹 같은 불꽃이 살아 움직이듯 펄럭거렸다. 불이 사그라들었다가 긴 비명 소리와 함께 다시 활활 타올랐다. 짱은 뒤로 물러서서 요동치는 불길을 침착하게 지켜보았다. 나는 짱에게 무슨 말인가 하려고 했는데 그녀는 휴대폰을 귀에 대고 눈을 깜빡이며 말했다.

─아뇨, 베이징 오리 바비큐 식당에 있어요……. 네, 나중에 전화드릴게요.

모두 말없이 차로 돌아왔다. 타는 냄새가 느껴졌다. 꾸익은 빈 휘발유 통을 트렁크에 던지고 문을 세게 닫은 다음 시동을 걸었다. 타는 냄새가 사라졌다. 차가 몇 미터 정도 튀어 올라가다 능숙하게 방향을 틀었다. 짱은 앞에 앉지 않고 나와 히엡 사이, 방금 번 리가 앉았던 자리에 앉았다.

맞은편에서 오는 차가 한 대도 없었다.

나는 기억한다. 그날 맞은편에서 오는 차가 한 대도 없었다고. 지금 날이 밝아오고 있으니 산길을 거슬러 오르는 차가 없을 것이다.

날이 밝기 직전에는 늘 텅 비어 있다. 하늘에 붉은 빛이 감돌기 시작했다. 길은 여전히 지그재그 모양으로 뻗어 있다.

백룡이 내 위로 나타났다. 가볍고, 투명했다.

아기가 왔다. 황혼녘 꿈결이었던 항의 아기. 여린 얼굴, 어여쁜 입. 언제 어디서나 퍼지던 꾸인 꽃향기.

—히에우 오빠!

짱이 밖을 내다보며 내 이름을 불렀다. 내가 영혼들과 함께 허공에 떠 있는 모습을 본 듯했다. 영혼들은 곧 사라질 어둠 속에 나와 함께 있었다. 내가 여정 내내 짱의 곁에 머물러 있었던 것처럼.

—여기 있잖아, 왜 그렇게 불러?

내가 귀에 대고 말했지만 짱은 듣지 못했다. 그녀는 들었을 수도 있지만 대답하지 않았다. 올라갈 때나 소리에 몰두할 수 있었지 내려갈 때는 아니었기 때문이다.

하지만 늘 표류하는 이 황량한 국경 지대에서 올라가고 내려가는 것을 어떻게 구별할 수 있을까?

어떻게 나와 그들을 구별할 수 있을까?

젠장…….

미쳐 날뛰는 역사 위에서 중심 잡기

1.

'작은 친구가 말을 안 들으면 엉덩이를 때려야 한다. (小朋友不听话, 该打打屁股了)'

1979년 1월 중국의 덩샤오핑 주석이 미국의 카터 대통령에게 백악관 정상회담에서 한 말입니다. 작은 친구는 베트남을 지칭한 말이었습니다.

그리고 1979년 2월 17일 새벽 5시 중국군 12만 병력이 양측 국경 26개 지점을 통해 동시다발로 베트남을 침략합니다. 최종목적지는 하노이였습니다. 목표는 캄보디아 친중국정권을 무너뜨린 베트남의 도발을 응징하고, 베트남 주력군을 캄보디아에서 철수시키는 것이었습니다. 하지만 베트남이 국경수비대와 민병대의 힘만으로 진격을 막아내자, 18만 병력을 추가로 투입합니다. 그럼에도 하노이 진입은 성공하지 못합니다. 그런데 3월 5일 덩샤오핑은 '전쟁의 목표를 달성했다.'며 철수를 선언합니다. 중국군은 퇴각하면서 눈에 보이는 모든 건물을 파괴하면서 지나갑니다. 3월 16일에 철군을 완료합니다.

친중국정권인 폴포트 정권은 복귀하지 않았고, 베트남 군대도 캄보디아에서 철수하지 않았는데, '전쟁의 목표를 달성했다.'는 것은 무슨 의미였을까요. 그저, 말 그대로 '엉덩이를 때려준 것' 말고는 아무것도 없었습니다. 그 대가로 베트남과 중국, 양국의 군인과 민간인 수만 명이 죽어야 했습니다.

그리고 1980년, 1981년, 1984년, 1985년, 1986년에도 중국군이 짧게는 며칠, 길게는 26일 동안 베트남 국경지역을 공격했습니다. 1988년에는 베트남군이 주둔하고 있는 즈엉 사(중국명 난샤) 군도에서 해전이 벌어지기도 합니다.

베트남이 프랑스, 미국과 전쟁을 치를 때 지원을 아끼지 않았던 중국이 불과 몇 년 만에 무엇 때문에 베트남을 괴롭히게 된 것일까요. 이유는 덩샤오핑 말대로 베트남이 말을 듣지 않았기 때문입니다. 베트남전 막바지에 이르렀을 때 베트남은 미국과 직접협상을 원했는데, 중국은 자신들을 통해 미국에 의견을 전달할 것을 요구했습니다. 미국이 베트남의 영구분단을 원하고 있는 상황에서 중국도 그 뜻을 같이하는 것이라 여겨, 베트남은 중국 말을 듣지 않습니다. 캄보디아가 쳐들어왔을 때에도 방어에 그치지 않고, 친중국 정권인 폴포트 정권을 아예 무너뜨립니다. 그리고 다시는 폴포트가 힘을 구축하지 못하도록 11년간 군대를 주둔시킵니다.

1989년 9월 베트남이 캄보디아에서 군대를 철수시키자, 중국도 베트남에 대한 공격을 중단합니다.

베트남 면적의 1/8 정도 크기인 메콩강 삼각주는 베트남 쌀 생산량의 50%를 차지하고 있습니다. 베트남은 매년 7~8백만 톤의 쌀을 수출하는 세계 2위 쌀수출국입니다. 그런데 이 땅은 본래 3백 년 전까지 캄보디아 땅이었습니다. 메콩 삼각주 위쪽 사이공 일대 또한 캄보디아 땅이었습니다. 1610년 베트남 남부의 응웬 푹 응웬 군주(후기 레 왕조 시기, 왕은 허수아비였고 남북을 응웬씨와 진씨가 나누어 통치함. 두 군주 모두 사실상 왕이나 다름없었으나, 스스로 급을 한 단계 낮추어 불렀고, 백성들 또한 그렇게 칭함.)는 공주를 캄보디아 왕자와 결혼시킵니다. 그리고 1623년 사이공 지역에 세관 설치 허락을 받습니다. 응웬 푹 응웬 군주는 이곳에 베트남 사람들을 이주시켜 황무지를 개간하는 한편, 캄보디아 왕실의 내분에 개입하여 자신의 사위였던 왕자를 왕으로 앉힙니다. 그 결과 베트남 공주가 캄보디아 왕비가 되었습니다. 1679년 응웬 푹 떤 군주는 명나라 유민을 받아들여 메콩강 개간을 시작하고, 마침내 1698년 응웬 푹 주 군주가 메콩강 삼각주를 영토에 편입시킵니다. 당시 캄보디아 왕실은 태국의 침범도 빈번했기에, 응웬 푹 주 군주에게 왕실보호를 요청할 뿐, 영토 반환은 생각조차 못 하고 있었습니다. 그렇게 3백 년의 세월이 흐르는 동안 1833년~1834년 태국이 메콩 삼각주를 캄보디아에 반환하라고 베트남과 전쟁을 벌인 것 말고는 커다란 충돌이 없었습니다. 그런데 폴포트는 1975년 4월 17일 정권을 잡고, 얼마 지나지 않은 5월 1일에 '옛 영토를 수복하겠다.'며 베트남 푸 꾸옥 섬을 공격합니다. 베트남 전쟁(1946년~1975년)이 4월 30일에 끝났기에, 베트남 사람들이 종전의 기쁨을 미처 누리기도 전이었습니다. 그리고 1978년 12월 13일 캄보디아 크메르루즈 6만 병력이 메콩 삼각주로 쳐들어옵니다. 무기는 중국이 지원해주었습니다. 베트남은 반격을 개시하여 12월 25일에 이들을 모두 베트남 영토 밖으로 몰아냅니다. 그리고 15만의 병력으로 캄보디아에 쳐들어가 1월 7일 프놈펜을 점령합니다. 1월 8일에 친베트남정권을 수립하고, 군대를 그대로 주둔시킵니다. 베트남 군대가 프놈펜을 2주 만에 접수할 수 있었던 요인은 양측의 전력 차가 큰 것도 있었지만, 캄보디아 국민들이 자국 군대를 적극적으로 지원해주지 않았기 때문이기도 합니다. 폴포트가 집권한 이후 캄보디아에 어떤 일이 있었기에 국민들이 자국 군대를 지원해주지 않았을까요. 폴포트 집권 이틀 후인 1975년 4월 19일 크메르루즈는 '미국의 공습이 있을 것'이라는 거짓말로 프놈펜 시민 모두를 농촌으로 쫓아냅니다. 그러고는 집단농장에 가두어 농사를 짓게 합니다. 농업사회주의국가 건설을 목표로 전국에 집단농장을 세워 전국민을 농민으로 만듭니다. 이 과정에서 기아와 질병, 학살로 전체 인구의 1/4에 해당하는 2백만 명이 죽었습니다. 크메르루즈는 집권 이전 시기의 엘리트를 모두 처형하겠다면서, 심지어 안경만 써도, 피부가 하

애도, 손에 굳은살이 없어도 죽였습니다. 급기야 집안에 책이 있어도, 클래식 음악을 들어도, 그들의 가족 친척까지 모두 죽였습니다. 처형을 맡은 10대 소년병들은 상상을 뛰어넘는 온갖 잔인한 방법으로 학살을 자행했습니다.

그런데 프놈펜에서 쫓겨난 크메르루즈는 중국과 미국의 지원을 받아 태국 접경지역 밀림 속에 망명정부를 수립하고 1993년까지 UN에서 의석을 유지합니다. 중국, 미국 양측 모두 캄보디아 국민들의 현실보다 자신들의 패권주의에 금이 가는 것을 절대 용납할 수 없었기 때문입니다.

역사는 미친 짐승처럼 정신없이 날뛴다.(319쪽)

번역하면서 가장 크게 충격을 던진 문장이었습니다. 하지만 이내 공감할 수 있었습니다. 작품의 시대적 배경을 살펴봐도 그렇고, 전쟁을 직접 겪은 이들, 특히나 군인 신분으로 전쟁터에 총을 들었던 이들이라면, 그래서 살육의 소용돌이에 휘말렸거나, 포로가 되어 두 손을 뒤로 결박당한 채 무릎을 꿇었던 적이 있다면, 역사가 미친 짐승으로 보일 수밖에 없겠다 싶었습니다.

처음에 녀석이 하는 이야기를 들었을 때는 녀석의 형이 동작이 굼떠 총에 맞은 거라고 생각했어. 만약 우리처럼 날렵했다면 살아남지 않았겠냐구. 그런데 나중에 생각이 달라졌어. 늦고 빠른 게 무언가를 해결할 수 있는 게 아니었으니까. 그 누군가가 군인의 목숨을 결정하는 거였어.(58쪽)

작품 속 주인공의 형이 취사병 이야기를 듣다가 깨달은 생각입니다. 군인의 목숨을 결정하는 그 누군가는 베트남과 중국 당대 지도자였고, 소속 부대 지휘관이었고, 더 멀리 거슬러 올라가면 1610년 공주를 캄보디아 왕자와 결혼시킨 응웬 푹 응웬 군주였습니다.

— 너도 그냥 너 자신이 이미 죽었다고 생각해. 그래야 덜 무섭거든.
(…)
— 저도 그러려고 애써봤어요. 그런데 자꾸 살아 있다는 느낌이 들어요.(300쪽)

작품 속 주인공의 형이 포로수용소의 동료와 나눈 대화입니다. 역사의 회오리 속에 휘말린 군인은 '그냥 내 자신이 이미 죽었다.'고 생각할 도리밖에 없습니다. 그런데, 자꾸 살아 있다는 느낌이 드니…….

2.

  작품의 배경이 된 비 쑤옌 지역은 사진으로 다 담기 어려울 만큼 풍경이 아름다운 곳입니다. 건너편에 자리한 중국 윈난성도 1년 내내 봄 날씨에 절경이 많습니다. 절경을 보고 자란 이들이 악한 마음을 품는다는 건 상상하기 어렵습니다. 실제로 만나보면 양측 사람들 모두 대단히 순박한 마음씨를 갖고 있다는 걸 금세 알 수 있습니다. 그럼에도 전쟁이 벌어져 군복을 입어야 했고, 그 순간부터 눈에 살기를 띠고 상대를 죽여야 했습니다.

  악의 평범성. 응웬 빈 프엉 작가는 작품을 통해 누구나 악인이 될 수 있다는 것을 보여주고 있습니다. 누구나 군복을 입고 총을 잡으면 상대방에 대해 일말의 배려도 없습니다. 그런데….

  작품 속에서 큰아버지는 형에게 이렇게 말합니다.

  — 네놈 같은 상이군인은 이 불알에 달린 털보다 못해.(190쪽)

또한 주인공에게 형에 대해 이렇게 말합니다.

  — 저 녀석이 욕을 하면 그냥 욕하라고 둬. 녀석은 우리 집안이 감당해야 할 짐이야.(226쪽)

그렇게 국가는 퇴역한 참전군인을 방치하고, 공무원들은 그를 살뜰히 보살피기는커녕 그를 이용해 돈을 빼먹을 궁리만 합니다.

더 심각한 문제는 눈에 보이는 군복이 아니라, 보이지 않는 투명군복이 있다는 걸, 작가는 주인공의 입을 통해 이렇게 말합니다.

> 나는 고향을 자랑하는 사람들이 질색이다. 향우회 모임도 끔찍하게 싫다.(27쪽)

> 나는 문득 내 얼굴에 곧바로 오줌을 갈겨대는 투명인간이 떠올랐다. 그자는 지금 어딘가 멀리서 누군가의 얼굴에 오줌을 갈겨대고 있을 것이다. 그자는 오줌을 눌 때면 몸 안의 물을 모두 바깥으로 날려 보냈다.(103~104쪽)

모임이라는 투명군복을 입고, 상대방 얼굴에 오염물을 뒤집어씌우는 행위는 마치 데칼코마니처럼 갈등이 있는 세계 곳곳에서 일상적으로 벌어지는 일입니다.

투명인간. 이는 이념이나 야심을 최대한 부풀려서 상대방을 절대악으로 규정하고 싸움을 선동하는 권력자나 정치가로 보입니다.

그럼 나는 무엇이고 맞은편에 있는 그들은 무엇일까요. 나도 맞은편에 있는 그들도 그저 나와 똑같은 평범한 사람인 동시에, 소용돌이에 휩쓸리면 무자비하게 서로를 공격할 수도 있는 사람들이라는 것입니다.

때문에 작가는 인물의 캐릭터에 선악을 함께 섞어놓았고, 이성과 야성을 섞어놓았고, 현재와 과거를 섞어놓았고, 심지어 삶과 죽음도 섞어놓았습니다. 죽었지만 죽지 않은 듯 살아서 말을 하고, 죽었어도 기억 속에 다시 생생하게 살아나기에, 슬픔조차 아련한 상태로 만들어놓았습니다.

이러한 모호함의 반대편에는 분명함, 단호함, 확고부동함이 있습니다. 그러나 작가는 이 확고부동한 것들이 오히려 위험하며 한 개인의 삶을 질곡에 빠뜨릴 수 있다고 봅니다. 이념, 종교, 정치, 지역, 민족 갈등에서 한 발만 옆으로 나와서 보면 양쪽 모두 돌림노래만 줄기차게 부르고 있다는 걸 금방 알 수 있습니다.

3.

뭐지? 이 문장이 여기 왜 들어갔지? 이런 얘기는 왜 하는 걸까?

번역하는 과정에서 제가 여러 번 가졌던 의문이었습니다.

응웬 빈 프엉 작가가 기존 문예창작이론에 도전장을 던지듯이, 거의 모든 규칙을 따르지 않았기 때문입니다.

단락의 문장을 구성할 때, 일반적으로는 1번 문장 다음에 2번 문장이 나오고, 그다음엔 3번 문장이 나와야 하는데, 작가는 2번과 3

번 사이에 다른 문장을 끼워 넣거나, 3번 문장이 전혀 다른 내용으로 넘어가는 경우가 많았습니다. 응웬 빈 프엉은 소설가이자 시인입니다. 소설 문장에 시적인 기법을 섞어 쓰고 있어, 난해한 반면 독특한 매력이 느껴졌습니다.

스토리도 발단, 전개, 위기, 절정, 결말 구성을 하지 않고, 모자이크 조각을 이어붙이고 있어, 작품 막바지에 이를 때까지 독자는 줄거리조차 파악하기 힘들게 해놓았습니다. 그럼에도 불구하고, 페이지마다 궁금증을 유발시켜 결국 끝까지 읽게 합니다.

캐릭터도 한 인물 속에 선악미추를 섞어놓아서, 맞는 말을 하다가도 얼토당토않은 말을 하고, 편협된 말을 하다가도 호방한 말을 하며, 과감한 행동을 하다가도 소심한 모습을 보이고, 순응적 태도를 보였다가 반항적 태도를 보여줍니다. 생각해보면, 현실 세계에선 일관성을 지니고 있는 인물이 드물고, 매일같이 후회하며 이랬다 저랬다 오락가락하는 인물이 훨씬 더 많은 것 같습니다. 작가가 일상의 평범한 인물군을 작품의 주요인물로 등장시켰다는 것을 알 수 있었습니다.

백문이 불여일견, 백견이 불여일각, 백각이 불여일행.

백번 듣는 것이 한번 보는 것보다 못하고, 백번 보는 것이 한번 생각하는 것보다 못하며, 백번 생각하는 것이 한번 경험한 것보다 못하다. 형의 여정을 추적한다고 형이 살아 돌아오는 것은 아니지만,

작품의 주인공은 형을 미치게 만들었던 현장까지 최대한 따라가 봅니다. 결국 죽어서까지 깨달은 바는 나와 그들이 별반 다르지 않다는 사실입니다. 차이를 만들고 그것을 강화시키는 것은 무지와 편견, 권력자들의 욕망, 그를 추종하는 이들의 선동 때문이었습니다.

『나 그리고 그들』은 2014년에 출간한 작품으로 작가는 2015년에 하노이 작가회 최고작품상, 2020년 전후 국경문학(1975~2020) 최고작품상을 수상했습니다.

2020년 전후 국경문학 최고작품상 수상식장에서 베트남작가회 흐우 틴 주석은 이렇게 말합니다.

"이 작품은 본래 2015년에 베트남작가회 최고작품상을 받았어야 할 작품이었다. 하지만 당시에는 충격이 너무 컸고, 결말 부분이 끔찍한 것에 대해 많은 논란이 있어, 결국 심사에서 제외했었다. 하지만 그 이후로도 작가들과 독자들이 받은 충격이 오랫동안 가라앉지 않았고, 점점 작품성을 인정하는 쪽으로 흐름이 바뀌었다. 작품이 스스로 살아나 이 자리까지 올라왔다. 명작은 그 어떤 풍파도 이겨낸다. 『나 그리고 그들』이 바로 그런 명작이다."

『나 그리고 그들』은 영어, 중국어로도 번역 완료되어 2023년 현재 출간 준비 중입니다.

그의 다른 작품 『애초부터』가 2014년에 불어로 출간되었습니다.

『쇠퇴한 기억』이 2019년에 불어로 출간되었으며, 현재 이탈리어로 번역 작업 중에 있습니다. 『늙어 죽은 어린이들』이 영어로 번역 완료되어 현재 출간 준비 중입니다.

이 밖에도 한국에 단편소설 「니에우 남매, 이쪽 꾸인 저쪽 꾸인, 그리고 삼색 고양이」, 「가다」가 베트남소설선 『그럴 수도 아닐 수도』(아시아, 2020)에 소개되었고, 시 「오늘의 나」 「무심한 낚시」 「외로운 전화」가 베트남시선 『사는 게 뭔지 오래돼서 잊었다』(아시아, 2021)에 소개되었습니다.

사뭇 난해했던 번역이라, 원작자뿐만 아니라 베트남 친구들에게 내용의 정확한 의미를 수도 없이 물었습니다. 아무 때나 질문을 받아주고 꼼꼼하게 답해준 친구이자, 25년 전 첫 베트남어 과외선생님이었던 응웬 쭝 히에우(Nguyễn Trung Hiếu)에게 감사의 말을 전합니다.

끝으로 작품 속 투언 형이 했던 말을 읊조려 봅니다.

가능하다면 사람들이 힘을 모아 세상을 덜 까다롭게 만들고, 함께 평온하게 지냈으면 좋겠어.(29쪽)

2023년 10월 다낭에서
하재홍

옮긴이 **하재홍**

호치민 인문사회과학대학 베트남문학과 박사과정, 중앙대 문예창작학과 박사과정을 수료했다. 하노이대 한국어과 강사, 다낭외국어대 한국어문화학과 강사, 서울대 교육종합연구원 객원연구원을 역임했다. 현재 한베문학평화연대 간사를 맡고 있다. 번역한 작품으로는『그대 아직 살아 있다면』『전쟁의 슬픔』『끝없는 벌판』『미에우 나루터』『그럴 수도 아닐 수도』(공역)『사는 게 뭔지 오래돼서 잊었다』 등이 있으며,『유네스코와 함께 떠나는 다문화 속담여행』『엄마 아빠와 함께 배우는 베트남어』를 공저했다.

나 그리고 그들
ⓒ 응웬 빈 프엉

2023년 11월 1일 초판 1쇄 발행

지은이 응웬 빈 프엉
옮긴이 하재홍
펴낸이 김재범
펴낸곳 (주)아시아
출판등록 2006년 1월 27일 제406-2006-000004호
인쇄·제책 굿에그커뮤니케이션
종이 한솔PNS
전화 02-3280-5058 | **팩스** 070-7611-2505
홈페이지 www.bookasia.org
주소 서울특별시 동작구 서달로 161-1(흑석동 100-16) 3층
전자우편 bookasia@hanmail.net

ISBN 979-11-5662-647-3 03830